梅山会

柒彦君 著

中国人民公安大学出版社

图书在版编目（CIP）数据

梅山会 / 柒彦君著 . —北京：中国人民公安大学出版社，2020. 10
ISBN 978-7-5653-4091-8
Ⅰ.①梅… Ⅱ.①柒… Ⅲ.①长篇小说—中国—当代 Ⅳ.①I247.5

中国版本图书馆 CIP 数据核字（2020）第 194433 号

梅山会（原创长篇法治小说） 柒彦君 著

出版发行：中国人民公安大学出版社
地　　址：北京市西城区木樨地南里
邮政编码：100038
经　　销：新华书店
印　　刷：北京画中画印刷有限公司

版　　次：2020 年 10 月第 1 版
印　　次：2022 年 9 月第 5 次
印　　张：13. 625
开　　本：880 毫米×1230 毫米　1/32
字　　数：365 千字

书　　号：ISBN 978-7-5653-4091-8
定　　价：48. 00 元

网　　址：www.qzcbs.com
电子邮箱：843195700@ qq.com

营销中心电话：010-83903254
读者服务部电话（门市）：010-83903257
警官读者俱乐部电话（网购、邮购）：010-83903253
文艺分社电话：010-83901730

沂水拖蓝涛清风（代序）

高 振

因文学和柒彦君神交已久，但“邂逅”面聚畅叙，则是在今年浅夏一个雨过天晴的午后。梦鱼斋清风拂竹，丹桂翠芳；东窗外的湖面微波涟漪，水语鸟唱；小荷才露尖尖角，早有新蕊逸芳华；焚一炉清香，品一壶老茶，静心养气，纵论文学，横谈小说，两情相悦甚浓，颇有忘年之交的快感乐意。

聊的话题很丰富：先是从鲁风楚韵的兰陵“作字沟村”和“造律条村”说起，这两个村的人文底蕴深厚。“作字沟村”相传是仓颉造字的遗存之地，闪泛着东夷文明的曙光，结绳记事，演化仿生、象形，幼年的文字从这泇河岸边的小村沟里成长，才有了文学的精神、灵魂。仰望历史天空，临沂文学从《诗经》楚辞到“诗仙”李白的《客中行》，可谓代有圣贤、群星璀璨。“造律条村”则是世间律条之发源，这里生发的民间故事讲述“王子犯法与庶民同罪”。从此，“纳礼入律，刑名从商”。

接下来，又从我三十年前在《人民日报·大地》发表的散文《沂水拖蓝》扯起。这风景是载入《沂州志》的，记述了临沂人的心境：青蓝色沂水与闯入沂河水道的凶浑山洪同流而不合污……这富有警世醒言潜质的琅琊八景，化育一代又一代临沂人的爱憎分明。柒彦君说他上小学就读过《沂水拖蓝》，随即朗诵起来：每当想起这首诗，眼前就会清晰地现出“沂水拖蓝”的景致，心头也会注满清浊分明的沂河水。

沂水拖蓝的文字邂逅浑厚圆润的声音，绽放出清亮的光芒，不仅清洁了心灵，还点亮人生……别样的书生气，不禁让人仔细品味、端详：柒彦君的相貌，饱含着沂蒙山人的厚朴、纯实；他的举止言谈，很容易让人窥视内心深处的喜悦和悲伤。但那“小可爱”的真亲劲，又难以让人联想其家学渊源、富有想象和创作力的“80”后文人身份。作为教师子女，他和我都享有同一种文化——在校园里长大，骨子里浸润着“圣人行当”的学风。当他聊起新近创作的以纪监委勤政为主体的长篇法治小说，那激情洋溢的思语、贲张着青春热血的反思，真真切切地沦陷了我的思想，继而将交流的情绪在他创作的人物可能性、细节可能性、故事可能性中潮汐、澎湃。我在市直机关大院工作了近四十年，深知当下纪监委“白加黑”“5+2”的繁冗政务透支着生命，生发着精神，铸造着忠诚……

青春在这种艰难困苦的工作环境中磨砺闪光，追逐“梦想”恒以“钉子”精神，认真地聚精阅读，缜密地会神构思，承担起当代青年公务员的责任与使命，以文学参与历史，留存当下现场，透视丰厚的纪监委真实生活，感悟纪监人的琴心剑胆，印记嫌疑人躲闪猎手的“准星”——真是难能复难能，可贵复可贵。按照指定管辖，成立专案组，领导坐镇指挥，同事日夜坚守在查案一线，研讨案情，张弛有度，调整调查方向，确定摸排目标，抽丝取蛹，看似平静的棋局却处处暗藏汹涌，每每捕获蛛丝马迹，很快又被“消息灵通”人士给“捅”断了，调查陷入死胡同，给本就复杂的案情涂抹上一层神秘的诡异色彩，进退维谷。但道高一尺，魔高一丈，办案人员斗心斗智，突破层层防线，艰难地向更深处推进，目标锁定，峰回路转，石破天惊，洞然释然。柒彦君对错综复杂的故事情节主线生发出多元、跌宕起伏的脉络“企图”，将人物心理素质、个性素质扭转把控得恰到好处。每当读者感到水到渠成、顺理成章，庶几猜测到终极案情时，真相往往又渐行渐远；而当事实浮出水面时，又为新的线索埋下了伏笔。这种老练的驾驭能力、渲染能力和对细节的拿捏力度，像极了一位精通布局的大师：计不厌诈，术者诡道。

“生命从不曾离开孤独而独立存在。”这是写尽人生孤独的《百年孤独》最扎心的一句话。文学要写出饱满而深刻的人。生活歌哭岁月的沧桑，社会塑造人生的命运。在法治小说中彰显人性的光辉，贵在追求高度。人生并不能单纯地划分为自由的光明与犯罪的黑暗，还有别样的另类灰色人生。他笔下塑造的人物无疑是“超写实”的，不管沉着冷静、机智勇敢的“第一办案高手”陆浩宇，兢兢业业、一身正气、两袖清风的徐济元，表面大大咧咧、心思极为细腻、嫉恶如仇的展津，娇小身躯下蕴含着巨大能量的张沐源，还是真实身份扑朔迷离的“岩哥”，关系网庞大、隐藏极深的幕后老板，再或每个性格迥异的配角，都能刻画得栩栩如生、跃然纸上，走进读者的心灵深处。印象最深的要数第三章结尾，宋浔钧自言自语：“这么好的茶，他也只喝了一口。”将宋浔钧对陆浩宇的欣赏和陆浩宇对案情的专注，甚至是痴迷，表现得淋漓尽致。

生活是雕塑风口浪尖的高手，高处不胜寒，人道如棋。德不配位，一步在监狱大门外的自由阳光里，一步在监狱大门内的灰色监管中；是理智，是邪恶，是必然？是常态，是偶然，是机缘？问天，还是问心？落子定局，关键在度！而一旦锒铛入狱，忏悔之心肯定翻江倒海，甚至把肠子都悔青了……

小说唯有真情最动人。挖掘熟悉的典型案例人物，再现惊心动魄的案例，用灵巧的指尖敲打着键盘，宣泄蓬勃的青春热血——从情感深处淘洗着沉重的社会反思，考量着深邃的人生哲理；用闪烁着智慧的文字，礼赞纪监人的光芒；以雕塑家的精准艺术，解析小说叙述的可能性，刻画人物性格，塑造丰富人物的生活，璀璨人物的灵魂，折射人物的命运。柒彦君颠覆了我对反贪惩腐固有的认知：在内容上，没有枯燥和生涩的感觉，通篇都很生动、有趣，跌宕起伏、环环细节丝丝相扣，让人很容易产生身临其境之感，透视字里行间，浮想联翩，大多感觉在耕读自己。细节处理上尤为考究，伏笔埋得多，潜伏得深久，前后呼应好。与平时快餐式的小说不同，这部作品的优质在于经得起推敲，故事脉络设定和人物描述很自然，很符合实际，没有违和感，很接地气。

柒彦君不仅驾驭公文娴熟，就连书中主要人物的名字也大多典藏深意。这样纯哲思、熟张力的文字和如此老道的有心计的语言艺术，与朝气蓬勃的青春形成了鲜明的比照。是的，别人眼里的文学都是鲜花掌声，都是凤飞蝶舞的风光，不知十月怀胎、“破茧成蝶”的痛苦。只有热血的挥洒，才能霓虹青春的亮丽——“为伊消得人憔悴，衣带渐宽终不悔。”

圣地孝都——临沂，是仓颉造字的源流、邱营造律条的故乡。圣贤衍化之地，红色基因传承，柒彦君的长篇处女作采撷“沂水拖蓝”的浪花，用工笔手法，“三矾九染”，细细地为临沂文坛描绘了一幅现代沂河版的《清明上河图》。那洋洋洒洒三十多万字的精彩绽放，使读者用眼睛“听”到了“码字工”心的脉动，也抑制不住信仰的涌动、向往——洞悉忠诚的颜色，沐浴风清气正的光芒……

2020 年 7 月 18 日

（作者系中国作协会员、中国散文学会副秘书长、山东省作协散文委员会副主任、临沂大学沂蒙文学研究中心主任、临沂市作协主席、临沂市文学院院长，曾出席中国作协第八次全国代表大会）

目录

暴风雨

赣东省岚江市

盛夏的午后，空气闷得让人喘不过气来，树上的知了都叫得有气无力的。岚江是一个滨海城市，尽管有零散的海风吹拂，但整个城市还是弥漫着异常咸湿的气息，在炙热的空气里一发酵，让人不觉作呕。

宽阔的街道上，鲜有车辆行驶。又是周六，这一片行政新区集中的办公区域，愈发显得空旷了。

在一幢幢直入云霄的高楼中间，有一座不太合群的十几层小楼，孤零零地矗立在道路一侧的院子里。虽然简朴低调，却也不失庄严气派。楼宇门廊两侧，赫然挂着两块醒目的牌子。一块白色牌子上用醒目的红色字体写着："中国共产党岚江市纪律检查委员会"；另一块用庄严的黑色字体写着："岚江市监察委员会"。

市纪委监委办公楼 613 室，第七纪检监察室

一间不算大的办公室足有八张桌子，靠墙立着一排保密柜，满满当当的都是案卷，几无落脚处。中央空调像是也要过周末，吹得没精打采，幸亏门口有一老黄牛般忙不停的电风扇，才给这弥漫着纸张和墨粉味的燥热房间带来一丝凉意。

所有人都埋头在摆满电脑、打印机、案卷、文件的桌子上，井然有序地忙着手头的工作，偶尔一两句交流也不外乎案情及引用的法规，一句家常和玩笑都成了奢侈。

不起眼的角落里，一位穿着汗透了的白衬衣、起了皱的黑西裤的中年男子戴着三分之一脸大的黑框眼镜，正紧锁眉头，专心致志地翻阅卷宗。料是谁也想不到，这个 1990 年代知识分子打扮的干巴男子会是岚江市纪委史上最年轻的副处级干部，刚刚三十三岁的七室掌门人——陆浩宇。

一页页翻着卷宗，他眉头越皱越紧，时不时在本子上记录着。过了许久，他慢慢合上卷宗，深呼一口气，不自觉抽出一根烟来。正要点上，又猛地想起什么，站起身，抓起烟盒和打火机，朝门外走去。

"陆主任，不用出去。在这儿抽就行。"屋里唯一的女性赵涵见状，赶紧说道。

"没事。"陆浩宇回头看了一眼，"我出去走走。"

陆浩宇有自己的办公室，就在隔壁的611室。除了会客和办理涉密案，他大多时候更愿意待在七室的办公区，坐在平日不常用的桌子前和同志们一起办公，随时讨论案情，更能时时让自己保持清醒的状态，防止过于安逸而生出懈怠。

出来带上门，他就把烟点上，用力吸了一口，看了一眼自己的办公室，停了一下，然后在楼道里漫无目的地走着，若有所思。

不知不觉来到楼道尽头，他抬起头，牌子上的"601"映入眼帘。他不由得苦笑一声，想了一下，就轻轻扭动门把手。门没锁，顺势打开后，看到办公桌前坐着的徐济元，他补敲了两下。徐济元抬头看了一眼，"哼"一声算作回应。他也不客气，走到对面桌子上坐下，吐了一口烟圈。

"这样的天，屋里不开空调，也不买个风扇，准备孵蛋？"陆浩宇拽着领口抖了几下，问道。

"多孵几个你这样的蛋，我就省心了。"徐济元从抽屉里拿了两盒烟，扔给陆浩宇，自己也拆了一盒，抽出一根点上，吸了一口。"再说，心静自然凉。你还差着境界呢。"

陆浩宇拿起烟，看了一圈，问道："哪来的烟？"

徐济元不屑地看了他一眼："放心，自己买的。我这儿还有购物小票，陆主任要不要过目啊？"说罢，就去翻钱包。

"算了。"陆浩宇摆摆手，笑了一下，"下次，等你没有防备着。"

随即又吸了一口烟，“我的意思是，蓉蓉不是不让你吸了吗？还敢偷吸?!”

“你这小兔崽子，就兴你在我面前吞云吐雾，还不准我一天来一根过过瘾?”徐济元佯怒道。

“我可没得肝癌，也没动过手术。”陆浩宇伸头越过电脑，看了一眼徐济元的桌子，“再说了，别以为你拆一盒新的，就能让我相信这是今天第一根！也别以为你把烟灰缸放在我视野盲区，我就看不到里面的烟灰！从数量看，今天第五根了吧。你可千万别说是昨天剩下的。喏，烟头都在这儿摆着呢，你个老狐狸。”

徐济元“嘿”了一声，既没承认也没否认，又淡定地吸了几口，“老狐狸这个岁数了，吸一根少一根了。不比你这小狐狸，正当壮年，眼尖脑活的。再过一两年，这里可就是你们的天下了。”

陆浩宇不禁动容，不由想起初来市纪委，时任纪检监察室主任的徐济元手把手教他分析案情、传授谈话思路和技巧。一晃十多年过去了，徐济元已是市纪委副书记、市监委副主任，自己也成了同事口中的骨干精英、办案高手。他很明白，能走到今天，全靠面前须发皆白的干瘦老人。“徐书记，我——”

“打住！你一叫徐书记，我就感觉没好事。肉麻的话少说，没用的屁也别放!”徐济元看了他一眼，“室里的人都来加班了?”

“除了江峰。他母亲老毛病又犯了，在住院，来请了半天假。其他人都在。”陆浩宇吸了一口烟，“手里有案子，每天都是工作日，算不得加班。再说，您老不也在这儿吗?”

“我不一样。我都这个岁数了；你嫂子不在了；蓉蓉工作忙，三天两头才回一趟；小枫吧——还是杳无音讯。”说到这里，他不禁有些伤感，但紧接着调整了一下语气，“倒是你们，年轻，琐事多，一心扑在工作上是好，但也别忘了兼顾着照看好家庭。”

“好。”陆浩宇把烟头掐灭，又皱起了眉头，“小枫到现在还没消息吗？有进展吗?”

半年前，徐济元被抽到省里担任巡视组副组长，异地巡视，爱人突发脑梗塞，身边没人照应，不幸去世了。为此，儿子徐士枫和他大吵一架，离家出走，至今音信全无。徐济元也不让报案，说孩子想通了，自然就回来了。陆浩宇终是不放心，暗地里托公安技侦的朋友帮忙搜寻，但也没有结果。

“不说这个了。”徐济元打断了陆浩宇的沉思，“你进门时眉头都拧成麻花了。说说吧，什么事能把你难为成这样。”

陆浩宇又点上一根烟，吸了几口，不急不缓道：“手里新接了三个案子。刚才看卷，越看越觉得蹊跷。”

“哦？”徐济元来了兴趣，“哪里转的？”

“一个是市检察院人员转隶带着的，一个是市委第四巡察组交的问题线索，还有一个——”陆浩宇把烟朝上一指，“上边督办的。”

“说来听听！”

“第一个，是反映梅口县公安局警务人员给一个非法采矿团伙充当保护伞的；第二个，是反映市滨海新区规划建设委员会一个党员干部嫖娼的；第三个，是反映营水区环保局对焚烧洋垃圾造成严重污染、治理不力的。”

徐济元皱了下眉头，略一思考，“这三个案子听起来互无联系。照理说，该问责的问责、该处分的处分就行了。不过，既然你提出来了，想必发现了其中的关联。我倒想听听，你说的‘蹊跷’从何而来。”

陆浩宇投来钦佩的目光，旋即定了定神，一字一句道：“那我就一件一件说。先说这第一个。去年 11 月，多名群众向市检察院反映，梅口县以王峋为首的团伙没有采矿证，进山非法采矿，并与当地农民剧烈冲突。王峋团伙持械打伤数人，被当地县公安局拘留。第二天，全部无罪释放。有人反映，王峋曾叫嚣着自己是跟‘岩哥’混的。可市检察院介入调查时发现，当地公安局已没了任何该案的卷宗。王峋团伙谈话时，也矢口否认认识岩哥。此案一度被迫停止。市检察院部分人员转隶后，案子也跟过来了。”陆浩宇停了一下，给徐济元充分的思考时间，直到他点头示意，才继续道，“再说说这第二个。今年初，市委第四巡察组在巡察市滨海新区规划建设委员会期间，一职工实名举报另一普通党员干部孙崇林嫖娼。据说他酒后失言，显摆自己被岩哥亲自接待，去了岩哥的私家园林，接受了一个女子的陪侍服务。巡察组了解情况时，他对嫖娼之事供认不讳，却坚持说喝完闷酒后自己去娱乐场所随便找的姑娘，具体地方说不清楚，对岩哥则绝口不谈。”

“嗯，有点儿意思。”徐济元重重地点了下头，“继续说。”

“要说有意思，还得是第三个。”陆浩宇笑了笑，起身拿了个纸杯，自顾自倒了杯清水，喝了一口，举着水壶向徐济元晃了晃。徐济元摆摆手，他重新坐下，“两个月前，省环保督导组来咱们市督导。不少群众反映，营水区一家废弃的秸秆焚烧厂夜间大肆焚烧国外无法处理的洋垃圾，造成严重污染，怨声载道。督导组反馈问题后，营水区环保局连续蹲了一周的点，什么也没发现。环保局的人一走，又有人举报厂里在焚烧洋垃圾。这次环保局学乖了，在离厂很远的地方蹲着。两周过去了，还是一无所获。这下群众不答应了，说摆明了环保局和厂子合伙跟大家躲猫猫，遂一而再、再而三向督导组反映。督导组就转到咱们这里，要求对营水区环保局相关人士问责。”

“哦？这次没那个岩哥事了？”徐济元问道。

“问题就在这儿。我翻阅营水区环保局和举报人谈话笔录时发现，这厂以前的幕后老板据说就叫岩哥。”他喝了一口水，看向徐济元。

徐济元沉思了一会儿，“说说你的判断。”

陆浩宇抽出一根烟点上，吸了一口，吐了一个烟圈。“从目前掌握的情况看，三起案件都有高度一致的共同点——岩哥。更致命的是，岩哥像影子，看不见，又无处不在。假设证词可信，所说的岩哥是同一人，就说明岩哥深度渗透了多个政府行政机关。而且，羚羊挂角，无迹可求——势力之庞大、手段之凌厉，让人胆寒。”

徐济元望向陆浩宇的眼神多了一丝赞许，点了点头，“和我想的差不多。别忘了，这只是三起案子，三起在你手头的案子而已，还有很多看似简单的案子背后不知道隐藏着多少个岩哥。这世界没那么多巧合，很多所谓巧合背后都是必然，都有很简单也很直观的解释。接下来，你有什么打算？”

“不知道。”陆浩宇苦笑了一下，“或者说，还没想好。”

徐济元哈哈一笑。“我还没见你如此窘过呢。”说完，收起笑容，想了一下，“这样，你先回去理出一个报告，把发现的情况简单陈述一下。下周一，我们去找贺书记汇报。今天不行了，他去市委参加常委会，有一天的会期。”

“嗯，行。”陆浩宇边想边点头，“贺书记要是问你意见呢？”

“我的意见——”徐济元边说边抽出一根烟，刚要点上，被陆浩宇一把抢了，食指比了个“一”字。徐济元也不生气，苦笑了一下，“我的意见当然是查。不仅要查，还要一查到底。不管后台势力多硬、背景多雄厚，只要触犯了党纪国法，决不姑息。”

看着徐济元，陆浩宇默默叹了口气。唉，明明是副书记了，偏偏还和当年的室主任一个脾气。不过，这不也正是自己敬佩他的地方嘛！“老徐啊，你这把我说的，都想奖励你一根烟了。”陆浩宇笑了一下，假装去拿烟。

“算了，你个小兔崽子。回去写你的报告去吧。表扬的话先不说了，给你记着。结完案，我掏钱给你摆一庆功宴，边喝边夸。”

“行，我可记着呢，不许再赖账了。上次崔文鑫的案子，说好的庆功宴还没兑现呢。”

“结完这个，着一块。那么个小案子，也好意思拿出来说。”徐济元假装不耐烦了。

“哎，你可别啊，咱们可是既‘打虎’也‘拍蝇’。‘四种形态’怎么学的，‘抓早抓小’怎么说的？还敢说小，我看你得好好补补课了，你！再说了，崔文鑫的案子哪里小了？就算不是虎，好歹也能算头狼吧？你这狮子大张口的，说得倒轻松！下次你来办办试试！”陆浩宇也假装板起脸来。

“好好好，陆主任！我理论功底不如你，也说不过你。让你们家韩老师再给我补补课，行了吧？”徐济元看看表，“不早了，让同志们早点儿回去歇着吧。明天也都别来了，也担点儿家庭责任。”

“行。”陆浩宇应了一声，“你也得休息休息，别整天耗在这儿，都快六十的人了。看你那头发白的，跟八十似的。不知道的，还以为咱委里虐待老人呢。”

“好。”徐济元又抽出来一根。陆浩宇没再阻拦，拿着打火机给他点上。徐济元看了一眼窗外，“雨要来了。”

陆浩宇也向窗外望去，不知何时，天空已布满了乌云。“是啊，这雨肯定小不了。越闷，雨越大。”

“对。”徐济元深吸一口，“岚江的天，看来要变。”

点 兵

回自己办公室简单写了个报告，陆浩宇就驱车回家了。

“回来了？今天这么早！”韩笑起身，接过他换下来的衣服挂在衣架上，又把家居服递了过去。

“一看下雨，老徐不放心，就让大家早回了。”陆浩宇接过衣服，边换鞋边说。

“小枫的事有眉目了吗？”韩笑关切地问道。

“还是老样子。”陆浩宇略一皱眉。

“你再让展津多费费心，帮忙找找。”韩笑说。

“好。展津一直很上心的，上个月还说检测到手机信号了，可时间太短，没定位就消失了，人应该还在咱们市。”陆浩宇边说边走到沙发上坐下，伸了伸腰。

“那就好。唉，梅姨走得早，小枫又不知所终，老徐也刚做完手术——这接二连三的打击，他怎么受得了啊！”韩笑深深地叹了一口气。

韩笑口中的“梅姨”，正是徐济元的妻子于宜梅，和韩笑是市委党校同事，也是陆浩宇和韩笑的媒人。陆浩宇夫妻还是单身时，徐济元和于宜梅就一直给他们撮合来着。陆浩宇在市委党校科级干部班培训时，韩笑恰巧是陆浩宇的讲师。一来二去的，两人就在一起了。结婚以后，问题也跟着来了。陆浩宇和徐济元以兄弟相称，韩笑则一直称“梅姨”，辈分那叫一个乱。后来，两家还专门开小会研究，决定各亲各论、各喊各的。两家关系一直很好，女儿微微也是于宜梅起的名字，说妈妈名字里有“笑”，连起来就是“微微一笑很倾城”，寓意母女都是倾城美人。每次想起往事，都会让韩笑唏嘘不已。“老徐一个人在家也无聊，你没事时喊他来咱家，我多炒几个菜，你们喝几杯。”

陆浩宇苦笑着摇摇头，“我没少提。他的脾气你又不是不知道，生怕麻烦人。以后没事时，咱们带着微微多去他家坐坐，陪他说说话。对了，微微呢？”陆浩宇打量了一圈，问道。

“让她姥爷接回家了，准备住一段时间。”

“好。你也好久没回去了吧？怎么没跟着？我最近会上一个案子，时间应该比较长，可能没空儿回去。你暑假没事，多去陪陪他们。我这么大人了，能照顾好自己，你放心就是。等我得空儿，就去看他们。”陆浩宇笑着，拍拍韩笑的手说道。

“没事。说好听点儿，他们都理解；说不好听的，他们都习惯了。”韩笑咯咯一笑，“下个月，微微奶奶就过生日了。她可就你这一个宝贝儿子，好歹露露面吧。”

“看案子进度吧，说不好。”陆浩宇想了想说。

“什么案子，又得好几个月！”韩笑嘟着嘴，抱怨道。

“哎哎哎——”陆浩宇一边笑，一边用手点了几下。

“好好好，不问不问。你们这保密保的，连老婆都防着。”韩笑假装没好气道。

“我这不——”陆浩宇急忙解释。

“为我好——我知道。”韩笑抢过话来。然后站起身，朝厨房走去，“算了，不说了，我先炒菜去。已经切好了，就等你回来下锅就行。”

“今天炒什么？”陆浩宇跟着韩笑，去了厨房。

“青椒鸡蛋、醋溜山药。都是你喜欢的。”韩笑边笑边系围裙。

“难得今天下班早，我来炒吧。”陆浩宇抢过围裙。

“呀呵，都几年没下厨了，敢在这儿装蒜？”韩笑打趣道。

“可别小看我！当年，我还是单身阵里的‘厨神’来着。”陆浩宇洋洋得意道，“对了，先放青椒还是鸡蛋？”

市纪委监委办公楼 701 室

岚江市市委常委、市纪委书记、市监委主任贺在洲办公室

陆浩宇汇报之前发现，徐济元在旁边坐着。贺在洲神色凝重，全程一言不发。沉思良久，“济元，你什么意见？”

“贺书记，我的意见是查。假设浩宇的判断不假，这伙人在如今的关口仍不收敛、不收手，长此以往，会造成难以预估的危害。正逢扫黑除恶专项斗争攻坚期，黑恶势力保护伞也是工作重点，我们没有坐视不管的道理。”徐济元铿锵有力地说道。

贺在洲点了点头，又沉默了一会儿后道：“查！而且要查深，查透，查明！济元，你牵头，务必查个水落石出。”

徐济元应了一声，贺在洲望向陆浩宇，“浩宇，手头的案子放一下，专心于这边。挑几个得力的成立核查组，尽快下手。”

“好。”陆浩宇想了一下，“贺书记对这个案子，有什么指示吗？”

“没有。你尽管查，我全力支持。不管涉及谁，决不姑息。”贺在洲掷地有声道，“有两点，你要高度注意：第一，细致。线索往往藏在很不起眼处，而且，尽量不要打草惊蛇。第二，安全。不光注意办案程序，更要注意自身安全。”

陆浩宇若有所思地点了点头。贺在洲顿了一下，继续道：“推荐两个人：一个可以加入核查组；另一个，你可以找他了解情况。”

市纪委监委办公楼 601 室

“宋浔钧？”陆浩宇轻声念道，“市委第四巡察组组长？”

“是的。”徐济元想了想，“孙崇林的问题线索是第四巡察组移交的。难不成，浔钧还有其他内幕？”

陆浩宇点了点头，想不出个所以然来。从兜里掏出一盒烟，递一根给徐济元，点上，自己也点了一根，吸了几口道：“一会儿回去，我先联系第四巡察组的联络员，约一下宋组长，看他究竟知道多少。哎，对了，我记得你和宋组长是老相识。”

“嗯。”徐济元吸了一口烟，“我在一室干主任时，浔钧就在东华县干纪委书记了。东华县一个副县长的案子，委里安排我去的，算是卸任室主任的最后一案。原以为会很轻松，结果扎进去一个月毫无线索。幸亏浔钧给了难得的支持和配合，提供线索和人手，帮助我们成功突破了。否则，还得三四个月。”

“我怎么没印象？”陆浩宇皱眉道。

“你被省纪委抽去办朱遥案了。”徐济元若有所思地看了他一眼，“你还记得吧？”

“当然。”陆浩宇苦笑一声，“终生难忘。”

省农业厅原厅长朱遥一案，是现任省纪委书记郭晏秋上任后主办的第一大案，轰动一时。为了整合力量，省纪委从各地市抽调办案骨干组成调查组，早有名气的陆浩宇是岚江市唯一被抽调的人选。那时就有传言称，其已纳入省纪委的视野，只等机会，跟着省纪委办几个大案镀镀金，就可能平步青云了。机会等到了，结果却出人意料。一向以稳健著称的陆浩宇在向一个关键证人谈话取证时，材料做得不够扎实，证人随即翻供，给调查组的工作增添了很多不必要的麻烦，甚至一度陷入被动。据传闻，郭晏秋大发雷霆，曾在调查组当众斥责他。金没镀成，结案回岚江，再也没被抽调过，更别提调入省纪委工作了。这事也成为陆浩宇的分水岭。流言蜚语让他低迷了一段时间，但很快就调整好了状态，去掉了身上最后一点浮躁，重新扎进新案查办中。之后的陆浩宇更加沉默寡言，做事也愈发扎实谨慎，方才有了如今的成就。

“浔钧为人随和，没架子，也很儒雅大气，行事做派够正。你可以好好跟他学习。一会儿我先打个电话，让他有个准备。见到他了，替我问个好。”

“好。谢谢了啊，徐书记。”陆浩宇定定神，展颜笑道。

“别，你还是别叫我徐书记，听着鸡皮疙瘩都起来了。还是叫‘老徐’，习惯些。”

“好的，老徐书记。”陆浩宇笑道。

“你啊。”徐济元一副无可奈何的表情，“对了，核查组的人选你考虑得怎么样了？”

“想到了几个。”陆浩宇收起笑脸，“江峰算一个。”

“嗯，你的副主任。合作时间不短了，相互比较熟悉。”徐济元点点头，“不过，记得你上周六说他母亲住院了，得统筹好。”

“好。”陆浩宇思考了一下，“周海，仓宿区纪委第四纪检监察室主任，跟着我办过几次案，头脑灵活，做事也比较稳重。”

“听说过。没问题。”

“对了，老徐，贺书记推荐的人什么来历，你知道吗？”

“临江县纪委的，检察院转隶过来的，不熟。委组织部通知她了，一会儿就会去你室里报到。”徐济元顿了一下，“一位女同志。”

“女的？”陆浩宇喊了一声，“贺书记为什么推荐一个女的？这么大的工作量，女的吃不消啊。”

“嚷嚷什么。”徐济元摆摆手，“贺书记的安排自有道理。我猜，这次核查跟以往不同。刚才贺书记也说了，首要的是细致，女同志更细心些。况且，我感觉，这次你更多需要的不是明察，而是暗访，带个女同志更方便。”

陆浩宇平静了一下，点点头。“那也带上我们室的赵涵。她工作比较细致，跟我的时间不短了，熟悉程序，我放心。”

“还有吗？”

“市纪委驻市住建局纪检组，正科级检查员袁清。没共过事，但他在市住建局办了好几个漂亮的案子，我一直眼馋着，想把他纳入我的麾下。”陆浩宇一副惺惺相惜的表情。

“你呀，胃口还挺大。”徐济元笑了一下，又皱皱眉，“派驻组缺人严重，难度大。”

“我不管。就看你的力度了，不是口口声声要全力支持好，保障好!?”陆浩宇半脸嘲讽上来了。

“嘿，你个小兔崽子，还会激将。”徐济元想了一下，“你要的人，一个不少。大不了我豁出去这张老脸，去求驻住建局纪检组的解书记。”

“如此最好。先行谢过，徐书记。”陆浩宇一脸坏笑，抱拳作揖。

市纪委监委办公楼611室

一回办公室，陆浩宇就给市委第四巡察组的联络员齐滨打电话，约定宋浔钧。紧接着，他把室里的同志叫过来，让江峰和赵涵把手头工作交接出去，把三个新案子的案卷交给他们，好提前熟悉案情；最后，又交代好其他同志按部就班，继续手里的工作。

刚倒上一杯清水、掏出烟来要点上，就响起了敲门声。“请进。”陆浩宇把烟放下，朝着门口说道。

门开了，一个年轻姑娘走进来，笑盈盈道：“陆主任，您好！我叫张沐源，组织部让我来找您报到的。”

陆浩宇惊讶地打量着她：娇小玲珑的身材，头上扎了个马尾，褐色蝙蝠衫配白裤子，笑起来两个可爱的酒窝若隐若现，声音清脆中又带着一点点嗲，十足一个可爱的女学生。“你——来报到？”陆浩宇嘴巴大张，能放下一个鸡蛋，“我们室没有实习生的计划。”

“陆主任，我不是来实习的，是来核查组报到的。我上班五年了，查案也是一把老手呢。”张沐源笑着说道。

“核查组？哦，对，是贺书记安排你来的吧。”陆浩宇终于反应过来，“可是，你会办案吗？”

“当然会呀。”张沐源丝毫不在意，眼睛眯成一条缝，“难不成，让我来给核查组当保姆，洗衣做饭啊？”

陆浩宇用了很长时间才慢慢接受这个现实，也逐渐平复了心情，但对贺书记的安排还是摸不着头脑。这个小丫头，会办案子？要说便于暗访倒是真的，人家总归不会对长相甜美的学生模样的女孩有所戒备。可问题是，谁能带她去暗访呢？想象着自己带着张沐源暗访的场景，像极了父女，便不禁一身冷汗。帮张沐源办理好借调手续，又安排好食宿，嘱咐她先回去休息，陆浩宇才暗暗松了口气，喝了口水，把烟点上，狠狠吸了几口。

下午两点半，核查组成员一一到齐，相互客套了一番，在陆浩宇办公室坐定。陆浩宇打量了一圈，对这个队伍表示满意，除了——咳咳。定了定神，他也没废话，把呈给贺书记的报告每人发一份。趁着大家浏览的工夫，又简单把情况介绍了一遍。看到每个人都冥思苦想的样子，陆浩宇也不着急，感觉大家消化得差不多了，才让各自谈一下想法和打算。

“我先说说吧。”陆浩宇扭头看去，说话的是七室副主任江峰。“这三个案子之间有一定的关联，但还不太能说明问题，目前掌握的线索也不够明显。我的建议是和信访室、案管室对接一下，看是否还有同类案子，再汇总起来具体分析其中的联系。”

赵涵点头道：“我同意江主任的意见。多搜集一些相对明显的线索，会让我们的工作更主动。”

“你们的意见呢？”陆浩宇看向剩下的几个人。

周海沉默不言。袁清眉头微皱，正要开口，张沐源的声音响起：“陆主任，我有点儿不同看法。”

“哦？”陆浩宇看向张沐源，“说说看。”

“我觉得，不用再收集新件了。第一，大范围收集有可能打草惊蛇；第二，也没那么多人手一个个排查；这第三嘛，嘿嘿，我觉得三个案子里还是有细微线索可查的。”张沐源大方地说道。

周海点了点头。陆浩宇笑了一下，“继续。”

“首先，关于第一个案子，我们大可以查阅一下当时的接警和出警记录。案卷可以销毁，但接警记录没法儿销毁。确定好当时公安的承办人，再逐一了解详情。还可以和上访群众接触。事件闹得这么大，仔细了解，还是能知道一些情况的。”说完，她顿了一下，看到陆浩宇伸开手掌示意她继续，又笑了笑道，“其次，对第二个案子，我们可以从举报人那里详细了解情况，看孙崇林究竟说了哪些被忽略的细节。或者，再进一步，我们可以向市委第四巡察组的同志了解一下这条线索的具体情况。最后是第三个，就更好办了。可从两方面入手：一是先去废弃的厂子实地查看，悄悄安装监控或烟感器。有了焚烧或烟雾报警，我们第一时间和市环保局的过去，绕过区环保局。二是可以去工商部门查一下厂子最早的注册信息和变更情况，再去公安部门逐一比对，看其中或近亲中有叫什么岩的。”说着，她松了口气，“做完这些，应该就会有点儿眉目了。”

陆浩宇不露声色，问道：“大家觉得呢？”

“我觉得可行。”周海简单明了。

“我也觉得这样会更加直观。先把手头的案子核实清楚，再决定下一步的打算。”袁清附和道。

江峰红着脸，也点了点头。

“好，我也觉得可行。”陆浩宇道，“这样，每两人一组负责一个案子，查到线索随时碰头，互通有无。江峰，你和赵涵一组，负责第一个。”

“好。”江峰和赵涵答应着。

“周海，你跟袁清一组，负责第三个。沐源，你和我，跟第二个。”陆浩宇看了一圈，“有问题没？”

“没有。”众人异口同声。

“好。以后这间办公室，就当案情的碰头地了。赵涵，尽快拿出初核方案来，把程序走完。有需要办公设备的，可以和赵涵反映；赵涵汇总后，集中向委里申请。小组自行掌控进度和核查方式，务必抓紧，立即投入工作，争取一个月内完成初核。最后强调三点：第一，安全。第二，保密。第三，细致。大家都是系统里的老人了，纪律方面不用再多说，自己把握。有任何困难马上汇报，争取第一时间解决掉。都明白了吗？”

“明白。”

“好。有问题的留下，没问题的散了吧。”

大家相继离开了，江峰欲言又止，关上门走了。

独自坐在屋里，陆浩宇心里踏实了许多。最后一个不放心的因素——张沐源，展现出来的个人能力让人眼前一亮，他也逐渐理解了贺书记的用人安排。

到了约定时间，该去会会让两位书记都刮目相看的巡察组组长了。

宋浔钧

市委巡察机构办公楼 401 室，第四巡察组组长宋浔钧办公室

静坐在办公桌前看书，宋浔钧忽听得三声均匀的敲门声。“请进。”

齐滨走进来，“宋组长，市纪委七室主任陆浩宇往这里来了，预计十多分钟就能到。”

“知道了。”宋浔钧放下书，抬起头，“上午跟你说的资料，准备得怎么样了？”

“准备好了。是否现在拿过来？”

“不用。”宋浔钧想了想，“先放你那儿。记住，一定保管好。”

岚江市正处级领导干部不少，但有宋浔钧这般传奇经历的屈指可数。他小学语文教师出身，被当地县委组织部长看中，调去当秘书。那个时代人才匮乏，文采出众、行事稳重的宋浔钧得到赏识，青云直上。二十五岁便任县委组织部副部长，二十七岁出任乡镇党委书记，三十二岁提拔交流到邻县任副县长。正当大家都觉得他前途不可限量时，他却偏偏在县里被“限”住了。副县长十年，县委常委、纪委书记又是十年。直到去年市委巡察机构成立，又赶上换届年，才被调到市里担任市委第四巡察组组长，解决了正处级领导职务，却过了有后劲的年纪。整整二十年基层县领导经历，使他炼就了一双火眼金睛。不管什么问题，一打眼就能看到要害，并能提出行之有效的解决方法。不论领导还是下属，都对此心悦诚服。

此时，他坐在办公桌前，仍在出神。先是贺在洲亲自打了电话，让他介绍情况，一定要“知无不言”。随后，徐济元又打电话，对“门生”陆浩宇赞不绝口，拜托一定好好指点。他很好奇，这个人人口中的市纪委“第一办案能手”到底是何方神圣；另一方面，也不禁揣测贺在洲的“知无不言”是何用意，莫非之前的案子又要揭开？敲门声打断了思绪，齐滨领着陆浩宇进来了。

两人在沙发上坐定，陆浩宇环顾了一下，简单整洁，没有多余杂物，不禁暗暗赞叹，确是符合宋浔钧干练的风格。墙上挂了一幅行楷横披——宁静致远，下笔苍劲有力、入木三分，落款人为“浪淘沙”。“请问宋组长，浪淘沙是哪位大师？作品行云流水。”

宋浔钧打量了一下他，微微一笑："闲来无事，随手写的。"

陆浩宇十足吃了一惊。如此丰筋多力之作更像出自七八十老翁之手，没承想竟是眼前五十岁出头的宋浔钧，端的是字如其人。转念一想，自己当面称赞在外人看来倒像刻意为之，有曲意迎合、溜须拍马之嫌，不禁暗暗苦笑，自觉有些尴尬。

宋浔钧倒是不以为意，似看穿了陆浩宇的心思一般，从桌上拿过一盒烟，抽出一根推到陆浩宇面前，"来一根。"

"不用。谢谢宋组长。"陆浩宇双手推辞。

"你一进来，我就闻到烟味了。可别说你这常年办案的主任不会抽烟呐。"

"会抽。"陆浩宇老实说，"可我看您桌上没有烟灰缸，只在茶几上放了一个，想是因为您不抽烟，这烟平日里也只是待客用的。烟灰缸里也是空无一物，应是客人知道您不抽烟，自然也不当您面吸了。我这次来打扰已然冒昧了，更不敢污染了您办公室的清新雅致。"

宋浔钧不禁暗暗称赞，也不再客气，笑了笑，把烟放在一边。"那就喝杯茶吧。"

"宋组长，您别客气，我自己来。"陆浩宇连忙站起来，跟着他往前迈了两步。

"不用。你坐好。"宋浔钧从茶柜里拿出白瓷杯，用茶匙在旁边古色古香的茶则里拨了些茶叶，倒上开水，端给陆浩宇，自己也倒了一杯。

陆浩宇吹了吹杯沿，一股清香之气迎面扑来。他轻轻抿了一口，舌尖微甜，回味醇厚。"好茶！"他不禁称赞起来，"我平日以清水为主，不太懂茶，但这茶清香四溢，的确是好。请教宋组长，这是什么茶？"

宋浔钧笑了笑，端起杯子喝了一口。"算是清茶一类，是我和老父亲种的，什么也不添加。按部就班地种，老老实实地炒，每年就产这么一点儿，够自己喝的。主要也是为了怕老父亲寂寞，找点儿事由让他忙活起来。你喝到的清香，不过是自然的味道。我给茶起了个名字——学思。如何？”

“学而不思则罔，思而不学则殆。宋组长倒是时刻鞭策自己，确是我们学习的榜样。”敬仰油然而生。

“浩宇啊，你就别跟我客气了。也别拘着，放松一点儿。虽是头次见面，你的大名我也是久仰了。再加上贺、徐两位书记大力举荐，我必定知无不言、言无不尽。说说吧，需要了解什么？”

“好，宋组长，那我就不客气了。”陆浩宇放下杯子，看着他说道，“今年年初，您带队在市滨海新区规划建设委员会巡察后，移交了一个党员干部嫖娼的问题线索。请问您还有印象吗？”

宋浔钧心道一声“果然”，又不动声色。“有。我记得应该移交市纪委案管室了吧。”

“是的。案管室又转给我们了。附的证据资料很充分，今天我想请教的是，资料以外是否还有别的东西。”

宋浔钧呷了一口茶，不紧不慢道：“这条线索本身很详实了，没有别的要补充了。”

看着陆浩宇露出失望的表情，宋浔钧笑了笑，“只是——”

“只是什么？”陆浩宇身子向前探了一下，急忙问道。又自觉有些失态，重新向后坐了坐。

宋浔钧装作不知，顾自说道：“只是这条线索以外，确实还有没附的东西。”看了一眼陆浩宇满脸期待的表情，“我想，你应该注意到举报人说的内容了，也就是孙崇林去了一个‘私家园林’，但谈话时拒不承认。”

陆浩宇也不隐瞒，点头道：“是的，我确实注意到了。奇怪的是，孙崇林冒着丢饭碗的风险认下了嫖娼的事，却对其中的关键人物和私家园林矢口否认。由此可见，这些对他而言，远比公职重要。”

宋浔钧投来赞许的目光，“那是一些照片。事实上，我们找到了私家园林，拍了许多照片。”

陆浩宇瞠目结舌：“那您，为什么不报上去呢？”

宋浔钧苦笑了一下，摇摇头，又想了一会儿，一字一句道：“因为，这还牵扯了另一重大线索。”

市纪委监委办公楼 611 室

张沐源和周海、袁清在办公室一页页认真翻着卷宗，张沐源的眉头越皱越深。

“怎么了，张大美女？”袁清笑着看向张沐源，打趣道，“你这眉头再拧，都变成八字眉了。”

“我是在想——”张沐源用中性笔敲打着脑袋，“既然称得上私家园林，为什么一直没人发现和举报呢？”

市委巡察机构办公楼 401 室

“什么？”陆浩宇差点儿跳了起来。

“当初巡察时，我们接到匿名举报，反映市滨海新区规划建设委员会主任付成峻的一些问题。其中之一就是利用职务之便，勾结建筑公司，秘密修建私人会所。里面装修奢华，设备应有尽有，概不对外。真正去过的可能只有付成峻本人和其亲信。”宋浔钧慢条斯理道。

“如果是真的，为何这么长时间从未听过类似风声？”陆浩宇想了一下，“会所在本地吗？”

“不假，就在本地。”宋浔钧呷了一口茶，“至于一直没被发现，应是知情人非常少，加上会所地址隐蔽，周边全是树木。就算专程去找，没人引路，在外面走上十圈也未必能发现。举报人算内部人员了，可对具体位置依然不甚清楚，只划了个几平方公里的大概位置。”

“那你们是怎么发现的？”陆浩宇惊讶道。

“一点点摸出来的。”宋浔钧轻笑了一声，“三天三夜。”

"后来又是怎么处理的?"

"我们结合发现的其他问题，整理出一条付成峻的线索。会所照片就当证据资料，附在后面。"宋浔钧面色沉重起来，"因涉及单位主要负责人，又是正处级领导，我们就没按常规方式移交，而是以径送件呈给在洲书记。在洲书记不仅是市纪委书记，也是市委巡察工作领导小组组长。他当时很震惊，也很气愤，准备立即安排人手核查。可没过三天，他就心平气和地找到我，说放放，过段时间再说。这一放，就到了现在。"

看到陆浩宇沉默不语，像在思考什么，宋浔钧笑了笑，"浩宇啊，我倒想考考你，你听出来什么了?"

陆浩宇沉默片刻，这才张口道:"我的判断不一定准确。第一，移送的问题线索很可能泄密了。第二，有人第一时间帮付成峻找贺书记求情了。第三，贺书记明显对这背后的人或别的什么事有所忌惮。"

看着宋浔钧波澜不惊地微笑着点头，陆浩宇心道一声惭愧，自己班门弄斧了。"宋组长，您是否有个大概范围?"

宋浔钧盯着陆浩宇看了一会儿，心里权衡着，最终说道:"了解情况时，组里很多人去了，但真正接触到问题线索的只有齐滨。移交过程中直接或间接了解情况的只有在洲书记的秘书，市委巡察办的主任、副主任、综合科长、指导科长，一共六人。"

陆浩宇默默记下了这几个名字。宋浔钧接着道:"纠正一点:在洲书记不是忌惮，而是有他自己的顾虑和思量。"

"对，宋组长。谢谢指点。"陆浩宇点了点头，又陷入了沉默。

宋浔钧起身给自己倒了点儿水，看着陆浩宇的杯子满着，又把水壶放下，重新坐到沙发上。"你是不是在想，要不要和在洲书记沟通一下。"

陆浩宇被道破心思，也不隐瞒，"是的。宋组长，您的建议呢?"

"我觉得可以。在洲书记既然让你来找我，让我对你知无不言，想必有了打算。你回去找他了解一下，会少走很多弯路；说不定还会有意外收获。”

“好。”陆浩宇想了一下，“宋组长，我还有个不情之请。”

“查档可以，借人没有。”宋浔钧笑道，“我们不履行执纪审查职责，只是发现问题、形成线索；查案还得是你们。”

陆浩宇哈哈一笑道：“好，是我唐突了。那能不能麻烦宋组长，涉及付成峻会所的问题线索让我带回去研究一下。”

“当然可以。”宋浔钧起身，拿起内线电话安排了几句。“我上午让齐滨复印好了。”

齐滨进来，把密封好的资料递给陆浩宇。刚要转身出门，被宋浔钧叫住，让他帮陆浩宇在地图上详细标注出会所位置。

陆浩宇打开密封带，抽去复印好的照片，一张张翻看。正如宋浔钧说的，从远处看就是一片树林；会所只有一层高，被参天大树遮挡得严严实实。

“门口也很隐蔽，且有门禁，外人根本进不去。我们只能从外面拍些照片。”齐滨道。

“怎么能证明这就是付成峻建的呢？”陆浩宇皱眉道。

“还有证据可以证明，不过是关于其他线索的。你需要吗？”宋浔钧道。

“不用。宋组长查明的，定是扎实可信的。”陆浩宇笑了。

看着陆浩宇的身影远去，齐滨回来说：“宋组长，您把付成峻的事都跟他说了？”

“是。”宋浔钧面无表情。

“您觉得他靠得住吗？”

“我相信在洲书记。”宋浔钧顿了一下，“也相信他。”说罢，盯着陆浩宇喝过的杯子看了良久，笑道，“这么好的茶，他也只喝了一口。”

陵山虎

市纪委监委办公楼 701 室

贺在洲低头写着什么，陆浩宇坐在一边的沙发上思索着。过了一会儿，贺在洲抬起头。“浔钧和你说了？”

陆浩宇定了一下神，点点头，“是的。”

贺在洲放下手中的笔，呷了一口茶问道：“那你是不是有问题要问我？”

“是的，贺书记。”陆浩宇看向他，“我想请问，付成峻的问题线索为什么又放下了？”

贺在洲又呷了一口茶，端起杯子去续水。陆浩宇见状，站起来接过杯子，加满水，又放回办公桌上。贺在洲盯着他看了一会儿，这才开口道：“浩宇，这件事，我谁也没告诉，包括济元和浔钧。”

陆浩宇听了，点了下头。“我明白，贺书记。您要不方便，我就不问了。”

“无妨。”贺在洲不动声色道，“既然把案子交给你，我就得跟你交底。了解越全面，对你以后分析案情越有帮助。浔钧向我呈报问题线索的第二天，一位市级领导就来找我说情了。”

“是谁？”陆浩宇尽量压住心情的波动，平静地问道。

“分管建设口的副市长，安红坤。”

市委巡察机构办公楼 607 室，巡察办主任常东办公室

常东坐在办公桌前，审阅刚刚结束的市委第六轮巡察中第四巡察组呈报的综合汇报材料和线索台账，宋浔钧坐在一旁的沙发上，默不作声地品着茶。

“我这茶可没你的好，你凑合着喝吧。”常东头也没抬地说道。

宋浔钧微笑了，没说话。

常东看完后抬起头，看着宋浔钧笑道："四组的报告和线索一向都很扎实，让人放心。我没什么好改的了。"说罢，顿了顿，"只是这个市教育局副局长张盛启的问题线索看上去定性还不太准确，你回去再斟酌斟酌。"

宋浔钧想了一下，不露声色地回了声"好"，便不再说话。

常东笑了笑，端着茶杯也到沙发上坐下。"浔钧啊，年初第五轮巡察，你弄的那个付成峻的问题线索，在洲书记找你了解过情况没？"

"没有。"宋浔钧笑着答道。

"问题线索应该比较扎实吧，我也没仔细看。为什么在洲书记一直不动呢？"

"不知道。在洲书记自有他的打算。"宋浔钧顿了一下，"也许因为在洲书记觉得问题没那么严重。"

"哦。"常东抿了一口茶，"听说，昨天下午市纪委七室主任陆浩宇过来找过你？"

"是。"宋浔钧抬头看着常东，"之前我们组发现的一个问题线索转到他那边去了，他来找我了解情况。"

市纪委监委办公楼 701 室

"安副市长？"陆浩宇脑海里迅速回忆，"他不是去年换届刚交流过来的吗？"

"是的。"贺在洲点头道。

"他不是本地人，来的时间也不长，应该不会和付成峻有太多瓜葛吧？"陆浩宇略一思考。

"难说。从目前看，我也是这么判断的。"贺在洲顿了顿，"浔钧送来付成峻线索的第二天，安副市长就过来找我，说他刚分管建设口不久，又加上现在是滨海新区建设关键期，需要稳定。市滨海新区规划建设委员会承担的任务最重，如有涉及重要领导，尤其是主要负责人问题，请我酌情延期处理。”

“嗯。从工作角度看，安副市长的考虑也不是没有道理。”陆浩宇接话道。

“对。但这事未免太过巧合了。我当时的考虑是：假如付成峻知情，请安副市长过来打招呼，我不答应就很可能打草惊蛇；假如付成峻并不知情，只是安副市长单纯从全市工作层面出发，我自然也没拒绝的道理。”贺在洲呷了一口茶，“不过，从我的感觉来看，前者的可能性会更大。”

陆浩宇点点头，“贺书记确实思虑周全。您有没有想过，如果泄密，谁最有可能？”

贺在洲不答反问道：“这个，你有没有问过浔钧？”

“问过。”陆浩宇老实回答，“宋组长没说自己的判断，只分析了六个能接触到付成峻线索的人。”

“哪六个？”

“市委第四巡察组联络员齐滨，您的秘书陈飞，市委巡察办主任常东、副主任王洪岍、综合科长郭祥、指导科长林昆。”

贺在洲点点头。

陆浩宇问道：“贺书记，您的判断呢？”

“我说不好。”贺在洲看了一眼陆浩宇，“当时第一反应是市委巡察办主任常东。”

市委巡察机构办公楼607室

送走宋浔钧，常东反锁了门，坐到办公桌前，抽出一根烟点上，用力吸了几口，平复了一下心情。刚刚一点儿小小的试探就让他发现，这个宋浔钧，完全不再信任他了。

常东今年已过五十五，眼看就要退二线，不少人对他的位置虎视眈眈；明里暗里、阳奉阴违的事也不少，有时说话还不如纪委出身的巡察办副主任王洪岍硬气，他看在眼里，默不作声。谁让他是极少数地市里不挂市纪委常委的巡察办主任之一呢。从中央到地方，本级纪委书记都兼任党委巡视巡察工作领导小组组长。为了便于工作，巡视巡察工作领导小组的办公室主任也大多由本级纪委常委兼任。岚江市组建巡察机构时，市纪委常委的名额已满，而且普遍年龄偏小。考虑到新机构的平稳运作，市委决定先安排相对稳重的文广新局局长常东担任巡察办主任，暂不挂市纪委常委，等巡察机构运作成熟后再作考虑。

常东上任后倒也尽心尽力，把巡察机构打理得井井有条，从巡察办到巡察组，运作得有模有样，也发现了很多重点问题，移交了一大批极具价值的问题线索，很好地发挥了巡察应有的利剑作用，得到了贺在洲的赏识。

直到今年年初第五轮巡察结束，市委第四巡察组向贺在洲径送的关于付成峻的问题线索，贺在洲最初明明很感兴趣，可没过几天就让暂放了。常东感觉非常不好，直觉告诉他有人泄密了，而自己首当其冲地成了头号怀疑对象。一方面是呈给贺在洲的径送件首先得他签字，他是理论上除了巡察组最早知道问题线索的；另一方面，他和付成峻私交甚好，在整个岚江市是公开秘密。两人是一批考选的公务员；从副科到正处，也是同年提拔。而且，两人都属虎。在滨河新区办公楼建成启用之前，两人所在单位同在老城区的陵山路上；加上另外两个同在陵山路工作的单位一把手也属虎，就有了“陵山四虎”之称。他们往来频繁，私人感情可见一斑。知道付成峻的问题线索被暂放，他第一时间去找贺在洲，极力撇清自己和付成峻的关系，并一再强调未向付成峻泄露过任何与巡察相关的事。贺在洲只是点头表示知道了，再无表态。常东突然觉得手指发烫，低头看时，手里的烟快要燃尽了，连忙掐灭，在烟灰缸里倒了点儿水，深深叹了口气。

其实，也难怪贺在洲和宋浔钧都逐渐不信任他了。常东不是纪委系统出身，早些年交友广泛，相互称兄道弟的，积累了广泛的人脉资源，后来却成了巡察办主任任上的负担。每当巡察组下去巡察，他总能接到很多求情电话。虽然基本上坚守原则，以各种理由婉拒，但还是会碍于情面，对个别关系非常好、问题比较轻的网开一面，多以提醒为主，和负责具体巡察的组长打声招呼，尽量不上升到形成问题线索的层面。刚才他和宋浔钧提到的张盛启，就曾为自己上高中的儿子协调了学校、班级和最好的老师。想起宋浔钧，常东不禁皱起了眉头。这个人他是知道的，素日里关系也不错，凡事心里跟明镜似的，嘴上不说。他突然有点儿后悔替张盛启打招呼了，遂提起内线电话，刚拨一个号又挂上了。

常东默默叹了口气，转念又想起付成峻的事来。认识几十年了，付成峻的性格他还是知道的，胆大且脑活心细，他要干出来什么事，常东都不觉得意外。这次陆浩宇来找宋浔钧，总让他隐隐不安：是不是贺在洲安排陆浩宇启动了针对付成峻的核查？能查到什么程度？自己是否被牵扯其中？他不由感觉到，一场腥风血雨即将到来。

市纪委监委办公楼 701 室

“常主任？”陆浩宇自言自语道，“您既然说不好说了，是否把他排除了呢？”

“你这小子，”贺在洲难得地笑了，“可真会抓人话里的漏洞。这个我还说不准，但现在给我的感觉远没有最开始强烈。”顿了一下，“最开始我怀疑他，是因他和付的关系实在太近。你们年轻，老一辈的事可能不清楚。以前，特别是在老城区，常东、付成峻，还有另外两个单位的一把手被并称为‘陵山四虎’。常东专程过来解释，说得很坦然，也很诚挚；任巡察办主任以来并无大的疏漏，让我慢慢转了心思。”

陆浩宇若有所思地点点头，过了一会儿，像想起什么来了，“贺书记，我印象里您还是头次和我说这么多，是否准备对付动手了？”

贺在洲朝他投来肯定的眼光，点点头。“没错。毕竟浔钧查到的问题线索比较详实，动手是早晚的事。之前迟迟不动，一来为了稳住付成峻，让他放松警惕；二来也是想看看，他们这些狐狸还能不能再露出尾巴。现在，既然你找到了另外三条线索，不妨先从细微处查起。尤其关于会所，既不打草惊蛇，又能查清查明；再抽丝剥茧，分析出来这三条线索的关联，特别是和付，或其他公职人员的关联。”

“好。关于付成峻呢？”

“付成峻其他的问题线索大多与这些无关，我先不给你，你也不必过问。等你把付及其团伙，尤其是背后的力量查清楚了，我们再收网。”

“背后的力量？”陆浩宇问道，“贺书记，您感觉付成峻背后还有保护伞？”

“是的。”贺在洲呷了一口茶，一脸平静。

陆浩宇细细想来，三起案子属于三个领域，原本并无关联，唯一把他们联系起来的就是所谓的岩哥。而之所以扯出付成峻，不过是其中一起案子里付成峻手下提到过岩哥的私家园林。这个私家园林和付秘密修建的私人会所是不是同一个，还不得而知。但就目前而言，真正的核心人物是岩哥而非付。说不定，他们也只是别人手里的排头兵。想到这里，陆浩宇不禁后背一阵冰凉。“我明白了，贺书记。”

“嗯。”贺在洲一脸严肃，“你要秘密进行！涉及付或更深层次的人，你更要小心再小心，慎重又慎重。”

“好。”陆浩宇点头应道。

“另外，知道这事的人必须少之又少。核查组的人尽量派去查另外两起，你亲自去查市滨海新区规划建设委员会党员嫖娼。人不在多，在精。你可以带张沐源去查，必要时跟她交个底。”说完，贺在洲笑了一下，“说起来我推荐的这个丫头，你觉得怎么样？”

“不错。头脑很活，也比较有思路，像是个干家子。”陆浩宇想了想说，“徐书记问起来呢？我要跟他说实话吗？”

贺在洲略一思考道：“济元不会问的。问了，你也不用说。我自会找机会和他说明。”

“好。”陆浩宇稍稍松了一口气，“对了，贺书记，您为什么这么信任张沐源？”

“原因很简单。”贺在洲笑了，“这丫头是我看着长大的。”

市纪委监委办公楼 601 室

一进徐济元办公室，陆浩宇就急忙把烟点上。

徐济元抬头看了他一眼，也不在意，“刚从贺书记屋里出来？”

“对。”陆浩宇吐出一个烟圈。

“见过浔钧了？”徐济元也点上一根。

“对。”陆浩宇弹了一下烟灰。

“问到你想问的了？”

“对。”陆浩宇依然只有简洁的一个字。

等了一会儿，看陆浩宇没有说下去的打算，徐济元笑了笑，“赵涵拿过来的初核方案我看过了，没问题。程序上的事你也不用担心，我在家替你兜着。你安心按既定方案查就是了。”

“好。”陆浩宇像是回过神来了，笑着看向他，“谢谢了，老徐。”

徐济元这次倒是没笑，也没说话，默默吸了几口烟，“看你的表情，就知道这次案子非比寻常。你多加小心，把握好分寸。需要我，你只管开口，我这把老骨头有时还能中上用。”

“好。”陆浩宇向他投去感谢的目光。

“什么时候动手？”

陆浩宇又狠狠地吸了一口，重重地呼出来，把烟头掐灭，缓缓道：“明天。”

三管齐下

岚梅公路距梅口县三十五公里处

和赵涵坐在去梅口县的车上，江峰手机突然响起来。“喂，你好。”江峰接起陌生电话。

“喂，您好，先生！我们这里是昌瑞小额贷款有限公司。请问您最近有资金需要吗？”电话那边一个甜美的女声问道。

“是吗？”江峰假装很兴奋，“我需要，我需要。”

“先生，那您需要多少？”

“先来一个亿。不够再说。”江峰一本正经道。

“先生——”女声明显不知道怎么处理这样的“大客户”，“是这样的，我们是小额贷款公司，一般只做小额业务。”

“我知道啊，一个亿算大额吗？一个亿都没有，还好意思出来开公司？别耽误时间了，马云给我打电话了，先挂了。”江峰挂断电话，把号码拉黑。

赵涵这才放开一直捂着嘴的手，笑得前仰后合。“江主任，你也太坏了。人家小姑娘也是工作，挺不容易的。”赵涵边笑边说。

“跟她开个玩笑。她一直被冷语拒绝，不是更难过吗？”

“其实，最坏的就是贩卖信息的。要不是他们把个人信息打包卖了，咱们也不至于整天接到无休止的骚扰电话。你说公安部门也是，都不管管。”赵涵小嘴一撅，抱怨道。

“公安部门太忙了，那么多案子要办，这些细枝末节顾不上也正常。”江峰渐渐收起笑容。

“是啊。”赵涵若有所思地点头，“江主任，咱们确定不先去公安局调接警和出警记录吗？那可是陆主任同意过的方案。”

“确定。陆主任同意这个方案，并不代表只有这一种方案。他也说了，让各组随机应变，并一再嘱咐尽量不要过早打草惊蛇，以外围核查为主。所以，咱们先去找举报群众了解一下具体情况。毕竟，纸面上的案卷不能反映全部问题。”江峰缓缓道，“一会儿和群众了解情况，先不要做笔录。太正式了可能会有顾虑，尽量让他们畅所欲言。咱们先听着，简单形成一个初步判断；以后需要补充证据再说。今天只记本子上，重要的可以录音。”

“好的，江主任。一切都听你安排。”赵涵边思考边点头，“对了，江主任，你母亲又住院了，是吗？好点儿了没？你上案子了，还有时间照顾吗？”

“没大碍，老毛病了。我和我妹妹轮换着——她负责白天；我晚上下班就去替她，她再去上班。”

“咦？你妹妹上夜班啊？在什么单位？”赵涵好奇道。

“具体我也不清楚，只知道在一家企业做电话客服，以夜班为主。”江峰略一皱眉，说道。

“哦。”赵涵应了一声。两人不再说话了。

营水区，废弃秸秆焚烧厂内

周海蹲在地上，皱着眉仔细看了许久，才慢慢站起身来，拍了拍身上的泥土。

“怎么样？”袁清问道。

“地面还能隐隐看出被烧过的痕迹。你看这里。”周海指着一片地面说道。

“嗯。”袁清点点头，“看上去不像长久废弃不用的，至少近期有过焚烧的。”

“对。”周海说道，“群众反映应该属实，要不然也不至于死命地告。下一步有什么打算？”

袁清想了想道：“就按照之前沐源的建议吧。咱们和市环保局沟通一下，请他们派人二十四小时轮班，在远处看着，一旦发现有人焚烧，马上控制，并按规定程序办理。”顿了一下，“这样做，可以造成一个假象——市环保局在插手案子，打击垃圾焚烧污染。我们再腾出手来，去查一下这个厂注册、变更及相关人员信息，看能否查到一些关联。”

“嗯。”周海右手托着下巴道，“那咱们还需要找群众了解详细情况吗？”

“暂时不要，意义不是很大。况且，这也是陆主任定的方向，咱们跟着落实就行。”袁清说道。

“嗯。”周海想了想，笑道，“咱们是抽调来的，多听陆主任安排就是了。”

“对。也不能懈怠，得把活儿漂漂亮亮地做了。要不然，也对不起陆主任的信任。”袁清深深地呼了一口气。

“那是自然。”周海像是想起来什么，“核查组除了七室的三个人，还有咱俩，就只有沐源了。你听说了吗，沐源可是贺书记亲自向陆主任推荐的呢，也不知什么路子。”

“领导安排自有考虑，咱们也不用妄加揣测。”袁清笑了笑，“况且，我是真感觉张沐源这小姑娘看上去柔柔弱弱的，但确实聪慧、细致，跟着陆主任，应该能发挥很好的作用。你觉得呢？”

市纪委监委办公楼611室

“陆主任，他们两组都下去了，咱们怎么还在这儿？”张沐源一脸疑惑。

“不着急。你先看看这几张打印的照片。”陆浩宇把会所的照片递给她。

她一张张认真翻着，眉头不自觉又皱成了八字。陆浩宇在一边看着，觉得又可爱又好笑，不由笑出声来。

“陆主任，你盯着我笑什么？”张沐源用手擦了一下脸，“沾上东西了？”

“没有。”陆浩宇定了定神，“看你这么认真工作，我很欣慰。”

“那是自然。”张沐源小脸往上一扬，“对了，陆主任，你从哪里找到的这些照片？是案子里说的私家园林吗？”

陆浩宇想了一下道：“照片是市委第四巡察组去了解其他案子时拍的。是不是咱们这起案子里的私家园林，就不得而知了。”

张沐源小眼睛一眯，想问什么，又没出口，笑了笑，继续看照片去了。一会儿后抬起头，冲陆浩宇调皮地笑道：“陆主任，你有什么高见没？”

“你有什么想法，先说说看。”陆浩宇不答反问。

张沐源收起了笑容，边想边答道：“从周边环境来看，照片远处是水，应该是在一个小岛上，或者是在海岸边，离海很近。”

陆浩宇点了点头。张沐源似受到了鼓励，笑了笑，“当然，也有可能是市区里的人工湖。修建者应是下了一番功夫，不仅看上去特别隐蔽，选的地方很像城管局、水务局、渔业局‘三不管’地带，非常适合建这种见不得光的私人会所了。”

陆浩宇拿过来照片仔细翻了一遍，暗道一声惭愧，张沐源说的这一层面，之前竟未想到。

“不过，我也有很多疑问。从照片看不出来会所规模，只有一个大门，里面到底有什么、怎么运营的一概不知。”说罢，她叹了一口气，“好想去里面看看啊。”

“是吗？”陆浩宇放下照片，笑道，“那咱们就去看看，如何？”

梅口县兴山矿场外

与举报群众约好在矿场院外见面，本以为会来很多人，却只到了两个。

江峰不免有些惊讶，但尽量控制情绪，先亮出工作证，做了自我介绍，说明了来意，然后用很平和的语气道：“请问，只有你们两位吗？别人都在矿上还是外出打工了？”

两个群众对视了一下，年纪大的说：“嗐，什么上工啊，其他人都不愿意过来说。”

“哦？”江峰不禁皱眉，“是被人胁迫了，还是有难言之隐？”

“也不算吧。只是都跟王峋签了协议，不再承认发生过冲突和打伤人的事了。”

江峰和赵涵面面相觑。赵涵问道：“两位可否详细说说？”

他们说得断断续续，江峰和赵涵费了好大的劲才理了个大概，弄明白了原委。

原来，自王峋团伙放出来后，不但没再来闹，反而非常客气地主动道歉，表示不再来抢矿，还要赔偿被打伤人的医药费和误工费、精神损失费等。当然，这一切是有条件的。拿到钱的人必须与王峋签好协议：不管谁来问，拒不承认发生过冲突，更不许承认受过伤。违反协议者，需以到手的十倍金额赔偿。刚开始自然没人去签，王峋又想了一个狠招。他在矿上支起一张桌子，上面摆放了几十万现金，旁边放着协议书，声称首签者可以拿二十万，第二个签的十万，第三个签的九万，第四个签的八万，依此类推，最少的可得一万。终于有人耐不住，上去签了，王峋果然当场给了二十万现金。其他人一看，唯恐落后。最后，没签协议的就只有坐在江峰面前的两个人了。协议也不让复制、带走，只在王峋手里保管着。大家害怕十倍返还，自然守口如瓶了。

“你们不签，不怕王峋他们报复？”惊讶过后，赵涵问道。

“嗐，这有什么怕的。爹妈死得早，我们亲兄弟还没成家，没那么多牵挂。总不能为这么点儿钱就颠倒黑白，出卖良心啊。”看上去是哥哥模样的朴实地笑笑，说道。

“同志——”江峰莫名感到一股暖意涌上心头，“你们放心，今天的谈话内容我们一定不会泄露。”说罢，看向赵涵。赵涵也郑重地点头。

“瞧你们说的！要是信不过，我们今天也不会出现在这儿了。

同志，我们以前不懂，老以为纪委是办大官的，普通警察归检察院管。要是早知道你们也管，就去你们那里反映了。”像是弟弟的笑道。

弟弟的话把江峰和赵涵逗乐了。笑过之后，赵涵解释道：“同志，是这样的。国家监察体制改革把原来检察院的一些职能并了过来，成立了监委。现在啊，我们可以监督所有行使公权力的公职人员了。”

“那太好了。”两兄弟喜悦的心情跃然脸上，哥哥继续道，“那公安局偏袒王峋他们的事，你们管不？”

“你不提，我们也正准备问呢。”江峰收起笑容，“同志，关于冲突的事，能不能说说细节。”

两兄弟对视，商议了一下，最后由弟弟来说。

“是这样的。那天王峋他们来打完人，矿上的保安就报了警。警察把我们都带走了，录完口供，又过了三天才放我们出来。听说王峋他们在里面只待了一天，我们气不过，去找公安理论，可见不到人，我们就去检察院反映。检察院来谈话时，其他人都签了协议，不说什么。只有我们两人的说辞，检察院也没法儿下定论。这事就搁下了，直到你们过来。”

“你们当时和检察院反映的岩哥，具体情况能不能说说？”江峰沉思片刻道。

“哦，那个呀。打架前僵持着，彼此骂骂咧咧的，王峋就喊：‘你们也不打听打听，我可是跟岩哥混的。’说实话，我们也没见过岩哥长什么样，也不知道是谁，只听说县里一半的矿都有岩哥的股份，没有股份的也会明里暗里插上一脚。大家都说，岩哥不仅是道上的人，后面还有大官护着。所以，名声也就越传越响了。”弟弟挠了挠后脑勺，说道。

赵涵扭头看向江峰。见他不动声色，沉默了一会儿才问：“你们打伤后的诊疗记录还有吗？”

兄弟二人大眼瞪小眼。诊疗记录被矿上收走了，说是要报销医药费。他们也没疑心，就乖乖交了。

江峰苦笑一下，暗道一声“果然”。王峋他们心思极为缜密，背后定有高人指点，自然不会把诊疗记录这么明显的线索留在矿工手里。想必矿上收走以后，辗转就交到了王峋手上。这一点，他自不会向兄弟二人说破。交代了不要说起见面谈话之事，江峰、赵涵便离开了。

分别之前，哥哥还拉着江峰的手诚恳地拜托，一定要为他们做主，说他们也不是为钱，只为出出这口恶气，治治这股歪风。

到了车里，赵涵看向江峰道：“要去梅口县公安局吗？”

“不去了。先回市里，向陆主任汇报。我的想法是，直接从市公安局入手。”江峰深呼一口气，苦笑了几声，“看来，又得去麻烦展津了。”

初探园林

滨海新区湿地公园

饶是齐滨标注了位置，提供了照片作比对，他们也做好了心理准备，但在公园转了仨小时，仍然一无所获。

陆浩宇和张沐源现在所在的地方，是滨海新区湿地公园。新修建的人工河——梅河，从西向东贯穿了整个滨海新区，一直延伸到东海入海口。河两岸都修建了公园，种植了大量树木，安装了许多健身游乐设施，是市民休闲娱乐的好去处。可现在，这些树木却成了陆浩宇眼前的拦路虎。

为了不引人注目，陆浩宇换了休闲装，焕然一新。张沐源忍不住啧啧称赞，说脱下衬衣、西裤的陆浩宇看上去年轻了很多，气宇轩昂的，倒有几分公子爷的既视感。

陆浩宇听后，笑笑了之。可是，这位公子爷现在就像走进了迷宫，看着密密麻麻的树木，每一处都像是标注点，走近了又都不是。不知不觉三个多小时过去了，陆浩宇很清楚时间的重要性，不免有一丝烦躁。他看向张沐源，却发现她仍是云淡风轻的，正聚精会神地找着，随即也定了定心神。“沐源，你成家了没有？”陆浩宇想放松一下紧绷的神经。

“还没，连男朋友都没呢。”张沐源调皮地眨眨眼，笑道，“案子不破，何以成家嘛。”

陆浩宇跟着笑道：“这案子一个接一个的，得办到什么时候？案子可以等人，可这年龄不等人。你可得抓紧时间物色物色了。”

“我哪有时间物色啊？”张沐源小嘴一撅，旋即小眼睛一转，“陆主任，要不这样，等这个案子结束了，你代表组织给我介绍一个呗。”

“介绍可以，我可代表不了组织。贺书记还差不多。”陆浩宇笑笑，又突然想起来什么，“对了，我听贺书记说，他是看着你长大的。怎么回事啊，方便说说吗？”

“贺书记居然连这也和你说！”张沐源稍微有些惊讶，“不过，这也没什么不方便的。贺书记是我爷爷的学生。他上学那会儿，家里穷，又不是岚江本地的，一度交不起学费和住宿费，差点儿退学。爷爷看他学习特别好，又一身正气，不读书实在可惜，资助他从本科到研究生整整七年的学费，还让他住在家里。贺书记说什么也不肯，后来好说歹说的，终于同意了，但非得给我爷爷打借条。他毕业后回老家工作，前十年的工资大多用来还我爷爷了，比资助的五倍还多。爷爷老是苦笑说自己成放高利贷的了，但他每次都特别认真地说，爷爷对他的恩情实在太大，一辈子都还不完。他是这么说，也是这么做的。一直到现在，他隔三岔五去看爷爷，家里缺什么就买什么。爷爷有一次生病住院，他还请了年假照顾。谁承想他提拔了纪委书记，要回避成长地，又来了岚江。”张沐源一口气说完，眨巴了几下小眼睛，一脸神秘，“听爷爷说，当时我姑姑还很喜欢他，爷爷也想撮合来着，但贺书记觉得配不上。陆主任，这些事你可谁都不许提啊。”

“当然，你放心。”陆浩宇笑道。他有些震惊，没想到贺在洲还有这么不寻常的往事；同时，又觉得他是重情重义、守信践诺之人，敬仰又多一分。

“所以啊，我更不能让贺书记介绍对象啊。不光这个，别的也不想提。他都这么忙了，不想让他再操心。”

贺书记已经在为你操心了。陆浩宇心里默默地想，但不说破，跟着笑笑了事。

“不说这个了，陆主任。刚才寻找时，我突然冒出来一个想法。”张沐源停住脚步道。

“说说看！”

“这照片什么时候拍的？”

“年初，大概四五个月了。”陆浩宇想了一下说。

“时间也不短了。是否存在这么一种可能，这入口改造过？你看看这里——”她指着照片，“这张能比较明显地看出来，离入口不远有两棵树，之间有一排鹅卵石。可一路走过来，没发现任何树下有鹅卵石。”

陆浩宇心头一动，猛然想起来，巡察刚结束，宋浔钧向贺在洲呈报线索时付成峻很可能知道了。为了更好地掩人耳目，他做一些变动、使这里更隐蔽，也是理所当然的。想到这里，就和张沐源重新研究照片。“这两棵是柳树，看看地面的草色有无新旧差异。这里应是鹅卵石被扒掉后种上新草了。”陆浩宇兴奋道。

“对。陆主任真聪明。”张沐源也开心地笑道。

两人重新找了起来，范围小了很多，目标也比较明确。只用了十几分钟，就找到了他们要找的柳树。陆浩宇走在前面，柳树枝繁叶茂的，垂下来的柳枝正好拂在脸上。“小心，别碰着！”他转身道。

张沐源尬笑一下，不再往前走，来到另外一棵树旁，绕了一圈，才来到他旁边。

“你这是干吗？”陆浩宇不解道。

张沐源指了一下后面垂着的柳枝，自嘲道：“你看，都垂这么低了，万一走过来再碰不到它，多尴尬。”

陆浩宇看着张沐源娇小的身躯，哈哈笑了起来。

顺着两棵树中间的路往里走没多远，就在几棵树后发现了将近两米高的铁门。门口挂了一个不起眼的牌子：“岚江市盆栽艺术协会。”

“这牌子是新挂的；门也跟照片上的不一样了。”张沐源兴奋道，“但我肯定，就是这里了。”

铁门装着内嵌防盗锁。两人从门缝向里看去，满眼都是些叫不上名的奇珍异树和各式修剪讲究的盆栽，没有半点儿建筑物的影子。

“难道我们猜错了，或建筑被拆除了？”张沐源一脸茫然道。

陆浩宇缓缓摇摇头，打量了一下四周，又沿外墙走了一圈。外墙两米多高，已被涂上树木一样的颜色；前面又有好几排树木挡着。从长度来看，里面的院子很大。除了这一个铁门，无其他入口。陆浩宇想了一下，笑了笑。“沐源，你看！院子三面环水，只能看到这个入口，外面又无太多踩踏痕迹，我敢打赌，背面临水的那边肯定还有入口。”

市工商局企业注册登记窗口

周海坐在窗口边，手在桌子上不住敲着；袁清在一边慢慢踱步。

“查到了。”窗口里的工作人员说。

两人迅速把头凑到窗口前。“麻烦您说下，是什么情况。”周海平静的语气里难以掩饰焦急和兴奋。

“这家焚烧厂一共有两次登记信息：一次注册，一次变更。”工作人员边翻资料边说，“最新登记法人叫王峥；之前注册法人——叫李岩。”

滨海新区湿地公园，梅河河面上

陆浩宇和张沐源租了一条小船，朝院子的临水面划着。

“陆主任，你会游泳吗？我可不会啊，万一小船翻了怎么办？”张沐源有些害怕道。

“放心。”陆浩宇看了她一眼，“我也不会。”

“倒不是害怕。我只是担心，万一咱俩在这儿挂了，同事怎么评论啊？让你们不好好办案，还游园玩水，该！”

两人说笑着，一会儿就到了目的地。这院子背面也全是高树，就算从河面或对岸看，也很难有所发现。而在一棵三人合围的大树旁，现出一道米宽不到的小门。两人对视了，在小门旁停下船。陆浩宇先下去，再把张沐源拉了上来。小门一米半高左右，中间是铁栅栏。陆浩宇想了一下，看向张沐源：“敢翻过去吗？”

“这有什么不敢的？”张沐源搓搓双手，抓住栅栏往上爬，很快就过去了。朝她竖了大拇指，陆浩宇跟着翻了过去。

院里静悄悄，没人，陆浩宇朝张沐源做了个噤声的手势，指了一下自己的眼镜。张沐源点点头，从包里拿出特种眼镜戴上，开启了录像功能，在院子里转悠着。

陆浩宇终于明白，为什么从铁门外看不到任何建筑物了。不管正面大门还是临水小门，都位于院子中间位置。院子里的树木也是一层叠一层。除了看到的盆栽和珍贵树木，还有一个环形水池绕内院一圈。池子里游着各色锦鲤，都有半尺多长。建筑外墙刷成绿色，和院墙差不多高，集中分布在院子两头。房间都很大，有的连窗户都没有；部分是大落地窗，窗沿边有升降装置，可以随时把窗户遮蔽了。到了晚上，就算屋里灯火通明，也无光亮透出来。从窗外朝里看，地面又向下延伸了将近两米，整个房子是半地下嵌入式结构。屋子内设各不相同：有的摆了一张大圆桌，配着许多实木雕花椅；有的墙上装了一块大幕布，前面点歌、放映设备齐全，其他三面环绕着豪华沙发；有的屋台球桌、麻将桌、棋牌桌应有尽有——

他们看得目瞪口呆，正要张口讨论，冷不丁听到身后有人怒气冲冲：“你们是干什么的？”

市工商局企业注册登记窗口

不动声色地交换了眼神，周海平静道：“能不能麻烦您，再查一下更多关于这两人的信息，如身份证号、家庭住址、手机号之类的？”

工作人员又查了一会儿，“没了。注册时间比较长了，只有企业注册地址和固定电话，没留法人的个人信息。”

“哦。”周海眼里不免透露失望，但又马上调整好面容，看了袁清一眼。袁清把头朝向门外扭了一下，示意离开。

“你觉得这个李岩是案子里提到的岩哥吗？”周海皱眉道。

“极有可能。”袁清呼了一口气。

“下一步怎么办？要去公安局调取信息吗？”

“先回委里跟陆主任汇报，请他把握。要去公安局，也得经过他准备手续。”袁清缓缓道。

滨海新区湿地公园盆栽艺术协会院内

两人转头看去，一个光着膀子、浑身文满龙虎之人正凶神恶煞盯着他们，快步走来。

陆浩宇先是一惊，马上恢复了镇定。正要开口，却听张沐源抢先道：“我们是金莱花卉苗木有限公司的。这是刘总，我是刘总的行政助理。我们来这边参观，看到门口挂了盆栽艺术协会的牌子，就进来看看有什么好品种，准备买一些回去。你是这里的老板吗？让你们老板出来谈生意！”说罢，张沐源调皮地看向陆浩宇。

陆浩宇点点头，挺直腰板，一言不发，倒真有几分老总派头。

“花卉公司？”来人态度缓和了，“我们老板不在。这里的花卉苗木都有人预订了，不卖。”

“哦，这样呀。”张沐源假装思考道，“留个联系方式，等你们有了合适的品种再说？”

“不留，不留。”来人有些不耐烦，突然又像想起什么似的，“哎，你们怎么进来的？”

“从大门进来的啊，又没锁。要不然呢？你看我这小身板，还能钻地洞进来不成？”张沐源不慌不忙道。

来人打量了一下张沐源，用手挠着光秃秃的头顶，紧皱着眉头，像是思索着什么。不一会儿，他向四周张望了一圈，低声道：“我们这边的东西不对外卖。你们快出去，千万别说进来过。”

张沐源强忍着笑，又不好发作，大嗓门儿道：“那可不成。我们刘总来逛了这么长时间，也看上不少个，咱们又不差钱，哪有你们这样做生意的？好歹，也让我们和这院子合张影吧。”说罢，掏出手机，作势要拍照。

来人赶紧拦下，声音都出哭腔了：“求求你了，姑奶奶！千万别拍！拍了，我这小命就没了！您二位行行好，我送二位出去！等回头有好东西了，我再联系你们。”来人一边说着，一边往正门外推他们。张沐源还不依不饶地嚷嚷着，来人不由分说，把他们推出门去，锁上，又检查好几遍才悻悻然走开去。

“你都没留联系方式，怎么联系啊。”张沐源还朝院子里大喊大叫。

陆浩宇拉着她走远了，待确实看不到院子，才哈哈大笑起来，上气不接下气。“哈哈，陆主任，看到那人最后的表情没？检查了好几遍，真以为忘记锁了，生怕被人知道。”张沐源都笑得直不起腰来了。

“看到了。估计他也不敢跟人说的。嘿，你这小机灵鬼。”陆浩宇也痛快地笑着。

“嘿嘿嘿，这不都是陆主任教得好。”张沐源慢慢止住笑，顺了几口气。“这个，可不就是装修豪华的私家园林嘛。”

“是啊。”陆浩宇也收起笑容，“现在的主要问题是怎么让孙崇林开口，证明他来的就是这个地方。哦，对了，咱们得先去小门那边把租的船划走，免得他看到后起疑心。”

张沐源答应着正要走，手机突然震动起来。“陆主任，那两组有了初步发现，正往委里赶。我们要不要也回委里碰碰头，听听情况？”

“好。”陆浩宇点点头，旋即叮嘱道，“咱们今天的发现先不要跟任何人说。”

看着他，张沐源一脸疑惑，却又重重地点了点头。

展公子

市纪委监委办公楼 611 室

江峰详细介绍了梅口县的所见所闻，赵涵时不时补充一两句。核查组其他人都饶有兴致地听着，只有陆浩宇不断地在本子上记着，脸上看不出任何波澜。

江峰说完，陆浩宇把本子轻轻合上，环顾了一圈：“都谈谈意见。江峰，你的案子，你先说。”

江峰看了一眼赵涵，又转过头来道：“陆主任，我的建议是不要再去梅口县公安局调阅接警和出警记录了，范围太广、目标太大，很容易打草惊蛇。我想从市公安局入手，看能不能找个信得过的人，私底下联系一个梅口县公安局的知情人，了解一下岩哥。”眼神若有似无地瞄了张沐源一眼。

陆浩宇假装没看见，转向赵涵道：“赵涵——”

“我同意江主任的意见。从我们目前了解的情况看，梅口县公安局十有八九有人被买通了，充当起了岩哥的保护伞。再去梅口了解情况，也得万分小心了。”

“先不要贸然下结论。”陆浩宇看向周海，“周海——”

“这个岩哥很有可能叫李岩。”周海顿了顿，把他们去废弃秸秆焚烧厂和工商局调取信息的事说了一遍。

陆浩宇仍然面无表情地记着。“好。这个信息了解得不错。”等周海说完，他难得地提出了肯定。又转向袁清，“袁清——”

“江主任和赵涵考虑得比较全面，我同意。我想重点谈谈我们手里的案子——核心点有两个。第一，这个李岩是否就是其他案子里的岩哥；第二，如果是，李岩在焚烧‘洋垃圾’案中究竟扮演了什么角色。针对这两个问题，我有两个方面的打算提出来供各位参考，并请陆主任定夺。第一，请公安部门通过大数据比对或其他技术手段，查清楚这两个法人，也就是李岩和王峥的关系。第二，关于焚烧洋垃圾，建议请市环保局直接介入，二十四小时不间断地紧盯。一旦发现焚烧，直接请他们按规定控制相关人员，并了解背后组织者。必要时，我们也可以参与询问。”袁清有条不紊道。

“很好。”陆浩宇重重地点了下头，随即看向张沐源，“沐源，你也说说。”

“好。江主任和袁主任的建议都很成熟，我也同意。不过，既然两个组都需要联系公安局，不如一起行动。最好通过私人关系，找靠得住的人打听，以免走漏风声。”

江峰和赵涵不约而同地看向了陆浩宇。陆浩宇沉思片刻，挤出一丝意味深长的笑容道：“这样的人，我倒认识一个。”

核查组又讨论了些具体细节，陆浩宇指出了各组核查方向，安排了些程序性的工作，就让大家回去休息了。

把大家逐一送走，陆浩宇把门反锁上，坐到办公桌前，掏出烟，一根接一根地吸起来。三根后才拿出手机，找到通讯录里“展公子”的名字，犹豫再三，最后像是下了很大决心，苦笑一声后拨出了号码，熟悉的彩铃声音随即响起。

彩铃还未响完，对方就接起了电话，半死不活地“喂”了一声。

“喂，是我。”陆浩宇声音低沉地说道。

市公安局办公楼905室

如果被问最好的朋友是谁，陆浩宇会思考一会儿，然后说，展津。

如果有人问最后悔认识的朋友是谁，陆浩宇绝对会毫不犹豫地说，展津。

陆浩宇和展津是大学同学，一个专业、一个班、一个宿舍、上下铺。两人整日里如影随形、如胶似漆，一起上课、一起逃课，一起打游戏、一起踢足球，一起恋爱、一起失恋，一起挂科、一起毕业。展津平日里以公子自居，自称“展公子”；又称陆浩宇为相公，唤作“陆相公”。叫得久了，旁人不免对他们指手画脚、议论纷纷。展津丝毫不以为意，整天搂着陆浩宇招摇过市。陆浩宇问展津，这样是不是太过张扬。展津摆摆手，说别人懂什么，咱们可是一起尿尿的交情，可是跨越种族、性别的最纯洁的感情。陆浩宇点点头，说也跨越了人类能理解的范畴；还有，以后你喝水时我再也不喝了，就不和你一起尿，憋死你。

毕业之后，两个人又一同考上岚江市市直单位。陆浩宇入职市纪委，展津履新市公安局。虽然踏入了社会，但两人依旧像在学校般打打闹闹。展津常说，陆相公你小心点儿，要敢出去洗脚什么的，本公子就出队抓你。陆浩宇说你当心些，要敢收洗脚城什么钱我就办你。

刚上班，陆浩宇在市里没房子，和同批单身公务员一块租房。展津家就在岚江市区，也不回家，整天和陆浩宇几个人混在一起，还口口声声说陆浩宇不在旁边，睡不习惯。于是，陆浩宇天天做饭给他们吃；展津说作为回报，我跟你挂机打游戏。陆浩宇天天给他们洗衣服；展津说作为回报，我跟你挂机打游戏。陆浩宇说，我也想打游戏，要不我帮你挂机，你去洗衣做饭。展津会用哀怨的眼神看着他说，相公，本公子不会啊！本公子做不到啊！

后来，两人一起提副科。之后，陆浩宇提正科，展津还是副科。再后来，陆浩宇提副处，展津依然在副科上原地踏步。究其原因，倒不是工作能力不行，而是展津刚入市局时，局长魏巍大力主张优先保障民警政治待遇，对入职民警一律按时提拔使用。展津正是借着这股“东风”顺利提拔了副科。魏巍威望极高，获得全局公安民警的无数赞誉，风头一时无两。后来，他提拔市委常委、政法委书记，市公安局局长由副局长程学义升任。程学义任职近十年，市局从班子成员到一般工作人员无一提拔，而魏巍又进一步，升任市政协主席。自然而然的，民警会时常拿程学义和魏巍比较，说他不为民警的政治前途考虑，自然也不会受到爱戴，活该到现在都原地打转。

再后来，陆浩宇与韩笑相识，恋爱，结婚，在市里买了房子。展津一百个不愿意，整日追在后面骂他负心汉，把自己无情抛弃，说好的生死与共、不离不弃全是骗人。陆浩宇说，鬼和你说好的！我就负心汉了，你咬我。

从此以后，展津整个人完全变了，也不喊陆浩宇为相公了，整天不是叫“处级主任陆”就是“小宇子”。不仅如此，他把手机彩铃、手机 SIRI、智能管家的名字全换成“小宇”。更为甚者，一见韩笑就喊“第三者”，说她硬生生插进了自己和陆浩宇的生活。

说归说，闹归闹，两人感情一如大学简单，不掺杂任何利益。陆浩宇遇到烦心事，也会找展津喝酒倾诉。虽然展津还是没个正经，但嘻嘻哈哈一番，烦心事也就随风而去了。

工作上的事，特别是案子里涉及公安系统的专业问题，陆浩宇一般都找展津咨询或寻求帮助。展津虽然上班十多年职务没怎么长，人脉和资源倒是没耽误。他在市公安局经历的部门也多，刑侦、经侦、技侦都干过，很多业务驾轻就熟。加上展津的保密意识特别强，知道陆浩宇工作的特殊性，对他的案子从不多问一句，陆浩宇找他也放心。每次找他帮忙，他毫不含糊，收起平日的嘻哈嘴脸，全心全意，竭尽所能。只不过帮完后，又恢复平时的神态，嬉皮笑脸。“你又欠我一个人情，打算几时离婚还我？”

这会儿，展津正坐在办公桌前，把腿搭在桌子上，近乎平躺在椅子上，看见陆浩宇的电话，接起来，没好气道："本公子眼又没瞎，看得见你名字，处级主任陆。"

陆浩宇摇摇头，对这个冤家实在无可奈何。"不跟你贫，又有事找你帮忙的。"

"知道。没事你也不找我。"展津嘿嘿笑了几声，"说吧，有什么需要我效劳的？是不是打离婚官司啊？"

陆浩宇哭笑不得："这个不劳你费心。我想问你，梅口县公安局你有没有信得过的人？"

"有啊。你是打了人还是要打听人？"

"我手头有案子，需要秘密了解情况，必须找最可靠的人。"陆浩宇一字一句地说。

展津听到陆浩宇的严肃劲儿，知道事情非比寻常，把腿放下来，身体坐直，想了一下，换了正经语气，"可以。一个副局长，绝对信得过。要什么时候见？"

陆浩宇想了想道："你联系一下，看明天上午有没有时间。有的话，我们去梅口找个安静地儿见个面。"

"没问题。"展津一口应下来，准备挂电话。

"等下，还有一事需要你帮忙。"

"呦呵，这次给我来个双黄蛋啊。说吧，还有什么？"

"是这样的——"陆浩宇有点儿不好意思开口，"那个——我们还有一个案子，只有几个人的名字，没有身份证号，也没有地址什么的，你能帮忙通过什么技术手段比对比对，查查他们的社会关系之类的？我知道这有点儿难。"

"——"

"展公子？"

"主任陆，我的小宇子啊！今天你可真是让我长了见识——什么叫恬不知耻，什么叫得寸进尺。这叫'有点儿难'？你怎么不拍拍你干巴巴的胸脯，问问你皱巴巴的良心，这叫'有点儿难'？你怎么好意思说出口的？”展津咆哮道。

“哪里，哪里，这不都是跟你在一起时耳濡目染的吗？再说了，好办的事我还用得着找你吗，对吧。给个痛快话，到底能不能帮。不能帮的话，我就找别人了，反正我有正儿八经的手续。”

“我呸，除了找我，你还能找谁？”展津骂了一句，想了想，“需要时间，得我自己来。明天下午或后天吧。”

“得嘞，谢谢展公子您呐。没别的事，我挂了。”话音未落，就听那边“啪”的一声。陆浩宇这才放松地笑了。

市纪委监委办公楼 701 室

陆浩宇敲门进去，发现有人正在汇报工作。正要带上门出去，就听贺在洲道：“浩宇，等一下。”简单交代了几句，就让人回去了。

陆浩宇走进办公室，关上门。贺在洲摆了一个坐的手势，陆浩宇在沙发上坐下来。

“有突破？”贺在洲呷了一口茶，问道。

“对。”陆浩宇顿了一下，把各组的发现简单作了汇报，并把找知情人了解情况的想法一并说了。当然，没有提及展津。

贺在洲想了想，“可以。查清楚岩哥、李岩、付成峻、会所之间的关系，对录像取的证一定要保管好。找人了解情况时也一定要把握好尺度，不能让人看出来问话企图。还有，一定注意安全！总觉得这伙人没那么简单。”

陆浩宇若有所思地点了点头。来到六楼徐济元办公室门口，犹豫了一会儿，径直回了自己办公室。坐到办公桌前，吸了一根烟，深呼一口气，打开内网电脑，取出摄像眼镜里的内存卡，将在盆栽艺术协会录的像拷贝到内网电脑上，并做了深层加密处理。确定能打开并正常播放后，清空了眼镜的内存卡。做完这些，他又静坐了一会儿，进一步捋了捋案情，想了想需要了解的问题。再抬头时，墙上的表指到 8 点了。

雅圣苑小区 13 号楼 1 单元 402 室

“吃了吗?”看到陆浩宇进门，韩笑连忙迎上来，关切地问道。

“还没。有剩菜吗?我简单吃口。”陆浩宇边换衣服边说。

“别老吃剩菜了，我给你煮碗面条吧。”韩笑往厨房走去。

“好。”陆浩宇坐到沙发上，“微微还没回来吗?”

“还没呢。”韩笑的声音从厨房传来，“对了，展津下午打电话了。”

“哦，他个没正经的又说什么了?”陆浩宇倒是很好奇。

“也没什么，就是简单聊了几句。问你最近是不是很忙，感觉你工作压力比较大，让我好好照顾你。”韩笑往锅里倒上水，打开燃气灶，烧起水来。

“好。”陆浩宇把眼镜摘了，按摩起眼睛来。

过了一会儿，韩笑把煮好的面端了过来，陆浩宇狼吞虎咽地吃了起来。

“慢点儿，别烫着!没人和你抢!”韩笑笑盈盈道，“说起这个展津啊，别看他平日看上去吊儿郎当的，心思却很细腻，对你也是真心实意，连我这个正牌老婆看着都吃醋呢。回头你赶紧给他介绍个女朋友，让他早点儿结婚，我也好了却心事，省得他整天惦记你。”

陆浩宇笑了笑，应了一声，没再说话，继续低头大口吃着面条。突然，手机响了起来：“明天上午 9 点。梅口县。天一茶庄。”

“蜜三刀”

岚梅公路梅口县段

阚晓兵紧皱着眉头，独自行驶在公路上。自从昨天下午接到展津电话，他就一直惴惴不安。以前，市局的人找他，不管因公因私，要么直接奔赴梅口，要么就让他去市局汇报。这种在岚江和梅口中间道路上一个偏僻的茶庄见面，还是头一次。

好在他和展津也是过命的交情，知道这个小老弟虽然表面玩世不恭，做事却极有分寸。既然安排在茶庄见面，自有他的道理。只是展津神神秘秘地说有人想找他咨询些小事，加上再三叮嘱务必独自赴约，也不说何人何事，终究还是让人不禁浮想联翩。“不想了，到了自然就会知道。”阚晓兵定了定神，恢复了平静。毕竟在梅口县公安局摸爬滚打三十多年，副局长都十几个年头儿了，什么大风大浪没见过。

天一茶庄

阚晓兵的车牌号是东 Q90007，在梅口县也算知名车牌。为了不引人注目，他把车停在天一茶庄几百米外的树林里，步行过去。

茶庄位于岚梅公路一条通往梅子山的小路旁，环境优美，安逸宁静。距茶庄不远处，梅子山脚下，隐约能看到一个精致别墅群掩映在苍翠树林中。茶庄外围是一个独立院落，院前一条清澈见底的山间小河穿流而过。院子里只点缀了几株桂花树，马上就到花开时节，一朵朵含苞待放，置身其中，让人心旷神怡。茶庄规模不大，看上去也就五六个茶室的样子。从外观看，个个古朴典雅，颇有一番风味。茶庄外停了一辆白色卡宴，车牌号是东 Q96888，也不知是院里谁的座驾。

正思忖着，一个清亮的声音传来：“阚老兄，多日不见！想死兄弟我了。”

人未到，声先至。正是展津迎了出来。

“展老弟，你这个市局领导越来越官僚了，都不来梅口多看看我，怕是早就忘了我这个老兄喽。”阚晓兵笑着向前走了几步，和展津用力握了握手。

“这话说得，这不请老兄你来这安静地儿喝茶了。”展津指指身后全身褐色素衣的中年男子道，“介绍一下，这是茶庄老板，我的好兄弟曲锐。曲总，这位是梅口县公安局阚局长，我的好老兄。”

“幸会幸会，曲总！你这里前有照，后有靠，实在是个宝地啊。”阚晓兵边握着曲锐的手，边说道。

“哪里，哪里。阚局长大名如雷贯耳，我这小地方哪能入得了您的法眼。我这几间小屋，平日里也就是招呼几个亲朋好友过来玩玩。您能赏光过来坐坐，也是这地方的福气。”曲锐不卑不亢地笑道。

“哎哎哎，咱别站外边说话了，快请阚局长去屋里坐着。”说完，展津对阚晓兵做了一个请的手势。

“你这小子。”阚晓兵笑了笑，走进屋内，压低声音道，“人来了吗？”

“到了，在艾青阁。这边请。”展津也低声道，引着阚晓兵向建筑深处走去。曲锐在后面默默关上门，转身走进了其他房间。

进入艾青阁，阚晓兵发现房里坐着两男两女。见他进来，四人纷纷起身示意。展津向阚晓兵一一介绍，但未说明身份和姓名，只称呼“陆总”“江总”“小赵”“小张”。

来人正是陆浩宇、江峰、赵涵和张沐源。来之前，陆浩宇还有顾虑，怕人一多，阚晓兵介绍起来会放不开，有所保留，但又觉得让大家都听一下有利于分析案情，加上展津一再打包票，就四人一起来了。

阚晓兵打量四人的打扮和气质，不像开公司的。但展津有意隐瞒，他自然不会多问。一一握手、打过招呼后，在茶桌边坐定。

展津给阚晓兵倒了一杯茶，“我和曲锐有段时间没见了，我俩去河边钓鱼。院子从外边给你们锁上，今天不会再有人来打扰。这房间我装了防窃听、防录音设备，你们就放心聊。阚局长，陆总绝对是信得过的自己人，你就把他们当成兄弟我，他们需要了解什么，你一五一十介绍就行。可别藏私啊。”

“好。一会儿我就把你的那点儿小秘密都说给陆总听。”阚晓兵指着展津笑了。

展津也不在意，和陆浩宇点头示意了一下，就带上门出去了，喊上曲锐，一起去了茶庄外面。

听到锁门声，阚晓兵笑了笑，呷了一口茶，看向陆浩宇，徐徐问道："不知道陆总想了解点儿什么？"

天一茶庄院外

曲锐递给展津一根烟，为他点上，自己也着了一根。"那四人谁啊，没见你对旁人这么上心过。"曲锐吸了一口，问道。

"一个同学，跟亲兄弟一样。"展津吐了一个烟圈，笑着捶了曲锐一下，"你小子可别没良心啊，我对你不上心？"

曲锐笑了几声，没再说话。过了一会儿，问道："咱们干啥去？我刚弄了几块石头，去我家看看？"

"就你那豪宅，进去一次迷路一次，不去不去。"展津摆摆手，又想起来什么了，"老爷子在这边家里吗？好久没见了，还挺想他的。"

"少来！你是想他手底下那几个小姑娘了吧。"曲锐打趣道，"他公司有事，好几天没来这边了。"

"行。那得空儿你跟老爷子说一下，我来给他请过安了。"展津又吸了几口烟，掐灭扔掉，"上回你给我介绍那姑娘，谈崩了。回头你再给我物色物色。"

"哥，这都第十一个了，你想干啥？准备凑个女子足球队？我说你到现在都只谈不结，是真看不上还是成心耍流氓啊？"曲锐嚷嚷着。

"急什么。我又不像你，大少爷，还得生孩子继承财产。我一个人自由惯了，不想让人拘着。"展津长呼一口气道，"不说我了。哎，你那渔具还在不？咱俩钓鱼去。"

"在家放着呢。平日里都不动，专门等你的。你在这等会儿，我回家去，顺便换身衣服。"曲锐说完，就朝着白色卡宴车走去。

展津目送着曲锐扬长而去，回头看了一眼茶庄，也不知里面谈得怎么样了。

天一茶庄艾青阁

“阚局长，我也不跟您客气了。我们这次来，是想专程向您打听个人。”陆浩宇微笑着说道。

“谁？”

“岩哥。”

“哈哈，陆总说笑了。岩哥——这也不是个名字啊。再说了，梅口叫什么岩的，没有一千，也得有八百，可从何说起？”阚晓兵先是一怔，随即大笑了起来，端起茶杯，慢慢喝了一大口。

陆浩宇也是淡淡一笑，没再说话，顾自喝了一口清水。张沐源见状，起身给阚晓兵续了一杯茶，轻声道：“那阚局长有没有听说过李岩呢？据说，他在梅口县黑白两道都很出名呢。”

阚晓兵看向张沐源，转头盯着陆浩宇看了一会儿，又抿了一口茶，才笑着道：“这个李岩，我倒是知道一点儿。不知道几位想了解什么？”

“都可以，越详细越好。”这次说话的是江峰。

阚晓兵略一思忖，缓缓道：“这个李岩，倒也算是个人物。他从小在梅口县城关镇长大，他爸在他小学时就出车祸去世了，他妈跟人跑了。小学没上完，才十岁出头的年龄，他就跟着县里一些地痞混上了，尽干些偷鸡摸狗、收保护费、打架斗殴的勾当。他能打敢拼，为人也很豪爽仗义，没几年就成了当地不大不小的头目，人送外号‘李三刀’。他胸前、后背、腿上各被砍过一刀，留下三道很长的疤痕。”阚晓兵顿了一顿，接着道，“对他印象比较深的一次，是我还在城关镇派出所当所长的时候。接到报案说两伙人在聚众持械斗殴，我立即组织出警。现场发现地上躺了六七个，站着的只有李岩。同伙都跑了，就剩他在那儿，也不跑，拿着棍子还在打地上躺着的人。我们把他抓起来了，不管怎么审讯，他始终不吐一字。后来，还是当地做小买卖的店老板跑来求情，才知道事情的经过。原来李岩收了这家的保护费，另一伙人来找麻烦，伙计偷偷给李岩打了电话。李岩二话没说，带了人，抄了家伙就杀了过来。话不投机，没说两句就干起来了。我们去的时候，李岩让小兄弟先跑，他留下来当掩护。我们问店老板，李岩收了多少保护费，这么拼命。店老板伸了两根手指头，我问两千，店老板哆哆嗦嗦地说，两百。”

说到这里，阚晓兵停了一下，呷了一口茶。看到众人瞠目结舌的表情，继续说道：“再后来，我们就对李岩说，你把同伙招出来，我们给你从轻处理。他还是一字不说。最后，法院判了他四年。他也成了我们所里办的第一个零口供的案子。”

“后来呢?”赵涵迫不及待道。

“他待了不到两年就出来了。具体怎么出来的我就不知道了，只听说被一个大老板看中，当司机去了。”

“哪个老板?”陆浩宇皱了一下眉头，问道。

“这个，我也不清楚。”

“好，您继续。”陆浩宇舒展开眉头道。

“这一去，就是将近十年。中间的过程我一概不知，只知道他回梅口县以后性情大变——不再莽撞地明着和人争斗，喜欢背地里使绊子、捅刀子，也不再小打小闹、喊喊杀杀，而是插手采矿，做起了生意。到现在，梅口的很多矿场都有李岩的股份。他也从当年的小混混儿摇身一变，成了大老板。大家也不再喊他‘李三刀’，给他起了新名——‘蜜三刀’。”

“蜜三刀?”赵涵扑哧一声笑了出来，“那不是一种甜点的名字吗?”

“没错。”阚晓兵看了一眼赵涵道，“不过，这个蜜三刀可一点儿都不甜，说的是他李岩成了口蜜腹剑、两面三刀之人。加上‘蜜’和‘李’谐音，这个名字也就逐渐传开了。”

“他回来后，是否犯事被抓过?”陆浩宇一脸平静地问道。

“没有。回来以后，就专心做起生意来了。”阚晓兵答道。

张沐源又给阚晓兵续上茶，试探道：“那阚局长知不知道，李岩是否和当地官员互相勾结呢?”

阚晓兵微微一笑道：“这个李岩，近几年顺风顺水，生意越做越大，也没出过什么岔子。说他上上下下有所打点，我也是相信的。”

“那——打点过您吗?”张沐源紧问道。

阚晓兵不动声色地看了看张沐源，又看了看陆浩宇，慢慢说道：“张小姐说笑了。你别忘了，李岩的案子是我亲手办的。他出来没找我算账就不错了，怎么可能拉拢我?”

“阚局长说的是。这话是小张问得唐突了，阚局长别往心里去。”陆浩宇笑着道歉，“还有一件事，不知道阚局长是否知情。”

“陆总请说。”

“去年，有一个以王峋为首的团伙非法采矿，并和矿上的人发生冲突，伤了不少。有人报警，梅口县公安局就出面把两边都抓了起来。第二天，就把王峋那伙放了出来，没做任何追究。这事，阚局长是否知道?”陆浩宇一字一句地问道。

阚晓兵心里不由慌了起来，越发搞不清楚对面坐着的四人来历和意图，也有点儿后悔没让展津说清楚。但他还是定了定神，尽量平静地说道：“我好像听说过，但具体不知道谁办的。”

“有人说王峋是李岩手底下的，这个可当真?”陆浩宇的脸上，让人看不到一丝波澜。

“有这回事吧。传闻李岩身边有四大心腹——‘峥嵘嶙峋’，都姓王。这王峋，平日多在梅口活动。”

陆浩宇看了江峰等人一眼，四人好像都想起来了什么。“后来，梅口县公安局把两边录的口供都悄悄删掉了，阚局长是否知情?”陆浩宇继续不动声色道。

“这个——我不清楚。”阚晓兵头上有点儿冒汗，明显有些坐不住了。

陆浩宇盯着阚晓兵打量了半天，“如果此事属实，阚局长觉得会是谁做的呢?”

“你们——你们到底是什么人?”阚晓兵猛地站起来，喝道。

“阚局长别着急，展津刚才不是说过了——自己人！绝对信得过的自己人!”陆浩宇波澜不惊地说道，给了个请坐的手势。

阚晓兵重新坐定，平复了一下心绪，思考片刻才道：“这个，我确实不知道，反正不是我。而且，有这个能力和胆量的，放眼局里也没几个。需要的话，我可以回去查查。”

“不必了。”陆浩宇道，“事情已经过去，再查下去也没多大意义。再说，万一查到了不该查的人呢？阚局长，你觉得呢?”

阚晓兵麻木地点着头，更加摸不着头脑，却听陆浩宇的声音传来：“时间不早了，今天先聊这些吧。非常感谢阚局长的支持，咱们后会有期。”说罢，起身伸出手。江峰等人也纷纷站起来。他和阚晓兵握了握手，发现对方手心里都是汗。

众人走到屋外，看到展津和曲锐钓鱼归来。“哟，展科长，钓了不少鱼啊?”张沐源笑道。

“嘿嘿，怎么样？中午炖了吃吧?”展津一脸得意。

“不了，回去还有事。你们吃吧。”陆浩宇转头示意江峰。

过了好半天，江峰才开着一辆红色小轿车过来。陆浩宇再次向展津三人表达感谢后，上车离开了。

“你们老哥俩聊着，我让厨师先把鱼炖上。”曲锐说完，拎着鱼先行走开了。

阚晓兵擦了擦头上的汗，惊魂未定道：“兄弟，你可把我坑惨了！我就感觉被纪委谈话了一样，吓死我了，生怕说错什么。你这几个朋友，到底是什么人啊?”

“对不住了，老兄。”展津笑着，拍了拍阚晓兵的肩膀，“不过，你的感觉倒是挺准的。”

出 鞘

天一茶庄

阚晓兵一脸疑惑地看着展津。

展津把手拿下来，笑道："老兄，你可记得我跟你提过多次，我有个非常要好的大学同学在市纪委。"

"好像是有这么回事。"阚晓兵思索着，"我记得——对，好像就姓陆，叫陆——"

"陆浩宇。"

"就是这个'陆总'？"阚晓兵恍然大悟。

"如假包换。"

"哎呀，展老弟，何不早点儿跟我说啊？你是不知道，你这个同学问话气场实在太恐怖，让人恨不得立马把知道的全吐出来。我在公安局这么多年，要是有这么个人，可就省心多了。"阚晓兵仍心有余悸。

"那是当然。他现在可是市纪委数一数二的办案高手，响当当的纪检监察室主任。"展津洋洋得意道，"再说了，我可不敢提前跟你说。你要有了顾虑，不肯实事求是，咋办？我这同学很重视这次见面，没看都亲自出马了。"

"办案高手——都要办到梅口头上了。这下麻烦大了，我都分不清楚说的哪些合适，哪些不合适。唉！回头要是上边怪罪下来，你老兄的政治生涯也就到头喽。"阚晓兵边摇头边说道。

"不会的，你放心。这一没录音，二没笔录的，只是找你了解一些情况，怕什么？再说了，我同学做事很有分寸，嘴也特别严，不会把你牵扯出来的。回到局里，不跟人提起就万无一失了。"展津一边宽慰，一边嘱咐道。

“只能如此了。唉唉唉，你呀——”阚晓兵指着展津道。

“哈哈哈，老兄，这次算我的不是。我这不专门给你钓了鱼，一会儿再陪你多喝几杯，一并赔礼道歉。咱先去茶庄喝会儿茶、下下棋，等曲总送菜过来。”说完，推搡着阚晓兵往屋里去。

“行。我看看你这小子酒量长了没有。”阚晓兵也没推辞，突然又想起来什么，“对了，曲总知道你同学的身份吗？”

“不知道。我没说。一会儿吃饭，你也别说漏嘴了。”

“行。”

两人刚走到艾青阁坐下，展津手机响了。“喂，陆总，还有什么指示啊？”展津扯着嗓子，装模作样道。

“展公子，中午可别喝酒。下午回市里继续查东西，谢了。”不由分说就把电话挂了。

展津尴尬地坐在茶桌边，勉强挤出一丝笑容，“得，老兄，这酒啊，今天喝不成啦。”

岚梅公路梅口县段

“陆主任，刚才为什么突然就不谈了呢？还有，为什么不让阚局长回去查一下？万一查出来了，不就省心了吗？”陆浩宇的电话刚挂，赵涵的问题就接踵而至。

坐在副驾驶的陆浩宇没说话，而是看向江峰，“江峰，你说呢？”

江峰边开车边思索，一会儿后才道：“我感觉最主要的是陆主任觉得，即使是展津举荐的人，也不足以让人放心。让他去查，有可能泄密。况且，他在副局长的位置上掣肘太多，查到最后，估计也查不出来什么。至于突然不谈，是因为当时氛围比较生硬，阚局长有了戒备和抵触心理，谈下去也不会再说实话，反而影响我们判断。”

陆浩宇向江峰投来了赞赏的目光。确实，江峰跟陆浩宇共事快七年了，对他的思维方式也能摸个大概。当然，还有一个更重要的原因陆浩宇没有说破。他想给阚晓兵传递一个信息，市纪委是为办理梅口县公安局警察渎职案而来，并非冲着李岩。这样，就算阚晓兵有问题，也不至于泄露太多。

“下一步我们该做什么，主任还得明示。”江峰道。

“不急。”陆浩宇看向窗外，“先回委里再说。”

窗外的树一棵棵在车后方消失，离市里越来越近了。真相，应该也不远了吧。陆浩宇这样想着。

市纪委监委办公楼 701 室

“蜜三刀？”贺在洲皱着眉头听完汇报，“这个称呼有意思。”

“对。”陆浩宇抿了抿嘴唇，应了一声。一回单位，他就安排江峰等人先行休息，自己径直来到贺在洲办公室，原原本本地把了解到的情况作了汇报。水都没来得及喝，嘴巴要干裂了。

“下一步，你有什么打算？”贺在洲问道。

陆浩宇略一思考道：“现在基本可以断定，矿场和秸秆焚烧厂的岩哥是同一个人——李岩。王峋和王峥应该就是‘峥嵘嶙峋’四个手下之二。目前还没搞清楚的是，李岩和付成峻到底有什么关联。这是我们的重点，也是我们隐藏起来的真实意图。下一步，我觉得应该围绕这一点去做文章。”

陆浩宇抬头看了一眼贺在洲，看他边点头边思考，心里也踏实了许多。“首先，把负责营水区焚烧厂案子的周海和袁清撤回来。那边的事情基本明了了，我们只要和市环保局对接好，请他们盯紧些，再发现焚烧，把涉案人控制起来就可以。针对营水区环保局的问责，过后再处理也不迟。”

“问责的事，可以交给党风、政风监督室去办理。环保局你让济元去协调。等有动静了，再叫你们来介入。”贺在洲插口道。

“好。”陆浩宇应了一声，“其次，周海、袁清撤回来后，我想把他们都补充到江峰那组，让他们四人集中力量去突击王峋案。我在想，李岩消失了近十年，究竟给谁开的车？他幕后的大老板很可能就是本案的关键人物。王峋是李岩心腹，对他的过往应该比较了解。让江峰带队去查，一方面查实王峋非法采矿和打伤人的证据。一旦查实，立即请公安部门控制起来，我们适时提审。另一方面，去查梅口县公安局和李岩的关系，查明李岩背后隐藏在公安部门的保护伞到底是谁。”

贺在洲皱了一下眉头，略一思考后道：“可以。不过以江峰等四个人的力量远远不够，很多事情调查起来也不方便，我考虑让驻市公安局纪检组协同市公安局，组织一部分人手，配合江峰去查，你觉得怎么样？”

“好。这样一来，我们这边的压力就小了许多。”陆浩宇思虑再三道，“驻市公安局纪检组和市公安局那边，谁去协调呢？”

“让济元去吧，你专心你的案子。”贺在洲呷了一口茶，“你继续说。”

“好。”陆浩宇渐渐放松下来，“当然，咱们这么大张旗鼓地去查王峋，一方面确实是案件需要；另一方面，也是给李岩他们放一个烟雾弹。即使能察觉出来我们正在查他们，也只会似是而非，觉得我们只是在查公安局隐藏的保护伞。这样一来，我和沐源就可以专心实现真实意图——调查会所。”

“不错。实则虚之，虚则实之。会所那边，你打算怎么查？”贺在洲脸上的表情也稍微放松了一些。

“很简单，查建筑公司。我和沐源去会所暗访虽然很感震惊，后来一直在想会所是怎样神不知、鬼不觉地建成的，背后肯定有建筑公司支持。建成后一点儿风声都没透出来，我想应该是建筑公司从外地雇的人来干的。我考虑调阅李岩、王峋等人名下公司的银行流水，看有没有比较集中的和某建筑公司的资金往来，或许能有些眉目。”陆浩宇一口气说完。

“你要全面铺开对李岩的核查？”贺在洲又皱起眉头，问道。

“对。贺书记，有什么不妥吗？”陆浩宇心里“咯噔”一下，紧张地问道。

“我觉得可以先往后放一放。目前，一切进展都很顺利，但一定要做好应对李岩反扑的准备。他这样的人鼻子比狗还灵，什么样的风吹草动都能看出门道。先别急，耐住性子稳扎稳打，一定不要急功近利。”贺在洲语重心长道。

陆浩宇脸一红，思考了一下，觉得他说的很有道理。核查开始以来，自己只顾全力前冲，一味想尽快让手里的剑出鞘所伤，的确忽略了，或者说忽视了李岩的能量。搞不好，还会反被李岩这个蜜三刀的剑出鞘。想到这里，背后不禁冒起了冷汗，“谢谢贺书记指点，我回去以后好好考虑。”

市纪委监委办公楼 601 室

一进徐济元办公室，陆浩宇就倒了一杯水，一股脑喝了下去。然后，掏出一根烟点上，吸了起来。

正在吸烟的徐济元抬起头，不动声色道：“刚回来？”

“对。”陆浩宇一屁股坐到沙发上。

“找贺书记汇报过了？”

“对。”

“贺书记有事安排我？”

“你怎么知道？”陆浩宇吃惊地问道。

“你要不是急着找我，会渴成这样都不先回自己办公室喝口水再来？而你刚从贺书记办公室出来，自然是他有事要安排我了。”徐济元把手里的烟掐掉，慢慢说道。

“老狐狸。”陆浩宇嘿嘿笑道。

市委巡察机构办公楼 607 室

常东坐在办公室沙发上，倒了两杯水放到茶几上。此时，传来了敲门声。“请进。”

宋浔钧和王洪岓走了进来，在对面沙发上坐下。常东把茶杯往他们身边推了推，“找你们来，是有件事想征求意见。咱们市委巡察开展六轮了，每轮都会推陈出新，有一些亮点的经验做法。现在第六轮结束，正向市委五人小组汇报的当口儿，王渝书记跟省委考察组去德国考察了，为期一个月左右，我就想着，咱们要不要利用这个时间，在第七轮巡察开始之前，搞一个专项巡察。你们有没有好的想法。”

思考了一会儿，和宋浔钧对视后，王洪岓说道：“我的想法是搞个回头看的专项督导，对巡察过的单位问题整改和问题线索处置来个大起底，杀个回马枪，充分发挥好巡察的利剑作用。”

常东点点头，看向宋浔钧，“浔钧，你的意见呢？”

宋浔钧呷了一口茶，缓缓道：“我同意王主任的想法。我的建议是，不要跨度太大。一个月左右，除去筹备、组织、汇报阶段，真正的实施阶段也就只有十五天左右。如果把第一轮以来的巡察全部起底一遍，时间肯定不够，会查得不深不细，起不到理想效果，我更偏向于对刚刚巡察整改完成的单位搞个回头看，看整改究竟怎么样。”

“那你指的是哪一轮？”常东不动声色地问道。

“今年年初刚结束的第五轮。”

第五轮，正是巡察市滨海新区规划建设委员会那一轮，常东暗暗想道。莫非贺在洲真要对付成峻动手了？看宋浔钧一副置身事外的样子，完全不像有私心。况且，专项巡察的想法也是自己提出来的。

“我觉得不妥。”王洪岓打断常东的思绪，“第五轮的问题，有的单位还没彻底整改完成，一些问题线索还没查结。现在去复查，他们根本没有准备。”

“就是没有准备，我们才能看到最真实的整改情况，发现最真实的问题。”宋浔钧云淡风轻道。

“可是——”

“好了。”王洪岓的话还没说完，就被常东打断了，“洪岓，你先简单写个方案，把两种意见都写上。明天找个时间，我带你去向在洲书记汇报，请他定夺吧。”

王洪峁还想说什么，又硬生生咽了回去，和宋浔钧一起离开了。

两人刚走，常东就把门从屋里反锁上，想了一下，掏出手机，找到再熟悉不过的姓名和号码，拨了出去。几声铃响过后，电话被接了，却没发出声音。“喂，二哥，是我。”常东低声道。

市纪委监委办公楼 601 室

陆浩宇把这几天的发现向徐济元作了汇报。除了会所，贺在洲安排的协调市环保局和驻市公安局纪检组之事一并报告了。

“市环保局好说，可公安——你有没有想过，真正的保护伞也有可能出自市公安局。我觉得，梅口县公安局可能没那么大能量。”徐济元又点上一根烟，缓缓道。

“想过。”陆浩宇老实回答，“贺书记提出来时我就想过，但转念一想，我们不能因噎废食。风险固然有，但可能远没有成效来得多。况且，贺书记作出这个决定，想必也已考虑清楚，权衡过利弊了。”

“嗯。”徐济元略一思考道，“我这就给市环保局和驻市公安局纪检组打电话。”

“还有一事。市公安局如果选派人手，我想推荐一个人。”

“谁？”

“市公安局技侦支队展津。”

天一茶庄

“阿嚏，阿嚏。”展津连打两个喷嚏。

“展老弟，这又是哪家姑娘想你了？”正在下棋的阚晓兵说。

“哼，要真是这样就好了。就怕被男人惦记上了。”展津苦笑道。

“新鲜的炖鱼来咯。”曲锐端了炖好的鱼走进来，身后跟着端庄持重的中年男子，又拿进来几个小菜。

“辛苦你了，张叔。”展津朝中年男子打了个招呼，闻了闻鱼香，忍不住称赞道，“啧啧，这味够正。”

市纪委监委办公楼 601 室

打完几个电话，徐济元沉默了片刻，给自己倒了杯茶，缓缓道：“联系好了。下午让市环保局、驻市公安局纪检组的同志到你办公室，你找人简单介绍一下案情和要求。”

“好。”陆浩宇想了一下，“让江峰和袁清介绍吧。”

“嗯。”徐济元呷了一口茶，望向陆浩宇，微微一笑道，“陆主任，戏台搭好了。你的刀，可磨亮了？”

岩 影

市纪委监委办公楼 611 室

袁清在向市环保局副局长殷方正、办公室副主任李晓介绍秸秆焚烧厂的案情。当然，李岩和王峥的事自是没有提及。陆浩宇坐在一旁默默听着，一言不发。

“二十四小时？”李晓看了一眼殷方正，又转向袁清道，“袁主任，我们局的执法监察支队人数有限，不可能二十四小时紧盯。”

“李主任，这可是省环保督导组重点督导的案子。”袁清不慌不忙道，“我们盯着也不是没有问题，可一旦我们介入，重点可就放在营水区环保局人员渎职上了，还要查明到底是谁通风报信，导致一次次蹲点失败、引起群众强烈不满等方面。真到了那时，我们追究的可就是市环保局党组主体责任落实不力了。”

“袁主任，明白了。”殷方正有一丝紧张，“我们回去一定想办法，第一时间和秦局长汇报，增派人手，克服困难，研究制订好详细方案，确保他们一露头就坚决打掉！”

“好。谢谢殷局长支持。”袁清向殷方正微微一笑，“只是要再提醒一下殷局长，选派人手时不光要得力的，更要保密意识强的。千万不要发生营水区环保局那种事了。”

“我明白。”殷方正脸稍微有些红了，看向陆浩宇，“陆主任还有安排吗？没有了，我们就告辞了。”

陆浩宇微笑着看着殷方正，过了一会儿说：“没有了，我去送送殷局长。”

“不用不用，陆主任请留步。”再三推搡，陆浩宇还是把殷方正和李晓送到电梯口，才挥手告别。

市纪委监委办公楼外

走出办公楼，李晓打电话给驾驶员。趁着车还没来的工夫，低声道：“殷局长，您那么痛快就答应了？这事可不好办，难道不应先回去和秦局长汇报后再做决定吗？再说了，陆浩宇可一直都没表态呢。”

殷方正擦了擦汗，重重地叹了口气，“陆浩宇一句话不说，就是最好的表态。这事本就是我们理亏，不答应下来，问责的板子打下来，首当其冲的就是秦局长，分管的和营水区也要吃不了兜着走。再说，营水区的事确实有些古怪，中间还不知道有多少人参与其中。真要让纪委插手调查，指不定翻出来多少人、多少事。秦局长那边我去汇报，你放心好了。这事你一定要保密，千万不要再出什么岔子了。”

李晓似懂非懂地点点头。车驶过来了，李晓从后边打开门，殷方正坐进去。李晓坐到副驾驶座位上，“回局里。”

殷方正把车窗摇下来，意味深长地看了一眼办公楼门口两块牌子，暗暗吸了口凉气。车辆缓缓启动，他把车窗关上，神色凝重。

市纪委监委办公楼 611 室

回到办公室，陆浩宇又嘱咐了袁清几句，让他和周海一起找赵涵了解王峋案。

掏出一根烟，刚要点上，市纪委办公室的科员郑新宜敲门进来送文件。陆浩宇把烟放下，看了一眼，是省纪委下发的涉密文件。不长，共三页，是加强执纪审查安全的分析和指导性意见。

“陆主任，请您签收后在这表上登记。”郑新宜把登记表放到陆浩宇面前。

涉密文件都会在封面左上角印有唯一编号。为了加强文件管理，防止发生泄密事件，岚江市保密局规定，凡是下发到个人手中的涉密文件，一律由本人对应各自编号登记备案。陆浩宇看了一眼手中文件的编号，001007。号还不错，他心里想。签完后，郑新宜带着登记表离开了。

陆浩宇把烟点上，吸了几口，又拿起文件仔细研究起来。不一会儿，江峰领着市纪委驻市公安局纪检组副组长申培海、副科级检查员吴磊走了进来。陆浩宇把烟掐灭，把文件装进桌上文件夹，迎上前去和申培海、吴磊一一握手。

“浩宇真是意气风发啊，成了咱们委里的顶梁柱啦。”申培海一脸笑容道。

“申书记又拿我说笑了。您是前辈，得多多指点我们才是。”陆浩宇轻轻一笑，说道。

申培海也是市纪委的老人了。最早同陆浩宇一样，也在委机关工作。陆浩宇刚来市纪委的时候，他就是审理室副主任了。后来被提拔为副处级干部，在市纪委综合派驻组干副书记。年前岚江市派驻机构改革，他再次接受调整，单独派驻到市公安局担任纪检组副组长。职级没变，称呼却从“副书记”变成了“副组长”。不过，原来同事都叫习惯了，一般也都称他为“书记”。

江峰在一旁给他和吴磊倒了茶，又相互客套一番。陆浩宇让江峰介绍了王峋的案情，说想查清楚王峋后面的保护伞，是否牵涉市县两级公安局相关人员。

他静静听着，全程一言未发，脸上也看不出任何情绪波动。倒是吴磊一边听一边记，时而皱眉，时而沉思。

听袁清介绍完，他又看向陆浩宇，“浩宇，你还有什么要补充的吗？”

陆浩宇想了想，说：“关于案子，没有了。申书记经验这么丰富，江主任把案情一介绍，您心里肯定就明白个八九分了。还请您和马书记多多支持。人选方面，徐书记应该和马书记通过气了。其他的人，请您和马书记再斟酌一下即可。”

这小子，说话越来越老辣了，还搬出徐济元，申培海在心里默默想道。“好。回去我第一时间和马书记汇报，再尽早和市公安局协调。你们静候消息吧。”说罢，就要起身告辞。

陆浩宇也没再挽留，把二人送到电梯口，又回办公室坐下了。“江峰，这几天你很辛苦，脸上都有疲态了。先回去休息，我们等公安局回信再做打算。”

“好的。陆主任，你觉得驻公安纪检组会全力配合吗？”

陆浩宇笑了笑，没回答，过了半晌才道：“你说呢？”

市环保局办公室909室，市环保局党组书记、局长秦传亮办公室

秦传亮面色凝重，听着殷方正的汇报。

“当时的情况就是这样，所以没跟您汇报，就擅自答应了。”

秦传亮思考片刻，“你做得对。自己处理，主动性还多一些。”

“是的。当时我也是主要考虑到了这一点。请秦局长指示，我们该如何查？”

“就按市纪委的要求办吧，二十四小时盯着。你选三个人专门负责，一定要嘴严、信得过的，排好班，别人就不要插手了。再发现焚烧，立马通知执法监察支队带人过去处理。另外，你亲自去查营水区环保局是不是存在内部人员通风报信。如果有，查清楚都涉及什么层面的人。任何情况随时和我说，记住，一定要隐蔽。”秦传亮顿了一下，又不太放心，“一会儿我给徐济元书记打个电话，把打算跟他汇报一下。”

“嗯，还是秦局长考虑得全面。”殷方正笑道，“那，咱们准备盯多长时间呢？”

“先一个月吧。”秦传亮想了一下，说道。

“一个月后仍无所获呢？”殷方正试探道。

“还能怎么办？”秦传亮苦笑了一下，“顶着我这颗脑袋、挂着这张老脸，去找徐济元负荆请罪。”

市纪委监委办公楼 611 室

陆浩宇坐在办公室，桌上的烟灰缸装满了烟灰和烟头，却全无停下的意思。手机“嗡嗡”响起来，“展公子”三个字映入眼帘。陆浩宇笑了笑，按了接听键。

“主任陆，我回局里了。还要我查什么？”展津轻快的声音传来。

“今天没什么事了，你先歇着吧。”陆浩宇笑着说。

展津沉默了几秒，“去你大爷的！没事你还不让本公子喝酒。”

“公子，我可是好心保护你。这大中午的，又是工作日，喝哪门子的酒？”陆浩宇继续笑道。

“你大爷，你才没良心。我还什么时候中午喝过酒了，不是好久没见阚老兄了？再说了，我这不都是帮你还人情？你知不知道，阚老兄被你吓得魂儿都快没了。”展津大喊。

“好好好，是我的不是。”陆浩宇渐渐收起笑容，“跟你说实话，本来我想下午找你查些东西的，但计划有变。你先等着，可能过不了多久就能接到通知了。”

“什么通知？”展津一脸诧异道。

陆浩宇又笑了笑，一字一字地说：“给我打工的通知。”

市公安局办公楼 1127 室

市纪委驻市公安局纪检组组长、党委委员马汉臻办公室

马汉臻坐在办公桌前，手一下下敲着桌子，没半点儿节奏可言。申培海坐在沙发上，手托着下巴，像在思考着什么。“老申，你有什么想法？”马汉臻打破了沉默。

申培海低头思考了一会儿，才慢慢道：“按理说，徐书记亲自打电话给你，又是贺书记的安排，于公于私，咱们都责无旁贷，只是——”

“说就是。”马汉臻看了一眼申培海。

“只是，马书记，你有没有觉得蹊跷？案子真如江峰说的单纯，直接转我们组办理就可。如果性质比较严重，七室直接办也说得过去。可你看这架势，七室的主任、骨干、其他派驻组的精英、县里抽调的办案能手，再加上我们组、市公安局，公安局的人还是陆浩宇亲自指派的，怎么看都觉得不简单呐。”申培海叹了口气道。

“对。我也觉得没那么简单。刚才我还在想，这种案子根本不需要组织这么庞大的力量。你这样一分析，更坚定了我的想法。我觉得，我们配合的案子有可能只是大案中的小案，要么就是——”马汉臻顿了一下，“保护伞或许压根儿就在市公安局。”

市第二人民医院内科三病房

“哥，你怎么来了？今天下班这么早？”江蕊看着江峰，惊讶道。

“嗯，今天单位没多少事，主任就让我早走了一会儿。”江峰看了一眼病床上睡觉的女人，“妈今天怎么样？”

“还行。中午打完针，吃了点儿东西，刚睡着没一会儿。”江蕊看着江峰，柔声道。

“那你怎么不跟着睡会儿？”江峰道，“一会儿还得去上夜班。时间一长，你这身体怎么受得了？”

“没事，哥。我不困。上午妈打针那会儿，我眯过一阵了。再说，晚上清闲时我也能偷懒睡会儿。”

“唉，随你吧。蕊蕊啊，我在想，等妈身体好点儿了，我帮你找找，看能不能换个白天的工作。老这么熬夜也不是办法，容易衰老。我这美若天仙的妹妹要找不到男朋友，可如何是好？”江峰笑着打趣道。

“哥——”江蕊满脸通红，倒是显得更加娇媚了。

“好了好了，不和你开玩笑了。今天难得我下班早，能多在这里待些时间。你先回去休息吧。”

“行。”江蕊看了一眼时间，站起来，“那我先走了，明天一早来替你。你晚上得空儿也多睡会儿。”

“放心吧。”江峰起身道，“我送送你。”

“不用。你好好看着妈点儿，万一醒了找不到人，该着急了。”江蕊推了一下江峰，转身朝门外走去。

目送着江蕊消失在视线里，江峰露出一丝欣慰的笑容。

市公安局办公楼 1127 室

马汉臻看向申培海，却没有一丝惊讶。想必，他也是想到了这一点。

“我同意。”申培海仍然不紧不慢道，“真是涉及市公安局高层或存在窝案，性质可就不一样了。马书记，你可要考虑好了！你可是挂着市公安局的党委委员呢，我们纪检组可是还有监督责任的。”

马汉臻当然明白这一点。今年年初，市住建局发生了塌方式腐败，上上下下被处理了二十多人。市纪委驻市住建局纪检组组长、市住建局党组成员解成斌就因监督责任履行不力，背了个党内严重警告。如今，同样的事情可能在马汉臻身上重演。

进驻市公安局还不到一年，驻局纪检组就陆续查了大大小小几个案子，给了不少党纪处分。要是再查出来一个大的窝案，估计自己也难辞其咎。一想到这里，马汉臻不由头疼起来。他双手使劲按了按太阳穴，定了定神，重重吐了口气：“那也得查啊，老申。职责所在，就算搭上咱哥俩这把老骨头，也不能生出别的心思啊。”

“好，马书记，我都听你的。”申培海脸上露出一丝笑容，“那，咱们派谁去？”

马汉臻略一沉吟，“老申，你牵个头，负责咱们组、市公安局和核查组之间的联络事宜。你再和陆浩宇沟通一下，看能否我们组就不派工作人员参与了，任务繁重，实在抽不出人手。至于市公安局，徐书记打电话时指定了一个人，再让市公安局党委定一个。两个人应该足够了；人多了，反而不好办事。你觉得呢？”

“好。”申培海想了一下，点点头，“要不要找程局长商议一下？”

“当然要。明天吧，下午他市里有会。”马汉臻顿了顿，苦笑一下，“老申啊，你说，程局长会知情吗？”

市第二人民医院内科三病房

墙上的钟表指到了8点。往常这时候，江蕊已买好早饭，来换班了。可现在，不仅没见人影，手机都打不通。

不能再等了，今天估计还会有很多事。江峰下了决心，嘱咐了母亲几句，又拜托好护士代为照顾，打了几次江蕊电话，才心神不定地开车走了。刚走没一分钟，就接到陌生来电，他心烦意乱地挂掉了。陌生号码又打来了，江峰想了想，接听了。

“喂，江主任，你好啊。”陌生声音传来。

“你是谁？”江峰神色一凛，警觉地问道。

“江主任真会开玩笑，你这几天不一直在找我吗？我就是你们要找的岩哥。”陌生声音发出一声冷笑。

“你是——李岩？”江峰惊讶之余，点上了录音键。

“行不更名，坐不改姓，是我。”李岩的声音阴冷得可怕。

“你找我干什么？”江峰把车停到路边。

“没什么，就想找江主任聊聊。”李岩又发出一声冷笑。

“对不起，没时间。没事的话，我挂了。”话虽如此，却没有要挂的打算。他想弄清楚，李岩葫芦里到底卖的什么药。更想知道，他是怎么这么快就得到了风声。

“是吗？那你听听这个！”李岩冷哼了一声。

“哥——”江蕊惊恐的声音传来。

“江主任，现在我们可以好好聊聊了吗？”

风 来

市公安局办公楼1001室，党委书记、局长程学义办公室

一上班，马汉臻就到了程学义办公室，介绍王峋案和市纪委的协助请求。

程学义全程低着头，默默听着，脸上看不到任何神情变化。直到马汉臻说完，办公室一片安静，他才抬起头，“说完了？”

马汉臻“嗯”了一声，没再开口。

程学义直起身子，问道：“你什么意见？”

马汉臻尽量自然地说道：“市纪委的请求是便于工作，我们没有拒绝的理由。只是派多少人去，我们还是有话语权的。”

程学义意味深长地笑了笑，“老马，今年以来，纪检组动了局里几个人了？”

“四个。一个党内警告，两个党内严重警告，一个撤销党内职务。”马汉臻想了一下，“还有两个，目前处于审查阶段。”

“这就是六个了。”程学义叹了口气，“在这六人的办理过程中，我的支持力度怎么样？”

“大，那是肯定的。位置摆得正，定位站得准。没有局党委的全力支持和配合，也不会查处这么多。说起来，我还得代表纪检组和市纪委向程局长表示感谢。”马汉臻微微一笑道。

“你别和我贫嘴了，老马。”程学义笑着摇了摇头，又正色道，“市纪委派你们驻这里，不光是监督提醒，也有惩戒震慑。你们来这儿快一年了，局里风气在持续向好，这些我都是看在眼里的。更何况你履行的只是监督责任，整个局党委的主体责任还是我的，出了事，我可是第一责任人。说到底，你们也是从全局工作出发，从整个公安队伍出发，我全力支持也是应当的。”

“程局长，这话可是你头一回对我说。”马汉臻的眼神里透露出一丝感激。

“是啊，确实是第一次和你掏心窝子说这些。”程学义站起来，走到马汉臻旁边的沙发上坐下，“可是老马啊，今天我也得跟你说句真心话。梅口的这个案子，我并不想查下去。”

“哦？”马汉臻故作不知，“程局长可有什么顾虑？”

程学义盯着马汉臻看了良久，笑了一声，“老马，别装了。你和老申可都是市纪委的老人，这点敏感性都没有？我可不信。你我都清楚，一两个人是绝对没有这么大能量在梅口如此呼风唤雨的。要么是窝案，要么就是涉及市局高层。而这两种结果，都不是我想看到的。现在全国都在挖黑恶势力保护伞，公安系统处在风口浪尖上，我可不想成为这方面的典型。我现在最想要的，是稳定啊。”

马汉臻想了想，“程局长，今天你都这样说了，我也不瞒你。我和老申确实分析过这些，但最后的结论还是要全力配合。就像你说的，正因为现在的大形势就是这样，咱们受关注度才更高，才更要去查。要是队伍真的出了大问题，是你的责任，我也跑不了。如果不查，我们就成了保护伞后面的帐篷了。程局长，听我一句劝，切莫让小痣长成毒瘤。万一这毒瘤已经成型，那也必须坚决切除，不然会蔓延到全身。”

看到程学义还在思考，马汉臻又道：“程局长，如果你还不放心，我倒是有一个建议。一方面，市纪委要深挖，这是大趋势，我们不但不能去阻挠，还得积极配合、全力协助；另一方面，你也可以派几个信得过的人先悄悄查着，看背后到底牵扯谁。你心里先有个底，对市纪委也有交代。你看如何？”

程学义又想了许久，苦笑一声，终于松口道：“好像也只有这么个法子了。那，人选方面你有什么考虑？”

马汉臻像是知道程学义会有此一问，慢条斯理道："我原来的打算是让老申做总联络，在市纪委和局里起个沟通协调的作用，这样组里就不再派人了。局里的话，徐济元书记亲自点名要了一个；另一个，程局长可以选做事稳重又信得过的。一共两个人，我觉得也就够了。"

"徐书记亲自要人？谁？"程学义有些奇怪。

"经侦支队展津。"

程学义在脑海里搜索了一番，才记起展津这么个人，不禁笑了一声："那个家伙整天嬉嬉哈哈的，徐济元要他干什么？"

"这我就不知道了。"马汉臻笑了笑。

"行吧。好人做到底，送佛送到西。既然要，给就是了。至于另一个——让刑侦支队的许超去吧。我干副局长的时候，就一直分管他。能力不用说，人也踏实可靠。"程学义边思考边说。

"好。程局长选中的人自然不会错。"马汉臻笑了下，又提醒一句，"程局长，你要不要亲自给徐济元书记打个电话，回个信儿？"

"那个大老徐。"程学义笑了一下，想了想，起身回到办公桌前，拿起了电话。

市纪委监委办公楼 701 室

贺在洲坐在办公桌前，手里拿着巡察办拟的汇报；常东和王洪屽各自端坐在两侧沙发上。常东一直在观察贺在洲，看他神色轻松，不由松了口气。

"不错。"贺在洲摘下老花镜，"趁着空档主动思考工作，提前筹划，巡察工作更应该与时俱进，不断创新。我支持。"

常东看上去满脸荣光，连连道："谢谢贺书记夸奖。这主要得益于贺书记平日的耳提面命，巡察办上下时刻紧绷着一根弦呢。"

贺在洲又笑了笑，"那你们的意见，更偏向于哪一种方式？"

常东看了一眼王洪屽，见他在一旁默不作声，就转向贺在洲：

“贺书记，我和洪岓主任都比较倾向于从去年的第一轮开始，一直查到第五轮。”

贺在洲闻言，不动声色道：“你们征求过各巡察组的意见了吗？”

“还没有。时间比较紧迫，这也是临时决定的。所以——”常东略微有些慌了。

“以后，组织巡察、拟定方案，也多问问各巡察组的意见。他们毕竟都在巡察一线，一些具体情况可能比你们要熟一点儿。另外，各巡察组日常安排的巡察任务比较重了，也要多考虑一下他们的承受能力。我的意见是不要追求数量了，全都查，各组压力会很大。一旦查得不仔细，反而会让巡察工作显得不严肃。我们集中查一轮，比如说今年年初巡察的第五轮，不是过了两个月整改期限了嘛。你说你整改到位了，好，咱们就去查查。趁着这个热劲，看你是不是真改实改，是不是改得到位。对虚假整改、整改不到位的，狠狠打击一批。这样，也给之前的几轮传递了压力，没改的，也会主动认真改。对之后的巡察单位，也是震慑。这对于推动巡察的整体成果，大有裨益。”

常东欲言又止，瞟了一眼王洪岓，看到王洪岓一副事不关己的表情，又生生把话咽下了。思考了一下，试探道：“还是贺书记考虑周全，以后我们还得不断提高。那——要不，咱们就定只查第五轮？”

“可以。”贺在洲把汇报稿递还常东，常东起身接过来。“常东啊，带巡察队伍可不像带寻常队伍。巡察的本质属性就是政治性，你作为巡察办主任，可更得多些政治敏感性，多提高政治站位才是。”

“是，是，是。”常东一个劲儿地点头，都顾不上擦拭头上的汗了，“贺书记，那我们先回去了，争取尽快制订好方案，再征求各巡察组意见，就立即开始了。”

看着他们离去的身影，贺在洲独自静坐良久。然后，他拿起专线电话，拨了个号码：“浔钧，有件事想和你说一下。”

市纪委监委办公楼 611 室

张沐源坐在陆浩宇的内网电脑前，整理盆栽艺术协会录的视频。陆浩宇背着手，站在后面，全神贯注地看着电脑上的影像。当时只顾着震惊了，一些细节没来得及好好揣摩，重新过一次，看还有没有漏掉的细枝末节。

“陆主任，你说，这些白天都门窗紧闭的屋里，到底都有什么玄机呢？”张沐源回头看向陆浩宇，问道。

陆浩宇摇摇头。这个问题他也想过，同样没有答案。

未等两人展开推测，桌上的固定电话响了。陆浩宇看了一眼，是门口警卫打来的。

“喂，陆主任。门口有位男同志找你，好像叫什么公子——”话没说完，电话就被人夺去了。

“我去你大爷的，小宇子！你赶紧下来跪迎本公子！要不然，本公子就挂个条幅在你单位门口，上访告你，说你假公济私，公报私仇。”展津的声音传来。

陆浩宇无可奈何地笑了笑，嘱咐张沐源把视频处理好，关掉，便下去接展津了。

过了一会儿，张沐源就听见楼道里传来骂骂咧咧的声音。不知道的，真以为上访群众在闹事呢。张沐源倒了一杯茶，放到桌上。

陆浩宇推搡着展津走进办公室，又把他推到沙发上坐下，才好言好语道：“我的好公子啊，你可省省心吧！一会儿真把信访室的人招来了。”

“去你大爷的，你还让我省心。你给我省心了？全心全意帮你查还不行，非得让我给你打工来羞辱我？信访室的来了更好，我还就要告你了。我要当众揭穿你这个堂堂大主任的真面目。”展津佯装怒不可遏。

“展科长，我们主任可不敢让你来打工。他可是专程去求的我们贺书记，要找你们局最顶尖的专家。也是贺书记安排徐书记亲自给你们局长打的电话，你们局长权衡了好半天，才依依不舍地选派了你这么一位顶梁柱来支援我们办案的。”张沐源一边笑，一边说道。

“少来这一套！他有几根花花肠子，我还能不知道!”话虽这么说，明显感觉展津心情好了许多，看向张沐源，“你这小丫头，不是上次去茶庄的那个吗？叫什么来着？还有，以后别叫我展科长，听得我鸡皮疙瘩都起来了。你跟着你们主任学，叫我‘展公子’就行。”

“遵命，展公子。我叫张沐源，来跟陆主任学习办案的。”张沐源盈盈笑道。

“哼，跟他学，早晚学成一副见了谁都苦大仇深的样子，白瞎了你这水灵灵的小姑娘。不如跟我学，我保证会的比他多。”展津一脸坏笑地看向陆浩宇。

“行呀，那以后就请展公子多多指教啦。”说罢，张沐源假装作揖。

“好说，好说。”展津笑得合不拢嘴，掏出一根烟来就要点上。

陆浩宇一下子把他的烟夺了过来，不容置疑道：“不准抽。”

“嘿，本公子这暴脾气——”展津一下子从沙发上弹了起来，又猛地想起什么似的，重新坐了回去，一边嚷嚷， “好好好，不抽不抽。”

“展公子，你抽就是。陆主任，你也陪展公子抽一根，放松放松吧。”张沐源诚恳地说道。

“嘿，敢情你这丫头还不知道呢。”展津的表情就像见了新大陆。

“什么?”张沐源的八字眉一皱。

“行。今天我就先教你第一课。话说你们这陆大主任从年轻时候起，就有‘三抽’‘三不抽’的习惯。后来，不光自己这么干，还要求我们也跟着落实。”他一边说，一边撇了陆浩宇一眼。

“怎么个‘三抽’‘三不抽’?”张沐源追问道。

“这‘三抽’啊，是办案时抽，考虑问题时抽，遇到臭味相投的人抽。这‘三不抽’，是有女同志在场不抽，有不会抽烟的人在场不抽，在领导办公室不抽。唉，真是麻烦。”展津摇头，假装感慨，倒是把张沐源逗乐了。

展津盯着张沐源看了一会儿，又一脸坏笑道：“你这小丫头倒是有趣，有对象了没？”

“没呢，展公子。你要给我介绍呀？”张沐源笑道。

“行啊，你看我怎么样？我把自己介绍给你啊。”展津抛来一个媚眼，端起茶杯准备喝水。

张沐源假装上下打量一番，撇撇嘴，又叹了口气道：“看着还行。可以，我答应了。”

“噗——”陆浩宇和展津同时噗了一声。只不过陆浩宇噗了一口空气，而展津，却实打实噗出来一大口水。

“当真？”展津两眼放光道。

“是有点儿草率哈。”张沐源假装思考道，“要不这样，你让我再考虑考虑。展公子你帮着陆主任把这个案子办完，我再给你答复，怎么样？”

“嘿嘿，你这小丫头，跟我来这套。行，我好好帮你家主任就是了，用不着你以身相许。”展津擦了擦嘴，又重新喝了一口。

“行了，你俩都没个正经。”陆浩宇嗔道，“说正事吧。看这架势，是你们局长答应放你了？还派了谁？”

“申培海总联络，还有刑侦的许超。”展津咽了一口茶，“程局长的嫡系。啧啧，你这茶真难喝。就算你不喝，也得准备点儿好的接待客人吧。”

“许超？”陆浩宇不搭展津的话，回味着这个名字，“通知你们什么时候过来报到？”

“明天。”展津把茶杯放下，“我气你不过，今天下午先过来找你理论的。”

陆浩宇还要开口问什么，却听见有人敲门。张沐源离门近，顺手把门打开。贺在洲的秘书陈飞出现在门外。

陈飞环顾了一圈，眼光落在陆浩宇身上，笑了一声道："陆主任，贺书记请你过去一下。"

市纪委监委办公楼 701 室

陆浩宇敲门后走进了贺在洲的办公室，朝着坐在办公桌前的主人道："贺书记，您找我？"

"嗯。"贺在洲点点头，指了指沙发，"坐。"

陆浩宇坐到沙发上，抬头看着贺在洲。

"济元刚才找过我了，跟我回话，说市环保局和市公安局都很配合。这很好，你也可以心无旁骛地查你该查的东西了。"

"好。"陆浩宇笑了笑，"谢谢贺书记。"

贺在洲摆摆手，"找你来，除了说这个，还有一件别的事想通知你一下。上午巡察办的常东过来了，拿了一个巡察回头看的方案，我给改了改，最后定下来：用十五天左右的时间，对年初的第五轮巡察进行一个专项督导，看被巡察单位的整改情况。"

"第五轮？"陆浩宇自言自语道，"巡察市滨海新区规划建设委员会的那轮？"

"是的。"贺在洲点点头，"我和浔钧通过电话了，让他在督导的同时多配合你一下。毕竟，他在明处，查东西也方便。"

"好。"陆浩宇想了想，笑道，"贺书记真是用心良苦啊。"

贺在洲也笑了笑，刚想再开口说话，却被门外一阵急促的敲门声打断。"请进。"

门打开了，是市纪委干部监督室主任章华。

章华慌慌张张地看了一眼贺在洲，又看了一眼陆浩宇，一副欲言又止的样子。陆浩宇见状，要起身回避，贺在洲挥手示意不用，陆浩宇又重新坐下。

章华调整了一下语气，尽量平静地说："贺书记，出事了。"

"怎么了，慢慢说。"

“陆——陆浩宇主任的三份涉密文件被传到互联网上了。”

峰 网

市纪委监委办公楼 611 室

陆浩宇回办公室时，展津正在滔滔不绝说着自己和陆浩宇的陈年旧事。“怎么这么快就回来了？”展津奇怪地问道。

看着展津，陆浩宇勉强挤出一丝苦笑道：“这下不用你到信访室告我了，有人捷足先登了。”

“怎么回事？”展津板起脸，问道。

陆浩宇摇摇头，径直走到外网电脑前坐下，在浏览器里输入“岚江市纪委”“文件”“陆浩宇”几个关键字，一下蹦出来好多页面，就点开了几个。

展津和张沐源也凑过来，一起看了起来。

网页内容大同小异，基本上都是转载岚江本地论坛“岚江在线”一匿名用户发的帖子。帖子的标题很引人注目——《岚江市纪委绝密内部文件外泄，速看，随时被删》，发帖时间在下午 2：10。帖子附了三份涉密文件的照片：一份是尚未对外公开的岚江市委关于建立全市信访职能部门协作机制的征求意见稿；一份是岚江市纪委下发的关于对泗河区副区长鲁岄违纪事实的内部通报；还有一份，是省纪委关于加强执纪审查安全的指导性文件。文中还故作神秘道，文件真实可靠，均来自市纪委一位处级干部之手。截至陆浩宇浏览时，帖子点击率已过八千，并伴有很多转发和评论。在评论区，公众在满足窥私的好奇心后，几乎一边倒地谴责这位市纪委处级干部的泄密行为，纷纷猜测他到底是谁。更有甚者，开始质疑岚江市纪委的内部管理机制是否完善可靠。再往下翻，就有人爆料说，帖子里的处级干部正是市纪委第七纪检监察室主任陆浩宇，又上传了一张领取涉密文件的登记表。一个编号对应的姓名栏里，签的正是“陆浩宇”三个字。

陆浩宇不动声色地看完，眉头却越锁越深。他重新看了下帖子中的文件照片，其中一个文件是前一天刚下发的省纪委关于加强执纪审查安全的指导性文件，左上角的文件编号正是001007。他对这个编号印象很深，一眼就能看出来是发到他手上的文件无疑。可评论区上传的有他签名的登记表却是假的。签名很明显在极力模仿，他还是看得出真假。

陆浩宇想了一下，从外网电脑桌前起身，走到办公桌前，拿起桌上文件夹翻了起来，正是上传到网上的那三个。

他平日有个习惯，最新发的文件总喜欢反复看，仔细琢磨里面的政策精神和传递的最新信号。刚收到的文件他都放在桌上的文件夹里，等研究得差不多了，再整理好，存到保密柜里。谁承想，这成了别人刺向他的武器。想到这儿，陆浩宇不禁一阵苦笑。

“这明显就是栽赃陷害啊。”张沐源气愤道。

“大爷的，别让我知道是谁干的！否则，我非弄死他。”展津恶狠狠地骂道。

“这也怨不得别人。”陆浩宇缓缓道，“是我自己不小心，才给了他人可乘之机。”

“别说这个了，小宇子。你有什么回击的措施没？”展津急切道。

“当务之急，先查清是谁干的。”陆浩宇想了想，笑道，“展公子，你可愿今天就开始打工？”

“少贫了，有什么需要我做的，尽管说就是了。”

“好。你先回局里，追踪一下发帖人的IP地址，尽可能多地查出发帖人的信息。”

展津应了一声，陆浩宇又看向张沐源，“沐源，你去一趟监控室，调取一下录像，看今天12点到1点有谁进过我的办公室。一会儿我给监控室打个电话，你悄悄去，不要惊动别人。”

“好。”张沐源应道，“陆主任，那您呢？”

“我？”陆浩宇笑了笑，“当然是先去找徐书记谢罪了。”

市纪委监委办公楼601室

陆浩宇敲了敲门，走进去。

徐济元正在浏览网页。“坐吧。”招呼一声，没再说什么。

陆浩宇默默地在沙发上坐下，很少见他不拿烟出来抽的。屋里沉寂了好一会儿。看到陆浩宇的样子，徐济元不禁觉得好笑，起身来到他旁边的沙发上坐下，掏出一根烟递给他。他下意识地接过来，放在嘴里。

“怎么？还要我帮你点上？”徐济元笑道，作势去摸打火机。

“不用，不用。”陆浩宇回过神，自己点上烟，“徐书记，来一根吗？”

“哈哈，冲你这声‘徐书记’，我就不抽了，好好听你说说你的事吧。”徐济元深呼一口气，“有什么想说的吗？”

“不是我。”陆浩宇静静地说道。

“废话，我知道不是你。我一手带出来的兵什么样，我还不知道？”徐济元佯怒道，“我是问，你有什么想法，下一步有什么打算。”

陆浩宇狠狠呼出一口烟，缓缓道：“我让展津和张沐源去查了，用不了多久就会有眉目。”

“展津，张沐源。”徐济元轻声念着两人的名字，“你这么信得过他们？”

“是的。”陆浩宇坚定地点点头，“展津是我大学就在一起的朋友，不光交心，更是过命。要说我最信得过的人，非展津莫属。再说了，他对我任何事都一清二楚，要害我，根本就不需这些手段。至于张沐源，她和贺书记有很深的渊源，贺书记非常信任她。而且，她没有任何陷害我的理由。”

“嗯。”徐济元边听边慢慢地点头，“我相信你的判断。你按你的想法去查就是。需要我做什么？我安排人去删帖了。”

“好。谢谢徐书记。你再安排一下，别让人急着删，先截好图，取好证，等展津那边查得差不多了再说。我觉得应该先稳住公众情绪，至少让他们知道，纪委还是能让他们信得过、可依靠的地方。”陆浩宇把烟掐灭，沉声道。

“那怎么做，你有什么建议吗？”徐济元又递过来一根烟，也给自己拿了一根。陆浩宇依次点上。

“协调一下委宣传部，在市纪委官方微博和公众号上尽快对外发布信息，承认这三份文件的真实性，承认出处正是陆浩宇本人。先以官方名义公开道歉，并表示具体情况正在进一步调查中。再加上一句，为避免文件进一步泄密，将在稍后对来源贴进行删除，并请公众不要再转发、扩散。”陆浩宇吸了口烟，不紧不慢道。

“承认文件的真实性没问题，道歉也是应该的。”徐济元皱了一下眉头，“可是，有必要承认是从你这里传出来的吗？”

“有。”陆浩宇不容置疑地点点头，“对方故布疑阵，又请来网络水军造势，目的就是要构陷我。要是看到市纪委千方百计维护我，对方不达目的自然不会罢休。公众觉得我们过于敷衍，肯定也不会满意，弄不好会适得其反。咱们大大方方地承认，既让公众看到我们的诚意，也好让对方安心，放松警惕，享受计谋得逞的快感。”

“行，就按你说的办。一会儿我就去向贺书记汇报，尽快发布消息。”徐济元顿了一下道，“你觉得对方会是什么人？”

“我也说不好。”陆浩宇思考了一会儿，呼了口气，“但有两点可以肯定：第一，是我认识的人，甚至是身边很熟的人；第二，很可能和目前我们查的案子有关。”

“那你心里有人选了吗？”徐济元点点头，继续问道。

“恰好。”陆浩宇把烟掐灭，笑了笑，“有几个。”

市纪委监委办公楼 611 室

回到办公室，陆浩宇坐在办公桌前发了一会儿呆，把文件夹里的三份文件拿出来又看了一遍，起身将文件放到保密柜里锁好，笑了笑。看来，一点儿坏习惯都要不得；指不定什么时候，坏习惯就会成了要自己命的杀手锏，陆浩宇暗暗想道。

“陆主任，有发现。”张沐源走进办公室，关上门，说道。

“说说看。”陆浩宇镇定地说道。

“今天 12 点 20 分左右，一个穿着保安制服的男子进了您办公室，四分钟后离开。他戴着帽子，在有摄像头的地方都低着头，所以没有一张清晰的正脸照。我想问问保安处的同志是否认识此人，但又记起来您要求悄悄查，不要惊动人，就先回来汇报了。”

“嗯，你做得对。不用问保安处了，不会是那里的人。来人知道躲避摄像头，做事极其小心，断断不会穿着自己的制服来我办公室的。”陆浩宇想了一下，又问道，“有没有看他是从什么地方进办公楼的？”

“看了。是从信访室连接办公楼的小门进来的。那里人多眼杂，人们也不会过多在意一个神色正常的保安的。只不过从小门进到办公楼需要门禁卡，所以——”张沐源欲言又止，抬头看了一眼陆浩宇。

“所以，你觉得是咱们内部人干的？”陆浩宇笑了笑，问道。

“是的。”张沐源老实回答。

“有可能。但内部人不会亲自来我办公室的，毕竟穿着保安服太显眼，会有被发现的风险。更大可能是，咱们的人把门禁卡给了外边的人，让外边的人穿上保安服进来。这个设计倒是还不错。”陆浩宇又笑了笑。

“有道理。”张沐源若有所思地点点头，又看向陆浩宇，“哎呀，陆主任，都什么时候了，你还笑得出来。”

“笑不出来，难道还哭不成？那样的话，不更顺了对方的心意？”

陆浩宇继续笑道。

“也是。”张沐源叹了口气，“也不知道展科长查得怎么样了。”

市公安局办公楼905室

“好，我知道了。”展津挂掉电话，一脸凝重，摸起手机就给陆浩宇打过去了。“查到了。IP地址位于香江路一个网咖。我找人查过了，发帖电脑用的不是自己的身份信息。有人给了网管一百块钱，号称有急事要用电脑，又没带身份证，借网管身份证登录的。登录时间是下午1:59，和发帖的时间差不多。我去他大爷的，反侦查意识还挺强。”展津恼怒道。

“没关系。”陆浩宇笑笑，一副意料之中的样子，“调监控了吗？来人长什么样子？”

“调了。一身黑衣，戴了黑帽，监控看不到脸。据网管说，是一个二十多岁的男子，也没什么明显标志。”展津想了一下，怒气未平道，“对了，评论区上传你登记表照片的IP，也是那台电脑，不过是那人注册了昵称后评论的。中间几条骂得比较狠的评论，也是他用不同账号登录后发布的。这个老乌龟王八蛋，壳倒是挺多，早晚我把他从壳里揪出来，炖了喝汤。”

“得了，你消消气。”陆浩宇笑着说道。

“生气是一方面。最主要的是没能查出来是谁，没帮上你，我才恼。”展津愤愤不平。

“那倒未必。”陆浩宇神秘地笑着，“差不多猜到是谁了。”

市纪委监委办公楼611室

张沐源一脸茫然地看着陆浩宇。“陆主任，您真的猜到了？”等陆浩宇把电话挂了，她就迫不及待地问道。

“有七分把握，还不确定。”陆浩宇笑了笑，看向张沐源，“沐源，下午没什么事了，你先回去歇着吧。”

“下班还早呢。再说，陆主任，您不继续查了吗？”张沐源疑惑道。

“不查了。”陆浩宇看向窗外，缓缓道，“我得先去看一个病人。”

市第二人民医院内科三病房

“妈，我来了。”江峰提着一碗粥走进病房，却看到陆浩宇正坐在病床边和妈妈有说有笑，床头放了果篮和鲜花，想是他带来的。江峰先是一惊，接着马上换了笑脸道，“陆主任，你怎么来了！”

“没什么。今天出了那么档子事，徐书记让我先放下手头工作，出去散散心。我看时间还早，又想起好久没见伯母了，就来和伯母聊聊天。”陆浩宇不动声色道。

“对啊，小峰，陆主任可是一个劲儿地夸你能干呐。以后你可得好好跟着陆主任学习才是。”

“伯母，您放心，江峰主任啊，前途宽广着呢。”陆浩宇握着江峰妈妈的手说道。

三人又简单聊了几句，陆浩宇提出要回家，江峰妈妈让他去送送，江峰略一思考，答应了。

陆浩宇和他一前一后，向停车场走去，一路无言。走到车边，江峰才说：“陆主任，多谢你来看我妈。路上慢点儿走，注意安全。”

陆浩宇也笑笑，却没有上车，盯着他看了许久。“江峰，你难道没什么要和我说的吗？”

江峰心里“咯噔”一下，仍若无其事地笑了笑，“没有啊。不知道陆主任指的是什么？”

“比如说，”陆浩宇收起笑容，沉声道，“跟我说说穿保安服的人是谁。”

车 言

市第二人民医院停车场

“陆主任，你在说什么，我听不懂。”江峰极力掩饰心中的震惊，强忍着挤出一丝笑容，轻声问道。

“是吗?”陆浩宇盯着江峰，像是要把他看穿，“那，你敢不敢模仿一下我的签名?”

江峰的笑容顿时凝固了，站在陆浩宇的车旁一动也不动。过了一会儿，他像泄了气的皮球一样，叹了口气，摇头苦笑了，“陆主任，我想知道你是怎么发现的。”

“我承认你的计划不错，但漏洞实在太多。”陆浩宇面无表情道，“上车吧！这里说话不方便，咱们换个地方。”

车牌号东 QHY905，白色波罗车内

“陆主任，咱们去哪里?”看到陆浩宇发动汽车，江峰一脸紧张。

“放心，不回委里。”陆浩宇看了一眼江峰，“两个大男人一直坐在医院停车场的车里，太过引人注目了。我带你去一个商店，你随便买点儿东西带回来，省得让人起疑。”

“嗯。”江峰在座椅上坐定，松了口气，不再开口说话。

陆浩宇转头看了他一眼，驾车前行。“怎么，不到黄河不死心?不听我说出来怎么发现你的，就不准备开口了是吗?”

“对。”江峰的头扭向陆浩宇，倔强地点了点头。

“好，那我就给你一个痛快。”陆浩宇顿了一下，也不看他，一边缓慢开车一边说，“零和博弈你该知道吧?就是说，参与博弈游戏的双方，一方的收益必然意味着另一方的损失。现在我和李岩，或者说李岩前前后后的团伙，就是博弈的双方。把我搞垮，最直接的既得利益者就是李岩。我的第一个判断就是，这事很可能和李岩有关。”

“我不服。”江峰高声嚷嚷，“这些年，你办过那么多案，得罪过那么多人，谁都可能报复你，为什么偏偏是李岩？”

“原因有三点。”陆浩宇不为江峰所动，缓缓道，“第一，之前的案子都发生一段时间了，要报复，早就动手了，等到现在没意义。第二，真要是以前案子的人，要么是死不悔改、对我恨之入骨，把我千刀万剐都不够解气。这次的事件明显不是想置我于死地；要么就是真心知错、改头换面，对我就算没有感谢，也不至于再冒风险来栽赃陷害。这两种可能都不是，也就不会是以前案子里的人了。第三，这次的事件显然准备匆忙，更像临时起意，目的是让我背个轻处分或调离岗位，不再参与李岩的案子。再或者，给我一个警告，让我知难而退，不要揪着李岩不放，大家也好相安无事。”

江峰怔了一下，等缓过神来，又低声道：“陆主任，你继续。”

陆浩宇笑了一下，似不以为意，“我的第二个判断是，这事肯定是内部人干的，很可能是我身边很熟悉的人干的。想听理由吗？”

“想。”江峰机械地应道。

“理由也是有三点。第一，此人对市纪委的布局了如指掌，知道穿保安服走大门会引人注意，而走信访室通向办公楼的小门，人多，不会太显眼。此人还有咱们委办公楼的门禁卡。第二，此人对咱们内部管理机制很熟悉，知道涉密文件保管不善应该追究什么责任，不轻不重刚刚好。第三，此人对我太过熟悉。对我房间熟悉，进到办公楼后直接奔我办公室来。对我作息规律熟悉，知道我每天12点吃饭，还要在院子里转一圈，散散步吸吸烟，回到办公室得1点左右。对我不把文件锁进保密柜的习惯熟悉，别的东西都没动，直接冲文件来了，拍完照后恢复原貌，离开——全程只有四分钟。对我签名熟悉，仿签有几分相似。既和李岩有关，又是我身边比较熟的人，范围也就很小了。”

“可是，也有不少人符合的啊。”江峰仍不甘心。

陆浩宇扭头看了他一眼，叹口气，“贺书记和徐书记对这个案子非常重视，也是他们提出来要查的李岩，他们不可能。况且，他们千叮咛万嘱咐，李岩案要高度保密。目前为止，除了核查组，委里其他人并不知道我们查的到底是谁。设计者思维很缜密，细节考虑很周全，反侦查意识非常强——这些不是赵涵所能。周海、袁清、张沐源都是临时抽调过来的，和我共事时间不长，不可能对我的习惯这般熟悉。剩下的，就只有你了。”

“你就断定是我设计或直接参与的，是吗？”江峰有气无力道。

“差不多。只是当时我还没想明白你的动机是什么。后来我想起来，伯母最近在住院，而你的家庭情况我也是稍微知道一点儿的。你为了钱，是我当时最直接的想法。可当我来到医院和伯母聊起来，她说平日都是江蕊白天照顾她，可今天有事没能过来。我就猜测，你可能并非为钱，而是有其他难言之隐或江蕊受到胁迫了。再加上你见到我后表现出来的震惊、心虚和内疚，让我更加坚定了这个想法。”陆浩宇从容不迫道。

“心虚和内疚？”江峰苦笑一声，“我表现得那么明显吗？”

“嗯。”陆浩宇点点头，“我能看出来它不是你心甘情愿地去做的事。要不然，你觉得我还会在车里和你说这么多吗？”

“陆主任，我服了，心服口服。我无话可说。”江峰双眼无神。

“那可不行。”陆浩宇笑了笑，“你还得说说你的事呢，看我能帮得了你什么。”

江峰摇摇头，笑了一下，缓缓道：“我没想到这么快就被你发现，就像我也没想到，李岩那么快就找到了我头上。”

陆浩宇刹住车，停在一个便利店门口。“你去便利店随便买点儿东西，我再送你回去，路上你详细说。”

岚江市狮客便利店第 67 分店

江峰漫无目的地在便利店转着，随手拿了几件商品放进购物车，然后机械地在收银台前排队。看着停在便利店门口的波罗车，想起车里的陆浩宇，他的心情复杂到无以复加。

他还没想好如何开口，更没想好怎样将家人的事和陆浩宇说明。李岩阴冷的嘴脸、母亲和蔼的笑容、江蕊无助的眼神，还有——陆浩宇平静的语调，在他脑海中来回闪现。

该来的迟早要来，该了断的不如早些了断。结完账，他似下定了决心，面色刚毅地走出便利店。

车牌号东 QHY905，白色波罗车内

江峰坐进车里，看向陆浩宇的眼神又恢复了往日的神态，笑了笑，“陆主任，你稍微绕远点儿吧，我想说的有点儿多。”

“好。”陆浩宇简单应了一下，就发动汽车，缓缓驶离了。

“陆主任，首先，我想说声抱歉。一是对你个人。不管这事最终怎样定论，单就目前来看，已经给你造成了太多太多的困扰。这是无论如何也挽回不了的。二是对这份工作。不管怎么说，我没有守住底线，给一直支持我的组织和我所热爱的事业蒙了羞，也当了核查组工作的绊脚石。不管最后会受到怎样的处理，我都绝无二话。”江峰一脸诚恳地说。

陆浩宇看了他一眼，笑了笑，没说话。

“其次，我想对你说声感谢。感谢你发现真相后没有第一时间去找贺书记汇报，替自己开脱，而是主动找到我，和我说了那么多真心话，还事事替我着想，肯坐在这里听我解释。我真的是由衷地感谢。接下来，我也想对你说一些实话。”

陆浩宇点点头，示意他继续。江峰重重地叹了口气，“这事还得从我的家庭说起。我是农村出来的孩子，祖上三代都是农民。我爸在我十五岁那年就生病去世了，除了一屁股债，什么都没留下。我妈拼命挣钱，一边供着我和江蕊上学，一边给我爸还债，最多时一天打三份工。那时她身体还好，但高强度的劳作还是悄悄地给她以后的病痛埋下了种子。好在我和江蕊都算争气，相继毕业找到了工作，可以挣钱帮着家里还债。那时，我还在嘉岭县纪委，江蕊还在市里一家小公司。再后来，我遴选到了市纪委，认识了包静，不久就恋爱结婚了。最开始还没看出来什么，一直感觉她不嫌弃我家很不容易了。她家是岚江本地的，家庭状况不错，车和房都是她家置办的。过了几年才发现，原来她特别不待见我妈和江蕊，相互间也不怎么往来。为此，我和她没日没夜地吵，也动过不少次离婚的念头，但有了儿子，也长到好几岁了，就凑合着过日子了。婚后没几年，债终于还清了，我妈却一病不起。她也不闻不问，既不出钱，也不出人。我和江蕊轮流照顾，挣的那点儿工资也基本花在我妈身上了。”江峰顿了一顿，似乎想起了不愿提及的往事。

陆浩宇不禁动容，“以前我只知道伯母身体不好，经常卧床，你夫妻感情也不太好，但没想到还有这些曲折。”

江峰摆了摆手，叹了口气，“年初，江蕊跟我说她不在以前的公司干了，嫌挣得少，就换了值夜班的客服工作，工资是以前的两倍。当时我工作忙，也没仔细打听，只觉得一直上夜班会比较辛苦，女孩家也不太安全。江蕊不以为意，老说很安全，也不累，让我放宽心。时间一长，我也就随她去了。直到今天早上才知道，原来江蕊——在娱乐会所的夜场坐台当公主。”说罢，江峰狠狠地咬了咬牙，像在努力消除这个事实。

陆浩宇没说话，可以想象江峰听到消息时有多痛彻心扉。

过了许久，江峰才回过神来，深深呼出一口气，“我和江蕊一直换班照顾我妈，一般都是我下午下班来替她，她早上下班来换我。可今天她没按点来医院，电话也打不通。当时我就感觉不好，但到了上班时间还是走了。路上，李岩的电话就打来了。”

前方路口红灯，陆浩宇缓缓停了车。查了这么多天，李岩头次出现，却没承想来得这般让人措手不及。

江峰苦笑了一下，“刚接到电话，我实实在在震惊了，不知道哪个环节出了问题，会被李岩这么快发现和找上门。震惊之余，我就在想，李岩找我，到底葫芦里卖的什么药。我还用手机把通话录了音，准备以后当证据用。可没想到的是，李岩把江蕊绑架了，并威胁我去跟他见面。”

陆浩宇暗暗倒吸了口气，虽有心理准备，但当他真说出来时不免心有余悸。绿灯了，他继续开车前行。

“不过，说绑架也不完全准确。更确切的说法是，李岩把江蕊控制了。就连江蕊也不知道，她工作的夜场其实就是李岩的产业。在李岩把我和江蕊关到一起时，我问过江蕊认不认识李岩。江蕊说不认识，只知道场子是一个叫‘嶙姐’的妈咪在打理。”说罢，江峰看向陆浩宇。

“嶙姐？”陆浩宇轻声念道，“是‘峥嵘嶙峋’里的王嶙。”

“我觉得是。”江峰点点头，“只是没想到，王嶙竟然是个女的。江蕊说，她只知道嶙姐同时管理好几个场子，她们这些——姐妹平时相互串场，哪个场子需要人，就去帮忙。要是有客户看上某个姑娘，经嶙姐同意，还可以带出场。要是碰到大客户私人聚会或在外面招待顾客，嶙姐还会亲自选几个好看又乖巧的带出去应酬。江蕊外出接待过几次叫什么总的人。有一次嶙姐说漏了，喊一个人叫什么局长，被来人狠狠责备了。”

说到这儿，江峰像是想起什么来了，“对了，陆主任。你和沐源不是正在查市滨海新区规划委员会职工嫖娼案吗？没弄错的话，负责接待他的有可能就是江蕊的姐妹。”

陆浩宇猛地刹住车，不可思议地看着江峰，“你说什么？”

车 语

车牌号东 QHY905，白色波罗车内

车停在路中央，江峰被惯性差点儿甩了出去。后面的车一直在按喇叭，陆浩宇才回过神，重新发动汽车，缓缓向前行驶。平复了一下

心情，他沉声问道："你是怎么发现的？"

江峰揉了揉碰到挡风玻璃的头，"我也是随口问问，江蕊说嶙姐经常招待这个总、那局长的，我就想起你的案子不正是一个单位职工嫖娼，就问她有没有接待过市滨海新区规划建设委员会的人。江蕊想了一下，说一个姐妹接待过几次一个姓孙的。还跟江蕊抱怨道，每次都被带到不同地方，有一次还被人蒙着眼走了好久才到。姓孙的脾气不好，喝了酒经常辱骂、打人。她的姐妹几次三番不想接他的活儿了，但好像姓孙的和嶙姐关系很好，反而被嶙姐骂了回来。之后，她的姐妹也就敢怒不敢言了。"

陆浩宇点点头，基本可以断定，江蕊口中那个姓孙的正是孙崇林。而孙崇林带着江蕊姐妹蒙眼去的地方，应该就是盆栽艺术协会。孙崇林也不算身处要职，为何如此受重视呢？这个需要好好落实清楚。当下，陆浩宇在心里暗笑了一声。如果判断没错，倒算因祸得福了。不经意间，牵扯出来这么大线索。要是李岩知道陆浩宇掌握了这么多事件之间的关联，会不会后悔这次弄巧成拙的绑架是搬起石头砸了自己的脚。

想到李岩，陆浩宇又把思绪拉了回来，若无其事道："这事我知道了，以后找机会细查。再见到江蕊，问一下她的姐妹在哪个夜场上班，叫什么名字。你再接着说李岩吧。"

"早上，李岩约我在医院不远处一个商场的地下停车场见面。商场尚未启用，停车场没人。见面的除了李岩，还有一个保镖。"

"李岩长什么样？"

江峰皱起眉头，边回忆边说："个子不太高，应该不到一米七。身材比较胖，不说话时看上去还有点儿憨态可掬。一说话或笑时，就有说不出来的阴冷。"

"嗯。"陆浩宇点点头，"继续。"

某商场地下停车场

来到李岩约定的区域，周围一片漆黑，也没人。江峰喊了几声，仍没人答应。

突然，两束车灯朝他身上打来。江峰一手护在眼前，朝着灯光处走去。近了才发现，汽车旁站着两人——一个矮胖，一个高瘦。

他打量了一下，指着矮胖的试探道："你就是李岩？"

"怎么，不像？"矮胖的人讥笑一声，"江主任果然守约，就是不知道有没有带些不该带的东西。"说完，朝高瘦的像是保镖模样的人使了个眼色。

那人点点头，走到江峰身边，把他上上下下搜了一遍，又让他把手机拿出来关掉，才回到李岩身边，点头示意。

"你太小心了。我既然来了，就没必要耍什么花招。"江峰面色一沉，"江蕊呢？"

"江蕊那丫头仗着几分姿色，挑三拣四的，也不听话，我让她妈咪管教管教。哼，也不看是谁的场子。"李岩冷笑道。

"你这话什么意思？你们把江蕊怎么样了？"江峰神色一凛道。

"没怎么样，你放心就是了，就是教她些规矩。至于什么意思，哼，看样子江主任还不知道呐？没事，一会儿见了江蕊，自己问她吧。"李岩不怀好意道。

"那你让我来，到底是为了什么？"江峰正色道。

"很简单。我问你几个问题，你要是老实问答，我就放过江蕊。要敢不老实，哼哼，明天报纸头版头条就是：岚江市纪委七室副主任江峰之妹沦为夜场公主。江主任，你好好考虑一下吧。"李岩阴沉道。

江峰略一沉吟，"你问吧。"

"你们现在是不是在调查我？"李岩倒也直接。

"是。"江峰想了一下，说道。

"查的什么？"

"梅口县王峋非法采矿和打人案。"

“那是公安的事，你们插什么手？”李岩没好气道。

“我们怀疑你们在梅口县公安局有保护伞。我们是在查公安，并非冲着你。”江峰神色坦然道。

“哼，什么保护伞，都是些小弟。”李岩轻蔑地说道，“查到什么程度了？”

“查到什么程度，你应该比我们清楚。核查组才成立没几天，刚花了好大力气知道王峋背后老板是你，就被你叫到这里了。说到这，我倒真的佩服李老板你的神通广大啊。”江峰挖苦道。

“哼，江主任别来这套，更别想套我话。”李岩顿了一下，“除了这个，你们还查到别的没？”

“没了。我只是核查组成员，掌握不了全部信息。”江峰徐徐道，“李老板还怕我们查到什么？不如你直接说了，省得我再去查。”

“哼，江主任还有心情谈笑风生，我好生敬佩。我再问你，核查组组长是谁？”

江峰低头迟疑了一下，没有开口。李岩见状，嘲笑道：“怎么，组长名字比江蕊性命还重要？”

“七室主任陆浩宇。”江峰抬头看了一眼李岩，缓缓道。

“陆浩宇？哼，这人有什么爱好没——钱？女人？文玩？”

“这个你就别费心了。”江峰不屑道，“你去打听打听，市纪委有三个名声在外的人，被称为‘三邪’。这三人一不畏权，二不贪财，三不好色，越难办的案子越去办，越险恶的事态越去碰。陆浩宇正是‘三邪’之一。”

“什么这邪那邪的！哼，巧了，老子就喜欢治人的邪脾气。要是收买不了，那就整死他。”李岩恶狠狠道。

江峰想了一下，“李老板，我劝你可要想好了。本来这案子最后可能也查不出来多少事，但你要出手害人，恐怕就容易惹火上身，市纪委上上下下不是好惹的。真到了那时候，可能你后面的人不一定保得住你。”

“最起码给他个教训，让他吃点儿苦头，省得他查起来不知轻重。”李岩想了想，冷笑道，“况且，谁说过我要亲自出手，不是还有你吗？”

车牌号东 QHY905，白色波罗车内

车快到医院门口了，拐个弯，继续沿路开着。“所以，你就答应他了？”陆浩宇轻声问道。

江峰点点头，诚恳地说道：“陆主任，我跟你说你可能不信，我答应的原因有很多。救江蕊脱身，是首要原因；还有当时我想，如果不答应，他可能还会使别的阴毒法子对你。他既然敢用江蕊来威胁我，我怕他会同样利用嫂子或微微来威胁你。与其这样，还不如将事态控制在我能掌控的范围内。”

陆浩宇笑了一下，看向江峰，“这个我信。咱俩共事这么多年，你的为人我还是很清楚的。我也说过，策划者只是想警告，让我知难而退，并不是想让我陷入万劫不复的境地。所以，整个方案是你想出来的？”

“是的。”江峰老实说道，“我让李岩找了个身边可靠又机灵的年轻人，弄来两套衣服。一套和我们委里的保安服相近，一套是黑色休闲装。上班之后，我到街上把门禁卡给了他，跟他说了进出办公楼的路径、躲避办公楼摄像头的办法，以及你办公室的位置和里面的布置。中午趁着你吃饭的空儿，他穿着保安服进到你办公室，找到文件拍照。我根据上面的编号，模仿你的字迹签了一个涉密文件登记表，拍照后发给他。再让他换上休闲服去网吧，用别人的身份证上网发帖，并用不同账号评论，制造舆论。”

陆浩宇点点头，和自己猜想的差不多。他又想起了什么，“做这件事的人，是李岩的保镖吗？”

“不是，我不认识的人。”江峰想了一下，“陆主任，为什么这么问？”

“没什么，随便问问。觉得有些奇怪，可一时说不上来。”陆浩宇摇摇头，“不说这个了。继续说李岩的事吧！后来呢，他把江蕊放了吗？”

“暂时没有。”江峰叹了口气，“李岩对网上的舆论很满意。特别是咱们委里对外发布的公告让他觉得，你这次肯定会栽大跟头。他原来说你的处理结果下来就会放了江蕊，可如今——”

江峰的眼神又黯淡了下去。陆浩宇装作不知，“你有没有想过，李岩会拿江蕊威胁你一次，就会有第二次、第三次。”

“这个不会。”江峰重新振作了精神，“我和李岩有约在先。我不收他钱，但只帮他这一次。事成之后他放了江蕊，也不再逼迫江蕊去他的场子做事；从此以后，更不许骚扰我的家人。如若反悔，我就把他开场子、绑架、威胁我、陷害你的事全都抖搂出来，和他拼个鱼死网破。他也答应了，保证只此一次，以后两不相欠，再不联络。”

“嗯。”陆浩宇点点头，对江峰的做法表示同意，又想了想问，“你以后有什么打算？”

江峰苦笑了一下，“还没想好。无论如何，一人做事一人当，什么样的处理我都能接受。”

“好。”陆浩宇笑了笑，“那你继续当我的副主任，如何？”

“陆主任，你这是什么意思？”江峰一脸茫然地看着他。

“我的意思很明白。这个锅，我背了。”陆浩宇云淡风轻地说。

“陆主任，这——”江峰不知所措。

“你听我说完。”陆浩宇摆摆手，“我并不是全都为了你，也为了我自己和咱们的工作。如果李岩见不到我的处理结果，或者相反，见到了对你的处理，不会放江蕊不说，更会想别的点子对付我。光应对这些，我就不厌其烦了，自然也就无法全身心投入工作。与其这样，不如痛快背个处分。用那成语怎么说来着，‘丢车保帅’？”

“陆主任，可你这也太委屈了。”江峰一脸愧疚。

“无妨。”陆浩宇笑了笑，又收起笑容，正色道，“江峰，我也要和你有言在先：第一，江蕊出来后，别让她去夜场了，找个正经工作，工资少点儿，但图心安。如果找不到，我可以帮忙。第二，不准拿李岩的钱。刚才你说没拿，我信了。拿了，就要退回去，或者找机会上缴。伯母那边需要钱，你找我，我来想办法。第三，不管怎样，这事发生了，你也需要避嫌。以后，李岩案你就别跟了，去处理咱们室其他案子，我自会找个理由向徐书记说明。况且，你不跟这个案子，对你来说是超脱，不用整天担心李岩再盯着你不放了。这三点，你可有意见？”

“没有，没有。”江峰连连摆手，“陆主任考虑很周全，我一定按照你说的办。我也可以对天发誓，绝没有拿李岩一分钱。”

“这样最好。发誓就不用了，我信得过你。”陆浩宇想了一下，又道，“江峰，你觉得李岩是怎么得到消息的，他跟你说过没有？”

“没有。”江峰摇摇头，“我也想过这个问题。除了核查组，王峋案咱们直接接触的无非驻市公安局纪检组、梅口县公安局副局长阚晓兵，还有梅口县兴山矿场的两位上访群众。前两个我觉得可能性相对比较小，兴山矿场的上访群众倒是更大一点儿。”

“嗯。”陆浩宇点点头，“明天你让赵涵悄悄联系一下那两位群众，看他们最近有没有什么反常的，可能不注意的细节被有心之人看在眼里了。”

“行。”江峰答应道，“陆主任，这案子我什么时候不跟了？”

“过几天吧。我的事正在风口浪尖上，突然不让你跟，肯定会议论纷纷。等我的事过去了，你主动提出来要多照顾伯母，申请退出，干些室里的日常事务性工作。我顺水推舟，让你退出核查组。在此之前，你干些核查组的程序性工作，也抽些时间照顾伯母。”陆浩宇一步步安排道。

“陆主任——真的是，非常感谢。我也不知道该说什么了——”江峰的眼眶里似有一些湿润。

“还说什么——什么都不用说。把你以后的工作干好，别给自己、给家人、给组织丢脸就行了。”陆浩宇笑着说，“不早了，你出来的时间也太久了，我送你回去。想好怎么和伯母说，江蕊的事只字不提，不能再让她操心了。”

“我明白。”江峰深深呼了口气，用手拍了拍自己的脸，使劲挤出一个笑容来。

汽车缓缓驶到市第二人民医院病房楼门口，江峰看了他一眼，想说什么，终又忍了回去，笑了笑，带上东西下了车，挥手告别。

看着陆浩宇渐行渐远，江峰百感交集。回想这一整天的经历竟像梦魇一般，如此峰回路转、百般曲折。转过身，他朝病房楼走去。

今天，终究要过去了。明天，应是崭新的一天。

杂 枝

雅圣苑小区 13 号楼 1 单元 402 室

刚一到家，韩笑就急忙迎了上来。“怎么才回来，我都快急死了。”韩笑的声音里带着一丝哭腔。

“比起平常，也不算晚啊。”陆浩宇看了一眼时间，哭笑不得。

“今天不是出事了嘛，闹得沸沸扬扬的。我一直想给你打电话，又怕你忙着处理，心情烦躁，就一次次忍住了。想着等你回来再问，可左等不来、右等也不来的。再等下去，我非抓狂了不可。”韩笑一脸激动。

“没事，放心。”陆浩宇还没来得及换衣服，看着韩笑着急的样子，内心不由一阵暖意袭来，赶紧换上笑脸，把韩笑抱在怀里，抚摸着她的头发柔声道，“你也知道了？”

“谁不知道啊。”韩笑从他怀里挣脱出来看着他，“我身边好几个朋友、同事打电话问我，我都假装镇静地说没事、没事，就好像出事的是她们老公一样。”

“哈哈。”陆浩宇被韩笑的话逗乐了，边换衣边笑，“等会儿我跟你详细说。做饭了没有，我快饿死了。不吃饭，没力说啊。”

“你呀，就会吊人胃口。”韩笑嗔道，用手在他胸口点了几下，“不过，回来就好。我还没做饭呢，一直没心情。你等我一会儿，我简单做点儿。”

“好。”陆浩宇笑了笑，把她放开。看着她忙碌的背影，偷偷叹了口气，在沙发上坐下，静静地发呆。

“饭好了，快过来吃。”不一会儿，韩笑的声音传来，打断了他的思绪。

“好的。来了。”陆浩宇脸上重新浮起笑容，往餐桌走去。“让我看看老婆大人做的什么饭，这么香！啧啧啧，这不是我最喜欢的鸡蛋肉丝面吗？”

“就这个做起来最简单，你倒也吃不腻。”韩笑一脸幸福地盯着他。

陆浩宇大口大口地吃着，没多久就见底了。“你不吃吗？”

“我不饿，等会儿再吃。”韩笑看他吃完，又赶紧问道，“现在可以说说了吧，到底是怎么回事？”

市第二人民医院内科三病房

江峰神色如初，照顾妈妈吃完饭，自己也简单地吃了些，收拾好碗筷，在妈妈病床前坐下。

“小峰啊，下午去送陆主任用了那么长时间啊？”妈妈轻声道。

“哦，没什么。我去便利店买了点儿东西，顺便和他聊了一会儿。”江峰若无其事道。

“你们整天一起工作，什么事还得下班到医院来说？小峰啊，你和我说实话，是不是有什么瞒着我？”

“没有。妈，你放心就是了。陆主任是因为明天要外出办新案，对办公室的事放心不下，专门跑来嘱咐我几句。妈，你要吃苹果吗？陆主任刚拿来的，很新鲜，我给你削一个。”说罢，就要起身拿苹果。

“我不吃。你坐好，不要转移话题。”妈妈着急道，咳嗽起来。

江峰赶忙过来给她拍起了后背。“好，我坐好就是了。你别急，想问的就问吧。”江峰端起水杯，给她喝了一口，重新坐好。

妈妈叹了口气，“小蕊一天都没过来，电话又打不通，音信全无的，我怎能不着急？下午陆主任又过来看我，言语间提了好几次小蕊。我总觉得这不是巧合。小峰，我求求你了，你说实话，小蕊是不是出事了？”

“妈，你看你，我不都和你说过了吗？小蕊临时出差，走得匆忙，手机充电器也没拿。她用别人的手机给我打过电话了，你就把心放进肚子里。用不了几天，她就回来了。至于陆主任，我看你也是多心了。你是太在意小蕊了，才会格外敏感。”江峰握着妈妈的手说。

“唉，真是这样就好了。”江峰妈妈叹了口气，眼泪不自觉地淌了下来，“小峰啊，我现在就你和小蕊两个指望了。你们就是我的天，就是我的全部啊。谁要是出点儿事，我的天可就塌了啊。你爸走得早，我又整天这个样子，这世上早晚只剩下你和小蕊相依为命了啊。小峰啊，你可一定要带着小蕊走正路，千万不要让她被人欺负了啊！”

“妈，你放心，我一定会的——”说着，江峰竟有一丝哽咽了。

雅圣苑小区 13 号楼 1 单元 402 室

陆浩宇笑了笑，摸了摸韩笑的头发，轻声道：“真没什么事。我把几个最新的文件拍了照，本想发到纪委工作群，却不小心发了同学群。同学群鱼龙混杂，哪个多事的就给发到网上了。说到底，还是自己不小心呐。”

韩笑盯着他看了半天，不由笑出声来，反而摸了摸他的头，宠溺道：“老公呀，你知道吗，你虽然最喜欢察言观色，善于识破别人的谎言，自己却很不善于说谎。这么多年了，你一说谎都有个习惯，手会不自觉地扶眼镜，还不敢正眼看我。刚才又是这样，一看就是在说谎。况且，我家老公什么样，我还不清楚吗？保密意识大于天，做事又极为严谨细致，怎么可能出现这种情况？之所以不说话，是因为我刚才一直在想，要不要揭穿你的谎言。我明白你说谎是不想让我担心，但不管发生什么事，我都想和你一起面对。跟我说实话，好吗？”

陆浩宇惊呆了。他印象里的韩笑温柔而又知性，小鸟依人般需要保护。可今天倒让他觉得自己像个弄巧成拙的孩子。他无奈地笑了笑，摇摇头，把她搂在怀里轻声道：“其实也没什么，只是被人栽赃陷害了。”

“栽赃陷害还叫没什么？”韩笑吃了一惊，从他怀里抬头看着他，“谁干的？查出来了吗？”

陆浩宇先是点点头，又轻轻摇了摇头。

“这是什么意思？”韩笑不解地问道，忽又想起来什么，“新办的案子里的人报复的，是吗？”

“也不算报复，充其量就是个警告，想让我知难而退。”陆浩宇泰然自若道。

“那你就是承认了。”韩笑从他的怀里挣开，关切地看着他，“都是什么人啊，这才几天就开始报复了？”

“那倒不是。”陆浩宇从背后搂住她，好让她看不到自己的表情，“我在调查过程中对一个人说话重了。这人不服气，就拜托他在市纪委的朋友偷偷拍了照片。本想吓唬我一下，让我对他客气点儿，却不小心被谁有意无意发出来了。不过你放心，都是党政系统的人，做不出多少出格的事来。再说，这事本身就是我保管不善，文件拿给室里同志传阅，传着，传着，就不知道被谁拍照了。”

“当真？”韩笑还是半信半疑。

“真的，你就放心吧。也算不大不小一个教训，教我以后加倍小心谨慎，才不会吃大亏。”陆浩宇一本正经道。

韩笑又看了看他，最后笑着摸了摸他的头，叮嘱了几句，就去做家务了。

他暗自苦笑，也不知道自己这番说辞，韩笑能相信多少，走一步看一步吧。不过，一想起和江峰的对话，他的头就隐隐作痛。李岩为何消息如此灵通，那么快就知道自己被查？李岩为何口出狂言，说梅口县公安局都是自己的小弟？李岩涉猎的业务到底有多少？除了现在知道的矿场、垃圾焚烧厂、娱乐会所，甚至有可能管理了盆栽艺术协会，还有其他不知道的呢。这水到底有多深？李岩的势力又到底有多大？还有那名不见经传的孙崇林，到底什么身份？这么跟韩笑说，是为了让她放宽心，可真要查下去，李岩会不会有进一步针对韩笑甚至微微的报复性行为？一旦——陆浩宇不敢想下去了。“笑笑！”叫住正在拖地的韩笑，不容置疑道，“我要你答应我一件事——”

市纪委监委办公楼 601 室

一大早，陆浩宇就马不停蹄地冲进徐济元办公室，见他正拿着剪刀在窗户边修剪一盆花。

“哟，来了？还没到上班时间呢，你可是头次这么早来找我。”徐济元笑笑，把剪刀放下，坐在办公桌前点上一根烟，又扔过来一根，徐徐道，“查出来了？”

“对。”陆浩宇把烟点上，顾自吸了起来。

“可看你的样子，并没有很兴奋啊。说说吧，什么情况？”徐济元重重呼出一口烟。

“和我想的一样，是我身边的人。”说完，就又闭口不言了。

“怎么，听你的意思，你是想护着？”徐济元不可思议地看了他一眼。

“对。”陆浩宇干脆答道。

徐济元没再说话，等把烟吸灭，又拿起剪刀走到窗户边，旁若无人地剪起花来。过了好半天，才说道：“浩宇啊，你看这花，有了杂枝就要剪去。如果不剪，会影响整盆花的形状。”

陆浩宇盯着花看了良久，突然笑了，“不过，它自己并不想长成杂枝，也想跟主干一样，能给整盆花增添生机。但由于外界原因，被迫长歪了。只需好好修整，不用剪去，一样能长出好看的形状。”

徐济元又沉默不言，点上一根烟，思考了半晌，苦笑一声道：“你已经决定了？”

“对。”陆浩宇坚定地说。

“那，你想怎么做？”徐济元把烟掐灭，缓缓问道。

“走程序，尽快给我处分。”陆浩宇一字一字道。

市纪委监委办公楼 701 室

“不行。”贺在洲用手使劲拍了下桌子，瞪大双眼看向徐济元，“济元，浩宇胡闹，你也跟着！”

徐济元看了一眼陆浩宇，悄悄耸了下肩，一副意料之中的表情，随即又看向贺在洲，“贺书记，您消消气。我觉得浩宇这么做，应该也有他的理由。”

“什么理由！”贺在洲气愤地吼道，“纪委就不是藏污纳垢的地方！我也不会和任何恶势力谈条件，去妥协！更何况，这是要拿我爱将的政治前途开玩笑，我不同意。”

陆浩宇很少见贺在洲发火，如此暴跳如雷更是第一次，一时间有些茫然无措，看向徐济元。

徐济元叹了口气，“贺书记，浩宇这样选择，也是从工作大局出发。给浩宇一个处分，可以很好地麻痹敌人，让其放松警惕，对我们以后的工作有利无害。如果咱们将真相公之于众，敌人计谋没有得逞加强防范不说，还可能卷土重来。万一再给浩宇造成更大伤害，咱们可就得不偿失了。”

过了一会儿，看他的气小了些，徐济元才又说：“再说了，咱们委里干部已经充分认识到错误了，也确实有难言之隐。咱们也得从爱护干部、保护干部的角度出发，给他改过自新的机会。加上有浩宇在旁边盯着，应该不会再出问题了。”

贺在洲的呼吸顺畅了不少，又过了一会儿，神情基本恢复正常，看向陆浩宇，“浩宇，这也是你的意思吗？有什么要补充的吗？”

“贺书记，这是我的意思，也没什么要补充的了。只是还有两句话想对贺书记和徐书记说：第一，我很感谢两位书记对我的信任和关心，一定把手头的案子漂漂亮亮地办好。第二，这事我也有责任。我保管不善，才会让人有机可乘，就当是给我一个教训，督促我改掉自身的坏习惯。所以，就请两位书记不要问、也不要追究其他人的责任了。”陆浩宇缓缓道。

“怎么？我连谁都不能问？”贺在洲惊讶道。

“是的。”陆浩宇坚定地说，“我不想以后有人，特别是两位书记，戴着有色眼镜去看他。还请两位书记理解和支持。”

“理解和支持？”贺在洲自嘲道，“别人来我这儿，要么要人，要么要钱；你这样来给自己要处分的，我倒是头次听说。让我怎么理解和支持？”

“贺书记，我想稍微纠正一下。”陆浩宇小心翼翼道，“我想要的，是加重处分。”

市纪委监委办公楼611室

“砰砰砰——”门外响起急促的敲门声。

“进来。”陆浩宇正在吸烟，头也没抬，低声道。

门打开了，张沐源神色慌张地走了进来，关上门。陆浩宇赶紧把烟掐灭了。“陆主任，你看到市纪委的公众号了没？刚发布的信息，说你因为保管涉密文件不善、保密意识不强、违反工作纪律，造成严重不良影响，被党内严重警告。这效率也太快了吧！昨天下午出的事，今天下午处分就出来了。您不是都快查清楚了吗？咱们去找贺书记，我给您作证，是有人溜进您的办公室，故意拍照陷害您的。”

“不用了，谢谢沐源。”陆浩宇冲她一笑，“这个处分，是我自己去要的。”

“……”张沐源一时语塞。过了一会儿，终于回过神来，“陆主任，你脑子让烟给呛着了吧！烧糊涂了还是气糊涂了？主动去要处分？还是个严重警告？我的陆主任啊，你到底在想什么？还有，你昨天下午不是说查得差不多了吗，怎么又变成了今天的样子？”

“沐源啊，你的问题像机关枪一样，我有点儿应接不暇，都不知道该回答哪个了。我只能告诉你，你放心，我很清醒，知道自己在做什么。”陆浩宇继续笑着说，“而且，我又查出来一些事情。等有时间跟贺书记汇报以后，再和你详细说。”

张沐源愣住了，完全不知道他葫芦里到底卖的什么药。她来不及想清楚，陆浩宇的手机就响了。

陆浩宇拿起手机看了一眼，是展津的电话，不由苦笑了。“得，又得解释半天了。”

合 璧

市纪委监委办公楼 701 室

抬头一看是陆浩宇，贺在洲只“哼”了一声，算作招呼，显然余怒未消。陆浩宇也不以为意，关上门，走到办公桌前，轻声喊了声“贺书记”，就站定不动了。

贺在洲又在本子上写了一会儿才放下笔，摘下老花镜，抬头看了一眼，指了指沙发，“坐吧。满意了？”

陆浩宇笑着坐下，嘴也没闲着：“满意了。谢谢贺书记。”

“你来，可不仅仅是表达感谢的吧？”贺在洲没好气道，“有什么事，说吧。”

陆浩宇点点头，收起笑容，“贺书记，这次的事也并非一无所获，我不经意发现了一条非常重要的线索。之所以坚持自领处分，也是怕打草惊蛇，断了这条线。”

“哦？”贺在洲饶有兴致道，“说说看。”

“好。”陆浩宇想了一下，“我发现，李岩还在背后掌管着一些娱乐场所，由一个叫‘嶙姐’的代为打理。我猜测，这个嶙姐极有可能就是李岩一个手下——王嶙。”

“嗯，这个发现很关键。”贺在洲的脸色渐渐舒展开来，“继续。”

“贺书记，您还记得滨海新区规划建设委员会职工孙崇林嫖娼的事吗？这人和嶙姐关系非比寻常，他嫖娼一事，很可能是嶙姐牵的线，其中一处地点应该就在盆栽艺术协会。”陆浩宇顿了一下，“当然，这都只是我的大胆推测。”

“有猜测才好；猜测是真相的排头兵。”贺在洲笑了笑，又正色道，“付成峻、孙崇林、李岩、嶙姐，要是你的猜测没错，这几人是怎么走到一块去的呢？特别是孙崇林，我记得他好像只是市滨海新区规划建设委员会的普通职工吧？”

“是的。”陆浩宇点点头，“但直觉告诉我，孙崇林绝对还有别的身份。我想从他入手，看能不能揭开他们之间的相互关系。”

“我同意。”贺在洲皱了下眉头，“你准备现在就开始？不等等你的事过去再说？”

“不等了。李岩觉得我会知难而退，至少也得避避风头，我偏反其道而行之。这个时候，他们可能只顾着得意和庆祝，反而最为松懈。我想把握住这个机会，抓住他们的漏洞，来一个出其不意的反击。”陆浩宇掷地有声道。

“哈哈，好。越挫越勇，不错，不错。”贺在洲一边大笑，一边称赞道，“之前不想让你全面铺开核查，是怕打草惊蛇。现在，毒蛇的獠牙都露出来咬人了，我们断断没有坐以待毙的道理。浩宇，你先说说，你想怎么查？”

市滨海新区规划建设委员会办公楼306室

党委书记、主任付成峻办公室

付成峻正静坐在办公桌前一边吸烟，一边发呆。办公室布置很考究：全屋整套中式古典办公家具。座椅后面立着一块半米多高的泰山石；座位对面的墙边摆放着一个一米多高的圆形鱼缸，七条颜色各异的锦鲤穿梭其中；侧面墙上挂了一幅《上山虎》的画。

付成峻属虎，五十五了，眼看就到了正处级领导干部退居二线的年纪了。回想三十多年的从政生涯，前二十年就像画中的上山虎一样，步步高升，才过四十就被提拔成正处级领导干部，当上了一把手。之后的十多年不管怎么努力，一直原地踏步，单位换了两三个，职级却没再上升一步。年过五十，他逐渐有了力不从心的感觉。去年年初换届，他想努力一把，瞄准市政协副主席，最终也是无果。失望之极的他知道自己基本与副厅无望，就开始筹划退休后的生活。捞取丰厚的资本，成了他脑海里最响亮的声音。

看着画里不怒自威的上山虎，他不禁苦笑一下。现在的自己，哪里还有威风八面的王者风范，倒更像饿得久了、急于下山扑食的下山虎。特别是年初市委第四巡察组巡察后，他始终惴惴不安，生怕被查出大问题，私下里不断请托打听。直到现在，还算相安无事。可没等他把心装回去，又接到了市委第四巡察组回头看专项督导的通知，不免再次紧张起来。好在打听了一圈，知情人都说不像冲他来的，也没听到别的风声，就稍稍心安了。

想起第四巡察组组长宋浔钧，他又不觉头大起来。这人油盐不进，偏又做事滴水不漏；看上去平易近人，查起问题来绝不心慈手软。年初巡察，已把他这里翻了个底朝天。临走时还把副主任李岷移交市纪委监委留置了，至今没出结果。虽然李岷不是自己这条线上的人，但他还是心惊肉跳了好一阵。这次来，又会查出什么来呢？

正想着，几声敲门打断了他的思绪。“进来。”

来人在外面用门禁卡打开了门，原来是市滨海新区规划建设委员会办公室主任侯磊。“主任，市委第四巡察组打来电话，说往咱们单位来了，预计十分钟左右到。”侯磊毕恭毕敬道。因为付成峻的姓氏与“副”谐音，单位上下习惯直呼他的职务“主任”，而非“付主任”。要不然，怎么听都像在叫“副主任”。

“行。”他把烟掐灭，想了一下，“你先通知其他参会成员到会议室等着。再去收拾一下，一会儿我和你下楼迎接。”该来的，迟早还是要面对。

市纪委监委办公楼 701 室

陆浩宇思考了一会儿，才道：“还是兵分两路：一路由江峰、袁清带着市公安局的许超，按原计划查王峋案，李岩是如何得到的消息也一并查着。我带张沐源和市公安局展津去查孙崇林、嶙姐这条线。”陆浩宇顿了一下，又道，“还有，贺书记，我记得我的事发生前您说，宋组长还要去市滨海新区规划建设委员会搞回头看专项督导。”

“没错。”贺在洲点点头，“正常的话，今天就该进驻了。”

“嗯，那最好不过了。”陆浩宇笑了一下，“我不方便查的问题和需要收集的资料就拜托宋组长名正言顺地去做了，该有比较好的效果。”

“对。之前我就和浔钧说了，让他全力配合你。你有需要，直接找他就是；有什么发现也互通有无，相互印证。”贺在洲停了一下，笑道，“说实话，我倒是挺想看一下你们这两员大将合璧，到底能迸发出多大的威力。”

市滨海新区规划建设委员会办公楼前

付成峻和侯磊站在办公楼前，远远看见一辆黑色轿车缓缓驶来。车门打开，宋浔钧、齐滨、市委第四巡察组副组长王浚依次下了车。

付成峻向前迎了几步，和三人一一握手，笑着对宋浔钧说：“欢迎市委第四巡察组宋组长一行再次莅临我单位巡察督导。

宋浔钧笑了笑说：“上次走的时候，我跟付主任说客走主安。结果，主人没安几天，我这客人啊，又不请自来喽。”

付成峻哈哈一笑：“宋组长说哪里话，你们来指导工作，我们高兴还来不及呢。对了，怎么今天就你们三位过来？”

“今天上午，我们主要过来跟你们党委班子成员和中层干部见见面，做个通报。下午或明天，巡察组其他成员再陆续进驻。”宋浔钧徐徐说道。

“没问题，我们一切行动听指挥。宋组长，你们别在外面站着，先去接待室坐坐吧。”付成峻笑吟吟地说道。

“参会人员都到齐了吗？”宋浔钧问道。

付成峻看了侯磊一眼，侯磊连忙道：“齐了，都在会议室等着。”

“好。那咱们就直接去会议室开会。”说罢，宋浔钧就带头向办公楼走去。

市纪委监委办公楼 611 室

陆浩宇前脚刚到办公室，江峰后脚就跟了进来。“陆主任，昨天下午的通报我看到了。党内严重警告，这处分也太重了吧？”一关上门，江峰就迫不及待地说。

“没什么。”陆浩宇笑了笑，“处理得越重，李岩也就越放心。”

“可是，这关系到你的政治前途啊。”江峰焦急道。

“那些东西，我不在意。”陆浩宇云淡风轻地笑了笑，“对了，他们把江蕊放出来了吗？”

“放了。昨天下午的通报出来没多久，李岩就给我打电话，说他知道了，会履行承诺放人，以后不再来找我。过了没多久，江蕊就给我打电话，说她出来了。”江峰一脸愧疚道。

“那就好。这不是最好的结局了吗？”陆浩宇笑了笑，“他们没对江蕊怎么样吧？”

江峰摇摇头，又点点头，皱了皱眉，“应该是动手打了，青一块紫一块的。不过，这倒不是大问题。主要问题是江蕊现在情绪极不稳定，从给我打电话开始就一直哭，什么也不说。看她那样，没法儿去医院照顾我妈了，我让她先找个宾馆住下。”

“嗯。”陆浩宇也皱了皱眉，“谁遇到这样的事都会惊吓，你多开导开导她。还有，现在的工作一定别让她再去了。等她心情平复后，先自己找找看。我这边有合适的，也会留意着。”

“好。谢谢陆主任。”江峰红着脸，谢了一声。

“不说这个了。”陆浩宇叹了口气，装作不经意道，“对了，等她情绪稳定了，你找机会问下她，她的那个姐妹平时在哪个场子上班，叫什么名字。”

“好。今天回去我就找她问。”江峰想问什么，又生生憋了回去，“陆主任，梅口县兴山矿场两个上访群众，赵涵联系过了。他们说，当时我们在矿场外交谈，被矿长看见了。矿长随口问了一句，他们也没在意，就说市纪委的同志要给他们伸张正义了。他们回过味来后，再没跟人提过。”

“嗯。”陆浩宇的眉头皱得更深了，“假如这就是信息来源，李岩能从一句话分析出来我们在查他，又能通过江蕊知道你们之间的关系，倒真是不简单。以后，凡事务必更加小心才是。”

“好。”江峰重重地点了点头。

市滨海新区规划建设委员会办公楼，党委会议室

环形会议室里，宋浔钧一行三人坐在一边，市滨海新区规划建设委员会党委班子成员六人坐在对面，中层干部环绕两侧。宋浔钧照稿宣读工作通报，其他人边听边记。

宋浔钧读完，把稿子合上，环顾一圈，“刚才我念的是通稿，现在我想脱稿讲几句。年初巡察工作动员会上，也有这么个通报，与会人员范围跟今天一样。大家都发现了，当初参加巡察工作动员会的同志有的没法儿参加今天的会了。套用唐朝诗人王维的‘遍插茱萸少一人’，是不是可以说‘遍寻会场少一人’？少了谁，大家心知肚明。少的是没能守住底线的人，少的是触碰党纪国法的人。少了一个人，对大家来说是震惊，可对巡察组来说，我们不是高兴，而是痛心啊！”

会场有人冒汗了。宋浔钧停了一下，说：“经常有人问我，你们巡察的目的是什么？是否就是比谁查的问题多、移交的线索多。我说不是的，这些都是手段，而非目的。我们的目的是形成震慑，是警示后来者不要再犯前人犯下的错误。第一次巡察，我们带走一个；第二次巡察，我们就可能少带走两个。我希望有那么一天，再来这里巡察后可以坦然地对付主任说：‘对不起，这次什么都没查到，我们就当来你这里学习了。’请大家相信，那才是我真正高兴的时候。

“上次来，付主任说欢迎指导工作。刚才他又这么说了，我说错了，我不是来指导你工作的，我是来检查你作业的——全面从严治党的主体责任，党委抓得怎么样？党委书记‘第一责任人’的责任，履行得怎么样？班子成员‘一岗双责’，是不是真的入脑入心、付诸行动了？这些作业做不好，组织可是会像父母打孩子一样打你板子的。好了，上次的作业我们检查出了问题，有问题怎么办，很简单，改！立行立改，全面整改。现在，距离上次反馈过去两个多月了，整改报告我们也看过了，但组织不放心，说你们再去看看，再去检查一下上次改的作业是不是都改完了？有没有在做新题过程中又出现新问题？于是，我们又来了。付主任，你可得把作业本给我准备好啊。”宋浔钧说完，大家不由笑了起来，气氛顿时放松了下来。

“不过，有几句话，我也得说在前头。”宋浔钧板起脸正色道，会场顿时安静了下来，“在座各位都是经历过一次巡察的人，对巡察流程不陌生，也不用过于恐惧和抵触，更不要把巡察妖魔化。说白了，我们和大家平常干的一样，都是为了工作。请大家本着对自己和组织负责的态度，实事求是地向巡察组提供材料、反映问题。在这里，我强调几点纪律：第一，巡察组需要大家提供的材料，大家务必在规定时限内据实提供。发现有资料造假的，不仅要追究当事人责任，也要追究分管领导甚至主要领导责任。第二，巡察组找人谈话了解情况，必须实事求是，不准隐瞒，也不准欺骗。谈完之后，也不准向任何人汇报关于谈话的任何细节。否则，同样追究责任。第三，从付主任算起，任何人不准打听巡察的任何情况，更不准向谈话对象询问谈话内容。一经发现，一定从严处理，绝不姑息。付主任，会后，你再视情召开一定范围的会议，把我说的这几点原原本本地传达到每个人耳朵里。你负责主抓这事，一经发现此类问题，立马向巡察组汇报。这也算是给你布置的新作业，你觉得有没有问题?”

全场一片寂静，付成峻握着笔的手，已在隐隐发抖。

夜寒

市纪委监委办公楼611室

下午一上班，陆浩宇就把袁清和周海叫到办公室，安排他们去查王峋名下所有银行账户的收支明细，以及他在梅口县非法采矿和打人的证据，又叮嘱了几句，签好手续，就让他们去忙了。

关上门，他给展津打电话，让他有空儿来一趟。然后，他坐在办公桌前，点上烟，吸了起来。没吸两口，传来轻轻的敲门声。“进来。”

门缓缓打开，宋浔钧挺拔的身影赫然出现在门口。

看清来人，陆浩宇大吃一惊，猛地站起身，却被烟呛住，咳了两口，赶紧把烟掐灭，往烟灰缸里倒了点儿水，起身迎了几步，同宋浔钧重重地握了握手，把他请到沙发上坐下。“宋组长，您怎么来了?”陆浩宇边倒茶，边问。

“我来向在洲书记汇报今天上午进驻的情况，顺路拜访一下济元书记，还有你。我的浩宇小友无缘无故背了处分，于情于理，我也得过来看望看望。”宋浔钧谦和地笑道。

“那是我自己不小心。还惊动了宋组长，真是惭愧。”陆浩宇把茶杯端给宋浔钧，笑了笑，“这茶比起您的学思，差得远了。请宋组长别介意，将就着喝几口。”

“哈哈，你要是喜欢，下次我带些来送你。”宋浔钧接过茶杯，放在茶几上，爽朗地笑了一声，又严肃道，“浩宇啊，你这事我都听在洲书记说了，不由心生敬意。”

“宋组长您谬赞了，让我汗颜。”陆浩宇的脸微微一红。

“怎么会？认识我的人都知道，我很少夸人，但夸的每一句都发自肺腑。”宋浔钧正色道，“你的格局、胸襟和气度，是我在你这个年龄远不能及的。你将来的成就，肯定要在我们这几个老家伙之上。”

“宋组长您太谦虚了，我那点儿小伎俩，怎敢和您几位前辈比肩。”陆浩宇笑了笑，连忙转开话题，“别说我了。我听说上午您在市滨海新区规划建设委员会的通报会上脱稿讲了一席话，语惊四座，把参会者都震惊到了。这才是真本事。”

宋浔钧笑了笑，端起茶杯吹了下，浅浅喝了一口又放下了，“浩宇啊，上午在回去的车上，齐滨问我为什么脱稿讲那些，我没有回答。现在把这个问题抛给你，你来想想答案。”

陆浩宇仔细想了一会儿：“我想的不一定全面，觉得主要原因是敲山震虎，让被督导单位一众人等能够积极配合，保障督导的顺利进行。再三强调纪律性，也是告诫付成峻等人不要随意打听和请人说情。”

“嗯，这确实是主要原因。”听他说完，宋浔钧点头道，“但还有一个原因：我想给付成峻摆个迷魂阵，引导他把注意力放到督导上来，好让你那边能够释放压力、放开手脚，干你想干的事。”

“好。宋组长您真是深谋远虑。”陆浩宇由衷地看着他，诚恳地说道。

“可不敢当。要说深谋远虑，那还是在洲书记。”宋浔钧笑着摆摆手，“在洲书记让我和你一明一暗、相互配合。浩宇啊，你不要和我客气，有需要的尽管开口。”

“好。”陆浩宇略一思考，“宋组长。现在，我需要孙崇林的干部履历表、家庭社会关系、经商办企情况，还需要他的照片，证件照或参加组织生活的都可以。”

“没问题。”宋浔钧想了一下，答应下来，“其他都好说，我尽量明天上午让齐滨送来。经商办企这一项，我只能让他们单位组织全体人员自行填写，真实性和完整性需要你过后和工商部门比对。”

“好。”陆浩宇笑了一下，“不用齐滨送，我让人去找您取。”

“可以。”宋浔钧又端起茶杯，看向窗外，笑了笑道，“浩宇，你说付成峻在忙什么呢？”

市滨海新区规划建设委员会办公楼306室

付成峻抽出一根烟，叼在嘴里。打火机接二连三地点了好几次，都没能把烟点着。他把烟和打火机都扔到一边，重重叹了口气。

上午的通报会，宋浔钧一番讲话无疑给了他一个下马威。震惊之余，他更是对宋浔钧的用意揣测再三。如是常规巡察，这般严格要求自然没有问题。可据他所知，这只是临时起意而组织的巡察任务。在他眼里，这会是形式大于内容的工作。按他的性格，查得仔细些、找出些问题也是情理之中，但在通报会上如此声色俱厉，不给自己留一点儿情面，倒是大大出乎意料。莫非他是带着任务来的？或者，根本就是冲着某人，甚至自己来的！他摸起桌上电话，准备拨号，想了想又摇摇头，放下了。想起宋浔钧说不准私自打听督导情况，也不知是否有所指。先不管了，走一步看一步。无论如何，先打起精神，好好应对这次督导才是。

正想着，侯磊敲敲门刷卡进来，“主任，除了个别请假，全体人员在大会议室等着，可以开会了。”

付成峻点点头，一言不发地向门外走去。

市纪委监委办公楼611室

从陆浩宇办公室出来，正巧展津赶来。宋浔钧和他打了个招呼。陆浩宇示意他先去办公室等着，坚持把宋浔钧送出办公楼才返回。

“那位是谁啊？挺有领导范儿的。”陆浩宇一回办公室，展津就问。

“市委第四巡察组组长，宋浔钧。”

“哟，大官啊。”展津笑道，“找你干什么？”

“老领导知道我受了处分，来看望安慰一下。”陆浩宇掏出一根烟，递给他，自己也点上一根。

“别提你那处分了，听着我就来气。真他娘的窝囊！”展津点上烟，没好气地把打火机扔一边，气鼓鼓地骂道。

“这有什么，知进退，明得失。”陆浩宇淡然道。

“得得得，你有你的打算，我也不说什么了。”展津苦笑一声，吐出一个烟圈，换了话题，“话说小宇子，你可终于想起我来了。再不喊我来，我都以为咱们这个联合核查组还没开张就倒闭了呢。来，先谈正事吧。”

“好。沐源跟你介绍过案情了吗？”陆浩宇呼出一口烟。

“说过了。听着就很刺激，很具挑战性，我喜欢。快说吧，需要我干什么？”展津一脸兴奋。

“如果我说这次任务需要你去娱乐会所带一个姑娘出台呢？”陆浩宇吸了一口烟，笑吟吟地看着他。

“当然好啊，求之不得呢。”展津哈哈一笑。可看了眼无动于衷的陆浩宇，脸色瞬间变了，“我去，小宇子，你不是说真的吧？”

陆浩宇没说话，只是满脸微笑地点了点头。

“处分把你弄傻了吧，”展津一脸诧异地看着他，随即哭笑不得道，“还是你受到处分心理不平衡，想把我也拉下水？”

“别瞎想。”陆浩宇把烟掐灭，“涉及咱们案子的重要人证在娱乐会所上班，白天不方便，只能晚上约出来。咱们一起和她谈。”

“那你怎么不去？”展津把烟头狠狠掐灭，愤愤不平道。

“我？就我这么个干巴小老头儿，哪个姑娘愿意跟我出来啊！哪像展公子你，风度翩翩，潇洒倜傥，我要是姑娘，都想投怀送抱呢。”陆浩宇笑容满面道。

“得得得，看在你这甜言蜜语的份儿上，我就牺牲一回色相。”展津装出无可奈何的样子。

“如此，那就谢过展公子了。”陆浩宇又给展津递过一根烟，亲自点上。

展津“切”了一声，吸了一口，“几时？去哪儿？找谁？”

“这个暂时说不准。快的话，今天就能知道地点和姓名，时间可以安排到明晚。”陆浩宇收起笑容，正色道。

“行。”展津应了一声，皱起眉头思考良久“我需要找人一起行动。当然，我不会透露任何案子上的事。”

“谁？”

“这人你也认识。”展津看了一眼陆浩宇，展眉笑道，“天一茶庄老板曲锐。”

市公安局办公楼905室

晚上9点多了，窗外灯火通明。展津把窗帘拉上，把办公室的灯都关上，只开一台电脑。漆黑的房间里，只有显示器透出来的一点儿白光。

展津坐在办公桌前，一根接一根地吸烟，桌上的烟灰缸堆成了小山。晚上没有应酬时，展津经常这样把自己锁在办公室，感受非黑即白的环境。

刚开始工作时，他脑海中关于公安的印象就是非黑即白。但随着年龄和阅历的增长，见到的人、听到的事，使他一点点明白，世界是彩色的，人心是多变的。他开始适应这个社会，慢慢地玩世不恭，渐渐地吊儿郎当，习得逢场作戏，学会游戏人间。可在内心深处，始终还有一个影子——一个刚上大学、朝气蓬勃的展津，一个大学刚毕业、意气风发的展津，一个只识黑白的展津。虽然他知道做不回原来的自己了，但有人可以。他很欣赏、也很羡慕陆浩宇，因为陆浩宇“白”，白得晶莹透亮、细润无瑕；也只有和陆浩宇在一起，才相信这世上真的有只识黑白的存在。

展津喜欢和陆浩宇一起工作，办案，仗剑锄恶。可谁承想，头次和他在同一核查组工作，接到的首项任务居然是约妹子，还美其名曰发挥特长、人尽其用。想到这，他就哭笑不得。突然，手机亮了起来。陆浩宇发来一张浓妆艳抹的照片，还有一条信息：夜寒休闲娱乐会所，小依。

他把手机锁屏，思考了一会儿，又重新打开，编发了一条信息：曲老弟，为兄有十万火急之事需托于弟。请明日巳时一刻到第三据点一见。事关为兄的身家性命，切勿推辞。

发送后，他又看了一遍，忍不住笑了起来。没过多久，回复就来了：喏，哥，不装，能死否？

麦可咖啡岚江店，老河厅

“哥，如果我没理解错，你火急火燎让我一大早从梅口赶过来，只是让我晚上跟你找个妹子？”曲锐耐着性子听完，又压着无名之火，轻声问道。

“对啊。”展津一副理所应当的样子。

曲锐一时语塞，顿了好久才叹了口气，“哥，我以前就很少去这种夜场；结婚后更是再也没去过。要不，你再找别人吧？”

“别人？别人可没有你这种自带的少爷气质。少废话，去还是不去？”展津一副不耐烦的样子。

曲锐咬咬牙，下了很大决心一样，“什么时候？”

“今晚。”展津嘴角向上翘了一下，“我带你去。”

夜寒休闲娱乐会所

缓缓把车停在停车场，看着会所的名字，展津自言自语："夜寒？是'寂寞离亭掩，江山此夜寒'的意思？"

"是'谁堪共展鸳鸯锦，同过西楼此夜寒'的意思。"曲锐露出局促不安的神情，嘟哝了一句。

"老弟好文采啊。"展津朝曲锐竖了个大拇指，不解道，"你这么紧张干吗？"

"没什么。"曲锐正了正身子，"哥，要不咱换个地方吧，这个场子看着一般。"

"是吗？我看着挺好的，就这个了。"说完，径自跳下车。

曲锐叹了口气，跟着他，一前一后朝里走去。

刚一进门，一个红光满面的女子就迎上来，一脸媚笑道："哟，曲哥，这都快一个星期没来了吧，想死妹妹了。对了，前几次你找的那几个姑娘今晚可都在。你想找谁？"

"咳咳。"曲锐清了清嗓子，看了一眼正偷着乐的展津，冲女子道，"八号包房有人没？把我存的酒拿来，今天我要招待一位我的好大哥，再挑几个好点儿的姑娘。"

"酒就不喝了，继续存着吧。"展津坏笑了一下，"姑娘倒是多多益善。把今晚上班的都给我叫来，我要一个个挑。"

女子谄媚地应了一声，就叫服务员领了二人往楼上走，自己去叫人。

一路上，展津始终憋着笑，没出声。一到包房，终于忍不住"噗"地笑了出来，前仰后合。"老弟，你不是结婚后从没来过吗？怎么看上去像常客啊？弟妹知不知道啊？老爷子知不知道啊？哈哈哈。"

"哥，你就别幸灾乐祸了。"曲锐一脸窘态，哭笑不得，"你弟妹不知道，我爸应该知道。一开始，还是我爸手底下带我来的，好像和妈咪有些交情。我真来得不多，偶尔出来也都是去这个妈咪的场子，感觉比较熟，相对也放心些。哎，哥，你回去可千万别和你弟妹说啊。”

“妈咪？”展津心头一惊，但马上恢复了平静，不动声色道，“这么大的能耐，什么来头？叫什么？”

“来头我就不知道了。”曲锐想了一下道，“至于名字，我也不太清楚，我们圈子里的人都叫她嶙姐。”

小 依

夜寒休闲娱乐会所

“嶙姐？”展津极力压制内心的震惊，装作不经意道，“是这个场子的老板？”

“不知道。”曲锐想了一下，“我们圈子里的规矩是，别人不说，都不问。知道的少，对谁都有好处。”

展津若有所思地点点头，刚想开口，迎宾女子领着十个姑娘来了。“来，都快点儿给曲哥请安。”迎宾女子讨好地看向曲锐，“曲哥，这几个姑娘里可有您中意的？”

“别问我，今晚我一个都不要。”曲锐摆摆手，指了指展津，“我来陪我哥玩的，一切他说了算。”

“好好好。”迎宾女子吃了一惊，忙满脸堆笑地看向展津，略带紧张地问，“刚才进门时忘了问，这位老板怎么称呼？”

“我姓公，叫我公子哥就行。”展津略带讥讽地笑了笑，吐出来几个字。

“好的，公——哥，这十个姑娘可有入得了您法眼的？”

展津看了一圈，并非照片上的女子，就撇撇嘴，摇了摇头。迎宾女子倒也识相，拍拍手。十个姑娘走出去，又换了十个进来。展津一眼看到了照片中的人，却似不经意道，“你，叫什么名字？”

“小依。”姑娘眼含秋波酥声道。

“微微杏花雨，依依杨柳风。名字不错。得，就你了。”展津努努嘴，在沙发上坐定，架起二郎腿，点了根烟，顾自吸了起来。

“公哥好眼光，小依可是咱们数一数二的姑娘。”迎宾女子使了个眼色，让其他姑娘退出包房，继续腆着脸对展津说道。

展津“嗯”了一声，表示回应，吐了一口烟，冲着迎宾女子道，“今晚我要带她出台，你看着安排一下。”

“这——”迎宾女子有些为难，看向曲锐，“曲哥，您是知道的，按咱们这边的规矩，第一次来的客人，姑娘们是不出台的。”

“我哥是第一次，那我呢？”曲锐明显有些不快，“价格我按两倍给你。你如果还为难，要不要我亲自跟嶙姐说？”

“曲哥这是哪儿的话，不是价格的事。您来，给您免单都行，只是——”迎宾女子似是狠了狠心，“行，曲哥话都到这儿了，那咱就破回例。小依，今晚可就看你了，一定把公哥给我伺候满意喽。”

“放心，丽姐！您先回去吧。”小依应了一声，把迎宾女子送出包房，再回到展津身边坐下，手慢慢地贴在他肩膀上，莞尔一笑，柔声道，“公哥，今天晚上，你要把小依带去哪儿？”

云锦大酒店 1103 房

小依挽着展津的胳膊，走进房间，一口一个“公哥”娇滴滴地喊着，柔声细语地称赞展津风度翩翩、气度不凡。展津也只是笑笑，并未回应，心里却在想，怪不得孙崇林喜欢找她，长得俊俏不说，更有一副魔鬼身材和一张抹了蜜的小嘴。

展津把门关上，开开灯。小依刚准备换衣服，却见屋里坐着一个正在抽烟的男子，不禁“啊”地喊出声来。好在马上又恢复了镇静，对展津道：“公哥，咱们是不是走错房间了？”

“没错。”展津笑了笑，把门反锁上，指了指床，“走，去里面坐。”

“公哥——”小依一边半推半就地往里走，一边慌张道，“三个人我可不会玩。要不，我让丽姐给您换人吧？”

“小依姑娘，你别紧张，我们没有恶意。今天找你来，也只是想了解些情况，问完我们就走。”坐着的男子把烟掐灭，向展津投去赞赏的目光。

“你认识我？”小依惊讶地看着陆浩宇，又回过神来看向展津，“公哥，这么说，你去场子选我出来也是故意的？”

“当然不是。你这么漂亮，我去肯定会选你啊。”展津嬉皮笑脸道，“不过，我这兄弟是真有事找你，他问什么你就照实说。放心，我们不会害你的，真要害你也不用这么大费周章。你也不用有顾虑，今晚谈话我们绝对保密。我这位兄弟姓萧，叫萧羽，你喊萧哥就行。”

“好——”小依半信半疑地坐到床沿上，小心翼翼地看着陆浩宇，“萧哥，你想问什么？”

陆浩宇不动声色地从包里掏出一张照片，递给小依，笑着问道：“这个人，你可认识？”

营水区，废弃秸秆焚烧厂内

漆黑寂静的夜里，几人趁夜色来回捣弄着什么。不一会儿，厂内火光冲天。

躲在远处的环保执法监察支队队员一脸兴奋地拿出手机，拨通电话：“队长，营水这边终于又有动静了。”

云锦大酒店 1103 房

小依看了一眼照片上的孙崇林，腾地从床上蹦起来，浑身颤抖道：“你们——要干什么？”

“别激动，小依姑娘。”陆浩宇缓缓道，“实不相瞒，我们跟照片上的人是商业竞争对手。据我所知，你好像对他颇有怨言。从本质上来说，我们有共同敌人，也有共同目标。你有什么可担心的呢？”

“可是，嶙姐要是知道，肯定不会放过我。”小依激动地说。

“这里就我们三人，我们不说，嶙姐怎么可能知道？”展津满不在乎道，“再说了，你只需把知道的告诉我们，其他的事我们来做。”

小依站着纠结了好久，终于下定决心，缓缓坐下，看向陆浩宇，目光呆滞地说道：“你问吧。”

“好。”陆浩宇点点头，“先说说和这人的事吧。”

“他还算得上人吗？”小依冷笑一声，满脸痛苦地回忆道，“认识他是将近一年前的事了。我刚到岚江打工，没亲没故，经人介绍在这个夜场上班。一开始我只陪酒，不出台。他来点过我几次，前两次都装得正人君子一样，聊天喝酒，也不像别的客人乱摸乱亲的。加上出手大方，每次都给我不少小费，我就对他挺有好感的。第三次，他提出要带我出台，嶙姐也在一旁不停帮腔，我想了想就同意了，却没承想这是噩梦的开始。”

小依停了一下，捂着脸低声哽咽。展津见状，倒了杯水，拍了拍她的肩膀，把水递给她。小依道声谢，抬起头，擦拭了一下眼角，用力挤出一个微笑，叹了口气道：“在我看来，他就是个变态。第一次带我出台就原形毕露，趁着酒劲发疯，打得我浑身没一处好地儿。后来更是变本加厉，什么恶毒的招数都往我身上使。我越反抗，他打得越卖力，对我越狠。到后来，我也就只能任他摆布了。”

“你没和嶙姐说吗？”展津皱着眉头道。

“说了，没用。第一次出台后我就说了，嶙姐还安慰我，说客户要求大于天，让我忍忍就好了。他再点我时我反对，嶙姐就打我，威胁说要是不出台，或不好好伺候、让客人不满意，她就一分工资也不发我，并把我剁碎了扔海里喂鱼。我一个外地人，也没人愿意得罪嶙姐帮我说话，就只能忍气吞声，一直到现在。”小依绝望地说道。

两人面面相觑，一时竟不知如何劝慰。过了一会儿，陆浩宇问：

“这个人的底细以及和嶙姐的关系，你知道多少？”

小依想了想，“姓孙，我不知道他全名。工作单位他说过，名字很长，我特别留意过，好像叫滨海新区规划建设委员会。奇怪的是，之前我们场子都喊他‘孙总’，只有我们俩了，他都让我喊他‘孙大圣’；每次叫嚣着他有如意金箍棒，上可通天，下可入地，恶心得要死。至于和嶙姐的关系，就不太清楚了，只知道嶙姐挺重视他，每次都亲自出面招呼。我想，他应该有些背景。”

“嗯。”陆浩宇若有所思地点点头，“你们平时出台，地点一般选哪里？”

“不确定，每次都是他带着我。”小依脸一红，带着几分娇羞，“大部分去宾馆，经常去的是豪生大酒店。有时也会去一个别墅，不知道是不是他的。哦，对了，还有一次，他让我蒙着眼去了一个地方，神神秘秘的。”

陆浩宇心跳加速，表面却没表现出来，装作不经意地问：“怎么神秘的？详细说说看。”

“应该是在一个岛上。我虽被蒙眼，但能感觉到。我们是坐船去的，到了房间才把我的眼罩摘掉。房间很宽敞，装修也很豪华，只是感觉像半地下式，没有窗户。进门时向下走了一会儿，我问他这是哪里，他得意洋洋地说，这可是皇宫，一般人进不来。第二天，我又是被蒙着眼坐船回来的。”

“那你记不记得上船的地方？”陆浩宇追问道。

“不记得。”小依摇摇头，“他开车接的我，一上车就把眼睛蒙上了，全程都是他引的路。”

“哦。”陆浩宇不免有一丝失望，但也是意料之中。由她的描述，他可以确定，她被带去的地方就是花卉艺术协会，也正是孙崇林说的私家园林。“他大概多久找你一次？上次找你是什么时候？”

“不太确定，他想起来就叫我。差不多一月一次吧。年初的时候，他有两个多月没来，我才得以喘息了几天。”小依想了想，“上次的话，大概是半个月前吧。”

年初？应该是市委第四巡察组巡察孙崇林单位的时候，陆浩宇心里默想着，胆子可真大，巡察组一走，他依旧大模大样地我行我素，摆明了不把处分和工作放在眼里。这样的话，他肯定还有真正赖以谋生的手段。“小依姑娘，他有没有跟你说过开公司的事？”

“没有。”小依思索了一会儿，答道。

“你们之间的事，你有没有告诉过别人？”陆浩宇试探道。

“有吧，但很少。我可能也就偶尔和几个好姐们儿抱怨过几句。看嶙姐态度那么决绝，就什么都不敢说了。”小依老实地答道。

“好。”陆浩宇冲小依笑了笑，“你想不想摆脱这个人的魔爪？”

营水区，废弃秸秆焚烧厂内

一阵喧闹过后，消防车开进来把火熄灭，市环保局执法监察支队支队长佟文天点了一下人数，找了个没人的地方，给殷方正拨通了电话：“殷局长，人已经控制起来了。四个人，一个都没少。下一步怎么做，请您指示。”

“好。”殷方正的声音里带着一丝兴奋，“你组织人手，连夜询问，务必让他们说出来受谁指使，又是怎么和营水区环保局里应外合的。记住，要分开问，同时问。”

“明白。”佟文天挂掉电话，冲其他队员挥挥手，大声喊道，“上车，回队里。”

云锦大酒店 1103 房

“当然想。”小依的眼里露出来一丝兴奋，马上又黯淡了下去，“可是，嶙姐不会同意的。要是知道我做了什么对她不利的事，她会杀了我的。”

“她说什么你也信，真是个傻丫头。”展津笑着看向小依，“现在可是法治社会，谁动不动还敢打打杀杀的？咱们的扫黑除恶也不是说着玩的。你呀，就是电视剧看多了。那个嶙姐，给十个胆她也不敢杀人，充其量就是吓唬吓唬你们，好让你们乖乖地替她做事。再说了，你不是外地人吗？做完这事，我保证把你平安送回老家，或找个陌生地重新生活。至少，你再也不用受孙大圣欺凌了。你觉得呢？"

"你们——确定能保证我的安全吗？"小依一脸疑惑道。

"确定。"陆浩宇的眼神里透露出不容置疑的坚定。

"好吧。"小依重重地呼出一口气，"你们需要我做什么？"

"很简单。他再找你出台的时候，给我们打个电话。"陆浩宇微微一笑，"其他的，都交给我们处理。"

云锦大酒店停车场

把小依留在房间休息，陆浩宇和展津来到陆浩宇的车里坐下，车窗摇下来，一人点根烟，大口吸了起来。

"唉，真不容易啊，费了多大劲才让她答应。"展津感慨道，"本公子的嘴皮子都快磨干了。"

"对。"陆浩宇笑了笑，看向他，"说起来，还多亏了公哥的三寸不烂之舌。我还没找你算账呢，萧羽——这名字你怎么想到的？"

"小宇子嘛，哈哈。"展津大笑道，"你叫小宇，我叫公子，多般配。"

"般配个鬼。"陆浩宇看起来心情也不错，"不过说真的，你能把小依顺利约出来，也算大功一件了。"

"那是。不过，这主要归功于我的兄弟曲锐。我就知道，那个少爷肯定有自己的门道。"说完，笑容一滞，像是想起来什么了，正色道，"对了，说到曲锐，我有个重要发现跟你说。"

"什么？"陆浩宇把烟掐灭，扔进车里的垃圾桶。

"曲锐的爸爸，应该和那个嶙姐相识，关系很可能非同一般。"展津也把烟掐灭，扔掉，把车窗关上，缓缓说道。

"哦？"陆浩宇先是一惊，旋即笑了笑，"这个案子，真的是越来越有趣了。"

王 峥

云锦大酒店停车场

“有趣？”展津苦笑一声，“我倒觉得它越来越复杂、越来越让人头大了。”

“越复杂，说明我们得到的线索越多，自然也就距离真相越近了。这是好事，不是吗？”陆浩宇笑了一下，略一思考，“曲锐的爸爸，你可认识？”

“何止认识，简直熟透了。”展津绷脸道，“我和曲锐两家是世交。曲锐的爸爸，我喊曲叔叔，和我爸是战友，是一起扛过枪、打过仗的战友。两人一起上越战，我爸还在战场救过曲叔叔一命，关系可想而知。后来，两人都复员回岚江，各自成家，还订了娃娃亲。结果，生了两个男娃，娃娃亲也就当个笑谈了。我和曲锐打小就投脾气，经常一起玩，两家也乐得借着我们的由头时常聚聚，倒也很是欣慰。”

“曲锐的爸爸从事什么职业？”陆浩宇好奇道。

“刚复员时做点儿小生意，积累了些人脉。后来，天宸集团董事长看中了他，千方百计把他纳入麾下。曲叔叔推辞不过，便同意了，直到现在都没离开过。不客气地说，天宸集团近几年飞速发展，有了现在的地位，我曲叔叔当居首功。”说完，展津不自觉地竖起了大拇指。

“天宸集团？曲？”陆浩宇像在努力思索什么，“难道是——”

“对。天宸集团的总经理——曲定天。”展津一字一字说道。

盆栽艺术协会，椒房

深夜，屋里漆黑一片，一张偌大的水床上，一个男子和一个女子相拥而眠。

手机响起的铃声划破了屋里的宁静，男子翻身把来电挂掉，可手机锲而不舍地响。男子略微皱了下眉头，看到手机上显示的名字“峥”，稍一思考，接起了电话。

“不好了，营水那边出事了，被环保局抓了个正着。”电话那边传来急促的声音。

“急什么。”男子稍稍坐直了身子，靠在床头，慵懒地说，“让唐局长打点一下就是。”

“问题就在这。这次不是营水动的手，而是市环保局直接办的。”

“哦？”男子身体向前倾了一下，看了身边也被吵醒的女子一眼，冲着电话依旧不动声色道，“我知道了。你让唐局长从侧面了解一下具体情况，我再想想办法。”挂掉电话，男子从床头柜上抽出一根烟，默默点上，吸了起来。

女子见状，微微笑了一下，轻轻把男子按在床头倚着，躺到男子身上，手慢慢抚摸着男子胸前的刀疤，柔声道：“怎么了？出什么事了？”

“也没什么。”男子一手搂着女子的肩膀，一手拿着烟又吸了一口，“你哥那边出了点儿小事，手底下的人被抓了个正着。”

“哦。”女子从男子怀里钻出来，坐直身子，扭头看向他，“听你刚才电话的意思，不是营水那边做的？”

“嗯。”男子缓缓吐出一口烟圈，“你哥说是市环保局干的。”

“市环保局？”女子蹙眉道，“之前一点儿风声都没听到，是不是冲我们来的？”

“有这个可能。”男子颔首道，“嶙儿，你觉得是谁？”

“咱们树敌并不多；加上这几年上上下下的打点，又有老板在背后一直替我们斡旋，我想不到还会有谁。”女子思考了一会儿，“市纪委办峋哥案子的姓陆的，不也背了处分了吗？总不能还一条道走到黑，盯住我们不放了吧？”

“不好说。市纪委的路子可摸不透。”男子不可察觉地叹了口气。

“你这话说的，怎么还长他人志气、灭自己威风？”女子嗔道，“依我看，市纪委的人也不过尔尔。那个江峰，还不乖乖地被你玩弄于股掌之中？”

“我总觉得那事过于顺利，反倒让人不安。”男子想了一下，“不管怎么样，还是小心点儿好。你的场子怎么样？最近没什么异常吧？还有，这个园子，你也要提高警惕，摸不清底的人一律不准进来。”

“好，你就放心吧。几个场子我都把得很严，不会有问题的。”女子说完，又顺势依偎在男子怀里，“你如不放心，是不是跟老板汇报一下，请他出面查查？”

“不用。”男子把烟掐灭，扔到一边，“这点儿小事都麻烦老板，也显得我太没用了。等你有空儿了，找人仔细查查。”

“好，都听你的。”女子微微笑道，搂着男子的脖子，轻轻地闭上眼睛。

“我的嶙儿真乖。”男子捏了捏女子的脸蛋，叹气道，“有时我也奇怪，你和王峥是亲兄妹，怎么性格差别这么大呢？要是他有你一半机灵能干，我也就能省不少心了。”

“我哥自然有他的好处。”女子闭着眼睛缓缓道，“再说了，他哪有我这样的好福气，能天天在你身边，让你事事指点着。”

“嘿嘿，这倒是。”男子坏笑了几声，翻身把女子压到身下，“那我现在，就再指点你几招。”

云锦大酒店停车场

“没错，曲定天。”陆浩宇点点头，“我和他，还有过一面之缘。”

“是吗？这倒新鲜，说来听听。”展津好奇地凑过脸来。

“几个月前吧。”陆浩宇给展津递过一根烟，点上，自己也点了一根，把车窗摇下来，看了一眼四周没人，继续说道，“省扫黑办转下来一个案子，涉及天宸集团的一个官司，当时我负责调查了一段时间。后来发现牵扯太多市中级人民法院执行方面的业务问题，还涉及中院执行干警的违纪问题，向徐济元书记汇报后，就转给市纪委驻市中级法院纪检组办理了。调查期间，有一次去天宸集团取证，就是找的曲定天。”

“有意思。”展津笑了笑，胳膊搭在车窗上，朝车外吐出一口烟圈，“最后结果呢？”

“不知道。”陆浩宇吸了一口烟，“还没出结果，想必也快了。等忙过去这阵儿，我去问问。”

“行。你们的事，我也不想管喽。”展津伸个懒腰，嬉皮笑脸地看向陆浩宇，“哎，小宇子，要不我再领你去夜寒那个场子耍耍？那里的姑娘确实一个比一个水灵。呵，当时一下子进来那么多，看得我都有点儿心猿意马了。”

“去你的。”陆浩宇没好气道，“你晚上可是领了小依出来的，要是再回去，别人非以为你诈尸了。再说了，你要敢去，我马上报警抓你。”

“嘿嘿。”展津也不生气，兀自笑了几声，“那好吧，没心没肺的小宇子。你回家搂你的笑笑，我回去抱着我的孤枕，咱们梦里再见咯。”

市纪委监委办公楼 611 室

早上一上班，江峰就来到陆浩宇办公室，兴奋的心情跃然脸上。

“怎么了，这么高兴！”陆浩宇笑着问道。

“陆主任，好消息。”江峰兴高采烈道，“市环保局来信儿，昨天晚上，环保监察支队在秸秆焚烧厂蹲点，发现四个人正在焚烧洋垃圾，当场全部抓获。经过连夜询问，有了不小突破。殷局长一大早就过来找你当面汇报，可临时有事被叫了回去，特地委托我向你转达，并请示下一步方向。”

“很好。”陆浩宇笑着，重重地点了点头，“这也算这么多天第一次人赃并获，掌握到一手证据了。”

“是啊。多亏陆主任运筹帷幄，李岩那伙终于得意忘形，露出狐狸尾巴了。”江峰喜笑颜开道。

“先不说这个。”陆浩宇收起笑容，“袁清和周海还没回来，是吧？”

“对。”江峰点点头。

“好。你带赵涵和许超去市环保局一趟。一是向市环保局的领导表示谢意；二是问一下案件的具体进展；三是看看他们还有什么需要协助的。至于下一步的打算，等你了解完情况再说。”陆浩宇逐一安排道。

“行。我准备一下，马上动身。”

市环保局办公楼接待室

殷方正笑容满面地把江峰三人引进接待室坐下，佟文天给众人一一备上水。五个人互相介绍后，江峰提出，先了解一下案情。

“佟队长亲自抓的人，谈的话，最了解情况，让佟队长介绍一下吧。有介绍不到的，我再补充。”殷方正笑吟吟地看向佟文天，“佟队长，你实事求是地说，不用对纪委的同志有所保留。”

“好的，殷局长。”佟文天清了清嗓子，环视了一下众人，“我们发现，这伙人焚烧的不是普通的生活垃圾，而是在国外严禁焚烧处理的重金属垃圾、工业垃圾等有毒垃圾。一旦焚烧，会散发出烈性有毒气体，造成非常严重的环境污染。毒垃圾是由走私偷运到我国境内的，不单违反了《环境保护法》，更是触犯了《刑法》！”

“走私？”赵涵一脸震惊道，“听说过走私车，走私表，走私毒品，走私垃圾还是头一遭。这是为什么呢？”

“自然是唯利是图。”佟文天笑着说道，“有些国家对毒垃圾管控相当严格，一旦发现私自掩埋或焚烧，不仅会有巨额罚款，还会直接入刑。而通过正规渠道处理，又极其昂贵，他们宁愿向国外偷运处理。就算高价转卖，也比自行处理费用低得多。一些不法分子看到这般高额利润，铤而走险，接手走私垃圾后私自掩埋或焚烧，也就见怪不怪了。”

“这些坏人，坏心眼真多。”赵涵低声嘟囔。

佟文天不以为意，“所谓‘天下熙熙，皆为利来；天下攘攘，皆为利往’，很多表面看不透的说到底，也不过一个‘利’字而已。”

“佟队长说的有道理。”江峰礼貌地笑了一下，“还是回到主题，继续说案子吧。他们有没有说，通过什么渠道购入的毒垃圾。”

“这个没有说。我们抓的这四个人都不是核心成员，只是听人指挥的具体实施者，详细来源也不清楚。他们只负责到港口接货，偷偷拉到这边焚烧。”佟文天不紧不慢地回答道。

“他们有没有说幕后是谁？”江峰神色一凛，正色道。

“三人不知老板全名，只知叫‘峥哥’。另一个清清楚楚供出来，幕后老板叫‘王峥’。”佟文天一字一顿道。

“王峥？”再次听到这个名字，江峰还是不自觉地倒吸了一口凉气。“有没有承认，之前几次也是他们干的？”

“对。”佟文天点点头，“加上这次，他们一共偷运、焚烧过五次。之前可能还有，但他们并不清楚了。”

“嗯。”江峰略一思考，“之前几次，为什么没有被抓？”

佟文天没有立即回答，转头看了殷方正一眼。殷方正轻轻地点点头，佟文天才看向江峰，“之前几次，他们与营水区环保局一个姓唐的副局长串通了。每次行动，唐副局长都会通风报信。我们查了一下，营水区环保局确实有一个姓唐的副局长，叫唐巎。不过，是否有人冒名顶替，需要进一步核实。”

“如此卖力，想必收了不少好处。”一直默不作声的许超说。

“给没给好处，给了多少好处，这些人自然也是不知道的，得问王峥或唐巎。”殷方正道，“我们也想请示一下纪委，之后的工作方向是什么？是继续调查，还是交给纪委或公安部门办理？毕竟这是触犯刑法的案子，又可能牵扯区环保局的党员领导干部。”

“这个等我回委里汇报后再作决定。”江峰顿了一下，想起来什么，看着许超道，“许科长，趁着犯罪嫌疑人还在这里，能不能麻烦你先回局里一趟，调取王峥的身份信息，找到相关照片，让他们指认一下。一来可以核实他们说的是否属实，二来也可以为以后的方向奠定基础。”

许超应了一声，就和佟文天先行离开了。劝了几次，殷方正执意要在接待室陪同，江峰也不再推辞。

一个多小时后，许超和佟文天回到接待室，说指认完成，四人指认的王峥都是同一人，应该不会出错。许超把一张照片递给江峰。

江峰一边笑着夸赞他们工作效率高，一边接过照片。只看了一眼，就像触了电一样，顾不上掩饰心里极大的震惊，指着照片向佟文天问道：“这个人，就是他们齐齐指认的王峥？”

“对啊，有什么不妥吗？”佟文天不明所以。

江峰又看了一眼照片，再也没说话。照片上的人，正是绑架江蕊当日在地下停车场和他谈判的“李岩”！

王 峋

市纪委监委办公楼611室

“沐源，你是没见小依那小模样长的。啧啧，真是让人想入非非啊。”展津嬉皮笑脸。

“哦——”张沐源略显无奈地应了一声。

“是真的，沐源，那大长腿，都快到你胸了。”展津不依不饶道。

“哦——”张沐源翻了个白眼。

“唉。”展津装模作样地叹了口气，“要是能天天跟这样的美人共事就好喽，效率肯定跟开挂了一样。”

“那也未必。”张沐源朝他撇了撇嘴，愤然回击道，“要是有这么个美女在展公子旁边，你不得天天缠着人家，哪还有心思工作，半天能干完的估计你三天也干不完。”

“沐源同志说的有道理啊。”展津装作恍然大悟的样子，“那按照你的说法，咱们在一起工作效率高，是因为你长得丑？”

“错。”张沐源斩钉截铁道，“要是工作效率高，一则说明我工作能力强，完全无视你无聊的撩妹套路；二则说明陆主任领导有方，方向正确，措施得力。至于和展公子你嘛，啧啧，好像没多大关系哟。”

“哎，你个小丫头，还会挑拨离间啊。我跟你说，正所谓‘兄弟如手足，女人如衣服’，小宇子可是我兄弟，挑拨是没有用的。”展津得意洋洋道。

“哦，是吗？”张沐源展颜笑道，“那请问展公子，这世界上缺胳膊少腿的人不少，可你见过不穿衣服就出门的吗？”

“你——”展津瞪着张沐源，说不出话来。半晌，又向陆浩宇求救，“小宇子，你还管不管你手底下了？”

“管什么？”陆浩宇笑盈盈道，“好不容易有人能把你说得哑口无言，我为什么要管？再说了，我觉得沐源说的很有道理。”

“行行行，你们纪委的人合起伙来欺负我这个外来人是吧？你们狼狈为奸！你们沆瀣一气！你们——”展津恼羞成怒。

“得了，再说你可要词穷了。”陆浩宇微笑着打断他，“不过，昨晚的确多亏展公子，功劳簿上给你好好记上一笔。”

“这才像话。”展津挑衅地看向张沐源，“丫头，看到没，这可是本公子牺牲色相换来的。你可得好好珍惜这来之不易的战果。”

“切，你还巴不得呢。”张沐源小声嘟囔，又想起来什么似的对陆浩宇说道，“对了，陆主任，既然你们知道了天宸集团的总经理曲定天可能和李岩相识，为什么不趁热打铁，去问一下他呢？”

陆浩宇微笑不答。过了一会儿，展津忍不住插话道：“这，你都不知道？你家陆主任是怕我为难，夹在公私之间不好做人。”

张沐源若有所思地“哦”了一声，没再说话，转而看向陆浩宇。陆浩宇笑了一下，故作轻松道：“其实，也不全是。现在我拿不准曲定天和李岩的关系到底是怎样的，也说不好曲定天究竟在李岩团伙里扮演什么角色。我怕贸然问他，会引起他不必要的警觉。”

“应该不至于。”展津皱了皱眉头，“还有，小宇子，有什么需要我做的，尽管说就是！公和私的界限，我还是分得清的。”

“你放心，我有分寸。”陆浩宇点点头，沉默不语。

“对了，陆主任。”张沐源又拧起标志性的八字眉，轻声问道，“你说，孙崇林只是普通职工，为什么会这么受王嶙重视呢？”

市滨海新区规划建设委员会会议室

桌上整齐地摆放着数不清的账本和凭证，齐滨正带着财务组不厌其烦地逐本翻阅。整个会议室静悄悄的，偶尔传来一丝纸张摩擦声。

“找到了，齐主任。”一中年男子兴奋地拿着一本凭证，递给齐滨。

齐滨点点头，不动声色地接过凭证，看了起来。凭证上贴的是一张市滨海新区规划建设委员会转给岚江市绿源有限公司的园林苗木款发票。经办人赫然写着：“孙崇林。”

市纪委监委办公楼 611 室

“砰砰砰。”急促的敲门声响起，打断了屋里三人的交谈。张沐源打开门，周海和袁清满脸疲态地走进来。一关上门，周海就一脸兴奋道：“陆主任，有发现。”

“不着急。”陆浩宇点点头，指了指沙发，“坐下，慢慢说。”

周海和袁清在沙发上坐定，接过张沐源递过来的水，连吹都顾不上，就大口大口地喝了。张沐源接过空杯，又倒上水，端到茶几上放下。周海和袁清对视了几眼，又齐齐看向陆浩宇。

“周海，你先说吧。”

“好。”周海顿了顿，略一思考，“这几天，我们把重点放在了查询王嶙近三年银行账户的流水上。本觉简单，没想到越查越蹊跷。”

“哦？”陆浩宇略一皱眉，“怎么个蹊跷法？”

“王峋在十几个不同银行都开设了账户，每个账户余额都不多。每当余额渐少时，就会有大笔不明现金存入。另外，基本都是频繁取现，几乎不存在转账，压根儿看不出来与他人或企业间的金钱往来。”周海轻描淡写地陈述着。在场的人都能想象到，周海、袁清这几天一笔笔核对账单的辛苦情形。

“这么说，王峋团伙的往来收支结算都是用的现金。”展津一脸严肃道，“一来可以巧妙躲过银行的反洗钱监管，二来增强了业务的隐藏性。真可谓用心良苦啊。”

“是啊。”周海点点头，“当时，我们也是一筹莫展。他们背后还真是有明白人在指点。”

“可是，你们最后不还是抓到了漏洞。”陆浩宇一语道破，“说说吧。”

“陆主任说的是。”周海颇为得意地笑了几声，略微提高了一下声调，“最近一年，王峋众多账户只和一个他人账户发生了两笔往来。去年 12 月，王峋岚商银行的账户向卫应红的账户转出十万。第二天，卫应红又把这十万转了回来。紧接着，王峋从账户取走了十万现金。与此同时，卫应红的账户分三次存入现金，共计十万。我们有理由相信，王峋取的这十万最终还是存到了卫应红的账户上。”

“干这种脱裤子放屁的事。”展津讥笑了一声，“想必是首次不小心误操作转的账。”

“我们也是这么想的。”周海点点头，“我们调阅的监控录像也证实了这一点。王峋账户的存取业务基本都由两三个固定人员操作，只有转给卫应红的是一张年轻的新面孔。我们猜测，应该是这个人听错了命令或者偷懒，没有严格执行先取现、再存他人账户的命令，直接转账，才留下了这唯一的痕迹。”

“很好。”陆浩宇微微点头示意，“那有没有核实卫应红的身份和这笔钱的去向？”

“核实过了。”周海喝了口水，“卫应红是梅口县公安局局长卫应屹的妹妹，梅口县兴山煤矿矿长梁一山的妻子。这十万中的五万，卫应红直接转到了卫应屹的账户上。”

“卫应屹？”展津一副恍然大悟的表情，“嘿嘿，难怪。”

“怎么？听展公子的语气，里面是不是有玄机？”张沐源疑惑道。

“差不多。”展津边思考边道，“这个卫应屹，也算岚江市公安系统的奇葩。梅口县公安局局长一干就是十多年，不接受提拔，也不同意调整，一副要在这个位置上干到老的架势。我和老阚聊天说，卫应屹有猫腻，没想到在这儿等着呢。嘿嘿，看来还是应了那句话，无利不起早啊。”

“这是自然。不过，也别急于下结论。”陆浩宇接过话来，又向周海问道，“有没有继续查卫应屹的账户？”

“查了。”周海点点头，“他的账户比较干净。除了偶尔有些和卫应红的交易往来，其他基本上都是些金额不太大的现金存取。不过，我们同时查了卫应屹妻子张春霞的账户，发现有多笔大额的现金存入。我们又回过头和王峋的银行流水进行比对，发现其中几笔能够一一呼应起来。也就是说，都是从王峋的账户里取出来，接着存入张春霞的账户。”

“涉及金额多少？”陆浩宇追问道。

“光是从王峋账户出来的就有将近一百万。其他来源不明的，还有将近两百万。”周海平静地说出来，还是让在场人们倒吸一口冷气。整个屋里一片寂静。

过了一会儿，陆浩宇才缓缓道：“不错，这次的核查很有成效，你们的工作很扎实。关于下一步的打算，你们直接参与的核查比较直观，先说一下你们的判断吧。”

周海没有表态，看了袁清一眼。袁清微微点下头，“陆主任，我们的意见是，如果条件成熟，是否可以对卫应屹采取留置措施？仅是巨额财产来源不明，也够他好好解释一番了。”

陆浩宇沉默了一会儿，“先不急，这个证据在银行，跑不了。眼下，还是先从外围把其他证据做扎实、固定起来，再查一下卫应屹背后还有谁。这样吧，周海、袁清，今天你们先回去休整一下。从明天开始，你们重点去核查两个方面：一是查一下张春霞是否有开办企业或其他收入来源的情况；二是联系兴山矿场那两名上访群众，问一下他们当时被打伤后在哪家医院治疗的，去医院调取诊疗记录。”

周海和袁清走后，陆浩宇皱着眉头，沉默不语。展津好奇地凑上前去，“怎么了，小宇子？查到这些，你不应该高兴才是吗？怎么还愁眉不展的？或者，你有别的打算？”

“嗯。”陆浩宇若有所思地点点头，又想了一会儿，蓦地抬起头，直勾勾地盯着展津，“我想请你悄悄查一下，王峋被梅口县公安局抓起来后，市公安局有谁给卫应屹打过电话！”

梅口县青亿矿场内

一个光着膀子、浑身纹身的中年男子在场子内大汗淋漓，指挥忙忙碌碌的工人。突然，电话铃声响起，男子看了一眼来电，满是横肉的脸上挤出一丝笑容，转身走到旁边有空调的办公室，接起了电话。“嶙妹子，怎么想起你峋哥来了？”男子拿毛巾擦了一把汗，端起桌子的水杯，咕咚咕咚喝了起来。

“哟，峋哥，看您这话儿说的，妹妹什么时候不想您了。这不今儿一想，许久未见峋哥了，当妹妹的就赶紧打个电话给您请个安呀。”电话那边甜美的女声传来。

“嘿嘿，要说嘴甜，还得是我嶙妹子，听着就心情舒畅。”男子一屁股坐在老板椅上，双脚搭在桌上，“说吧，妹子，有什么事？”

“其实也没什么。”女子柔声道，“就是我哥那边昨晚出了点儿事，岩哥不放心，让我问问你那边是否有什么异常？”

“王峥？”男子猛地坐起身，皱眉沉声道，“出什么事了？”

“嗐，一点儿小事，峋哥别急。无非就是市环保局绕过营水区环保局，直接把我哥那个焚烧厂给点了，当场把四个小弟抓了起来，现在也没个准信儿。这次也是奇了怪了，四处也打听不出个所以然。岩哥不放心，生怕有人特意针对我们而来，让我给你打个电话提醒一下。”女子不急不缓道。

“我这边倒是一切正常。”男子皱眉想了一下，“就是前段时间兴山煤矿矿长梁一山跟我说市纪委有人正在调查我。我记得当时就跟岩哥说了，岩哥好像也出手把那人教训过了，其他的就没有了。”

“好。峋哥说没有，妹妹就放心了。”女子顿了一下，“峋哥，要不然你去派人问一下卫局长，看他最近有没有听到什么风声。”

“没问题。”男子一口应下，“一会儿我就安排。”

“好呀。”女子咯咯地笑了起来，“峋哥，我们都好久没见你了呢，等你得闲来岚江耍耍，妹妹给你物色几个你喜欢的姑娘。”

“嘿嘿，好啊。嶙妹子就照着你的模样，给哥找就行。”男子爽朗地笑了几声，又叹口气，“唉，说到底，我还不是替你们看着老家的场子，你们也不多回来看看。”

“嗐，别提了，峋哥。梅口那地界，提起来我就伤心，再也不想回去了。”女子似有一丝哀怨，又转而笑道，“不说了，等峋哥的好消息啦。我给你挑姑娘去。”

“行。给岩哥带好，回头我就进城看你们。”挂掉电话，男子脸上浮现出冷峻的表情，静坐了一会儿，把一个手下喊了过来。“阿泰，取五万块钱给卫局长送去。”男子递给手下一张银行卡，冷冷道，“问下最近有没有针对咱们的不利消息。特别是关于王峥场子被点，问他能不能打听到什么。”

“好的，峋哥。”阿泰双手接过卡，毕恭毕敬道。

“走点儿心，千万别再犯阿良的错误了。”男子阴冷地说道。

“是，峋哥放心。”阿泰打了一个冷战，走出办公室。

他开着车从矿场门口经过，意味深长地看了门口一瘸一拐的年轻人一眼，重重叹了口气，王峋警告的话还萦绕在耳边。即便他不说，他们这些手下还有谁敢以身犯险？看门的年轻人无时无刻不在提醒他们，办事不力，会落得怎样的下场。年轻人叫阿良，只因去年把王峋要求的取现存现办成了转账，就被王峋生生剁掉了两根手指头，打断了一条腿，并从心腹变成了天天抬杆的看门人。这样的杀鸡儆猴，何尝不让人心惊胆战？

想到这，阿泰不禁打起精神，驾车消失在道路深处。

王 嶙

盆栽艺术协会，椒房

挂掉电话，王嶙还是按捺不住内心澎湃。梅口，就像一根鱼刺，深深扎在嗓子眼里，拔不出来，咽不下去。

王嶙一家都是土生土长的梅口县人，父母原本都是本分的商人。后来生意不景气，又被生意伙伴骗了好几次，王嶙的爸爸心灰意冷。愤懑之余，竟鬼使神差地瞒着家人去地下赌场赌博。赔光了所有积蓄后急于翻身，就借了高利贷。结果，赔的钱没挣回来，又利滚利地欠下了巨额赌债。等逼债的人天天上门恐吓骚扰，一家才知发生了什么。王嶙爸爸不堪其扰，又受不了王嶙妈妈的寻死觅活，就舍了一家老小，一跑了之。王嶙妈妈一时想不开，跳楼自杀了。那时，王嶙才九岁，哥哥王峥也不过十一岁。

亲戚邻居生怕被讨债的盯上，都急于和他们兄妹划清界限，躲得远远的。两个十岁左右的孩子没有收入来源，也没人收养，只能相依为命，在梅口流浪上了。为了活下去，兄妹偷摸蒙骗的勾当都干过。被抓到后，王峥都会死死抱着王嶙，承受所有拳打脚踢。

就这么浑浑噩噩地过了五年，王嶙逐渐长大，不仅美艳得不可方物，身材也发育得凹凸有致。这在寻常人家来说或许是天使的馈赠，但在王嶙身上无疑恶魔的玩笑。从此以后，他和王峥不仅要为生计发愁，更要千方百计躲避地痞流氓的虎视眈眈。但是，厄运最终还是没能避免。一个小混混儿头目几次三番向王嶙示爱被拒后，恼羞成怒，竟丧心病狂地让手下控制住王峥，当着王峥的面把王嶙非礼了。

看着丢了魂一样的王嶙，王峥除了心疼，更多的是一心报仇的满腔怒火。他也明白，只有找到像样的靠山，他和王嶙才不会任人欺凌。于是，他找到李岩，声称只要报了仇，他和王嶙甘愿追随李岩，任其差遣。李岩倒也仗义，详细了解情况后二话没说，喊了所有手下找非礼王嶙的人火拼。李岩胸前和腿上被实打实砍了两刀；非礼王嶙的头目被李岩活生生打断两条腿，保证永远不再出现在王嶙面前。

大仇得报，李岩又被人砍了两刀。作为回报，王峥让王嶙跟着李岩，当他的女朋友。没承想，李岩不仅婉言拒绝，还直言王峥兄妹可以自行选择留下或离开。很久以后王嶙问李岩，是不是嫌弃她？李岩很真诚地说帮她，只因不满对方的做派；不接纳她，是不想乘人之危。

之后，兄妹一直跟随李岩。凭借王峥的拼劲、王嶙的细致，加上对李岩的死心塌地，兄妹二人逐渐成为李岩的左膀右臂。虽然免不了打打杀杀，却是过上了稍微安定的生活。

转折发生在李岩为一个商家撑腰，与另一伙小混混儿的打斗中。本为习以为常的事件，但有旁观者第一时间报了警，派出所又反应迅速，及时出警赶到了现场。李岩招呼大家一块儿跑，王峥不知脑子抽了什么风，非要逞英雄，嚷着让李岩带人先走，自己殿后。李岩不同意，一来二去就错失了绝佳也是唯一的全员撤退机会。关键时刻，李岩果断命令手下把王峥拖走，自己留在现场掩护。被抓之后，李岩始终一言不发，最终被判四年。从那时开始，王嶙彻底爱上了李岩——不仅对兄弟够义气，更让一个女人有了归属和安全感。

只坐了一年半，李岩就被现在的“老板”保了出来，带着王峥兄妹和以前的心腹一起追随老板，替他在暗地里干些见不得光的事，一步步成为得力干将，逐渐从幕后走到台前，掌管着老板的绝大部分生意，几处夜场都由王嶙代为打理。现在王嶙所在的打着“盆栽艺术协会”旗号的园子，也被老板誉为最得意的作品。

稳定下来后，王嶙和李岩终于修成正果，走到了一起。李岩对王嶙极为宠爱，在园子里特意修建了一间椒房，完全按王嶙的喜好陈设，专供两人享用。

“怎么了，嶙儿？”看到王嶙情绪波动，床上的男子坐起身，一脸关切地问道。

“没什么，岩哥。”王嶙努力挤出一丝笑容，靠在男子怀里，柔声道，“峋哥说梅口一切正常，我已嘱咐他多加留意和打听了。”

“好。”男子若有所思地点点头，用力搂了下王嶙的肩膀，轻声道，“是不是又想起以前的事了？”

“嗯。”王嶙低声应了一下，轻轻抚摸着男子胸前长长的刀疤，苦笑一声道，“我老在想，在梅口，幸亏有你护着我和我哥周全。要不然，都不知会变成什么样。”

“又说傻话。”男子清爽地笑了几声，轻轻拍了拍王嶙的肩膀，“有机会照顾你，我很知足。”

王嶙莞尔一笑，把头埋进男子的胸口蹭了几下，娇媚无比地感慨道：“岩哥，好想和你一起离开这个是非之地，到没人认识咱们的地方生上一对儿女，过一过普通人的正常生活。”

男子听罢一怔，脸上的笑容凝住了，把手从她肩膀上拿下来，看着她沉声道：“嶙儿，你应该知道，自从老板救我出来，自从老板给咱们荣华富贵，我的命就不是我自己的了，只要老板有需要，我随时要把性命献给老板。这种刀口舔血的日子，我不想让孩子过。等我们的任务完成了，我就带你远走高飞。”

“可什么时候才是个头呀。”王嶙幽幽道。

“我记得说过，”男子从床头柜上抓过一盒烟，抽出一根点上，递到王嶙嘴里，又给自己点上一根，吸了一口，“三年。等老板干满这届退休，咱们也金盆洗手。”

“嗯。”王嶙的眼神无奈中又带着一丝期待，吸了一口烟，轻轻地把烟圈呼在男子耳边，万般柔情地说道，“那，我等你。”

“行，你个小妖精。”男子有些心猿意马，又嬉闹了一会儿，才定起神来正色道，“说个正事吧。早上老板发信息说，晚上有个很重要的客人要来，让我们在园子里招待好。”

“嗯。”王嶙似乎习以为常，“什么来头？”

“西云省的大老板，老板的战友，几十年的交情了。前几年老板去西云，找的就是他。”男子略一思考，转而笑道，“寻常来头的，老板也不会安排在这里。”

“那是自然。”王嶙盈盈笑道，“老板过来吗？”

“不来，他晚上市里有活动。”男子稍稍皱了一下眉头，沉声道，“那也同样不能怠慢，还按最高标准来。”

“明白。”王嶙干练地点点头，“那我再把张师傅请来。”

“行。老张的厨艺算是出神入化了，但还是比他哥差了那么一点儿。要是能把他哥请来就好了。”

“是啊。”王嶙淡淡地笑了笑，“可张师傅的哥哥是曲总家私厨，在曲总家干也是为了报恩。我跟他提过几次，都被他婉拒了。”

“嗯。”男子应了一声，便沉默不言，像在思考什么。

见状，王嶙也不打扰他，懂事地静坐在一边。过了一会儿，男子回过神来看向王嶙，“嶙儿，晚上你从场子里选一个乖巧懂事的丫头过来，一起陪着。”

“没问题。让月月过来吧，她一直跟着我，信得过，人长得水灵，又会察言观色。”王嶙应道，迟疑了一下问，“还从水路走？”

“对。”男子点点头，“还有，再从园子里常驻的丫头里选个伶牙俐齿的带过来。有一个叫什么来着，我记得老板夸过好几次。”

“小冉。”王嶙略微一愁眉，“她专门负责陪着徐公子，徐公子这几天情绪不稳定，我怕——”

“怕什么。”男子打断王嶙，不耐烦道，“那个废物，要不是老板说留着有用，我早就想弄死他了。”

“好。”王嶙硬生生把话憋了回去，看了一眼男子，轻抚了一下他的后背，柔声道，“别生气，岩哥！老板肯定有他的道理，我尽量不让他出现在你面前。眼不见，心自然就不烦了。”

“嗯。”男子转过神，抓过王嶙的手，用力握了一下，“晚上你场子有没有重要安排？没有的话，你也过来。”

“可以。”王嶙顿了顿，试探道，“那还叫我哥来吗？”

“不叫了。”男子摆摆手，又点上一根烟，吸了两口，缓缓呼出来，“他现在焦头烂额的，先让他冷静冷静，处理好手头的事。”

“好。”王嶙顺从地应了一声，静静趴在男子怀里，盯着他吐出来的烟圈发呆。过了许久，才低声问道，“岩哥，你说我哥他不会有事吧？”

市纪委监委办公楼611室

门都没敲，江峰就闯了进来。“陆主任，我有事要汇报。”

“好。”陆浩宇略有些疑惑地看向江峰，又不动声色地说，“坐下喝口水，慢慢说。”

张沐源倒了一杯水，递给江峰。江峰接过水杯喝了一口，看了一眼张沐源，欲言又止。张沐源看在眼里，笑了一下，“陆主任，我还有事，先走了。”

陆浩宇略一思考，点了点头。张沐源和江峰打了个招呼，带上门出去了。

门刚关上，江峰就迫不及待道：“陆主任，那天和我见面的李岩是假的。”

“哦？”陆浩宇神色一凛，尽量控制心中的惊讶，沉声道，“那是谁？”

“李岩的手下，王峥！”

市公安局办公楼 1001 室

“王峥？”程学义略一沉吟，“什么来历，查过没有？”

“查过了。”许超点点头，“但能查到的不多。根据最早的户籍登记，王峥是梅口县人，父亲报失踪，母亲报死亡，一个妹妹叫王嶙。其他信息就没有更新了。”

“梅口？”程学义皱起眉头，叹了口气，“非法采矿、打伤人的案子也在梅口。”

“是的。”许超语速放慢，观察他的表情变化，“涉案人叫王峋。我听市纪委的人讨论时提到‘峥嵘嶙峋’，就想，其中的‘峥嶙峋’是不是指的王峥、王嶙、王峋。这几个人可能就是一个团伙。”

“有可能。”程学义点点头，神情稍微有一丝凝重，“你还听到市纪委的说过什么？”

“别的就没有了。感觉陆主任有意提防我，核心的都接触不到。偶尔听到些内容还是一个叫赵涵的小姑娘不经意间说的，再问就说不清楚了。程局长，就目前来看，王峥、王嶙、王峋三人都和梅口有说不清的关系，就怕是梅口县公安局——”

许超没有说下去，程学义听得明白，没接他的话，换了话题问：“你刚才说营水区焚烧垃圾的事，营水区环保局一个副局长也参与其中了？”

“是的。”许超似乎知道程学义此问的意图，“多次给王峥团伙通风报信。”

“那市环保局打算怎样处置？”程学义装作不经意地问道。

“移交市纪委。”许超盯着程学义，一字一字道，“依法依纪处理。”

市纪委监委办公楼 611 室

陆浩宇全神贯注地听着江峰的汇报，全程未发一言。

“具体情况就是这些。”陆浩宇的镇静许是感染到了江峰，汇报到最后，他已没了最初的紧张，声音也逐渐恢复了平静。

“好。”陆浩宇神色舒展，淡笑了一下，“这么说，成效还是很显著的。我们掌握了王峥的直接作案证据，还牵扯出了营水区环保局的保护伞，这算好事。”

“是的。”江峰喝了一大口水，“市环保局这次行动的力度不小，殷局长也表明了从严处理的态度，想请示咱们下一步的打算。”

“嗯。”陆浩宇点点头，稍作思考，“等我向贺徐两位书记汇报后再作决定吧。”

“好的。”江峰稍微迟疑了一下，“陆主任，那李岩——”

“你不觉得这样的李岩才最真实，才更像我们案子里那个神秘的幕后主使吗？”

“陆主任，你这是什么意思？”

“当时你描述和李岩见面的场景时，我就感觉不对劲，但也没时间仔细琢磨。现在回想起来，不难解释为什么一向行踪隐秘的李岩会这般无遮无拦地出现在你面前。而且，你描述中的李岩稍显轻浮，与之前我们感受到的细致风格不太相符。”陆浩宇慢条斯理道。

江峰若有所思地点点头，“那么，真正的李岩在哪儿呢？”

陆浩宇没有直接回答，看了江峰一眼，露出耐人寻味的笑容反问道：“我记得你说过，和你见面的有两个人。除了被证实是王峥冒充的李岩，另一个保镖模样的人，你是否还记得？”

王 嵘

市纪委监委办公楼 611 室

“记得。”江峰点点头，“一个高高瘦瘦的男子。”

“那你还能描述一下他的相貌、神态之类的吗？”陆浩宇追问道。

江峰皱着眉头，仔细回忆了一会儿，摇摇头，“当时是在地下停车场，周围比较黑，只有他们的车灯射出来的光。那人全程没说一句话，我的注意力都放在和我对话的王峥身上，对他没有很留意。”

“再见到他，还能认出来吗？”陆浩宇盯着江峰问道。

“够呛。我感觉他可能全程低着头，对他全无印象。”江峰似乎明白了什么，“陆主任，你的意思是，那个保镖才是真正的李岩？”

“我也不确定。”陆浩宇顿了顿，笑着看了一眼江峰，“只是用了排除法而已。我在想，既然李岩大费周章找到了你，又要和你谈条件，还是本人在场便于决定。现在来看，一个基本证实是王峥，剩下的很可能就是李岩了。”

“有道理。”江峰沉思片刻，又仔细回忆了半晌，“我还是想不起来他的长相。”

“不用费力了。”陆浩宇笑了笑，“既然对方想要移花接木，自然不会给你留下多少线索的。”

“主要还是怪我。”江峰有些懊恼道，“我不够镇定，观察不细致，没能捕捉到更多有用的细节。”

“你不需要自责。当时情形下，你能这样应对自如已属不易。”陆浩宇宽慰道，“况且，这也只是我的推测。当然，还有一种可能——李岩根本没有出现，保镖另有其人，但也应该是李岩绝对的心腹。”

“陆主任，你的意思是——”江峰逐渐跟上陆浩宇的思路。

“李岩有四个手下。‘峥嶙峋’浮出了水面，还有一个至今行踪不定。假设剩下的是李岩的保镖，很多事可以全权代表李岩，那就不足为怪了。”陆浩宇分析道。

“没错。”江峰神情舒展，看向陆浩宇，慢慢吐出两个字，“王嵘。”

陆浩宇没有说话，只笑了笑，留下一个意味深长的眼神。

清源小区 8 号楼下

“爸妈，你们快上去吧。别送了。”韩笑转身向身后的一双老人说道，又看了一眼手里牵着的女孩，“微微，和姥爷、姥姥说再见。”

“姥爷、姥姥再见，我会想你们的。帮我照顾好我的棉花糖，等我放假了再来看你们。”微微仰着脸，奶声奶气道。

“好好好，微微放心。”韩笑妈妈一脸慈祥地说道。

“什么棉花糖？”韩笑疑惑道。

“是一只流浪猫，一直在小区活动。微微发现后，天天喂它，还给它起名棉花糖。”韩笑妈妈笑吟吟地说道。

“它才不是流浪猫呢。”微微小嘴一嘟，“它只是和它的爸爸妈妈走散了，才一直在这里等的。早晚有一天，棉花糖的爸爸、妈妈会找到它的。”

“这孩子。”韩笑摸了摸微微的头，又看向父亲，关切地说道，“爸，这喂猫需要蹲蹲起起的，你可得注意啊。别蹲时间长了；站起来也得一点点来，千万不要猛蹲猛起。你血压高，受不了。”

“没事。”韩笑爸爸乐呵呵地说道，“这些天，有微微在身边陪着，又笑又闹的，心情一舒畅，这血压都平稳了不少。”

“可不是？”韩笑妈妈接过话去，“要我看，微微都成了你爸的‘降压神器’了。”

“哈哈。”韩笑被逗得开怀大笑，“以后有空儿，我就带微微来看你们。”

“还有棉花糖。”微微闪着一双机灵的大眼睛说。

“好，好。”韩笑爸爸笑得合不拢嘴，又看向韩笑，“等浩宇有时间，你们一起回来。最近手痒了，想下棋又找不到对手，让他陪我杀上几盘，再喝上几杯。”

“行。”韩笑欲言又止，应了下来，又嗔道，“下棋可以，喝酒就算了吧。你这身子骨得养，平日多注意些。”

“你爸呀，现在喝不到喽。”韩笑妈妈眉开眼笑，“微微第一天来，就把酒全都藏了起来。”

“微微真棒。”韩笑冲微微伸了一个大拇指，又摊开手掌，“来，庆祝一下，Give Me Five。”

“Year!”微微和妈妈击了一下掌，又调皮地冲姥爷道，“姥爷，我可不会跟你说，这是妈妈教我这么干的哟。还有，你也不用费力找了，都被我倒出来浇花啦。”

市纪委监委办公楼 611 室

陆浩宇把办公室的门反锁上，倒了杯水，走到沙发上坐定，点上根烟，一个人在办公室吸了起来。他要静下心来，好好地把这短短一天里获取的众多信息融合、消化一下。

从王嶙、王峋到王峥，从孙崇林、唐巙到卫应屹，每个案子后面都牵扯一个公职人员，而他们之间是否像表面看上去的毫无关联呢？他们背后，究竟还有什么样的力量在推动呢？至于付成峻、李岩、天宸集团，又各自在扮演什么角色呢？还有和江峰见面的保镖，究竟是李岩还是王嵘？一直没传出来消息的王嵘又在李岩团伙里发挥着怎样的作用？现在的核查到了关键阶段，统筹推进还是逐个突破？

正想着，手机响了起来。他回过神，起身走到办公桌前，拿起手机，屏幕上赫然显示着“宋浔钧”。他马上按了接听键，宋浔钧稳重的声音传来：“浩宇，你现在方便吗？”

“方便，宋组长。我在办公室，您请讲。”陆浩宇恭敬地说道。

“好。是这样，上次你嘱咐我的有了新进展。我让齐滨复印了些资料，想问你明天是否有时间。有的话，我安排人给你送去。”宋浔钧波澜不惊地说道。

“是吗，太好了。”陆浩宇语气里有难掩的兴奋，“宋组长，您别让人送了，我找位同志去取。”

“你们过来不合适，还是去你办公室方便，顺便介绍具体情况。”

“好。”陆浩宇略一思考，“那就劳驾明天上午吧。”

“可以。没特殊情况，我让齐滨 9 点到你办公室。”

挂掉电话，陆浩宇点上一根烟，惬意地吸了几口，嘴角不由轻轻上扬。本以为这一天收获够多了，没想到宋浔钧又送来一份大礼。

盆栽艺术协会，巴比伦

“嵘哥。”一个清瘦冷峻的中年男子走进来。屋子里的姑娘们纷纷起身打招呼。

男子“嗯”了一声，摆手示意众人坐下，扫了一眼沙发上被姑娘簇拥的年轻人，冷哼一声，目光落在年轻人身边一个妖娆的姑娘身上，“小冉，晚上有客人来，岩哥让你去陪着。”

“你什么意思？”年轻人一脸怒火，指着男子道，“小冉现在可是我的人，我不同意。”

男子轻蔑地看了一眼年轻人，讥笑一声，“徐士枫，请你搞清楚，这里的一切都是岩哥的。你也最好明白自己的身份，不要以为岩哥看得起你，你就可以肆意妄为。”

“你——把你的岩哥叫来，我要和他谈谈。我在这儿都好几个月了，他一次面都不露，整天派你来传递信息，这算什么？”年轻人怒气冲冲，正是消失已久的徐士枫。

“岩哥没空儿。”男子瞥了徐士枫一眼，不屑道，“况且，你又算什么东西？”

“王嵘，你别太过分了！”徐士枫拍案而起，咬牙切齿道，“把我惹急了，我就出去告发你们。”

“可以啊。”王嵘诡谲一笑，不慌不忙道，“那你先把这几个月冰钱结了！还有整天陪你的这么多姑娘，你自己算算多少钱。”

“什么‘冰’？”徐士枫一愣，“不是大力丸吗？”

“徐少爷还真是无知得可怜。”王嵘嗤笑一声，“大力丸不假，但成分是甲基苯丙胺。如果你还没听过，有个更通俗的名称你总该知道——冰毒。”

“你们——你们给我吸食冰毒？”徐士枫瞠目结舌道。

“我们？哼，我可提醒你，是你陷入温柔乡不愿出来，体力不支，主动跟我们要的。”王嵘冷哼一声，“徐少爷，吸毒加嫖娼，也就是这里还能容你。你出去了坐牢不说，还会毁了徐书记的一世清名。孰轻孰重，你可考虑清楚了。”

“你知道我爸？”徐士枫惊愕失色，顿时反应过来，怒不可遏道，“你们早就设计好的，就是为了利用我！”

“现在明白也不迟。”王嵘嗤之以鼻，“利用？哼，你应该庆幸还有利用价值。”说罢，也不再看他，瞥向他身边的小冉，轻描淡写道，“晚上 7 点久驰厅。”说完，转身走了。

徐士枫无力地瘫坐在沙发上，目光呆滞。旁边的小冉见状，轻抚着他，柔情道：“枫哥，别想那么多了，你不是还有我们吗？晚上我争取早点儿回来，陪你玩些新花样，好不好？”

徐士枫没像往常一样兴奋，沉默良久才道：“小冉，这个王嵘和岩哥，到底是什么人？”

“嵘哥是我们这里的管家呀，打理整个园子。”小冉顿了顿，“至于岩哥，我就不知道了。只知道他是这里的老板，我们都没见过本人。哦，对了，听说嵘哥是岩哥的贴身保镖，很受岩哥信任。很多时候，都是嵘哥全权代表岩哥。”

徐士枫木然地点点头，再次陷入沉默。

雅圣苑小区 13 号楼 1 单元 402 室

“爸爸。”陆浩宇一进门，微微就迎面奔跑着扑了上来。

“哎，爸爸抱抱。”陆浩宇把微微抱起来亲了两口，看了一眼款款过来的韩笑，轻轻一笑道，“微微什么时候回来的，怎么没跟我说一声？”

“下午刚接回来的，这不马上开学了嘛。没和你说是怕你忙，分心。”韩笑调皮地眨眨眼睛，“再说了，还想给你惊喜呀。”

又一个！今天的惊喜还真不少。陆浩宇暗暗想道，不由心情大好。抱了一会儿，他把微微放下，宠溺地看着她，“为了庆祝微微回家，咱们今天出去吃，好不好？”

“不出去了吧，菜都切好了，简单吃点儿就行，又不是什么特殊日子。”韩笑说道。

“出去，出去，我想吃汉堡。”微微迫不及待了。

“出去吃吧！菜放冰箱，明天炒。”陆浩宇微笑着看着韩笑，“再说了，今天的日子可并不简单。”

盆栽艺术协会，久驰厅

夜色渐深，酒过三巡。“秦总，这杯酒是我替岩哥敬你的。岩哥临时有事，被老板喊走了，不是故意怠慢，请见谅。这一杯我干了，秦总随意。”说罢，王嵘一仰头，整杯白酒下去了。

“爽快！”坐在房间主位、大腹便便的秦战竖了一个大拇指，干笑了一声，拿起酒杯轻轻抿了一口。

王嵘也不以为意，在秦战左边的座位上坐下。给秦战递上一根烟点上，自己也点上一根，兀自吸了起来。

“秦总，您可别生气呀。”坐在秦战右边的王嶙盈盈一笑，端起满满的红酒杯，和秦战的杯子轻轻碰了一下，“我也替岩哥赔个不是，万望秦总海涵。这杯酒，我也干了。”

秦战笑吟吟地看着王嶙一饮而尽，吸了一口烟笑道：“嶙妹妹真是够味！我这不是生气，只是我那个老战友、你们的老板，老是跟我吹嘘李岩是他的左膀右臂，可到现在都没见着真人，有点儿遗憾而已。不过，难得李岩有你们这几个忠心耿耿的铁杆，我给你这个面子，喝到一半。”言罢，秦战喝了一大口。眼看场面有些尴尬，小冉冲月月使了个眼色，两人站起身来，分立秦战两侧。小冉端起酒杯，递到秦战面前，柔声细语道：“秦总大人有大量。岩哥不在，不还有我们嘛。您要不嫌弃，我们姐妹陪您多喝点儿。”

秦战色眯眯地看了小冉一眼，没接过酒杯，反而握住小冉端着酒杯的手推到她嘴边，朝她吐了口烟圈，一脸坏笑道：“我不嫌弃，就是不知道你嫌不嫌弃我这个老头子喝剩的酒。”

“秦总，瞧您这话说的。”小冉用另一只手握住秦战的手，把杯沿在唇上滑了一圈，浅浅喝了一口，又把带有口红印的酒杯递到秦战眼前，娇滴滴地说道，“秦总，小女子不胜酒力，只能喝这么多了，剩下的该您喝了。”

“哈哈，好。”秦战接过酒杯一口喝掉，装模作样赞道，“啧啧，带有美人唇香的酒，喝起来格外有味。”

“那秦总可要多喝几杯。”月月娇媚一笑，又把他的酒杯倒满。

秦战瞄了月月一眼，桃羞杏让的身姿尽收眼底。秦战不禁偷偷咽了口唾沫，把烟掐掉，看向王嶙：“这个房间名久驰，谁起的？”

王嶙不明觉厉，看了一眼王嵘，笑着说道：“回秦总，是嵘哥。”

“好名字啊！”秦战瞥了一眼王嵘，目光又落回王嶙身上，谄笑道，“久驰，不光有久久驰骋的意思，还是‘酒池’的谐音。今天看来，这个酒池名副其实。就是不知道，是不是还有‘肉林’呢？”

“这是自然。”王嶙婀娜一笑，“今天晚上，月月和小冉全凭秦总差遣。”

“那我却之不恭了。”秦战边说，边搂着月月和小冉的腰，眼睛却没离开王嶙，“可既然叫‘林’，就是越多越好，不知道嶙妹妹晚上是否赏脸陪着我这老头子？”

房间内顿时安静了下来，王嶙也愣住了，不知怎么接话。突然，王嵘的声音传来：“秦总，这个恐怕不行。”

金丝雀

盆栽艺术协会，久驰厅

“哦？”秦战把手放下来，难以置信地看向王嵘，脸色阴沉地问道，“怎么个不行？”

王嵘吸了一口烟，又重重地呼了出来，把烟掐灭，迎上秦战的眼神，面不改色道："因为嶙妹是岩哥的女人。"

"李岩的女人？"秦战冷哼一声，轻蔑地看着王嵘，讥笑道，"李岩和嶙妹妹都没说什么，轮得着你在这瞎嚷嚷！也不照照镜子看看，自己算个什么东西！充其量也就是李岩的一条狗。"

"秦总说对了，我就是岩哥的狗。"王嵘盯着秦战，丝毫不避让他的目光，一字一字道， "秦总也该知道，狗不光会看门，还会咬人。"

"你——"秦战猛地一拍桌子，站了起来，怒不可遏地指着王嵘。

"秦总，您别动怒，容易伤肝。"王嶙连忙跟着站了起来，扶着秦战的手慢慢放下，"嵘哥没说清楚，怪就怪我今天身子不方便，晚上就先让这两个年轻漂亮的妹妹替我多陪陪秦总，可好？"

"对啊，秦总。您看，双木才是'林'，三个不成'森'了吗？肉森，又难听，又无情趣。"月月给秦战轻抚着胸口顺气，柔声说道。

"就是。有我和月月妹妹，秦总您还不知足呀？您要觉得不满意，我们可就不在您眼前碍您眼了。"小冉一边给秦战按着肩膀，一边嘟起小嘴，佯装生气道。

"你们俩啊。"秦战忍不住被逗乐了，捏了捏两人的脸，重重地呼出一口气，若有似无地看了王嶙一眼，压低声音道，"罢了罢了，好歹给你们老板一个面子，今天的事到此为止。这酒喝得索然无味，我去休息了。"说罢，也没再看王嵘一眼，一手一个，搂着小冉和月月径直走了出去。

王嶙连忙站起来，跟在秦战后面，引导着秦战三人去往别的房间。不一会儿，王嶙慢悠悠地走了回来，看王嵘静坐在桌子旁，低着头吸闷烟，不由得轻轻叹口气，走到王嵘身边坐下，把他手上的烟拔出来，自己吸了起来。王嵘看了一眼王嶙，没有说话，又给自己点上一根。

过了良久，王嶙吐出一口烟圈，打破了房间里的沉默，缓缓道："老板知道会生气的。"

"嗯。"王嵘不动声色地应了一声，便又恢复了沉默，自顾自地吸着烟。

"我们需要提前和老板解释一下吗？"王嶙试探道。

"不用。"王嵘看了一眼王嶙，徐徐说道，"老板不会说什么的。而且，从此以后，也不会再有人打你的主意了。"

王嶙默默地看着王嵘，神情复杂。

雅圣苑小区 13 号楼 1 单元 402 室

"飞机即将降落，请系好安全带。"陆浩宇把微微架在脖子上，伴着她张开双臂的呼喊，回到了家中。

"你们爷俩轻点儿闹吧，小区一路上都是你俩的声音。你是生怕别人不知道你宝贝闺女回来了，是吧。"韩笑一边开灯，一边笑着对陆浩宇说道。

"那是自然。"陆浩宇脸上难得露出舒心的笑容，轻轻把微微放下，拍了拍，微微小跑着去了书房。

"你能瞒得了别人，可瞒不住我。"韩笑也是心情大好，笑吟吟道，"肯定是案子有了突破，才能笑得这样畅快。"

"哦，是吗？"陆浩宇没有正面回答，反而一脸嬉笑道。

"嗯，是的。"韩笑故作正经地点点头，又看向陆浩宇。两人对视，心照不宣地忍俊不禁。

"爸爸，你看，这是我给你做的礼物。"微微笑着从书房跑了出来，手里拿着一个彩色小泥人。

"真棒，我看看。"陆浩宇笑着接过泥人，仔细端详起来。泥人做工不够圆润、稍显粗糙，但面部表情栩栩如生，特别是陆浩宇标志性的大镜框很有辨识度。

"微微，这是你做的吗？"陆浩宇惊讶地看着微微。

“当然啦。”微微小脸一抬，得意洋洋道，“不过，有老师在旁边教。下一个，我就能自己做啦。”

“老师？”陆浩宇看向韩笑，“怎么回事？”

韩笑弯下腰，轻轻抚摸了一下微微的脸蛋，抬头看着陆浩宇说：“前几天爸妈带着微微出去玩，路过一家陶艺彩泥手工店，微微非要进去学。没想到她很有天赋，老师一指导，她就能捏得有模有样的。学了没几次，就可以自己捏成形了。这个按照你的模样捏的小人，就是老师在旁边指导着，她独立完成的作品。第一个呀，你就得意吧你。”

“微微，是真的吗？”陆浩宇喜出望外，把泥人放一边，把微微抱起来，笑着问道。

“是的。”微微眼睛一转，“不过呢，我也会继续捏的。我准备在奶奶过生日之前，再捏一个妈妈、一个我，还有爷爷奶奶、姥爷姥姥，每人都捏一个，当作奶奶的生日礼物！”

“微微太棒了，加油！我可等着欣赏微微小朋友的大作了。”陆浩宇亲了一口微微后放下，看着韩笑说道，“爸妈那边都还好吗？”

“好着呢，你放心就是。”韩笑莞尔一笑，“只是她姥爷一心想着和你下下棋，喝点儿酒。等你忙完这阵，抽点儿时间回去陪陪他吧。”

陆浩宇没接话，反而莫名其妙地笑了起来。

“你笑什么？”韩笑一头雾水，“这个要求很过分吗？”

“不是。”陆浩宇神色轻松地说道，“只是突然想起前几天我们室里一个同志自嘲的话：‘我们这个工作，就是等忙完这阵，就可以好好忙下一阵了。’”

韩笑一时哭笑不得，过了一会儿摇摇头，幽幽地说道，“我觉得该自嘲的是我。当纪检干部的家属，这待遇都快赶上军婚了。”

盆栽艺术协会，巴比伦

婷婷不眠不休地看了徐士枫一整夜，徐士枫在沙发上躺了一整夜。

本以为没小冉在旁边陪着，徐少爷会暴跳如雷。可没想到，他反常地不吵也不闹，静静地躺在沙发上一动也不动，也不知道在想什么。刚开始婷婷还会主动说上几句，见他也不冷不热，爱搭不理的，也就由着他去了。要是这几个月都这么安静就好了，婷婷心里想。

他来这边五个多月了，虽然没人告诉他的来历，他自己也讳莫如深，绝口不提，但婷婷和身边的姐妹都明白，他被软禁了。虽然吃喝不愁，身边女人不断，甚至连昂贵的冰毒都可以随意挥霍，几乎到了有求必应的地步，但唯有一点：不能外出。不仅不能出园，出房间都须经过王嵘亲自批准。这还不算，王嵘还不准他与外界联系。收走他的手机，也不许人借手机给他。他的手机都由婷婷保管，一直处于关机状态。有一次婷婷手机没电了，偷偷打开他的手机玩了一会儿，却被王嵘抓个正着。呵斥一顿之余，王嵘更是把他的手机彻底藏了起来。

最开始，四五个姑娘轮流当值陪着他，他也乐不思蜀，沉迷其中。可慢慢地，当他逐渐明白自己的处境后，脾气越来越暴躁，动辄发火打人。以至于到后来，能受得了他脾气的，他也看着顺眼的，就只剩下小冉和婷婷了。特别是小冉，不管他怎么像炸弹一样火爆，总能三言两语就把他逗开心，心情也跟着平复下去。自然而然的，小冉就成了他最为依赖的人。

也不知道现在小冉怎么样了，翘首以盼了整夜的徐士枫见了小冉后会不会大发雷霆。正想着，小冉踉踉跄跄地走了进来，满脸疲态地坐在沙发上。

“喝酒了？”婷婷关切地问道，起身倒了一杯水递给她。

“嗯。”小冉有气无力地应了一声，接过水杯喝了几口，看了一眼徐士枫，轻声道，“枫哥怎么醒得这么早？”

“哪是醒得早呀，一晚没睡，一直在等着你。”婷婷一副无可奈何的表情。

“真的吗？”小冉颇有些意外和感动，来到他身旁坐下，挤出甜美的笑容，换上轻松的语调问，“怎么了，枫哥？想我啦？”

徐士枫没说话，把头枕在小冉腿上，两眼无神地看着天花板。过了良久，才不可察觉地叹了口气，“小冉，你觉得我像不像马戏团被人关在笼子里的猴子？”

小冉没回答，只默默地抚摸着他的头发，心中却像被钝刀一刀刀划着。关在这里的人，谁又何尝不是呢？如果你是猴子，我顶多算养在家里的金丝雀。

市纪委监委办公楼611室

上午9点整，齐滨准时出现在陆浩宇办公室，同行的还有四十左右、衣着朴素的中年男子。

陆浩宇和两人握了握手，看着中年男子，又看向齐滨，礼貌地问道：“敢问这位是？”

“陆主任，你好！我是仓宿区财政监督局苏华伟。”中年男子自我介绍道。

“苏局长从第一轮巡察开始就一直在我们组，负责财务组的全面工作。很多涉及财务的问题线索都是苏局长一手发现的，可是我们组响当当的顶梁柱。”齐滨补充道。

“幸会。”陆浩宇客气道。虽然心里仍有疑虑，但转念一想，既然能来到这儿，必定也是宋组长信得过的，旋即释然了，把两人引到沙发上坐定，倒上茶，自己在对面沙发上坐下。

“陆主任，我也不绕弯子了。这次来是受宋组长委托，介绍一下我们组在这次专项督导中的新发现。因为涉及很多财务方面的专业问题，我又一知半解的，经宋组长同意，特意请苏局长过来亲自介绍。”齐滨开门见山道。

“好。”陆浩宇向齐滨微微点头示意，又看向苏华伟，笑着说道，“那就有劳苏局长了。”

“两位客气。”苏华伟笑了笑，随即正色道，“那我先从市滨海新区规划建设委员会的财务制度说起吧。”

市滨海新区规划建设委员会办公楼306室

“你的意思是，巡察组又把近几年的财务账目重新翻了一遍?”付成峻靠在椅子上，问立在一边的侯磊。

“是的。”侯磊一边回答，一边观察他的表情，“凭证都是逐本翻阅的。这个仔细劲儿，比起年初的巡察有过之而无不及。”

“哦?”付成峻挺起身子，略一思索，“那你们有没有留意巡察组这次查的重点?”

“没有。”侯磊摇摇头，微微一皱眉，“实在太狡猾了，生怕发现他们在查什么，不分重点地把单位成立以来的所有账本凭证全都调走了，集中放在大会议室。既不让咱们单位的人进去，也不找相关人员了解情况。我找办公室的同志进去倒水，跟着服务一下，都被客气地请了出来。”

付成峻脸色阴沉，手里握着签字笔，翻来覆去地敲打着办公桌，节奏似有些慌乱，过了一会儿，才说：“那你有没有问，这一轮其他被督导单位也是同样的情况吗?”

“我问过了，都不是这种模式。”侯磊轻轻叹了一口气，“其他几个巡察组基本上都是对照巡察整改报告，重点看整改措施是不是到位了。部分有疑点的，才会有针对性地翻看资料。咱们倒好，更像再次巡察了。”

“这些话你不要在单位说，防止同志们不必要的恐慌。”付成峻厉声责怪了一句。沉思片刻后，说，“我知道了，你先回去吧。”

侯磊欲言又止，最后悻悻地退出了办公室。

市纪委监委办公楼611室

“市滨海新区规划建设委员会是伴随着市滨海新区建设而成立的，最早只是临时机构，划归市滨海新区建设指挥部直属管理。因为不是一级预算单位，也没有独立财务，很长时间都由指挥部统一核算收支。”苏华伟顿了顿，看了一眼陆浩宇，见没有疑问，继续说，“后来，随着市滨海新区建设进度不断加快，指挥部承担的职能越来越多，人员成分也越来越复杂。市里研究决定，将一部分人员独立出来，单独成立一个单位，也就是现在的市滨海新区规划建设委员会，主要负责市滨海新区的规划设计和部分具体项目的建设及养护。付成峻成了第一任，也是到目前为止的唯一一任主任。

“但同时，问题也就跟着来了。”苏华伟喝了一口茶，不紧不慢道，“从人员的行政级别来看，市滨海新区规划建设委员会是正处级架子。从单位性质来看，又是事业单位。可从人员编制来看，简直五花八门。有少数几个行政编，一部分事业编。这些都还好说，财政统一列预算、发工资就可以。问题最多的还是历史遗留下来的企业编制人员。怎么养活这些人，成了市财政的大问题。这时，付成峻向市里建议成立若干家市属企业，将企业编制人员全部划归其中，办理相关资质，参与市场化运作。主要目的不是盈利，而是实现自收自支，解决企业人员的工资问题。”

“想必市里也是欣然同意了。”陆浩宇微笑着说道。

“是的。”苏华伟点点头，“一方面，可以省下一大笔财政资金用来发工资；另一方面，这些市属企业的报价也低，又给财政省下不少钱。这一举两得的事，市里没有拒绝的道理。最终敲定成立三家企业，分别用于市滨海新区的规划、建设和维护。”

“这三家，能承担多少工程量？”陆浩宇问道。

“不多。”苏华伟答道，“只承担一些中小型项目，有些小项目甚至都达不到招标的标准，特别是日常养护类的项目，连资质都不需要。这种的，一般就由市滨海新区规划建设委员会直接指定直属企业去做，市财政负责拨款即可。稍大的项目，被这三家企业竞标成功又无施工条件时，就会向外转包，赚取差价。总的来说，基本可以实现最初发工资的目的。”

“嗯。”陆浩宇若有所思地点点头，看着苏华伟，笑着问道，“这些在第一次巡察时你们就应该掌握了，这次发现的新问题又是什么呢？”

市滨海新区规划建设委员会办公楼 306 室

付成峻双眼一直盯着办公桌上的座机，烟吸了一根又一根。手里的这根狠狠掐灭，再去摸烟盒时，却发现空空如也。

重重地把烟盒扔进旁边的垃圾桶，他脸上冷若冰霜。过了许久，仿佛下定决心一般，拿起座机，拨出几个数字。

铃响了几声，电话就被接了起来。他没有开口，对方低沉的声音传来：“喂，二哥，怎么了？”

玉 露

市纪委监委办公楼 611 室

苏华伟看了一眼陆浩宇，心道一声果然名不虚传，不由笑了笑，“这个所谓新问题，其实在我们上次巡察时就发现过，只是不算巡察重点，而且时间紧、任务重，也无明显线索，就先放下了。这次回过头来有针对性地查，且把前后信息结合起来分析，一些真相才逐渐浮出水面。”

“哦，愿闻其详。”陆浩宇坐直身子，全神贯注地听着。

“刚才说了，市滨海新区规划建设委员会负责新区的规划设计、建设和维护，除了直属的三家企业能在中小项目上分得一杯羹外，其他大中型项目中标企业基本上都是本市实力极为雄厚的建筑集团。但这类项目都得经过市里验收合格之后由市财政直接拨款，不会经过市滨海新区规划建设委员会的账户。从理论上来说，能够走该单位账的就只有那三家直属企业。”说完，苏华伟停顿了一下，给他时间消化。

“嗯。”陆浩宇点点头，“继续。”

“好。”苏华伟放慢了语速，“唯独有一家公司，与市滨海新区规划建设委员会有比较频繁的业务往来。最开始还比较隐秘，都是通过一家直属企业转包。到后来，就索性明目张胆地进行资金往来，由这家公司开具发票，在单位财务直接入账，走对公业务，从单位账户把钱转到这家公司。我查了一下，近三年以来，市滨海新区规划建设委员会和这家公司每年的资金往来量都超过一千万。”

“这家公司叫什么？经营范围是什么？”陆浩宇问道。

“公司名称叫岚江市绿源有限公司。”苏华伟顿了顿，看了一眼陆浩宇，“经营范围是园林绿化设计施工及养护。”

听到“园林”二字，陆浩宇心里骤然一惊，仍不动声色地看了看齐滨，平静道：“这家公司和孙崇林有关，是吗？”

“是的。”齐滨接过话来，“我们发现，在岚江市绿源有限公司开具的发票上，经办人都是孙崇林。进一步梳理其社会关系时有了进一步的发现，公司法人叫岑玉露，而孙正是岑名义上的丈夫。”

“名义上的？什么意思？”陆浩宇神色一凛，沉声问道。

齐滨没有马上回答，盯着他看了一会儿，反问道：“你是否记得宋组长提过，上次巡察发现并核实了一些关于付成峻的问题线索？”

“记得。”陆浩宇眉头微皱，像在思索什么，“你的意思是——”

“嗯。”齐滨重重地点点头，“这个岑玉露，实际上是付成峻的情妇。”

市委巡察机构办公楼 607 室

“喂，二哥，怎么了？”常东接起电话，沉声问道。

“三弟啊，说话方便吗？”付成峻的声音传来。

“可以。”常东下意识地看了一眼门口，“你说。”

“三弟，凭着咱俩三十多年的交情，我就想从你嘴里问句实话：宋浔钧这次是不是带着任务，冲着我来的？”付成峻冷冷道。

“不是。”常东斩钉截铁道，“我说过了，就是普通的巡察回头看，是正常的工作方式。”

“还说不是？年初我问你，你就说不是。要不是别人告诉我，我早早安排好，现在指不定会怎样呢。”付成峻稍微有些怒气，“如不是，为什么查这么细？和其他组查的都不一样？”

“浔钧组长工作严谨细致，在我们巡察机构也是出了名的。况且，他又喜欢搞些创新，不按部就班也很正常。”常东尽量压制住内心波动，用平静的语气说，“再说了，谁在你耳根子旁胡说八道的？我从没听说过要查你之类的信息，你可千万不要听风就是雨的。”

“是谁你就别管了，反正是确切的消息来源。”付成峻有些不耐烦，稍微提高了语调，“常东，你别以为干了巡察办主任，就真把自己当成纪委的人，就非得有大义灭亲的高姿态。你就一点儿都不念咱们三十多年的感情？”

“二哥，你这是哪儿的话？不念旧情，我还会坐在这儿尊敬地喊你‘二哥’？”常东也有一丝怒气，“再者说，我也不是故意要摆什么高姿态。清者自清，浊者自浊。只要自己身子正，还怕别人来查吗？”

“我这不是怕你们捏造事实、无中生有嘛。”付成峻有些急了。

“无中生有？”常东“哼”了一声，“有就是有，无就是无；黑就是黑，白就是白。我们不会无中生有，更不会颠倒黑白！”

“好好好。”付成峻声音里有些慌乱，“我身正不怕影子斜，你们要查就尽管来查。”

“二哥，你也不用套我话，没有人要查你。”常东泰然自若道，“不过，既然话说到这儿了，我还是要多问一句，你真的经得起查吗？别的事我不知道，我只知道仅岑玉露，就够你好好解释一番的。”

“这都多少年的陈年旧事了。”付成峻假装镇定道，“我早和她断了。”

“是吗？上次我打电话提起她，你就信誓旦旦说断了。你说了，我自然信。可真相到底怎样，只有你自己清楚。”常东顿了一下，“二哥，听我一句劝：若要人不知，除非己莫为。如果你真的有事，就别再抱有侥幸心理了。及时回头，主动和组织坦白，争取宽大处理。要是真像你说的身正清白，就把心踏实放在肚子里，做好你该做的事，不要再到处打听了。兄弟一场，我是真的不希望看到你有事。”

“行，我知道了。”付成峻的语气恢复了正常，“三弟，谢谢你和我说这些。我先挂了。”

电话那头响起“嘟嘟”的声音，常东也把电话挂掉，重重呼出一口气。他最后冒着泄密风险说的这番话，也不知道付成峻能听进去几分。可一想起宋浔钧整理形成的问题线索，就不禁头疼。别的事真假他无法判断，可岑玉露他是实实在在知情的，或者说，和常东有着千丝万缕的关系。

大概十年前，常东还是市文广新局局长，付成峻是市房管局局长，而岑玉露只是刚入职市广播电视台不久、尚不知名的主持人。没什么名气，也很少出镜，但岑玉露面容姣好，声音甜美，又能说会道，很讨领导喜欢，加上自带的单身女主持光环，很容易吸引目光，没多久就进入了局长常东的视野。接触了几次，常东觉得不错，就尝试着带她参加对外接待。而她也不负所望，在饭局上大放异彩。虚荣心得到满足，常东就更愿意带着她出去，几乎逢场必邀。她也从不拒绝，逢邀必到。一个意气风发、有为的男领导，一个年轻漂亮有味的女下属，同时出现的频率高了，就免不了被无聊的人拿来八卦。一时间流言四起，也会多少传到常东耳朵里。但常东不以为意，自忖问心无愧，也就不去理会旁人的流言蜚语，依然我行我素。

一次饭局上，常东把她介绍给了付成峻。没想到，付成峻一发不可收拾，隔三岔五让常东约着她出去吃饭。再往后发展，他直接越过常东，单独约她了。常东知道后睁一只眼闭一只眼，不再邀着她参加饭局了。渐渐地，她淡出常东的视野，活跃在付成峻的周围。最后干脆辞了职，跑到市房管局下属的国有企业干办公室主任去了。

再之后，听圈子里的人说，她成了付成峻的情人。虽然早有预感，但出于兄弟义气，他还是好心地劝付成峻，千万不要碰女人，会越陷越深。更不要弄得满城风雨、人尽皆知，肯定会栽大跟头。谁知付成峻非但不领情，反而说他嫉妒，怪他多管闲事。他便只好作罢，再也不去打听两人的事。只是偶尔听人说岑玉露熬不出头，最终嫁人了，说她开了公司。

年初，市委第四巡察组巡察市滨海新区规划建设委员会以后形成了一条关于付成峻的问题线索。因为是径送件，常东没看到全部，只在巡察摘报依稀看到“权色交易”“与他人长期保持不正当性关系”等。直觉告诉他，线索里说的人就是岑玉露。他装作不经意地问起她的事，付成峻打个马虎眼，说早不联系了，不知道她的近况。

至于付成峻刚才提到宋浔钧在查什么，常东也是真不知道。看贺在洲的态度，加上宋浔钧的行动，他猜十有八九，贺在洲要对付成峻动手了。

难得糊涂。这句老话说得真在理。要是自己什么都不知道就好了。至少，可以省去许多不必要的烦恼。

市滨海新区规划建设委员会办公楼306室

常东不怕，但付成峻怕。

常东不怕，是因为真没有，底气足。付成峻怕，是因为真的有，心里虚。

再次从常东嘴里说出来岑玉露的名字，还是把付成峻吓得一身冷汗。常东是听到什么风声了吗，又不像。之前问过好几次，他都极力否认。真的知道了什么，他也不会像现在这样一边否认，一边又透露岑玉露的事。应该说，不过是常东对以前的事耿耿于怀，或者在试探自己吧。想到这里，付成峻的心才稍稍安定一些。说到底，还是自己心里有鬼，才会整日里胡思乱想、左右提防。岑玉露，就像他心里的结。

付成峻从小家境一般，父母都是下岗工人，一家人靠着微薄的养老金和打些零工零活儿度日。大学毕业之前，他一心想着出人头地，奋发学习，也没正儿八经谈过恋爱。毕业后顺利考入岚江市国土资源局，加入公务员队伍，工作才能逐渐显现出来。当时，市国土资源局副局长任永昌正好分管他，看他年轻有为，前途可期，就把女儿任琳介绍给他。

对于任琳，他说不上喜欢，也谈不上讨厌。不过，他想通过攀附任永昌找个靠山。相处一段时间后，两人就结婚了。

没有爱情的婚姻注定是悲剧，婚后的任琳整日围绕柴米油盐酱醋茶打转，谈论最多的就是些邻里之间的家庭琐事，加上生孩子身材变形，彻底失去了吸引力。

反观付成峻，有了岳丈的助力，加上自己的努力，青云直上。随着职务的不断升迁，身边的诱惑自然多了起来，形形色色的年轻女子有意无意示好。好在他都不为所动，很清楚她们看中的只是他的位置和手中的权力。但在他心中，一直有个遗憾，就是没能好好地谈一场属于自己的恋爱。

直到岑玉露出现，他的遗憾才得到了弥补。这个举止优雅、幽默活泼的年轻女子，一颦一笑就揪住了他的心，不管不顾地展开了疯狂的追求。他成熟、稳重、温柔，加上有求必应，充分满足了岑玉露作为女人的虚荣心，一步步陷入了他用谎言编织的梦境。

梦醒之后，生活依然继续。如何把她长久留在身边，又能挣到足够的钱供两人挥霍，成了他面临的首要问题。在他领导的评估公司干办公室主任时，两人不仅有了很多的接触机会，更可以利用手中的便利捞点儿小钱。可问题随即来了，两人经常成双成对地出入，引起了下属和同事的纷纷议论。他和常东不同，太清楚人言可畏，更害怕被别有用心的人借题发挥。在不断收敛的同时，也在寻思万全之策。

后来，他主政市滨海新区规划建设委员会，不再满足于小打小闹，用岑玉露的名义注册了公司，把工程源源不断地包给她，赚取丰厚的利润。另一方面，他掌握了单位职工孙崇林一个致命的把柄，又抓住他视财如命却胆小怕事的弱点，威逼利诱他在名义上和岑玉露结婚。至此，顺利完成了“明修栈道、暗度陈仓”的计划。

他自以为天衣无缝的计划，到底是哪里出了问题？宋浔钧盯上的，又是否是这个点？如果不是，又会是什么？付成峻百思不得其解。

至于常东提出来的向组织主动交代，他却是想也没想。他很清楚问题的严重性，更深深明白，这事已不是他能掌控的，背后还有好多双眼睛在盯着。他走的每一步，都会牵一发而动全身——

市纪委监委办公楼611室

虽然已经猜到，但从齐滨的口中说出，而且是证实了的信息，陆浩宇还是不免有些震惊。惊讶之余，又不自觉地看了一眼苏华伟。

“苏局长也参与了部分核查，放心。”齐滨仿佛看懂了他的心思。

他不禁暗暗责怪自己有些失礼，略带歉意地看了一眼苏华伟。苏华伟不以为意，装作什么事也没发生，端起杯子喝了口水。

他回过神，想了想，问道：“岚江市绿源有限公司，近一两年都干过哪些比较大的工程？”

“比较大的，基本上都是新区道路两侧绿化和小公园的景观园林项目。”苏华伟顿了一下，“还有一个七百多万的工程，以滨海新区湿地公园景观提升项目的名义，分三次把钱转给了岚江市绿源有限公司。但没附具体工程明细，也不知道在什么位置，有些奇怪。”

陆浩宇把目光转向齐滨，发现他正在意味深长地看着自己，两人不约而同地笑了起来。

“我想，我应该知道。”陆浩宇看着苏华伟，徐徐说道。

五指山

市纪委监委办公楼 611 室

送走齐滨和苏华伟，陆浩宇把办公室的门反锁上，坐到办公桌前，点上一根烟，只吸了一口，就迫不及待地拿起巡察组复印好的资料聚精会神地看了起来。

资料归置得很整齐，内容都是关于市滨海新区规划建设委员会向岚江市绿源有限公司转账的凭证，每张都复印得端正清晰，根据时间先后顺序排好。每笔转账都会单独装订起来，在封面手写上时间、事由、金额等，后面附着打印出来的电子账页以及凭证封面和原始单据，骑缝处还会写下一个“苏”，当真是异常严谨。

陆浩宇看得入迷，没留意烟灰落在了办公桌上。回过神来才发现，手里的烟快燃尽了。陆浩宇赶紧把还剩余的烟灰弹在烟灰缸里，吹了几下桌面，又用力吸了两口，才把烟头掐灭。

合上资料，他又静静地思考了一会儿，拿起手机，找到宋洵钧的号码拨了出去。电话很快被接起，宋洵钧的声音传来：“喂，浩宇。”

“宋组长，跟您汇报一下，我和齐主任、苏局长见过面，二位已在回去的路上了。”

“嗯，我知道，齐滨和我说了。”

“嗯。”陆浩宇顿了顿，“宋组长，给您打电话，主要是想专门表示感谢。您给我提供的消息，对我大有帮助。”

“有帮助就好。”宋洵钧爽朗地笑了两声，“你也别客气了，我是职责所在。等你有需要，再跟我说就是。”

“好。”陆浩宇迟疑了一下，仍然把心里的疑问抛了出来，“宋组长，我现在就有一事不明，想跟您请教。年初的那件事，为什么您没有怀疑苏华伟？毕竟，他也接触到了很多内幕。”

宋洵钧略一沉吟，不答反问道："浩宇，我猜，你比齐滨晚打几分钟电话，是因为去看华伟复印整理的材料了，对吗？"

"对。"陆浩宇点点头。

"那你对华伟的印象如何？"宋洵钧追问道。

"工作极为严谨细致，是我见过的最认真的人。他整理的资料，连我这个财务外行看起来都一目了然。"陆浩宇老实答道。

"没错。"宋洵钧似乎料到他会有此答案，轻轻笑了笑，"那你觉得，什么样的人能把工作干成这样？"

"有城府的人。"陆浩宇缓缓道。

"我的看法和你正好相反。"宋洵钧摇摇头，声音里仍听不出来半点波澜，"有城府的人干工作即使能干成这样，那也只是形似。因为刻意追求完美，痕迹反而会很明显。无欲无求、心无杂念的人干出来的工作，才会让人感到自然和舒适。而这样的人，又怎会屑于干那样的事。"

"嗯。我明白了，宋组长。"他点点头，又再次诚恳地表达了心里的疑惑有了答案，也就不再纠缠于此。默默点上一根烟，一边吸，一边重新梳理案情。

孙崇林为什么一次次去夜场找小姐，找了小姐为什么又特别变态地打人，现在看来，都是因为假结婚造成的心理扭曲。付成峻和岑玉露自然也不会去管孙崇林出去乱搞，他们需要的不过是一个可以掩人耳目的身份罢了。可问题是，既然孙崇林心理这么扭曲了，为什么不去告发付成峻，反而任由他摆布呢？为了提拔，自然不可能。孙崇林都到了蔑视党纪国法的地步，对仕途肯定也是无所追求。为了钱，有可能。但照理说，拿人钱财，替人消灾。如果付成峻与孙崇林达成协议，给他足够的钱用来封口，那他应该是乐得在外逍遥快活才是。如果这些都不是，就剩下最大的可能性：他被付成峻胁迫了。

怎么胁迫呢？以权压人不可能，不仅因为孙崇林不在乎，更因为这样的关系不会持久。付成峻不会一直是孙崇林的领导，也不会傻到把这个当作胁迫的资本。绑架？同样不会持久，付成峻会好好权衡一下犯罪成本。

付成峻有孙崇林的把柄！这个念头在陆浩宇的脑海闪过并定格。是了，应该就是这个原因。只有这样，付成峻才能踏实，而孙崇林才会满腔怒火却又无处发作。而且，这个把柄不会小，甚至可能是严重违法行为。想通了这一点，陆浩宇的神情稍有舒展，又吸了两口烟，弹了下烟灰。

可是，想不清楚的疑点也有很多。从目前看，付成峻修建的那个园林极有可能通过岑玉露的绿源公司走账，在外边联系建筑公司偷偷施工。那这个建筑公司是否和李岩有关系呢？孙崇林和李岩是不是通过修建园林扯上关系的？孙崇林对李岩的事知道多少？

陆浩宇重重地呼出一口烟，眉头微微皱起。

市纪委监委办公楼 701 室

陆浩宇敲门进去时，贺在洲正在和徐济元交谈。“贺书记，我晚点儿过来。”陆浩宇站在门口道。

“不用。你不来，我还要派人去找你呢。”贺在洲摆摆手，“进来坐吧。”

陆浩宇应了一声，关上门，挨着徐济元坐下。看了看他，想从他脸上看出些东西来，可一无所获，就又看向贺在洲：“贺书记，您要找我，是有什么事吗？”

“嗯。”贺在洲点点头，“我把你手头这个案子的具体情况都和济元说了，让济元全力配合你，也多给你出出主意。刚才还和济元商量着，找你来问问最新的进展情况。”

“好。我也正准备汇报的。”陆浩宇顿了顿，看了一眼徐济元，又定了定神，略一沉吟，“那我先从孙崇林说起。”

市滨海新区规划建设委员会办公楼 312 室

办公桌上，手机信息提示音响个不停。孙崇林慵懒地拿起手机翻看起来，都是麻将群里几个狐朋狗友的约赌信息。最新的是“老黑”直接@，问三缺一，来不来。“你们这一把打百八十块的，没意思。”孙崇林冷笑着回道。

“哟呵，孙总财大气粗了啊。你要打多少的?”老黑问。

“少于三百的别喊我。”他本来打的五百，想了一下，五改成了三。

“行，来我家。多久能到?”老黑信息接着就到了。

“半小时以内。”孙崇林看了一眼时间，回复道。关掉手机，和侯磊打了个招呼，就朝门外走去。

“你要去哪儿?”侯磊问道。

“太闷了，出去走走。”孙崇林冷冷地说道。

“巡察组还在这儿，主任三令五申的，一定要注意纪律。你可别一走又是一天找不到人。”侯磊说。

“找什么？死不了。”孙崇林没好气地摆摆手，“问起来，就说我去看病了。”说罢，头也不回。

看着他的身影，侯磊默默地叹了口气，一个字都说不出来。

市纪委监委办公楼 701 室

陆浩宇把除了江峰遇见假李岩以外的核查情况，一五一十地汇报了，足足用了半个多小时。

贺在洲紧锁眉头，沉默不语。徐济元起身给贺在洲的杯子里加了点儿水，又倒了一杯递给陆浩宇。陆浩宇低声道了谢，接过水杯，喝了一大口。

“不容易，短短时间里就能有这么多发现。”贺在洲颔首称赞道，“辛苦了。”

“谢谢贺书记肯定。”陆浩宇舒了一口气，看向贺在洲，“贺书记，请示一下，我们下一步的核查重点应该放在哪里？”

贺在洲笑而不答，反问道：“来之前，你是不是都考虑好了？先说说你的想法吧。”

“好。我确实思考过，但不一定成熟。”陆浩宇缓缓道，“还是按刚才汇报的顺序说吧。关于孙崇林，我想联系一下市公安局和市中级法院，看他是不是牵扯什么涉法涉诉案。我感觉，付成峻很可能抓住了孙崇林的某个把柄，恩威并用，才逼孙崇林就范的。从目前掌握的情况来看，孙崇林并不是这个团伙的核心成员，而且城府不够深，甚至对付成峻还有怨言。所以，我想把孙当作突破口，尽可能多地查清楚他的问题，再有针对性地找他了解情况，看他到底掌握多少关于付成峻以及李岩团伙的问题。”

“可以，务必查个水落石出。”贺在洲点点头，义正辞严道，“他不是自诩为孙大圣吗？我倒要看看，这大圣脑袋到底有多硬，是不是能钻出党纪国法这座五指山！”

“自是不能。”徐济元看了一眼贺在洲，对陆浩宇说道，“浩宇，你继续说。”

“嗯。”陆浩宇应了一声，浅浅地喝了一口水，“那就再说王峋案。目前来看，梅口县公安局局长卫应屹应该是有问题的，但不知道市公安局是不是也有人参与其中。当然，也不排除冤枉了卫应屹，他家人确实是正经的商人。所以，我安排周海、袁清一方面去医院调取诊疗记录，把王峋打人的事先坐实；另一方面，去查卫应屹妻子张春霞是否存在经商办企业等情况。同时，我还安排市公安局的展津悄悄调查王峋案发生后是否有市公安局的人给卫应屹打过电话，看能不能顺藤摸瓜，掌握更多线索。”

“处理不错。”贺在洲神色渐渐舒展开来，呷了一口茶，淡淡地笑了笑，“至于你说的冤枉，可能性不大。很多看似复杂的案件背后真相往往最简单，就是最符合基本逻辑判断的那个。所以说，大胆推理很有必要。你继续。”

“好。”有了贺在洲的肯定，陆浩宇的思路也越来越清晰，“至于营水区环保局的案子，是目前进展最为顺利的，证据确凿，人赃并获，线索直指李岩的手下王峥。可以考虑请市公安局协助配合，或直接介入，立案侦查，必要时对王峥实施抓捕。另一方面，对营水区环保局副局长唐巎展开核查，看他是否参与其中、通风报信。”

陆浩宇看向贺在洲，贺在洲没说话，脸色又凝重了起来。“怎么了，贺书记？是有什么不妥吗？”

贺在洲没有回答，而是看向徐济元道：“济元，你怎么看？”

徐济元思考了一会儿，不紧不慢道：“我觉得现在这种形势，虽然抓获了王峥手下，但王峥不清楚我们的底细，还会有所忌惮。可一旦贸然采取行动，就会引起李岩的高度警觉，不利于整个案件的核查进度。目前进展过于顺利，一定要考虑李岩的疯狂反扑。千万不要大意，不要好了伤疤忘了疼。毕竟，李岩已经给了我们一个大大的教训。这样的教训，我们不想再要了。”

贺在洲点点头，没说话。过了一会儿，他看向陆浩宇，徐徐道：“济元书记的考虑有道理。这次核查和以往不同，我们不知道对方到底是什么样的凶神恶煞，安全必须保障好。关于王峥案，我的建议是让市环保局按程序直接移交，请市公安局立案处理。不要大张旗鼓去侦查，先把王铮锁定。可以尝试全程监听电话，看他平日的联系网是怎样的。”

看陆浩宇若有所思地点头，贺在洲笑了笑，“关于唐巎，暂时不要核查。不过是王峥手下的道听途说，还不足以当作证据。但这根线也不要断，要用好。”

“用好这根线？贺书记，我不太明白。”陆浩宇向前倾了倾身子。

“用好的意思，是要分析内在联系。就像最开始你和我分析这三个不相关的案子时，说有李岩这个牵引力把它们连在了一起。现在，更多的人浮出水面了，是不是要静下心来好好分析他们的关联呢？打个比方，你需要查一查孙崇林、卫应屹、唐巎有什么共同点？有什么联系？单纯一个李岩，能耐再大，会把这么多公职人员拉下水吗？我在想，会不会还有其他牵引力把他们聚在一起，李岩不过牵针引线而已。”贺在洲慢条斯理道，“当然，这只是我的假设。”

“贺书记，您说的有道理。这些我也想过，只是还知道怎么把线头扯出来。”

“不急。查的信息多了，自然就会水到渠成。”贺在洲笑着鼓励道，“还有，关于会所，既然你猜测是付成峻通过岑玉露转手再找人建设的，那施工方是谁？你想过要查的，现在有了更加直接的线索了，就顺着岑玉露公司的资金走向去查就是了。”

“好。”陆浩宇突然想起来什么，“贺书记，您这么一说，我倒想起天宸集团可是岚江本地最大的建筑企业之一了，加上集团总经理曲定天还可能和李岩等人相识，会不会就是天宸集团承建的园林呢？”

“有可能。天宸集团有大量外来务工人员，在外地也有多个分公司，从外市找来工人，神不知、鬼不觉地建成园林，也是有这个条件的。”贺在洲稍一停顿，略一思考，“你刚才说，之前有个案子涉及天宸集团，后来转到驻市中级法院纪检组办理了，正好结合着问孙崇林的事。问一下进展情况。”

陆浩宇应了一声，就默不作声，陷入了自己的思考。贺在洲看在眼里，笑了笑，又正色道：“这个网撒得够大了，就看鱼儿钻不钻了。”

锡山小区 13 号楼 3 单元 602 室

“清一色。给钱，给钱。”孙崇林把牌推倒，哈哈大笑起来。

“不是吧，孙总！今天你这手，是摸完什么过来的？这都连胡多少把了？”坐在他左边的老黑一边拿钱，一边不满地嚷嚷。

“知足吧。本来要打五百的，这才多少。”孙崇林一脸得意。

“切，要我看，老孙你是有日子没近女人了吧？”坐在右边的李伟哄笑道，“情场失意、牌场得意，说的就是你吧。”

“就是。之前还整天吹嘘说找了特别正点的小姐，这几天也不敢再提了。不会是巡视组一来，吓怂了吧？”坐对面的赵焱冷嘲热讽，引得哄堂大笑。

“你懂个屁。那叫巡察，不是巡视。”孙崇林面子上挂不住了，“再说了，老子怕什么？上次来巡察，都找老子谈完话了，现在我还不好端端地坐在这儿？那些，都是吓唬人的。”

“少来，光说不练假把式。有本事，把你说的妞叫出来，给大伙儿看看啊？”李伟不怀好意道。

“哼，别来这套，还敢将我军？”孙崇林边拿出手机边道，“别以为我不知道你肚子里的花花肠子，今天我就给你叫出来开开眼界，省得你们觉得我孙大圣的名号是吹出来的。”说完，找到小依的号码拨出去，并按上了免提键。

电话响了好几声才被接起，小依娇柔的声音传了过来。“喂，孙哥，好久不见。”

分 兵

市纪委监委办公楼601室

徐济元和陆浩宇一前一后走进办公室，陆浩宇把门关上后就站在门口。

徐济元走到办公桌前坐下，回头看了一眼陆浩宇，一脸诧异道：“坐啊，杵在那儿干什么？副处级的门神我可请不起。”

陆浩宇没坐，局促不安地看着他试探道：“徐书记，您没生气吧？”

“生气？生什么气？”

“生气我瞒着您，没早点儿跟您汇报核查情况。”陆浩宇低声道。

“气！怎么能不气？”徐济元点上一根烟吸了两口，重重地哼了一声，“共事十多年的小兔崽子紧张兮兮、可怜巴巴地站门口，跟我说这么恶心肉麻的话，我看你是嫌我活得久，想早点儿气死我吧。”

陆浩宇嘿嘿笑了两声，“这么说，老人家您没生气呐？”

“这有什么好生气的？你连我都不多透露半句，对别人更是守口如瓶。能带出纪律性这么强的兵，我高兴还来不及呢。”徐济元瞥了他一眼，又指指沙发，“再说了，贺书记安排事情都会有自己的考虑，会在适当的时机安排适当的人去做适当的事，我很理解，也很支持。”

“嗯。”陆浩宇踏踏实实地在沙发上坐定，若有所思地点点头，“那你觉得，为什么贺书记会选择现在和你说呢？”

徐济元没有回答，吸了两口烟，又把放在办公桌上的一盒烟扔给陆浩宇。陆浩宇接住，抽出一根点上，吸了起来。过了半晌，徐济元才缓缓说道：“要我猜，是因为随着核查的不断深入，案情越来越复杂，每一步都如履薄冰；加上李岩针对你个人猛烈的回击让他感觉到，你身边必须有一个始终和你站在一起的老人给你出谋划策，替你把着方向，别让你走偏，别让你跑远，更时刻帮你提防着对方的反扑，不给他们可乘之机。毕竟你还年轻，很多大风大浪没见过。我们都很怕一个突如其来的风浪一下子把你打懵，那可就是我们整个队伍的严重损失了。”

“老徐，你言重了。”陆浩宇颇有些动容，又觉话题太过压抑，赶紧换上轻松的语调道，“你看，连贺书记都觉得你是那个永远和我站在一起、最值得我信任的人，是不是很得意啊？”

“得意你个鬼啊。”徐济元没好气道，“要是哪天我阻止了对方针对你的打击、救了你的小命，才是真正得意的时候。”

“哈哈，我就等着那一天了。”陆浩宇吐出一个烟圈，开心地笑了起来。

徐济元也笑了笑，没再说话。他一边吸烟，一边在思考着什么，脸色却越来越凝重。

锡山小区 13 号楼 3 单元 602 室

“叮咚。”门铃声一响，正在书房打麻将的四人下意识吃了一惊，纷纷做起噤声的手势。孙崇林最先反应过来，小声道：“我找的妞来了。”

老黑点点头，起身往外走，把书房的门带上，又突然想起什么似的探进来半个头，低声嘱咐道：“把门反锁上。要是听到外面动静不对，就赶紧把牌和钱都藏到书架下面的保险柜，千万别出声。还有，不准偷看我牌。”

“快去吧，别磨叽了。你就放心吧，肯定是那女的。”孙崇林皱着眉头摆摆手。

老黑骂骂咧咧地走了。不一会儿，领着一个穿着纯白露肩长裙的女子走进书房，顿时把众人都看呆了。连孙崇林都暗暗感叹，不过几天没见，这丫头越发迷人了。

“介绍一下，这位楚楚动人的姑娘是小依。”孙崇林又指了指书房里其他三人，“这三个，你分别叫黑哥、李哥、赵哥就行。”

小依刚进来时有些慌张，孙崇林只说有事找她，给了个地址就不由分说地挂了。看到这架势，她明白过来，想走自是不可能，还不如见机行事。她镇定下来，礼貌地打了招呼。

“什么黑哥，小依，别听他的。我还有一外号，叫八筒。你可以喊我八哥。”老黑一脸谄笑道。

“还好意思自己提。”李伟讥笑一声，“那是嘲讽你全身上下一般粗，都能赶上人两个那么胖了。”

“差不多得了，别闹了。”孙崇林不耐烦道，又看向小依，“会打吗？替我两把。一直赢，没意思。”

“孙哥，你们玩吧。”小依腼腆地笑笑，“我只会一点儿，打不好。”

“打不好也比他们三个强。”孙崇林把小依按在座位上，拍了拍她的肩膀，“再说了，你怕什么？赢了算你的，输了算我的，大胆玩就是。”

“孙哥说的对。”李伟色眯眯地看着小依，一边洗牌一边有意无意地去摸她的手，“孙哥自摸胡了那么多，也该兄弟几个摸了。”

市纪委监委办公楼601室

“下一步什么打算?”几根烟下去，徐济元看着陆浩宇问道。

“兵分五路吧。”陆浩宇想了一下，把手里的烟头掐灭，徐徐道，“周海、袁清继续核查王峋案；江峰带赵涵去核查唐巙，找找关联；沐源对园林比较熟悉，她和展津重点盯孙崇林和王嶙那条线。”

“剩下两路，准备去公安和法院?”看陆浩宇不说话，徐济元追问道。

“嗯。”陆浩宇点点头，“许超负责全程对王峥手机监听；我去趟市中院，看孙崇林有没有案底，再看看天宸集团案进展如何。只是——”

“只是什么?”

“只是——得麻烦徐书记亲自协调了。”陆浩宇一副阴谋得逞的坏笑。

“你啊，整天就会打我的主意，指不定哪天就把我这把老骨头也论斤卖了。”徐济元无可奈何地指着陆浩宇笑了笑，又一脸严肃道，“市中院还好说，可要是提请市公安局立案侦查，还是公对公比较好，少不了我拿着手续亲自跑一趟。”

“好。”陆浩宇也收起笑脸，正色道，“市公安局还不清楚是不是有人参与其中、充当保护伞，还是得小心一点儿，知道的人越少越好。”

“那是自然。”徐济元想了想，“我会和汉臻书记去找学义局长，好好谈谈事情的严重性。我觉得，他还是有这个政治敏感性的。”

“可你有没有想过，”陆浩宇看了一眼徐济元，小心翼翼道，“万一，程局长就是幕后呢?”

徐济元没说话，思考许久，才缓缓道："想是肯定想过，但就目前形势而言，我们别无选择。要想顺利推进工作，就得有市局通力配合。况且，有怀疑精神是好的，但不能无证据地盲目怀疑，更不能因噎废食，贻误战机。要知道，我们整个干部队伍还是好的，不能因为出了几个害群之马就全盘否定，看谁都像有问题。"

"徐书记说的对。"陆浩宇脸色微微一红，诚恳道，"是我太狭隘了。"

"不是你的问题。"徐济元平和地笑了笑，宽慰道，"我当室主任时也这样，这是长期从事的职业性质使然。对于办案人员来说，有怀疑精神是必不可少的工作素养，是好事。你只需时刻保持清醒，把握好度和边界就可以了。"

"好。"陆浩宇脸色随即释然，"市中院那边，我准备自己去。尚且不知天宸集团到底牵扯谁，了解案情的范围还是越小越好。"

"可以。"徐济元点点头，"一会儿我就给驻市中院纪检组组长吕文潮打个电话，通通气。对了，你和文潮书记熟不熟？"

"不是很熟，不过移交天宸集团案的一面之缘。"陆浩宇看着徐济元笑了笑，"本想请老徐你老人家给介绍介绍呢。"

"行。"徐济元点上一根烟，吸了一口，略一思考，"这个文潮书记，也当真一个传奇人物。"

"哦？"陆浩宇好奇道，"怎么个传奇法？"

锡山小区 13 号楼 3 单元 602 室

"不好意思啊，各位哥哥。"小依把牌摊开，莞尔一笑，"我好像，又胡啦。"

"有没有搞错？"赵焱大声嚷嚷，看了一眼小依的牌，"还是大四喜？"

"就你这个，还说自己打得不好？"李伟一边拿钱，一边抱怨，"看来，你是铁了心想把几位哥哥榨干喽。"

“人家要榨也是榨孙总啊，你算哪根葱?”老黑把牌推进牌堆，看了一眼坐在一边喝茶的孙崇林，“你不会合伙跟这姑娘出老千吧?”

“少来！输不起，就别在这儿丢人。赢你们几个，还用得着出老千?”孙崇林放下茶杯，不屑道。

老黑仍不甘心，盯着小依问道：“妹妹，你和我们说实话，以前是不是当过荷官？怎么下手这么狠?”

“没有呀，都是运气。”小依天真地笑笑，眼睛眯成一条线，“可能因为孙哥把这个位置坐香了，好运也就跟着传到我身上啦。”

“嗯，确实是老孙坐过的。”李伟猥琐地看向小依，嘿笑了一声，“要我说，老孙传到你身上的不光是好运吧。”

几个人不怀好意地笑了起来，孙崇林也忍俊不禁。只有小依好像明白了什么，坐立不安地红着脸，满是窘态。

市纪委监委办公楼601室

“文潮书记和洵钧一样，都是从基层走到市里的干部。不同的是，洵钧在副处的级别上一干就是二十年，而文潮在正处的岗位上也干了十个年头儿了。”徐济元呼出一口烟，缓缓道。

“十年?”陆浩宇明显有些吃惊，“吕书记看上去很年轻。”

“不是看上去年轻，而是他本来就年轻。”徐济元看了他一眼，“细算起来，好像正好大你十岁。”

“那怎么——”

“这就是为什么说传奇了。他可是创下了咱们岚江好多个最。文潮是团干出身，二十六岁就干了岚江团市委副书记，是最年轻的实职副处级领导干部。二十八岁下放到温上县，任县委常委、纪委书记，成为最年轻的县委常委。三十三岁任温上县委副书记，兼温上县经济开发区党工委书记，成为最年轻的正处级领导干部。要知道，那个年纪的正处，可是非常有竞争力的，在县里干书记、县长自然不在话下，副厅也不过是囊中之物。就在我们纷纷猜测文潮的天花板是正厅还是副部时，他却干了一件让我们都意想不到的事。”徐济元叹了口气，仿佛在替他惋惜。

“是什么?”陆浩宇听得入了迷。

“应该是在干温上县委副书记的第二年，文潮的父亲突发重病，长期卧病在床，需要照顾。他弟弟在外地当兵回不来，妻子还得照顾不满三岁的孩子，无暇分身，他就主动要求调回老家。组织上哪舍得啊，好不容易培养一名优秀的年轻干部，回到市直，优势发挥不出来，大材小用。温上县委书记、县长，市委组织部长，轮番上阵做工作，劝他在县里多待几年，充分施展才能和抱负。文潮丝毫不为所动，坚持申请调回。市委组织部长说市里没有空的正处级领导岗位，文潮就说没关系，干副职，哪怕虚职都可以。”徐济元缓缓道。

“吕书记真是重情重义之人。”陆浩宇不由感慨道，“后来组织同意了?”

“是啊。有时我就想，换作我，是否这般洒脱，是否有这个魄力和勇气?答案自然是没有。”徐济元起身倒了杯水，喝了一口，“刚开始组织还是坚决不同意，甚至惊动了当时的市委副书记，现在的市委书记王渝，亲自找文潮谈话。但也正是那次，文潮最终说动了王书记，获准回到了市直。”

“我很想知道，吕书记是怎么把王书记说动的?”陆浩宇满脸期待。

“也是道听途说，不一定准确。大概意思是：王书记，我知道组织的心意，也感谢组织信任。但自古忠孝不能两全，为人子，当先尽孝于父母，方能尽忠于国家。父亲可能时间不多了，我顶多能照顾他五年，但我可以为国尽忠一辈子。我不想看到‘子欲养而亲不待’的事在我身上发生。前途对于我而言是很重要，但不是必需品，更不是我生活的全部。至于组织说的大材小用，就更不存在了。不管在什么岗位，只要干的是有益于国家、有利于人民的事，那就是人尽其用，那就是发挥了自己最大的作用。反过来说，要是我连生我养我的小家都顾不上，一味往上爬，说好听了是听从组织安排，可说难听了就是不孝。一个不孝之人，又怎会奢望他真心实意地去为国家尽忠，为人民尽忠？所以，我郑重地再次向组织提出申请，请组织批准我回去，好好地尽一次或者说最后尽一次孝。”

陆浩宇被深深震撼到了，饶是斗转星移，饶是物是人非，饶是这话只是从徐济元的嘴中说出，但仍振聋发聩般盘旋在他的脑中，久久不散。

潮 声

市纪委监委办公楼 601 室

“吕书记这番话情深意切，时隔多年听你亲口讲述，听着都极为震撼，想必王书记当时身临其境，也会动容的。”陆浩宇说道。

“是啊。王书记和市委组织部、温上县委沟通了，最终同意了他的申请。可那时既不是换届年，又不是市里大范围调整干部，市直单位的正处级领导岗位都满了。无奈之下，组织只好安排他到市中院任正处级审判员。不仅从实职变成了虚职，甚至连党组成员都不是。即使这样，他也欣然接受。”

“后来呢？”陆浩宇忍不住问道。

“再后来，过了几年，市中院班子成员调整，有了空岗位，他才由虚转实，担任市中院党组成员、纪检组长。一直到年前，咱们市派驻机构改革，决定撤销公检法三家单位原有纪委和纪检组，改由市纪委直接分别派驻纪检组。关于原来单位纪委和纪检组人员，组织逐个谈话，征求本人意见继续留在原单位还是转隶到市纪委。和文潮的谈话，还是我去的。”说到这里，徐济元突然停住了，神秘地笑了笑，“浩宇，我得考考你了，你觉得文潮会怎么表态呢？”

陆浩宇略一思考，随即笑道：“从最后的结果来看，吕书记选择了转到市纪委。可既然你都这么问了，那就绝对不可能像看上去这般简单。要我猜的话，吕书记应该没有表态。”

“差不多。”徐济元点点头，“当时，文潮一脸诚恳地说：徐书记，组织这次问我意见，我的答案就是：完全听从组织安排。我和组织讨价还价过一次了，这次和以后，我绝对不会再因个人喜好跟组织提要求。况且，凡是涉及人员变动等较大的机构改革，必然有不稳定的隐患，组织需要操心的事太多了。请徐书记代为向组织转达我的态度：我坚决无条件服从组织的需要和决定，请组织放心。”

“所以，市纪委就把吕书记收编了？”陆浩宇笑道。

“那还有跑？”徐济元也跟着笑了起来，“本身能力就很强，加上对市中院的工作熟悉，前后衔接起来也会顺畅，我们哪里有拒绝的道理？”

“要我看，你和贺书记啊，早就打吕书记的主意了，对不对？”陆浩宇盯着徐济元，笑着问道。

“嘿嘿，算你小子聪明。”徐济元也不否认，大大方方道，“我们这叫求贤若渴，懂不懂？我们的打算是，就算文潮不想来，也要尽量做思想工作，把他争取过来。没想到他会这么痛快，也省了我们一番口舌。”

“让你这么一说，我倒是想尽快去见见吕书记了。”陆浩宇淡淡一笑，满脸期待。

锡山小区 13 号楼 3 单元 602 室

小依看了一眼手机，将近下午 4 点了，这些人丝毫没有要结束的样子，不禁暗暗着急。

“小依，到你了。”看她心不在焉，李伟假装提醒，趁机摸了一下她的手。

“哦哦哦。”小依机械地应道，麻木地打出一张牌，拿起手机，找到通讯录里的一个闺蜜，发出一条信息。“脱不开身。十分钟后打我电话，什么都不用说，保持通话就行。”

市纪委监委办公楼 611 室

“大体就是这样。一定要记住，以外围核查为主，从唐巙的成长和工作经历入手，多思考，多分析。有任何发现，马上回来汇报。要是没问题，明天就开始。”陆浩宇给江峰和赵涵介绍了任务。

“没问题。”江峰应了一声，和赵涵对视一眼，相继走出办公室。

“陆主任，那我干什么呢？”坐在沙发上的张沐源问道。

“别急。”陆浩宇看了一眼挂在墙上的钟表，笑着说道，“等展津来了再说。”

锡山小区 13 号楼 3 单元 602 室

手机响了，小依若无其事地去书房外接听。一会儿后回屋，故作自然地对孙崇林说：“孙哥，店里有事要我回去，我先走一步。”

“不行。”孙崇林眉头一皱回绝道，“什么事啊，还非你不可了？”

“就是。不能赢了就走啊，这不合规矩。”老黑嘟嘟哝哝道。

“实在不好意思啊，各位哥哥。店里人手实在紧张，老板娘让我抓紧回去顶班。”

“够了，别装蒜了。”孙崇林恶狠狠地看了她一眼，不耐烦道，“我这几个兄弟都知道你是干什么的。跟嶙姐说一声，今晚我包你了，有问题让她找我。”

“孙哥——”小依脸色一变，刚想说什么。

赵焱在一旁起哄道：“小依妹妹，你就依了我们吧。都知道你是场子里的红人，但什么事都得有个先来后到啊。你人都来了，就踏踏实实在这里好好陪陪哥几个。咱们决战到天亮。”

“就是。老孙整天夸你味儿正，今天好不容易来了，怎么着也得让我们尝尝吧。”李伟说完，就开始动手动脚的。

“滚滚滚，有你们什么事？”孙崇林指着李伟等人骂道，“还打不打了？要是还想打，我就陪你们到晚上 7 点。要是还存别的心思，我现在就带小依走。别在这儿白费口舌了，老子的女人，不想和人分享。”

“还挺护食儿。”老黑嘟哝道，“孙总，别因女人伤了弟兄们和气。来来来，你陪我们继续玩儿！就按你说的，打到 7 点，输赢自负。”

孙崇林点点头，起身走到小依的座位上坐下，白了一眼她，没好气道：“滚出去等着！给你脸你不要，还真把自己当个人了。”

市纪委监委办公楼 611 室

“小宇子，我来啦。”展津兀自推门走进办公室，看了一眼张沐源，戏谑道，“哎呦，沐源徒弟也在。”

“是呀，展公子。”张沐源笑嘻嘻道，“陆主任明明说你 4 点就过来，你整整迟到二十分钟了？”

“堵车啊。堵车懂不懂，我开的又不是飞机，自己又没长翅膀。你还想让我飞过来啊？”展津强词夺理。

“堵车我懂，但 4 点就堵车我要能懂才奇了怪呢。”张沐源嘟嘟嘴，又盈盈一笑，眼睛眯成一条线，“不过，你刚才说的倒是让我想起来一个笑话。展公子有兴趣听吗？”

“说来听听。”展津一屁股坐在沙发上，嬉皮笑脸地盯着张沐源。

“话说有一小虫在地上蠕动，小动物都不愿意和他玩。这时，一只美丽善良的蝴蝶看到了它，对它说：‘孩子，不要自卑。你知道吗，我小时候也是毛毛虫哦。’小虫听完，高兴地看着它问：‘那我长大也会变成美丽的蝴蝶吗？’蝴蝶说：‘那倒不会，因为你是一只蛆。’”说完，张沐源略带狡黠地看着展津，“哎？展公子，你不是嫌没长翅膀飞不起来吗？你不能变成蝴蝶吗？”

“不啊，太花哨了，不符合本公子的气质。”展津想也没想就回道。

“哦，这样呀。哈哈哈，展公子，你居然承认自己是蛆。”张沐源坏笑起来，“哈哈哈，看来你还是很有自知之明的嘛。要不以后不叫你展公子了，叫你大蛆哥吧。”

“你——”展津哭笑不得，却无处发作，极力平息内心的怒火，缓缓道，“那你呢，沐源徒弟，你想不想变成蝴蝶？”

“我？我为什么要变成蝴蝶呀？”张沐源故作惊讶道，接着又甜美一笑，“我本来就比蝴蝶好看呀，我可是仙女。”

展津愣在沙发上，哑口无言。

“展公子啊，我看算了吧。你还好意思喊沐源徒弟呢，也不数数这是第几次被徒弟驳得毫无招架之力了？”陆浩宇笑着看向展津道，“好了，不闹了，说说工作吧。有什么发现没有？”

展津闷哼一声，不甘心地看了张沐源一眼，投去一个挑衅的目光，又回过神来正色道：“中午你让查的那事，有了一些眉目。”

张沐源倒了一杯热茶，递给他，不自觉道：“哦，什么眉目？”

展津接过茶杯放到茶几上，道了声谢，仿佛之前的事都没发生过，“我先去查了孙崇林有无违犯治安被拘留的记录。查证没有后，我又突发奇想，会不会他有严重交通违法的行为，就驱车上市交警队查了记录。市交警队还在老城区，来回耽误了时间，就迟到了。结果你猜怎么着，还真被我查出来了。”他吊人胃口一般，端起水杯来，不紧不慢地喝了一口。

陆浩宇见状，笑了一下，“展公子，你就别卖关子了！快说说，到底查到了什么？”

“就喜欢看你着急的样子。”展津嘿笑了一声，把茶杯放下，“五年前的一份交通事故认定书显示，孙驾车去梅口的路上把人撞至重伤，企图逃逸。好在过路的好心人发现，将他连人带车拦下并报了警。交警队赶到现场，把他抓获并带去验血，他血液中酒精含量为237.93mg/100ml，属于严重醉驾。交警队认定，孙承担事故的全部责任。”

“就这些？”张沐源一脸疑惑。

“对。”展津应了一声，“怎么，嫌少啊？”

“不是嫌少，而是有些奇怪。”陆浩宇摇摇头，“按常理，醉驾逃逸，又致人重伤，构成危险驾驶罪了。怎么没见任何后续处理？重伤的人后来怎么样了？”

“这个我就不知道了。至于为什么没处理，我也不清楚。现在能找到的就只有这个认定书，再无下文了。”

“嗯。”陆浩宇若有所思地点点头，“你刚才说孙崇林是在去梅口的路上出事的？”

“对啊。你不知道吗？孙崇林就是梅口人，回老家很正常。”

“我不知道。”陆浩宇静静地摇摇头，“你从哪里查到的？”

“从市委第四巡察组提供的孙崇林干部信息登记表。我和沐源都看过，还是你亲自递给我们的。”说罢，展津看了一眼张沐源，张沐源也轻轻点了点头。

梅口？陆浩宇吃了一惊，但不动声色地从保密柜里找出孙崇林的登记表。果然，籍贯一栏写着“梅口”。这份登记表他是看过的，但当时千头万绪，确实没有仔细研究，要不是展津提醒，险些漏掉了这条重要线索。想到这里，他不禁有些自责和懊恼。

“要说这事也奇怪，个个都和梅口有关系？”展津自言自语。

“都？”陆浩宇眉头一皱，盯着他，“你这个‘都’，是什么意思，说清楚点儿。”

“就是孙崇林啊，李岩啊，还有王铮、王嶙、王岣，不都是梅口的吗？”展津有些诧异道。

“王峥和王嶙也是梅口的？”

“对啊，还是亲兄妹。”陆浩宇和张沐源面面相觑。“许超查过呀。我以为是你或江峰安排的，还想当然地认为你们都知道了。”

“兄妹？我不知道，也没人跟我说过。”陆浩宇控制住内心的波澜，平静地摇摇头，“你怎么知道许超查过？”

“为了保护公民的合法权益和隐私，我们系统在不断升级。现在只要是查询个人信息，需实名登录，并会留下访问痕迹。一旦泄密，也会有迹可循。”展津一边介绍，一边像是想到了什么，低声道，“对啊，许超可是程局长的人。”

陆浩宇没说话，过了半晌道：“李岩你是否也查过？”

“当然查过。”展津皱起眉头，“但因为没有身份证号，单纯的模糊查询不够准确。根据检索，整个岚江市叫‘李岩’的有十六个，都是五十四岁以上的老人和十五岁以下的儿童，不符合你们介绍的年龄段。所以，我也就没和你们说。”

“如果查不到，那说明什么呢？”张沐源问道。

“什么也说明不了。查不到的原因有很多：有可能改过名字，有可能是假名字，有可能是谐音，有可能从没登记过户籍信息，甚至有可能——”展津顿了一下，看向张沐源沉声道，“刻意清除过信息。”

张沐源也皱了一下眉头，不再说话。整个办公室异常安静，空气竟似凝固了一般。

李岩、王铮、王嶙、王峋、孙崇林都是梅口人，卫应屹更是梅口县公安局局长。他们是否因为梅口而结识的呢？没有直接安排过许超任务，很清楚许超是程学义的亲信。是不是程学义授意许超去查，查完又不向核查组汇报呢？还有唐巙，在营水区环保局上班，是否也和梅口有关？想到这里，陆浩宇打破沉默，看向张沐源道：“沐源，你去把江峰喊出来，单独问他，许超是否跟他介绍过王峥的身世。还有转告他，尽快调阅唐巙的干部信息登记表，越快越好；其他的按部就班查。江峰问起干什么，就说不知道，陆主任安排的。”

张沐源应了一声，转头出去了。过了一会儿，陆浩宇问展津：“上次我让你查王峋被梅口县公安局抓捕后市公安局有谁给卫应屹打过电话，有结果了吗？”

“查是查到了。”展津轻轻叹了口气，“太多了。那几天，一起市县联合调查的绑架案需要处理，市局很多人都给卫应屹打过电话。从程局长到分管副局长，再到各业务科室，我得挨个排查。”

“好。你可以精确到天，看王峋具体哪天被抓的；从那个时间点往后捋，就会减少许多工作量。单次通话时间太短或太长的，可能性也不太大。”陆浩宇对展津说。

同时心中的疑团却没有说出来：程学义为什么直接给卫应屹打电话呢？单纯为一件案子兴师动众，局长亲自打电话过问吗？是不是别有他意？

正想着，手机铃声响了起来，赫然现着“吕文潮”的名字。陆浩宇不假思索，接起了电话。

一个雄厚而又带磁性的声音传来：“浩宇主任，你好！我是吕文潮。”

内 外

市纪委监委办公楼611室

陆浩宇看了一眼展津，做了一个噤声的手势，毕恭毕敬道：“我知道，吕书记。存过您的手机号码。您好，请问有什么指教？”

“指教可不敢当。”吕文潮的声音里透着一股莫名的亲近感，“徐书记中午给我打电话，安排了两件事。我想先简单和浩宇主任介绍一下情况。”

“好，那就麻烦您了。”陆浩宇顿了一下，“还有，吕书记，您直接叫我浩宇就行。”

“嗯，浩宇，那我就不客气了。”吕文潮也不再客套，直接进入主题，“关于转来的案子，涉及市中院干警的问题，我们基本核查清楚了。但随着核查的深入，这个案子可能牵扯的人员比较复杂。我想等进一步理顺之后，再和你详细沟通。”

“可以。”陆浩宇略一思考，答应了下来，“目前还不是很着急。

我也知道，派驻组人手紧张，您可以按原定计划推进。”

“人员紧张只是客观情况，我们会自行克服，这个你放心。徐书记既然亲自调度，想必事关重大，我们一定全力以赴，尽快拿出结论和处理意见，不会让你和徐书记等太久。”吕文潮严肃道。

“好。非常感谢吕书记的理解和支持。”陆浩宇轻轻一笑，诚恳地说道。

“浩宇啊，我不跟你客气，你也不要和我生分了。”吕文潮爽朗地笑了，“再说说另一件事吧。我确实查到了一些东西，当面找你说还是电话沟通？”

“如果不涉密，电话说就可以。”陆浩宇想了一下，按下手机的免提键，示意展津过来听。

“行，那我就隐去名字。”吕文潮停了一下，有条不紊道，“五年前，梅口县人民法院受理过一起民事案件，被告就是徐书记让我查的人，暂且称为 C 先生。一天夜里，C 先生在梅口县地段的公路上醉驾，将一位行人撞至重伤后企图逃逸，被路人拦截未遂。被撞行人因抢救无效死亡，家属将 C 先生诉至梅口县人民法院。法院立案后，积极协调双方当事人，意在达成民事赔偿调解。最后，C 先生赔偿一百万，家属随即撤诉。案结事了，再无纠纷。”

“撞死了？”陆浩宇有些惊讶，和展津对视了一眼。看他也是同样的表情，又问，“只有这一起案子吗？”

“是的。”吕文潮不紧不慢道。

陆浩宇略一沉思，“吕书记，关于涉诉案件，我知之甚少。您是行家里手，我想请教一下，您有没有觉得存在一些疑点？”

“你指的是哪方面？”吕文潮不答反问道。

“关于民事赔偿方面，原告得到应有的赔偿，同意撤诉也是情理之中。只是——”陆浩宇想了一下，果断地说，“只是这件案子，远非普通民事案那么简单吧？当事人醉驾，撞伤行人并致人死亡，应该构成危险驾驶罪了吧？理论上不该由检察机关提起公诉，追究当事人刑事责任吗？”

“理论上来说，是这样的。”吕文潮的声音里仍听不出一丝波动，“而且，这甚至不是普通的危险驾驶罪了，已构成交通肇事罪。按正常审理程序，应由梅口县检察院提起公诉。刑事责任肯定跑不掉；从情节来看，可能会判C先生七年左右，甚至更长。”

“七年？”陆浩宇略有些吃惊，但仍尽量平静地问，“吕书记，您觉得检察院何不提起公诉呢？”

“很抱歉，浩宇。”吕文潮道，“这个问题，我回答不了你。”

“好，我明白了。”陆浩宇点点头，郑重其事道，“这些信息已经非常宝贵了，非常感谢吕书记。”

“有用就好。”吕文潮微微一笑，“浩宇还有别的疑问吗？”

“没有了。”陆浩宇看了一眼展津，看展津也摆摆手，就说道，“等另外的案子有了眉目，您告诉我一声，我去市中院当面拜访您。”

市中级人民法院办公楼807室，纪检组组长吕文潮办公室

“没问题，顺便检验我们组里的办案质量。浩宇，没别的事我先挂了。”挂掉电话，吕文潮脸上浮出一丝凝重。

“浩宇也察觉出不对劲了，是吗？”说话的是市纪委驻市中院纪检组副组长刘清越。此刻，他正坐在沙发上。身边坐着的还有市纪委驻市中院纪检组副科级检查员孔杰。

“是啊。”吕文潮几乎不可察觉地叹了口气，“这么明显，他不可能判断不出来。”

“那陆主任有没有说让我们去调查了解一下？”孔杰略一皱眉，问道。

“这个倒没有，想必他自有打算。”吕文潮说道。

“这是小事。天宸集团的案子才是要命的。”刘清越看向吕文潮，“文潮，你打算把咱们的核查情况全部告诉浩宇吗？”

“嗯。”吕文潮点点头。

“那么，你是打算把这个案子的底全都兜出来。你可想清楚了?”刘清越犀利的眼神直勾勾地射向吕文潮。

“想清楚了，刘老哥。你就放心吧。”吕文潮看着刘清越，笑着说道。

“我有什么不放心的?监督责任的板子要打也是打你身上。不到三个月就退休了，我有什么好怕的?”刘清越说道。

市纪委监委办公楼611室

“你刚才说派驻组人员紧张，是怎么回事?”展津看了陆浩宇一眼，一脸疑惑道。

“这个说来就话长了。”陆浩宇想了一下，徐徐说道，“派驻机构改革后，市纪委共派了十六个纪检组到驻在部门办公，包括十个综合派驻组和六个单独派驻组。综合派驻组一般负责联系八至十个市直单位，每个组配备五个人。单独派驻组虽然只负责联系一个单位，但都是公权高度集中的大单位，每个组配备三个人。这么少的人员和繁冗的工作量比起来，远远不成正比。除此之外，要是碰到委机关有什么重大活动或上一些大案，也会从派驻组抽一些得力干将过来帮忙，有时一抽就是几个月。”

“比如袁清?”展津恍然大悟道。

“对。”陆浩宇苦笑一声，“当时我也是硬求着徐书记，让他亲自和驻市住建局派驻组协调才要来的。”

“嘿嘿，小宇子，你有点儿不厚道啊。知道派驻组缺人，还硬要抽袁清。”展津一脸坏笑地看着他。

“刚跟徐书记学的，这叫求贤若渴懂不懂?都是为了工作。”陆浩宇略带尴尬地笑了两声，又正色道，“再者说，委机关和派驻组本来就应相互体谅、相互扶持，平时派驻组上案，我们也会尽心竭力。”

“好好好，你们是相亲相爱的一家人，我这外人就只有羡慕的份儿了。”展津笑道，“说起上案子，驻中院组的吕书记没说天宸案办得怎么样了？会不会涉及我曲叔？”

“涉不涉及不知道，应该快有答案了。”陆浩宇叹了口气，感慨道，“不过说到派驻组，最不容易的恐怕就是驻市中院纪检组了。”

“哦，说来听听。”展津好奇道。

“我听徐书记和其他人说的。”陆浩宇略一沉吟，“副组长刘清越书记还有不到三个月就要办理退休手续了，身体又不好，隔三岔五就请病假去住院输液，输完液再去上班。唯一的工作人员孔杰又经常被委机关抽调外出，很少在组里办公。较长的时间里，驻中院纪检组只有吕书记一个光杆司令。即便这样，他也丝毫不以为意，不抱怨、不诉苦，很多工作亲自上阵。这还不算，自派驻机构改革以来，驻中院纪检组收到的信访件差不多能赶上五六个综合派驻组的总和。这么大的工作量，能勉强维持日常运转就很不易了，我真是没想到，他们能这么快完成对天宸集团案的核查。”

“你这么一说，还真是。”展津附和道，又转念一想，“不对啊，刘书记身体不好，又马上要退了，干吗不直接请病假到退休？输完液还去上班，犯得上吗？”

“这个刘书记啊，你是不知道。”陆浩宇笑着摇摇头，“他是我们市纪委的老人了，平日最是嫉恶如仇、心直口快，看不惯的人和事也不会顾人脸色，直接说在脸上，为此得罪了不少人。但刘书记偏偏一身正气和傲骨，不仅为人热情，而且做事认真，让人找不到把柄。你想想，这样的人会安心躺在家里养病吗？”

市中级人民法院办公楼807室

“哎哎哎，刘书记，消极思想要不得。你可得站好最后一班岗，发挥好传帮带的作用。”孔杰开玩笑。

“不打紧。刘书记也是一心为我好，我明白。”吕文潮微笑着看向刘清越，“可刘老哥，我必须这么做。就算板子真打下来我也认了，谁让监督责任本来就是我呢！”

“认什么？这都多少年前的事了？那时市中院的纪检组长是谁都不知道，反正不是你。”

“是谁不重要，重要的是问题发生在我这任上，我就有责任。”吕文潮正色道，“况且，这板子也不会随便打的，委里会充分考虑、划清责任，该是谁的，谁也跑不了。”

“随便你吧。”刘清越叹了口气，“你也不打算和萧院长沟通一下吗？孙崇林的事查了不说也就罢了；天宸集团的案子再不说可就说不过去了。毕竟人家是市中院党组书记、一把手，你这个党组成员还得寄人篱下呢。”

“说是一定会说的，不过得找合适时机，让萧院长有充足的心理准备。”吕文潮若有所思道。

“行，哈哈。文潮啊，共事不到一年，你的转变我可是实实在在看在眼里。以前我还老是担心，你的身份划归市纪委，办公地还在市中院，接触的也都是老熟人，怕你放不开手脚。现在看来，这些担心都是多余的，你还是分得清内外的嘛。”刘清越笑着打趣道。

“可不是嘛，我的办公室、办公桌、办公用品还都是以前的。”吕文潮跟着笑了，旋即神色一凛，“不过，说到内外，我可没有这样的想法。在我眼里，内外的界限只有党纪国法。不管是谁，遵纪守法的就是内，违法乱纪的就是外，没有回旋余地。”

市纪委监委办公楼 611 室

张沐源走进办公室，关上门轻声道：“我和江主任说过了，请他尽快调来唐夔的干部信息登记表。他没问什么，满口应了下来。江主任说他没有安排许超查王峥等人的信息，许超也没有主动和他提过。”

“好，知道了。”陆浩宇一副意料之中的表情，“你先坐下吧，我有事要跟你们说。”

张沐源应了一声，在沙发上坐定，看了一眼展津，展津摊摊手。

"展公子、沐源，你们继续盯孙崇林那条线，全面研究他的各项信息，分析出他的性格特点，并找出他和其他几个人的联系。特别是梅口，看他们之间到底有多少重合点。"

"可以。"展津痛快地答应下来，"要从梅口县检察院为何不提起公诉查起吗？"

"梅口县检察院？公诉？我错过了什么？"张沐源八字眉一皱。

"这个，回头展公子跟你细说。"陆浩宇思考片刻，看向展津道，"检察院那边先放一放。不管什么理由，都说不过去的，甚至是有人指使，但核查难度太大，不利于短期突破。我倒是想，先查查孙崇林的婚姻登记情况，看他和岑玉露是在撞人前还是之后登记的。对了，公安系统能不能查到？"

"这个不能。"展津摇摇头，"公安的系统只能查到是否结婚，看不到具体登记情况。要想查，得去市民政局。"

"好啊。"陆浩宇笑了笑，又看向张沐源，"那你们跑一趟民政局吧。"

豪生大酒店 1011 房

"啪！"一进房间，关上门，孙崇林就反手狠狠地打了小依。

小依没防备，一下子被打倒在地上，捂着脸，眼泪不由自主地流了下来。

"你个小贱人，别在这儿装可怜了！"孙崇林指着她骂道，"在老黑家就开始装，还敢公然驳我面子，胆子挺肥啊！怎么着，不到一天工夫赢了几万，是不是觉得自己特厉害，就飘飘欲仙找不到北了，就能飞上枝头变凤凰了？我呸，也不照照镜子，看看自己到底是个什么东西！实话告诉你，今天我能让你赢几万，明天就能让你翻倍输回去！你以为老黑他们是傻子？那都是想通过我揽工程的，是变着法儿给我钱、巴结我的，懂不懂？没让你把钱吐出来就不错了，还敢在这儿给我装。"说罢，又是一阵拳打脚踢。

小依蹲坐在地上，双手抱着头，一边哭一边求饶。

过了一会儿，许是打累了，孙崇林气喘吁吁地走到床边坐下，点上一根烟，轻蔑地看着她："懒得打你了。你自己有点儿数，想想以后该怎么做。快去洗干净了，好好伺候老子，也对得起你赢的钱。"

小依唯唯诺诺地应了一声，站起来，一步一摇地走进浴室，打开水龙头洗了把脸。看着镜子里头发散乱、鼻青脸肿的自己，摸着火辣辣的脸，她终于下定决心，从包里拿出手机，找到备注名为"公哥"的号码，编辑了一条信息，想了想，终于点了发送键。

"豪生大酒店，1011。大圣在。"

降 妖

味来餐厅

"哎呀，跟着陆主任加班就是好，还能出来吃大餐。"张沐源在大厅的卡座坐下，边笑边感慨。

"你少来。这可是本公子掏腰包请的，拍马屁也得有个度啊。"展津在对面坐下，不满地冲着她嚷嚷。

"行了，我替沐源谢谢你。"陆浩宇挨着展津坐下，笑着看了展津一眼，把菜单推到张沐源面前，"沐源，喜欢吃什么就点。"

张沐源甜甜地道了声谢，接过菜单看了半天，却完全傻了眼。放眼望去，菜名稀奇古怪，一个也看不懂，又不好意思挨个问，就把菜单推还给陆浩宇，低声道："陆主任，我没忌口，吃什么都行。还是你来点吧。"

"那我来。"展津一把抢过菜单，轻车熟路地点菜，"凤入竹林、朱丽叶、一青二白、哆来咪，再来一碗乌云遮日。先这些，不够再说。"

服务员一一记下，接过展津递来的菜单，鞠了一躬后离开了。

看着服务员离去的身影，张沐源终于忍不住了，皱眉问道：“陆主任，展公子点的都是什么呀，一个都听不懂。”

陆浩宇笑了笑，耐心解释道：“凤入竹林是竹笋炒鸡肉片；朱丽叶呢，是板栗荷叶烧肉；这一青二白，是油菜豆腐；还有哆来咪，是蟹粉虾仁；最后的乌云遮日，是紫菜蛋花汤。”

“哈哈，还别说，都挺形象的。”张沐源清爽地笑了几声，又歪着脑袋想了半天，“唯独这哆来咪，跟蟹粉虾仁好像不沾边。”

“这你就不懂了吧。”展津满脸得意道，“蟹粉虾仁的食材搭配是一两蟹黄、二两蟹粉加三两虾仁。一二三，正好对应音符里的哆来咪。”

“不错，不错。”张沐源啧啧称奇道，“这么有趣的饭店，是谁发现的？”

“当然是展公子。”陆浩宇笑道，“这原来是展公子的据点，请我们吃饭就在这里。刚才点的，好几个都是店里的特色菜。”

张沐源扭头转向展津，看他一副趾高气扬的样子，到嘴边的好话又硬生生咽了回去，忍不住嘲讽道：“哦哦哦，原来是大蛆哥。哈哈，果然吃的不同凡响、口味独特啊。”

“你——”展津指着她，怒目而视，“有本事别吃。”

“我为什么不吃？这一清二白可说的是我们纪检干部，不但要吃，还要吃光。”张沐源笑眯眯道。

话音刚落，展津的手机响了起来。他漫不经心地拿出来扫了一眼，顿时眼中冒出两道精光。四周看了一圈没人后才压低声音，兴奋道：“小依来信息了，正和孙崇林在酒店。”

“可靠吗？”陆浩宇连忙沉声道。

“应该可靠，她没有骗我们的理由。”展津不假思索。

“好。”陆浩宇略一思考，“这饭先不吃了。马上找个地方商量对策，立刻行动。”

“没问题。”展津应了一声，又起身把服务员喊过来，递过去一张卡，“买单，没密码。菜不退了，下了锅的找个顺眼的桌送了，没下锅的就给你们省钱了。”

服务员不明所以地应了一声，走到收银台买完单，把卡还给展津，目送三人匆忙而去。

“看来大蛆哥请的美食，确实无福消受。”刚跑到门外，张沐源就上气不接下气地捧腹大笑道。

车牌号东 QHY905，白色波罗车内

“小宇子，有何打算？”一上车，展津就迫不及待道。

陆浩宇面容紧锁，深深呼出一口气，沉声道：“如果事情属实，就是绝佳的抓捕机会。不管信息可靠与否，都要当作真的来对待，抓是一定要抓的。迅速出击，尽量自然些。”

“自然？”张沐源八字眉一皱，诧异道，“什么意思呀，陆主任？”

“别让孙崇林感觉是冲着他去的。一来不让他怀疑小依；二来嘛，更可顺藤摸瓜钓大鱼。”陆浩宇似有所指道。

“钓大鱼？”展津也一头雾水，“你的意思是——”

“展公子，你设身处地地想想，假如你因嫖娼被警察抓了，首先要做的是什么呢？”陆浩宇不答反问道。

“没这个假如。”展津哭笑不得，“如果我是他，第一反应是求救，找人捞我。”

“没错。”陆浩宇微笑着点点头。

“你的意思是，抓捕后看市局有没有给他求情的。有，就极可能是一伙的，甚至是他的保护伞，对不对？”展津茅塞顿开，兴奋道。

“展公子说对，自然就是对了。”陆浩宇先是一笑，旋即正色道，“现在的关键是，你认不认识既信得过又精明能干、还是豪生大酒店所在辖区派出所的民警？当然，前提还得能出警。”

“你这要求还真多。”展津忍不住抱怨了一句，想了一会儿，又笑起来，“好在还真有那么个人。”

“谁？”

“城区中心派出所副所长司马永铭。”

豪生大酒店 1011 房

“砰砰砰，砰砰砰。”急促的敲门声响起。

“谁啊？”孙崇林把头从被子里探出来，朝门口吼道。

“查房。快开门。”门外一个年轻男声厉声喝道。

孙崇林一个激灵从床上弹起来，赤裸着上身，右手捂着胸口，惊慌失措地对小依说：“快去看看。”

小依应了一声，裹着浴巾走到门边，从猫眼向外看了看，回头小声道：“两个警察，还有一个服务员。”

“再不开门，我们就从外面开了。”

“开吧。”孙崇林重重地叹了口气，对小依说。

小依点点头。门打开后，她立刻回床上坐好，蒙上被子，只把头露外面。

一个三十左右的警察带着一个年纪小些的协警，一前一后走进房间。年纪稍大的警察正是司马永铭。

司马永铭环视一圈，敬了个礼，漫不经心道：“不好意思打扰两位。例行检查，请配合一下。”

“配合，配合。”孙崇林一脸谄媚道，“我们是情侣，合法的。”

“是吗？”司马永铭嗤笑一声，“你女朋友叫什么？”

“小依。”

“我问的是真名。”司马永铭佯怒道。

“真名她平时都让我喊她小依。不信你问她。”孙崇林指着小依说。小依见状，连忙点了点头。

“还没到问你，你别说话。”司马永铭冲小依斥责了一声，又转向孙崇林，“那你说一下你女朋友的家庭信息。”

“这——这些我都不知道。警察同志，事实上，我们刚认识三天，在网上聊得投机才出来开房的。我们什么都没干，就是聊聊天。”孙崇林越发语无伦次。

“是吗？聊天都聊到床上了？”司马永铭冷嘲热讽道，“那把聊天记录拿出来看看。”

“聊天记录——都被我删了，我有聊完就删的习惯。”孙崇林结结巴巴道。

“真新鲜。”司马永铭冷笑一声，又看向小依，“所以，你也准备告诉我，你也有这个好习惯？”

“我没有。”小依声若蚊蝇，低头道，“只是忘带手机了。”

“行。既然这样，就请两位跟我们回所里录个口供吧。”司马永铭不容置疑道。

“警察同志，有话好好说。我和你们市局领导平时都很熟。”孙崇林略带哭腔地央求道。

“是吗？”司马永铭白了他一眼，声色俱厉道，“那你和法律熟不熟？别废话了，穿上衣服走。”

市纪委监委办公楼611室

陆浩宇坐在办公桌前，低眉不语；张沐源在沙发上坐立不安，欲言又止；展津焦急地踱步。

突然，手机响了起来。看也没看，他就接了起来。

“先生，您好。我们是岚江市周易文化传播有限公司。请问您最近有什么感情、工作、生活方面的困扰吗？我们可以帮您免费测算。”一个温润的男声传来。

“干什么的？”展津先是一愣，随后怒气冲冲道，“你们晚上不休息啊？”

“周易文化传播，简单来说就是占卜。是这样的，先生，我们对随机挑选的有缘人免费测算，不分时间段。很荣幸通知您，您是我们第一百个打进电话的幸运客户。除了免费测算，我们还免费提供一次改运咨询。”男声流利地说。

“算命的啊，”展津极力压制怒火，“那你们有没有算到接下来我要说什么？”

“展公子，别急。应该快有结果了。”张沐源看着展津，柔声宽慰道。

展津正要开口，电话铃又响了起来。二话没说，他接起电话，劈头盖脸道：“还有完没完了，本公子不需要。”

“哟呵，发这么大脾气？”司马永铭的声音传来，“人我可是抓起来了。你不需要，我就放了啊。”

“哦哦，司马啊，我以为又是骚扰电话呢。嘿嘿，你别介意。你刚才说，1011都落网了？”手机开了免提。

陆浩宇和张沐源不约而同地起身，聚精会神地听了起来。只听司马永铭打趣道：“对，在我这儿关着呢。这不，特地打电话请示市局展科长，接下来怎么处理？”

“滚蛋，少跟我来这套！”展津假装没好气。他看了一眼陆浩宇，陆浩宇点点头。略一思考，他对着话筒道，“女的你先放一边，等我过去谈。你准备一下，立刻亲自审讯男的，一定把口供录扎实。对了，别忘了是突击查房。再派几个人手去你辖区内不同酒店，抓几个涉黄的嫌疑人。”

“放心，我有分寸。”司马永铭正色道，“我说你这迷魂阵摆得挺大呀。什么人物啊，神神秘秘的，还这么大费周章？”

“这个，有机会再说。”展津想了一下，“快去吧，千万不要让人提前接触那个男的。他要往外打电话，你先拒绝几次再放手。一定留意求情电话什么的，第一时间告诉我。”

“没问题。”司马永铭爽快地应了一声，挂掉电话。

“耶！”张沐源兴奋地喊出声来，“这个孙大圣，终于被降服了。抓个现形，看他还有什么话说。”

“什么大圣，顶多算一妖猴。”展津不屑道，又看向陆浩宇，“咱们现在过去吗？”

“去。”陆浩宇微笑着点点头，“去给这个妖猴再贴一道符！”

城区中心派出所讯问室外

司马永铭被人从讯问室喊出来，见到展津等人，一一热情握手。随后，目光落在陆浩宇和张沐源身上，一脸疑惑道：“敢问两位是——”

“陆主任，小张——其他单位的领导，联合调查里面那人的。以后再跟你详细介绍。”展津抢着答道，朝讯问室努努嘴，“怎么样？吐了多少了？”

“差不多吐干净了。”司马永铭给展津点上一根烟，又递给陆浩宇一根，陆浩宇摆摆手，道了声谢。自己点上一根，吸了一口，“刚开始还一个劲地喊冤，换了讯问方式就全招了。”

“什么方式？”张沐源忍不住好奇。

“山人自有妙计。”展津神秘莫测地冲着张沐源笑道。

“哼，还好意思说是我师傅呢，一点儿真功夫都不教，净教些没用的假把式。”张沐源白了展津一眼。

“嘿嘿，这种老套的激将法对我没用。”展津嘿笑一声，转向司马永铭，呼出一口烟，“我们去指挥室看着。你快进去吧，早点儿录完，免得夜长梦多。”

“走吧，两位。”展津把烟掐灭，笑了一声，“咱们去目睹一下这个孙大圣的真容。”

城区中心派出所审讯指挥室

指挥室设备一应俱全，不仅可以全方位看到讯问室每个角落，更能清晰听到里面发出的声音，哪怕是细微的翻页声。

此时的孙崇林正在局促不安地逐页核对口供，偶尔抬头时，一张三十岁左右精瘦的脸就呈现在指挥室的大屏幕上。

“别说，他这尖嘴猴腮的，还真像一只猢狲。”张沐源低声道。

“确实名副其实。”展津点点头，笑着看向张沐源，“不用压低声音。不开麦，里面什么都听不到。”

“司马所长做事利索。”陆浩宇盯着大屏幕看了一会儿，“你们是怎么认识的？”

“我们一批考入的市公安局。当时我和他的关系，差不多就像咱俩大学时一样。”展津笑着看了一眼陆浩宇，“后来，市局组织机关民警下派一线锻炼，自愿报名，这哥们儿就来了。”

“你怎么不来？”张沐源问道。

“各有利弊吧。”展津叹了口气，“所里锻炼机会多，但相对艰苦。局机关正好相反。我那时只想图个安逸舒适，也没什么野心，有吃有喝就很满意了。”

一提到吃，不知道谁的肚子突然“咕噜”了一声，三人这才意识到还没吃晚饭。张沐源苦笑了一声，“真是可惜了味来餐厅，我挺想尝尝‘哆来咪’的。展公子，你再请一次？”

上 钩

城区中心派出所讯问室

“警察同志，小姐出自夜寒休闲娱乐会所能不能删掉？”孙崇林指着讯问笔录，战战兢兢道。

“你觉得呢？”司马永铭没好气地反问道，“不是从会所来的，那么大一活人，难不成从地里冒出来的？”

“不不不，我的意思是，可不可以改成我从网上找的小姐，没介绍人，也无中间场所。”

“怎么着，你是想翻供啊，还是想让我们配合你录假口供？”司马永铭神色一凛，“孙崇林，你最好老实点儿！话是你说的，事是你做的，白的黑不了，黑的也抹不白。我劝你还是少费没用的心思了。有那个工夫，还不如好好回忆具体细节，据实招供，争取宽大处理。”

“是是是，不改了，不改了。”孙崇林连连擦拭了几把汗，“那——能不能先把手机还给我？”

“没问题。按规定，得录完口供才能还你随身物品。你先仔细核对，看有没有需要补充的。”司马永铭正色道。

“没有了。”孙崇林咬了咬牙，逐页在讯问笔录上签字、按手印。

司马永铭将讯问笔录从头翻阅起来，一边看，一边漫不经心地问：“你说找过这个小姐几次，交易地点都在哪里？”

“都是——都在豪生大酒店。”孙崇林的心骤然一惊，结结巴巴道。

“你确定？”看他神色异常，司马永铭直勾勾地盯着他问。

“我——确定。”孙崇林佯装镇静地答道。

刚想追问，却听到耳机里一个声音响起：“司马所长，暂时不和他纠缠这个问题。找个合适时机，暂停讯问。”

司马永铭先是一惊，随后判断出声音来源正是和展津同在指挥室的“陆主任”，就不动声色地确认了几个无关紧要的问题，假装如释重负般呼了口气，“暂时没有问题了。你不要离开，在候问室待着。等问完那个小姐，再结合你们的口供下个结论。”

“好好好。”孙崇林忙不迭地点头，“那，我可以去打个电话了吗？”

“可以。”司马永铭看了一眼摄像头，“一会儿有人给你送过去。”

城区中心派出所审讯指挥室

“陆主任，怎么不问了？他明显在说谎。我有七成把握，十分钟内让他吐个一干二净。”一进指挥室，司马永铭就迫不及待地问道。

“司马所长请稍安毋躁，既然演戏，还是全套的更好。”陆浩宇笑了笑，“可以切到讯问室的画面吗？”

“可以。”司马永铭在屏幕前操作了一番，画面就切换成功了。孙崇林步履蹒跚地走进候问室，一脸落寞尽收眼底。

“他的手机线路我监听了，通话可以全程听到。”司马永铭对陆浩宇说道。

城区中心派出所讯问室

“哟，孙哥，这么晚了还没休息呀？今晚不是小依陪你吗？怎么了，是不是那丫头又惹你生气了？”电话接通后，一个甜美的女声传来。

“别提了，小嶙。我被派出所抓起来了，你和岩哥想想办法，快点儿找人把我捞出去啊。”

“别着急，慢慢说！你在哪里？说话方便吗？”王嶙警觉道。

“我在城区中心派出所。”他看了一圈，“身边没人，方便。”

“那也不一定。说话一定要隐晦些，防止偷听。”王嶙压低声音，“你先说说，到底是怎么回事？”

“今晚早些时候，我和小依在宾馆待着，来了警察说查房。简单问了几句，就断定我嫖娼，把我和小依带到派出所录口供。直到录完，才把手机还我。”

“警察来时，你们在宾馆待多久了？是不是冲你们来的？”王嶙略一思考，问道。

“一个小时左右吧。感觉不像是冲我来的，录口供的警察问的都不在点子上。唉，都怪我太倒霉。”

“你刚才说录完口供了？”王嶙不理孙崇林，接着问，“都说什么了？”

“没——没说什么。”

“哎呀孙哥，这都什么时候了，还要瞒着我？快点儿说实话，到底说了什么？”王嶙语气里透着一丝责备。

“我真的没说什么。当时吓得大脑都不转了，有点儿说漏嘴，说小依是从夜寒出来的。”孙崇林声音越来越小。

“你呀，你呀，让我说什么好呀。”王嶙恨铁不成钢。

“小嶙，相信我，别的我什么都没说。警察还问我平时都去哪里交易，我只说了豪生大酒店，别墅和园子都没招。”看王嶙生气，连忙辩解道。

“停停停，别说了。”王嶙立马喝道，“我的好孙哥，嘴上能不能多个把门儿的？别什么都往外说。”

“我知道，我知道，我这不是着急吗？你快和岩哥商量一下怎么救我吧。”

“你怎么不找峻哥？他位高权重，认识的人又多，随便找人打个招呼就能成。”王嶙强忍怒火道。

“唉，小嶙，你又不是不知道我和那个老不死的是什么关系。他要是知道了，除了破口大骂，什么也不会干。这么些年，我实在看透了他，更受够他了。小嶙，思来想去的，我也只能向你求救了。我记得上次你不是说，有个市公安局的领导罩着你们吗？你行行好，跟他打声招呼，也就是一个电话的事。”孙崇林口不择言。

“我什么时候跟你说过？你记错了，没人罩着我们。好好好，孙哥，别说了，我这就想办法。你冷静冷静，没什么大不了的。千万稳住，别再乱说话了。”说完，不由分说地挂了。

盆栽艺术协会，椒房

“我真是服了，孙崇林这个傻货，明明在派出所，还敢这么肆无忌惮地乱说话。”王嶙怒气未消，“脑子这东西真的挺好，特别希望孙崇林能长一个。”

“他要是有脑子，会被付成峻那老狐狸耍成这样？”男子讥笑一声，“好了，嶙儿，别生气了。先说正事吧！他又捅什么娄子了？”

“还能有什么？和我们场子里一姑娘在酒店开房，被公安给点了。”王嶙没好气道，“和他说过好多次，尽量不要在酒店开房，他非不听。我就不明白了，这个傻子放着付成峻给他的大别墅不住，非得去酒店。这下好了，自己把脖子伸出去让人抹，神经病一样。”

“先别说这个。”男子轻轻地摆摆手，“听你刚才打电话那语气，孙崇林是不是录完口供了？招了多少？”

“对。”王嶙略一思考，“应该只承认了嫖娼，还有不小心招出来从我场子里找的姑娘。公安好像并没有深挖的意思。”

“嗯。”男子若有所思地点点头，“嶙儿，你有没有感觉到古怪？你哥和你这边接连出事，虽被不同单位处理，表面看也没什么联系，但我老感觉，就像一股无形的力量直冲我们而来。”

“听你这么一说，我也觉得有点儿。”王嶙黛眉微蹙，“岩哥，那我们要怎么做？”

男子略一沉吟，“前几天让王峋去找卫局长打听，你去问市环保局的事，有没有回音？”

“都没有，下午我刚问过。”王嶙略有些无奈地摇摇头。

“哼，平日称兄道弟的，说的比唱的都好听，遇到事情，一个个缩得比谁都快。”男子鄙夷道。

“明哲保身，人之常情。”王嶙坐在男子身边，轻抚他的背，宽慰道，“况且，也可能真没事，只是我们想多了而已。”

“但愿如此，可还是要做两手准备。”男子轻轻叹了口气，“嶙儿，你去打听一下，抓孙崇林的派出所是不是有集体行动，查房查了多少，抓了多少人回去。咱们好有一个初步判断。”

“好。”王嶙应了一声，起身走到一边打起了电话，只留下男子深邃而又冰冷的眼神。

城区中心派出所审讯指挥室

“看来，还是陆主任想得周到。这下不用审，他就自己招啦。”司马永铭由衷地向陆浩宇伸出了大拇指。

“哪里，还是司马所长前期工作扎实，以假乱真，迷惑住了他。”

陆浩宇笑道。

“行了，你俩就别腻歪了。”展津插嘴道，“迷惑住了孙崇林，可不代表能迷惑住那些大鱼。”

“不见得。”陆浩宇神秘莫测地一笑，“要我说，鱼儿这次一定会上钩的。”

盆栽艺术协会，椒房

“岩哥，我找人问清楚了。今天晚上，城区中心派出所确实派出了好几个小组去市区酒店突击查房。除了孙崇林和小依，还把好几对带回所里录了口供。”挂掉电话，王嶙看上去轻松了不少，微笑着和男子分享这个消息。本以为男子听到后会心宽一些，却没承想眉头皱得更重了。“怎么了，岩哥？有什么不对吗？”王嶙一脸疑惑。

“嶙儿，你不觉得奇怪吗？”男子重重地呼出一口气，“这个时候，打听别的消息都杳无音信，偏偏这个轻而易举地打听出来了？”

“很正常啊。毕竟查的范围广，知情人又多，再加上本来就是派出所日常工作。”王嶙不以为然。

“是吗？”男子抽出一根烟点上，默默地吸了几口，“要么是我的怀疑出错；要么，就是对手布局太真。”

“我们该怎么办？孙崇林还要去救吗？”

男子没说话，把手里的烟吸完后又思虑了良久，才沉声道：“救吧。目前来看，我们好像别无选择。孙崇林进去了，我们失了先机。任由他接受审讯，就他那德行，还不知道会招出来多少。毕竟，他知道我们太多的事情了。与其那样，不如放手赌一把，早点儿把他弄出来，我们也能减少一个隐患。”

“行。”王嶙顿了一下，柔声道，“需要找老板吗？”

“不用，找邱局长吧。”男子眼神里透着一股阴冷，“这种事，找他就足够了。”

城区中心派出所讯问室

小依坐在凳子上发呆。门突然开了，展津和陆浩宇一前一后走了进来。

“是你们?”小依张大嘴，难以置信，“原来你们是警察?”

“我是，他不是。”展津指指陆浩宇说，“虽然身份上骗了你，但答应你的事我们做到了。我们把孙大圣抓起来了；基本可以肯定，他能在里面待一段时间了。”

“活该。”小依啐了一口，“这种人渣，永远不出来最好。”

“能不能出来，还得根据情节严重程度，由法律作出评判。”陆浩宇道，“小依姑娘，既然你知道了我们的身份，能不能请你敞开心扉，把知道的都告诉我们呢?”

小依没说话，环视后把目光落在角落里的摄像头上。陆浩宇看懂了她的顾虑，“小依姑娘，你放心，我们关闭了录音录像，也不会记笔录的，你大胆说就是。”

“好的。”不知为何，小依对陆浩宇有种与生俱来的亲近和信任。刚要说话，却看到司马永铭慌慌张张地推门进来，对展津使了个眼色。

“小依姑娘，请稍等！我马上回来。”说完，展津和司马永铭走到讯问室外，关上门，看走廊里没人，才道，“怎么了，神神秘秘的?”

司马永铭神情复杂地看着展津，苦笑一声道：“我觉得你们说的大鱼，应该上钩了。”

盆栽艺术协会，椒房

夜已深，王嶙静静躺在男子身边熟睡着。男子靠在床头，一根又一根地吸烟。突然，他像是想起什么了，一下子坐了起来，把王嶙惊醒了。

“怎么了，岩哥?”王嶙迷迷糊糊地问道。

“嶙儿，我记得你好像说过，孙崇林经常找你们场子里一个姑娘出台，动辄打骂，姑娘颇有怨言，对不对？”男子盯着王嶙，一字一字地问道。

“对，小依跟我抱怨过几次，被我骂了回去，后来也不再提了。怎么了？”王嶙揉着眼睛，看着男子道。

“这个小依，是不是就是今晚和孙崇林被抓进派出所的？”男子一脸阴沉道。

“没错。”王嶙恍然大悟，瞬间清醒了，“岩哥，你的意思是？”

“她是本地的还是外地的？你掌握不掌握她的家庭信息？”男子没有回答王嶙，追问道。

“家是外地的，家庭信息我也不清楚。岩哥，到底怎么了？你快说话啊，别吓唬我。”不知道为什么，王嶙有种毛骨悚然的感觉，说话的声音都有些颤抖。

“先别问了。马上打电话给邱局长，让他千万别再打电话给城区中心派出所了。这是圈套！”男子神情激动地说道。

王嶙应了一声，连忙拿起电话拨了出去。半晌，王嶙木然地挂掉电话，双眼无神地看向男子，绝望道：“岩哥，来不及了。邱局长打过电话了。”

自 救

城区中心派出所讯问室外

“这么快？”展津不可思议地看着司马永铭，“是谁？”

“你可得有心理准备哈，省得说出来吓着你。”司马永铭一脸严肃地说道。

“放心，我能撑得住。”展津大大咧咧道，“再说了，还能有谁？顶多就是市局的领导呗。”

本是一句玩笑话，可司马永铭脸上却没有一点儿要笑的意思。展津顿时明白了事情的严重性，沉声道："不是吧？真是上边的？谁？"

"市局副局长，邱峄同。"

盆栽艺术协会，巴比伦

"枫哥，我真不能喝了，再喝就要醉了。"婷婷拿着酒杯，摇摇晃晃道。

"醉了就去睡，怕什么？"徐士枫冷笑一声，自嘲道，"反正也没什么事，今天没有，明天没有，一直也不会有。"

"我怕一觉睡过去，醒晚了耽误事，被嵘哥知道又会骂一顿。"婷婷战战兢兢道。

"又是王嵘？"徐士枫冷哼一声，"你这个吃里扒外的东西，到底听我的还是听王嵘的？"

"枫哥，看你这话说的，我们姐妹当然听你的了。婷婷喝多了，加上被嵘哥骂怕了，有些紧张也很正常。你一个大男人，总不能还和我们这些弱女子一般见识吧？"小冉娇媚地坐在徐士枫身边，端起面前的红酒杯一饮而尽，晃了晃空杯子，看着婷婷继续说道，"难得枫哥有兴致想要喝个痛快，咱们姐妹就舍命相陪好啦。要是嵘哥怪罪下来，由我担着就是。"

"你担着？"婷婷两眼迷离地看向小冉，讥笑一声，"是哦，你事事都比我强。你聪明伶俐，你大方温柔，你活泼可爱。枫哥喜欢你，嶙姐抬举你，连嵘哥都对你另眼相看，谁又会真正舍得打骂你呢？"

"婷婷！"小冉厉声对婷婷喝道，神情复杂地看着她，冷冰冰地说道，"你确实喝多了。"

城区中心派出所讯问室外

"邱局长？"展津倒吸了一口凉气，又看了一下四周，低声道，"怎么回事？你和我仔细说说。"

司马永铭略一沉吟，"你和陆主任前脚刚从指挥室走，邱局长的电话后脚就打来了。直觉告诉我，很可能和孙崇林有关，就全程录了音。你要不要先听听。”

“好。”展津重重地点点头。

“喂，您好，邱局长。这么晚还没休息呐？”

“对，永铭啊，你还在所里呢？”

“是的，所里一次集中行动刚忙完。邱局长有什么指示吗？”

“哦，是有这么一件小事。我有一个朋友，叫孙崇林。今晚早些时候去宾馆和一个女同志开房，被你们所的同志当嫖娼带回去了。现在流行网络嘛，相互都不知道真实姓名很正常，年轻人嘛又比较开放。要我看啊，这中间是不是有什么误会？你去关注一下这个情况。要是没什么大问题就放了吧。回头我也跟他说说，让他多加注意。”

“邱局长，这个——恐怕不行。”

“怎么，永铭？刚从市局走了几天，就开始不认我这个老领导了？这点儿面子都不给？”

“不是的，邱局长。您听我跟您汇报。这个孙崇林是我亲自抓回来的，口供录完了，他对嫖娼供认不讳，加上和小姐的证词基本一致。可以断定，嫖娼的事实成立。”

“他自己说了也未必就是事实。也许是在接受讯问的时候紧张而乱说话呢？退一步说，就算是真的，毕竟是首次嘛，年轻人不懂事。你也别拘了，罚点儿钱就赶紧放出来吧。”

“是这样的，邱局长。因为事实比较清楚，我就立刻整理材料报给了市局法制科。正好法制科有同志加班，就审核了拘留申请。治安拘留十五天的处罚决定下达了，再更换处罚方式恐怕很难。至少也得报给程局长书面审批。”

“这么快？行，我知道了，不用惊动程局长了。先这样吧，早点儿休息。”

“难为你了，兄弟。”展津结结实实地把手拍在司马永铭的肩膀上，“你真给法制科递材料了？”

“当然没有啊。你不发话，我怎敢擅自行动？”司马永铭没好气道，“不过，你得帮我去和法制科的人打好招呼，别说漏嘴了。”

“行，包在我身上。你就放心吧。”展津顿了一下，叹了口气，“唉，真没想到会是邱局长。”

“谁说不是呢？听到邱局长的声音，就好像又回到咱们刚考进市局的时候。”司马永铭感慨一声，又压低声音道，“先不说这个了。下一步你有什么打算？这可算咱们局的家丑了。难不成你还跟陆主任照实说吗？”

“那是自然。”展津一副理所应当的表情。

“可是，万一传到纪委同志耳朵里，我怕事情就很难善了了。到时候，咱们可就都不好收场了。”司马永铭一脸严肃道。

“是吗？”展津盯着司马永铭，把手轻轻拿下来，一字一字道，“恐怕，这就身不由己了。”

盆栽艺术协会，椒房

“邱局长怎么说的？”男子神色一凛，沉声道。

“他说，和负责孙崇林案子的副所长打过招呼了，但被告知处罚决定下达了，不好更改。邱局长气得不行，一直责怪孙崇林做事太差劲，害他在手下面前丢人。”王嶙一脸无奈道。

“丢人是小事。”男子微微皱起眉头，“你怎么回的话？邱局长有没有说下一步怎么打算？”

“我还能怎么说？硬着头皮由着他怪罪呗，本来就是咱们理亏。邱局长不准备再管孙崇林了，要是惊动了程局长就太不划算了。正好也借机给孙崇林一个教训，省得他整天做事毛毛躁躁，没个分寸。”

“不管也好。”男子点点头，“只是这个教训的代价有点儿大。”

“嗯。”王嶙点点头，轻声问道，“对了岩哥，你刚才说这是圈套，怎么判断出来的？”

“原因有很多，但最重要的一点就是电话。”男子徐徐道，“按孙崇林以往的性格和今天的表现，警察把他带回所里之后，甚至没被带回所里时，他该不只一次地和派出所表达过自己认识他们的领导，会有领导求情之类的。从孙崇林给你打电话的内容来分析，当时应该受了不少惊吓。由此看来，派出所根本就没给自己留任何退路，一心只想着让他招供。假设派出所是冲着孙崇林去的判断成立，他们的真实目的也就不难猜了：让惊慌失措的孙崇林盲目打电话求救，他们守株待兔，等待求情者。至于其他障眼法，都不过掩人耳目罢了。他们算准了咱们会被孙崇林的求救电话弄得措手不及，自乱阵脚，一心只想着赶紧搭救，免得泄露更多秘密。假如他们还想从他嘴中获取消息，断断不会任由他往外打电话的。只可惜当时我没想明白这一点。”

“岩哥，你也别自责了。任是谁，在当时的情景下也难以作出最精确的判断。”王嶙柔声宽慰道，“接下来，我们该如何应对呢？”

男子沉吟片刻，“当务之急，先要弄清楚到底是谁在查我们，方向又在哪里。之前市纪委查王峋，咱们第一时间给了他们教训。就算他们不知死活，硬往上冲，怎么就在这么短的时间内不声不响地调动公安和环保来对付你和你哥？这一点我到现在也不能理解。不是市纪委，又会是谁？市公安局？程洪义可没这个魄力。他们到底是冲谁去的呢？我老感觉这矛头一直在对着我们呢？”

“是老板！”王嶙激动地说，“岩哥，你说他们有没有可能是冲着老板去的？”

“有可能。”男子若有所思地点点头，又摇摇头，“如果他们是冲着老板去的，至少是省级以上的纪委出面，又怎么会眼睁睁看着市纪委的人吃那么大亏呢？”

“那会是谁？”王嶙想了一会儿，“岩哥，咱们还是和老板汇报一下吧。一来让他有个心理准备，二来也得让他出出主意。”

“汇报肯定是要的，我是想多查些情况出来再说。直接把这个烂摊子一股脑扔给老板，显得我太没用了。”男子轻叹一声。

“行，岩哥。不管怎样，我始终和你站在一起，用我的一切去帮助你。”王嶙毅然决然道。

“傻丫头，你不是一直都在尽心尽力地帮我吗？我都明白。”男子摸了摸王嶙的头，宠溺地笑了笑，“嶙儿，你要先帮我查一下小依最近有没有接触过特别的人，尤其是出台的。”

“好，我这就去。”王嶙痛快地答应下来，“怎么，岩哥，你觉得小依有问题？”

“很有可能。她是外地人，又一直饱受孙崇林欺辱，有报仇的想法也很正常。如果被对手抓住了这一点，串通小依来打击他，整件事也就很好理解了。否则，他刚到宾馆一小时就被抓，又快刀斩乱麻被处理？要说都是巧合，我可不信。”男子哼一声，冷冷道。

“真是这样。”王嶙勉强挤出一丝苦笑，愧疚地看着男子，“就是我害了你。”

城区中心派出所讯问室

展津若无其事地走进来，在陆浩宇身边坐下，做了个钓鱼的手势。陆浩宇会心地笑笑，看着小依道：“开始吧。”

“嗯。”小依应了一声，下定决心一般，看着陆浩宇缓缓道，“我把知道的都说出来，算不算立功？能不能和你们谈个条件？”

“立功是自然。谈条件——”展津看了陆浩宇一眼，又转向小依，“你想谈什么条件？”

“其实也不算谈条件，更是请求吧。我想请你们不要把我——卖淫的事录入档案。”说完，以乞求的眼神看着陆浩宇。

“为什么？”展津忍不住问道。

“我不想再过这种没有尊严、任人凌辱的生活了。我想回老家，或去陌生的地方，踏踏实实地找份正经工作，再找一个——喜欢的人嫁了，安安稳稳过日子。有了案底，就会形影不离地跟一辈子，永远无法像正常人寻找我想要的生活。”小依强忍着挤出一个微笑，眼睛却不由得湿润了。

“好，我答应你。”不管展津惊讶的表情，陆浩宇微笑着点点头，“为了保护证人，我们也会第一时间帮你离开岚江。前提是，你要实事求是地说每一句话。”

“谢谢，我一定会的。”小依抽了下鼻子，由衷地道声谢，“关于姓孙的，我觉得还有两个信息比较有价值。一是他经常聚众赌博，地点不能全部确定，其中一个我今天下午就去过。赌博的金额比较大；参赌者会巴结他而故意输他很多。我替他打了三个小时左右，就赢了好几万。至于为什么，我就不知道了。”

小依停顿了一下，看向陆浩宇，见他微笑着点头示意，逐渐放松下来。“还有一件事。关于地点，除了豪生大酒店和一次我被蒙着头不知道的地方，还有一个别墅，他带着我去了两次。装修得非常豪华，我特别留心过。我问别墅是不是他的，他一脸得意地炫耀说是他挣来的。至于怎么挣的，我就不知道了。”

“你还记得别墅的具体位置吗？”陆浩宇不动声色道。

“记得。”小依缓缓答道，“兰璃公馆，B183 栋。”

盆栽艺术协会，巴比伦

“小冉——说到底还是你——厉害——不光人长得——漂亮，还能喝——还敢喝——我就是喜欢你。比这个婷婷好多了——才喝了多少——就装死——怎么晃都不起来。来来来，小冉——你再陪我喝几杯——”徐士枫摇头晃脑、结结巴巴地说。

“枫哥——我也不行了——先去洗手间吐会儿。等我回来——再陪你喝——”说完，小冉就踉踉跄跄地进了洗手间，紧接着就传出来呕吐声。

刹那间，徐士枫却像变了个人，挺直身子，从眼中射出一道精光，使劲摇了摇婷婷，见她没有反应，迅速从她包里掏出手机，抬起她的右手，把大拇指掰开，重重地按在了手机解锁键上。手机瞬间被解锁，屏幕亮了。打开手机信息界面，快速编辑一条短信，发给一个无比熟悉的号码；成功后马上删除，把手机放回到她的包里；若无其事地继续装醉，横躺在沙发上，还不停嘟哝。

与此同时，远处一个手机亮了起来，一行信息在屏幕上闪过。“救我。巴比伦。枫。”

护 花

车牌号东 QHY905，白色波罗车内

“陆主任，我有事要跟你汇报。”

“小宇子，我有事要和你说。”

一上车，张沐源和展津不约而同道。说完，两人都忍不住笑了起来。“大蛆哥，你先来。”张沐源笑吟吟地看着展津。

“别，仙女徒弟，还是你说吧。”展津连连摆手。

“好。”张沐源也不再推辞，从容道，“陆主任，你们谈话时，江峰主任来信儿说，他加班调取了唐巙的干部信息登记表。唐巙在营水区工作，但夫妇老家都在梅口，妻子在梅口县公安局警务保障室上班，好像不是正式人员。”

“啧啧，那可是个肥差啊。”展津感叹了一句，看向陆浩宇道，“小宇子，看来你的判断没错，这些家伙都和梅口有着千丝万缕的联系。”

“嗯。”陆浩宇平静地点点头，对张沐源道，“让江峰继续按之前说的去查吧。”

“好。”张沐源应了一声，笑嘻嘻地看着展津，眼睛眯成一条线，做了一个“请”的手势，“大蛆哥，该你啦。”

“唉，本公子今天心情比较复杂，不跟你一般见识。”展津叹了口气，看向坐在驾驶座的陆浩宇沉声道，“小宇子，本公子这次可算是大义灭亲了，告发我的亲领导，感动不？”

“感动，感动。”陆浩宇装模作样地点点头，“一定在你的功劳簿上好好写一笔。”

“少来这些虚头巴脑的。”展津佯怒道，“真要感动，就来点儿实际的。”

“你想要什么？”话刚出口，陆浩宇就后悔了。

“当然是想让你离婚，和我在一起啊。哈哈哈。”展津肆无忌惮地笑了起来。

“别闹，别闹。”陆浩宇哭笑不得，“沐源还在呢。”

“别别别，陆主任！你们继续，就当我不存在。”张沐源上气不接下气道，“再说了，我也真想听听你们的爱恨情仇。”

“你个小丫头。”陆浩宇无可奈何地摇摇头，重重地咳了几声，“先说正事吧，到底是谁？”

“市局副局长，邱峄同。”展津收起笑容，一本正经道，“亲自给司马打电话求情。司马录了音，我听了，也把录音拿到手了。”

“不错，先保管好。”陆浩宇赞许地点点头，“这个邱局长我认识，但没什么接触。他也是梅口人吗？你刚才说他是老领导，怎么回事？”

“他不是梅口人，但开始工作就在梅口县公安局。被市局领导看上，调到市局机关工作。接二连三提拔重用，官至市局副局长。程局长走马上任后，整个市局无人提拔，邱局长也因此定格了。”展津顿了一下，“我和司马刚进市局，都被安排到指挥中心。当时，邱局长还是主任，说是老领导，名副其实吧。”

“嗯。”陆浩宇若有所思地点点头，“当时把邱局长调到市局的是哪位领导？”

“魏局长啊。”展津突然想起来什么，“哦，不对，该喊魏主席了。我们喊局长习惯了，显得亲切。”

“怎么？魏主席不是离开近十年了吗？你们还对他念念不忘？”

陆浩宇不解道。

“那是自然。局里大部分都是魏主席在任时提拔的，包括我。自从程局长接任，全局上下都在原地踏步。大家不免拿魏主席和程局长比较。不比较还好，越比较越怀念魏主席的好。反过来，就多少对程局长有些怨言。”展津颇有些无奈道。

“那程局长不知道这些怨言吗？为什么不作出些改变呢？”张沐源问道。

“肯定知道的。不仅知道，他还安排班子成员去做分管民警的思想工作，要同志们沉下心来好好工作，当前局里的重点是保稳定。”

“保稳定固然重要，但这远不是近十年不提拔干部的理由。”陆浩宇托着下巴，边想边说道，“我觉得，程局长肯定还有别的道理。”

“管他呢。我本来就不在意，随遇而安吧。”展津长长呼出一口气，“不说这个了，回到案子吧。小宇子，下一步你有什么打算？”

“时间不早了，各自休息吧。我回去整理一下思路，明天一早跟贺书记、徐书记汇报。你们明天上午办好手续后先去市民政局，查一下孙崇林和岑玉露结婚是在撞人之前还是之后；再去市房管局查小依说的别墅所有人、购买时间等。”

“没问题。”展津一口应了下来，“那小依呢？”

陆浩宇低头沉思了一会儿，“先让她委屈一下，继续在派出所待着，让她做好离开岚江的准备。查询结果出来了，再跟她做个正式笔录，把证据固定好。还得麻烦展公子去协调，既然答应她不留案底，就一定要做到。这事了结以后，咱们就不去打扰她了，让她好好过自己的生活。”

“可以。”展津苦笑一声，“敢情你答应小依时就打好主意把我卖了。”

“看你这话说的。”陆浩宇笑道，“她找你报的案，可是你的线人。再说了，她又提供了那么多有价值的线索，按你们的行话，是污点证人了吧。于公于私，你不都得全力保护好你的线人加证人吗？”

“得得得，我说不过你，照办就是了。”展津拍了一下自己的额头，“司马还让我帮着协调市局法制科，又得帮他保密，又得抓紧时间办手续。我就不明白了，我这是招谁惹谁了。天生就是替人协调的命？”

“这说明展公子人缘好、能力强呀。”张沐源笑盈盈道，“再说了，你不是老夸小依姑娘漂亮吗？难得这么好的护花机会摆在你面前，还不得好好把握？”

“怎么护？”展津没好气道，“化成春泥？”

“那倒不用。”张沐源贼贼地笑道，“不过，你可以发挥你的特长，给花施施肥呀。对不对，大蛆哥？”

市纪委监委办公楼 601 室门外

一上班，陆浩宇就来到徐济元办公室，敲了半天，里面也没反应，拧了下门把手，发现门还是锁着的。

不应该啊，徐济元每天提前近半小时到办公室，成了多少年雷打不动的习惯。今天这是怎么了？陆浩宇一边想，一边在楼道里点上烟，吸了起来。三根吸完，还是没见徐济元的踪影。犹豫了一下，他掏出手机打了过去。通了，没人接。陆浩宇有些紧张，又给办公室的郑新宜打电话，问他上午是不是有会议或其他活动。被否认后，陆浩宇突然感到一丝心慌——老徐到底去哪里了？是不是出事了？

车牌号东 QZ0001，黑色锐界车内

“滴滴滴，滴滴。”展津不耐烦地按喇叭。

“展公子，别太着急！车堵成这样，按喇叭也没用呀。你昨天不是说过随遇而安嘛。”张沐源笑嘻嘻道。

“我主要是怕上午跑不完民政、房管，耽误小宇子的事。”展津下意识地抽出一根烟放在嘴里，想了一下，又放回烟盒。“不过你说的对，急也没用。沐源徒弟啊，反正闲着没事，不如陪我聊会儿天吧。”

“好呀。”张沐源装作没看见展津的小动作，心里却不由得一暖，笑着应道，“想聊什么？”

“聊聊你为什么不找男朋友呗。”展津一脸坏笑道。

“长得丑，没男生喜欢。”张沐源没好气，好不容易升起的暖意瞬间冰凉。

“不丑啊。除了眼睛小点儿、个子矮点儿，其他都还不错。这精致的小脸，一小掐的小蛮腰，啧啧，真是个美人胚。”

张沐源万万没想到展津会有此一答，结实地被噎了一下，当即冲展津翻了个白眼，“别说我呀。你倒是说说，到现在为止，谈多少个女朋友了？都是谁甩的谁呀？”

“十二三个吧。”展津顿了一下，洋洋得意道，“至于谁甩的谁，这个问题，沐源徒弟应该有这个眼光啊。本公子风度翩翩、英俊潇洒，当然都是我甩的她们。”

“编，继续编。”张沐源冷哼一声，直勾勾地盯着展津，“我倒要看看，我这位师傅说起谎来是不是真的脸不红、心不跳。”

展津心虚地看了张沐源一眼，装作不耐烦地摆摆手：“好吧，好吧，我承认有那么两三个欣赏不了本公子的美，主动提的分手。”

“呵呵。”张沐源双手叉在胸前，把脸扭向窗外。

“得得得，姑奶奶，我招，我全招。”展津双手举过头顶，又重重地拍在方向盘上，“一共谈了十二个，七个甩了我。这下你该满意了吧？”

“这还差不多。”张沐源看向展津，捧腹大笑道，“哈哈，原来你就是传说中的被甩七次郎啊。”

“你——”展津后悔不迭地指着张沐源，“早知道你这么嘲讽我，打死也不跟你说实话。我告诉你，她们甩我，是她们有眼无珠。”

“是是是，有眼无珠。”张沐源一边笑，一边点头附和道，“展公子你别恼羞成怒呀，要勇于直面挫折，正视自身不足，深刻剖析原因，切实解决问题嘛。”

“少来，你个幸灾乐祸的表情就写在脸上，还给我一套一套的。”展津怒不可遏道。

“没有，没有，你别误会。我是真想帮你分析问题的嘛。”张沐源强忍住笑，清了清嗓子，有模有样道，“咳咳，展公子，我且问你，那些甩了你——不是，有眼无珠的女生，是不是都和你说过受不了你这直男脾气？”

“你怎么知道？”展津一脸茫然地看着张沐源，“有一个还说我直男癌晚期，化疗失败，转移成脑癌。”

“我也是女生嘛。”张沐源盈盈一笑道，“展公子，要不你拜我为师，我教你怎么哄女生开心。学成出师后，基本可以避免追到女生再被甩的命运。”

“不拜。”展津两眼骨碌一转，谄媚道，“除非先露几手，我看看你是不是有真本事再决定。”

“哎哟，还想试学呀？”张沐源调侃道，略一思考，“行，那我就先教你一招。你看看我是不是和你一样只会吹牛，呃——先教你怎么夸女生吧。”

“夸人？”展津吃了一惊，“夸人还用教？”

“当然啦。就像刚才你夸我那样，你自己可能觉得挺好的，作为女生听来就觉得很假，也无新意，效果适得其反。”张沐源一本正经道。

“哦？那你说来听听，应该怎么夸。”

“首先，女生戴了首饰，就一顿猛夸。第二，没有，就夸包包好看。第三，夸衣服或发型，很显气质。第四，如果衣服、发型都很普通，就问用的什么化妆品，气色真好，显得皮肤好白。第五，如果以上都没有，那就不夸了。”张沐源一口气说完，“暂时就这些，是不是很简单？记住了没？”

“记住个鬼啊。”展津咆哮道，“太麻烦了，我不学了。大不了，我就继续接受被甩的命运。”

“唉唉唉。”张沐源一边叹气，一边摇头，“要我看啊，你这直男癌扩散到全身啦，没救咯。”

“嘿嘿，那我也乐得逍遥快活。”展津嘿笑一声，“好了，沐源徒弟，我都把秘密说给你了。作为交换，你是不是也说一下为什么不找男朋友呢？”

“哈哈，好啊。”张沐源爽朗地笑道，仿佛置身事外，“其实，也很俗套呀。我找过一个，但他把我的心都伤透了。特别是在我落入低谷、最需要他时，他却消失了。从那以后，我对男生都没有安全感，也就不愿意去开始新的感情了。不给自己机会恋爱，自然就不会再给男生伤害我的机会了。”

展津听完愣住了，不知如何开口，只听张沐源轻快的声音响起，“展公子，你看！前面的路通开了，快走快走。”

展津默默应了一声，缓缓发动车辆，心里却揪揪地疼。如果有机会，沐源，我想来保护你。

市纪委监委办公楼611室

办公桌上的内线电话响了起来，陆浩宇急忙扫了一眼号码，正是自己挂念中的徐济元打来的。“喂，老徐，干什么去了？一上午都不见人影！”陆浩宇接起电话，迫不及待地问。

“浩宇，这个等会儿再说。你先来我办公室一趟。”虽然极力保持镇定，但徐济元声音里仍透露出一丝颤抖，“小枫有消息了。”

巴比伦

市纪委监委办公楼601室

“小枫有消息了，怎么回事？”一进办公室，关上门，陆浩宇就火急火燎地问。

“先坐下，慢慢说。”徐济元朝沙发努了努嘴。

陆浩宇在沙发上坐定，接过老徐扔过来的一盒烟，也不打开，焦急地看着他。

“是这样。”徐济元略一思考，缓缓道，“今天凌晨差不多1点，一个陌生号码发来求救信息，可惜我醒来看到时已7点多了。‘救我。巴比伦。枫。’直觉告诉我，这不是恶作剧。信息很隐晦，让我想到小枫可能被人绑架或控制了。奇怪的是，如果遭人绑架，为什么将近半年不求救？对方也能沉住气、不跟我索要赎金？我就想，对方很可能把小枫软禁起来了，好吃好喝地养着，等到有需要了再用小枫来胁迫我。说到底，还是和我的工作岗位有关。至于小枫，可能一直找不到机会求救，也可能直到最近才看透对方目的。我第一时间和贺书记汇报了，他和我的判断基本一致，觉得很可能和目前正在经办或未知的案件有关，对方应该以软禁小枫当作谈判筹码。不知道对方是谁，没有贸然报警。权衡了再三，贺书记亲自陪我去了趟市公安局，找到程学义局长说明了前因后果，并征求他意见。他当场表示特事特办，安排了刑侦支队长全力支持、配合好调查工作。我们先查了短信发出的具体信息，主人叫朱婷，二十二岁，梅口人，父母都在梅口县北安镇朱家庄村务农，有个弟弟十九岁，在赣东大学读大二。朱婷在派出所有过卖淫的案底，当时只做了罚款处理，没有治安拘留。我们找了一个接警的话务员，冒充北安镇的工作人员，以外出务工人员问卷调查的名义给这个号码打了电话，证实号码的主人正是朱婷。随后追踪定位，发现信号来自滨海新区湿地公园附近。”一口气说完后，徐济元顿了顿，似有深意地看向陆浩宇。

陆浩宇紧锁眉头，喃喃自语：“朱婷？梅口？湿地公园？巴比伦？”

“没错。”徐济元点点头，“浩宇，你是不是想到什么了？”

“是的，老徐。本来今天一早就想找你汇报的。昨天晚上，孙崇林和一个小姐在酒店开房，被我们和公安机关抓了个正着，连夜录好口供，证据固定扎实了。之后，孙崇林给王嶙打电话，让她找人捞他。过了不久，副局长邱峄同就把电话打到了派出所。我们有理由相信，邱极有可能是李岩团伙的保护伞。在分析邱峄同、孙崇林、唐巎、卫应屹和李岩团伙等人的共同点时我们发现，这些人都和梅口有着千丝万缕的联系。刚才你说朱婷是梅口人，我觉得这不是巧合。再加上她有卖淫前科，我大胆猜测，朱婷很可能在给王嶙做事。”

“嗯。你这个推测我同意。”徐济元听完，赞许地点点头，“没想到你们这么快就把孙崇林控制起来了，不错，不错。跟贺书记汇报过了吗？”

“还没有，准备和你去找贺书记，以便听听你们两位的意见。”陆浩宇一脸平静道，“关于朱婷，你说定位在滨海新区湿地公园，老徐，能不能在地图上标记出来？”

“当然可以，我都研究一上午了。”说完，他就在一张放大的岚江地图上圈出来一个位置。

陆浩宇凑上前，把目光落在地图上。只看了一眼，就十分确定徐济元指的地方正是盆栽艺术协会！

盆栽艺术协会，椒房

“岩哥，我查出来了。”王嶙冲坐在沙发上吸烟的男子说。

“查到什么了，这么紧张？慢慢说！”男子泰然自若，呼出一口烟。

“我把最近和小依有过接触的人筛选了一遍，发现前几天曲总家的少爷曲锐带过一个陌生人来店里，陌生人把小依带出台整整一夜。我想，应该就是那时出了问题。”王嶙极力保持镇定。

“哦？我不是提醒过你，陌生人一律不准出台吗？记得你之前都管理得很好的。”男子稍稍皱了皱眉头。

“是的，确实也没出过问题。我问了当天的领班阿丽，她说曲锐坚持替陌生人说话和打包票，又不好驳他面子，才破例一次。也怪我，没有严格要求死。”王嶙内疚道。

“不怪你。”男子不动声色地宽慰道，“陌生人是什么来历？有没有问过曲锐？”

“问过了。”王嶙试探着看着男子，“刚开始曲锐不说，只道是普通朋友。我再三强调重要性，他才吞吞吐吐地说出来，朋友姓展，发小，是世交。”

“世交？”男子沉声道，“也是生意人吗？”

“不是。”王嶙神情复杂地看着他，“在市公安局上班，警察。”

市纪委监委办公楼601室

“老徐，我基本可以肯定，就是盆栽艺术协会所在地。”

“很好。”徐济元满意地点点头，“我也这么想过，赶紧回来找你确认。你要是比较肯定，那就八九不离十了。”

“嗯。还有两个问题。”陆浩宇想了一下，“第一，软禁小枫的人到底是谁？李岩有可能是具体操办者，但小枫对他来说并无利用价值。所以，幕后黑手肯定另有其人。第二，巴比伦是哪里？求救信息很短，但专门强调这个地方，说明极有可能是软禁地。目前，我们只能大概确定朱婷在盆栽艺术协会，但不能证明小枫也在那里。还有，盆栽艺术协会和巴比伦又有什么关系？”

“没错，这两个问题我也想过。”徐济元若有所思地点点头，“先说这第一个问题。这个幕后黑手有胆量、也有能力软禁小枫这么长时间，自身魄力和实力不容小觑。能想到控制小枫来要挟我，想必也是提前找退路。至于究竟是谁，恐怕只有救出小枫才能知道了。再说第二个问题，我在岚江市搜索了全部关于有巴比伦字样的地点，一无所获。会不会只是一个隐喻？巴比伦在《圣经》中称为‘伊甸园’。”

“有这个可能。小枫既然着重把它传出来，应该是很具体的东西，或者就是他被软禁的房间名。”说罢，陆浩宇突然想起来什么，

“对了，老徐，我和沐源第一次去盆栽艺术协会，发现里面有很多看起来全封闭的房间。当时还录了视频作为证据，我先回去看看是不是有这个巴比伦。”

“好。”徐济元有些兴奋道，“我和你一起去。”

两人疾步来到办公室。陆浩宇打开电脑，找到之前录的视频，两人聚精会神地看了起来。

“老徐快看，就是这里。”陆浩宇蓦地按下暂停键，指着屏幕激动地说道。陆浩宇所指，是看起来全封闭的房间，房门右侧一个小牌子上赫然写着：巴比伦。

盆栽艺术协会，椒房

“市公安局？”男子猛地站了起来，把手里的烟头扔掉，“没听邱局长传出什么风声，难道程学义要对我们动手了？”

“岩哥，你别着急。我仔细想过了，应该不是程局长干的。如果是他，不会只弄这么点儿动静——让一个小警察通过私人关系去夜场寻找证据。”王嶙柔声分析道，“我倒是觉得，这更像姓展的个人行为。他的背后是谁，就不得而知了。”

“嗯。”男子点点头，缓缓坐下，“嶙儿，你说的对。我有点儿自乱阵脚了。”

“岩哥，你说的哪里话。”王嶙走到男子身边坐下，小鸟依人般靠在男子胸前，“只是这几天接连出事，你思虑过多、心绪有些不稳罢了。”

“是啊。”男子重重地叹了口气，轻抚着王嶙的头发，想了一会儿道，“看来，得找人好好合计合计了。”

“岩哥，你的意思是？”王嶙抬起头看着男子，疑惑地问道。

“嶙儿，你安排一下，让你哥和王岣今晚 8 点来园里碰个头，商量一下对策。”男子沉声说。

“没问题。”王嶙一口应了下来，又迟疑地看着男子，“岩哥，你还是不准备跟老板汇报吗？我怕再晚了，可就被动了。”

“汇报吧。”男子无可奈何地苦笑一声，“我太没用了，辜负了老板信任。”

“岩哥，你别——”

“你去安排吧。”男子摆摆手，打断王嶙的话。

“好。”王嶙心疼地看了男子一眼，走到一边打电话去了。

男子静坐良久，终是下定决心，拿起专用手机，找到里面唯一的联系人，拨了出去。

“喂。”电话接通了，一个低沉的声音传来。

“喂，老板，有件事想跟您汇报。”男子毕恭毕敬道。

市纪委监委办公楼 701 室

贺在洲静静地听完陆浩宇关于孙崇林和巴比伦的汇报，徐济元坐在陆浩宇身边，不时补充几句。

“很好，很好。”贺在洲连连称赞道，“这么快就控制住了孙崇林，还找到了他的弱点和相互关联，这对突破孙崇林有非常重要的作用。”说完，他又看向徐济元，“既然查到小枫和李岩他们有直接联系，又极有可能被软禁在园林里，就给下一步的营救工作指明了方向。”

“对。”徐济元看了陆浩宇一眼，又看向贺在洲，“接下来的工作怎么开展，请贺书记明示。”

“分两步走吧。”贺在洲思考片刻，“当务之急，是突破孙崇林和营救小枫。不管李岩背后到底涉及哪些人，我们都得先把这两件事解决掉。一定要快，一定要把时间抢在对手前面。浩宇，你要尽快和孙崇林谈话，看他到底掌握多少内幕。济元，你再去市公安局，和程局长衔接，对园林进行布控，找准合适时机营救。你们觉得是否可行？”

“可以。”徐济元点点头，“不过，当前还是要以案子为主。尽量等浩宇那边掌握更多证据后再动手，以防打草惊蛇。至于小枫，从目前来看，对手并没有加害他的心思。只要布控得当，就可以保障他的安全。这一点，也请贺书记放心。”

“好，就按你说的做，盯紧一点儿。”贺在洲又看向陆浩宇，“浩宇，你觉得呢？”

“我也觉得可行。”陆浩宇从容道，“一定要和程局长沟通清楚，务必保障行动的秘密性。等沐源他们查完问题回来，我立即着手对孙崇林的谈话，尽量给营救小枫争取时间。同时，我建议让沐源全程跟着徐书记参与营救行动，她对盆栽艺术协会的内部结构比较熟悉。”

“可以。”贺在洲神色轻松下来，“和孙崇林的谈话，你准备在什么地方进行？”

“先在拘留所吧。”陆浩宇想了一下，“目前的情况还不适合留置。一旦留置，会惊动付成峻和岑玉露，引发他们的防备，不如我直接和孙崇林接触后再决定。”

“好啊。”贺在洲淡淡地笑了，“我们拭目以待。”

反　目

市纪委监委办公楼 611 室

“查得怎么样？有没有线索？”陆浩宇一回办公室，就给展津打电话。

“当然了，你也不看看是谁出马？收获满满，小宇子。你就在家偷着乐吧。”透过电话，都能听到展津洋洋得意。

“那是，展公子什么时候让我失望过？”陆浩宇舒心地笑笑，“多长时间能回来？”

“几分钟吧。”展津嘿笑一声，“怎么，小宇子，想我了？”

“是啊，想得狠。”陆浩宇打趣道，“早点儿回来，路上注意安全。”挂掉电话，他抽出烟，吸了起来。一根还没吸完，传来了几声均匀的敲门声。“这么快？”陆浩宇暗暗想道，随即把手里的烟头掐灭，重重呼出嘴里的烟，冲着门口喊道，“进来。”

门被打开，周海和袁清满脸疲态地走了进来。陆浩宇略微有些吃惊，但仍不动声色地招呼二人在沙发上坐下。

“陆主任，我们查到了一些东西，想先回来汇报一声，请你拿主意。”刚一坐定，周海就迫不及待道。

“好。”陆浩宇朝二人投去肯定的眼光，“谁先说？”

“我先来吧，路上和袁主任商量好了。”周海顿了一下，“按既定计划，这几天我们主要查明了两件事。一是关于王峋团伙打人的证据，已固定好。我们先去找兴山矿场那两名上访群众做好笔录，紧接着，到接受治疗的梅口县人民医院调取了诊疗记录。根据诊疗记录，联系到其他被打伤的群众，耐心细致地做思想工作，并再三强调会绝对保密。最终，有两个收了王峋钱的群众出来作证，王峋团伙寻衅滋事、故意伤人以及出钱封口、逼迫他们签订协议。”

“非常好。把这事坐实非常不易，你们辛苦了。”陆浩宇笑着看向二人，“继续吧。”

“好的。”袁清说，“我们将重点放在卫应屹妻子张春霞有无经商办企上。经查明，她八年前注册过一家公司——梅口县应春法律咨询服务有限公司。说是法律咨询，实际上有名无实。我们专门去公司注册地看过，就挂了一牌子，别说律师，连个工作人员都没有，更无任何经营活动。调取其银行账户流水发现，直到现在，仍有源源不断的资金流入。资金来源不清，都是现金存入，没有任何用途。我们算了一下，八年间累计流入的金额就达一千多万。我们推测，这应该是张春霞打着卫应屹的旗号在外面敛的财。卫应屹有没有参与，就不得而知了。”

“一千万？比较起来，由王峋打给张春霞的一百万反而是小数目了。”陆浩宇苦笑一声，“有没有追查一下这一千多万的去向？”

“查了，没有结果。和王峋一样，都是取现，下落不明。”

“哦？”陆浩宇先是一愣，复又笑道，“看来，他们这一伙都是一个套路。”

“什么套路？”陆浩宇的话音未落，展津就大大咧咧推门走了进来，一屁股坐在沙发上。

“我敢跟你打赌，你下次进我办公室仍然不会敲门。”陆浩宇一脸无奈地看向展津。

“是吗？能加注吗？我也赌不会。”展津不以为意道，“小宇子，你别和我来这套，我还能被你给将着军了？快说说，你们刚才讨论什么？”

“一会儿再说。”陆浩宇看向周海和袁清，淡淡地笑了一声，“你们回去休息休息，收集到的证据材料交接给沐源。有问题我再通知你们。”

“好。”周海和袁清异口同声地应了下来，把材料清点一下交给张沐源，转身离开了。

陆浩宇把有关王峋、张春霞的核查情况对展津和张沐源简单介绍了，展津就仰着头说：“周海他们成果丰硕，我和沐源的发现也是重量级的。”

“是吗？”陆浩宇微微一笑，“那我洗耳恭听。”

“好啊，小宇子，你可要听好了，咳咳。”展津装腔作势道，“话说这位孙崇林同志，真是好福气呐。撞死人，什么事也没有，反而在出事三个月后娶了一位如花似玉的美娇妻。那个岑玉露，啧啧，光看结婚证上的照片，就是个绝世美人。不仅如此，人家还倒贴一栋别墅作为嫁妆。唉唉唉，这种好事，咋就没掉到本公子头上呢？”

“你的意思是，孙崇林是出事后才和岑玉露结的婚？”陆浩宇皱了皱眉头，沉声道，“还有，别墅的事你说清楚，是不是登记的岑玉露？什么时候买的？”

“陆主任，还是我来说吧。”张沐源接过话去，柔声道，“没错，孙崇林是在撞人事件三个月之后和岑玉露登记结婚的。算起来，受害人已从法院撤诉了。别墅只有岑玉露一个人，登记结婚前买的，购买途径不得而知，但实在算是岑玉露的婚前财产。要是离婚，房子完全归岑玉露所有。要我说呀，这个根本不叫嫁妆，甚至连封口费都不算，摆明了是付成峻和岑玉露合起伙来算计孙崇林的，孙崇林心理不扭曲才怪呢。”

“确实有点儿过了。付成峻就是仗着手里有孙崇林的把柄，才会这般肆无忌惮，但他实在低估了人性的可怕。”陆浩宇轻轻叹了一口气，“这么说来，别墅就是付成峻送给孙崇林住的，自己和岑玉露肯定还有住处。他本意想，不仅帮孙压下案子，还送他一套别墅，应该知足，更该对自己感恩戴德。可没想到适得其反，宁愿出去住宾馆，也不愿住别墅。推己及人，孙崇林应该会觉得受到了羞辱，甚至有可能对付成峻和岑玉露心生怨恨。对了，你们去房管局的有没有顺便查一下，岑玉露名下还有没有其他房产。”

“查了，还是展公子提醒的呢。”张沐源笑着看了一眼正摇着二郎腿、趾高气扬的展津，“除了这一套，岑玉露还有三套，都是别墅。一套也在兰璃公馆，和孙住一个区，B101 栋。另外两套，分别在兰泊湾和兰林苑。”

“这下我知道孙为什么不愿意去住了。在一个小区里碰见妻子和别的男人成双成对，就算只是名义夫妻，心里肯定也会有疙瘩。”陆浩宇笑了笑，又若有所思道，“还有，这几套别墅都是‘兰’字开头的，会不会有什么关联？”

“当然有了。”展津放下腿，挺直身子看向陆浩宇，“这几处别墅的开发商，都是——天宸集团。”

市纪委监委办公楼外

“又结束了一段。”走出办公楼，周海回头看了一眼，笑着对袁清说。

“是啊。”袁清也停住步伐，重重地呼出一口气，“终于能好好休息一下了，虽然不知道能有几天。”

“对，我看你这几天都精疲力竭了，满眼的红血丝。再这么下去，真怕你撑不住。”周海关切地看着袁清。

“这倒是小事。”袁清挤出一丝欣慰的笑容，“好在我们还是查到了应该查到的，没有辜负陆主任的信任和期望。”

“是啊，哈哈。”周海放声大笑道，“人家都说唱戏是台上一分钟、台下十年功，要我说啊，咱们查案子，也是汇报一分钟、奋斗十年功。连续几天几夜不眠不休地查完，汇报起来几句话就结束。”

“对啊，哈哈。”袁清被周海逗乐了，开心地笑了，又抬头看了一眼六楼道，“其实，陆主任他们的辛苦，比起我们有过之而无不及。”

市纪委监委办公楼611室

“天宸集团?”陆浩宇喃喃道，“你怎么知道?”

“我怎么不知道?”展津反问，“这都是曲锐的老爸、我那位曲叔叔开发的楼盘。曲锐带我看过，建得都很别致，让人心驰神往。”

正在这时，展津的手机响了起来。“嘿，真是邪乎！说曹操，曹操到。”展津把手机向陆浩宇摆了摆，略一思考，按了拒接键。

“怎么不接?”陆浩宇问道。

“先谈工作吧。反正，曲锐找我，也没什么正事。”展津收起嬉皮笑脸，一脸严肃地说道。

“好。”陆浩宇想了一会儿，自言自语道，“又是天宸集团? 到底和付成峻有什么关系呢? 付成峻给岑玉露买的别墅，为什么都来自天宸集团?”

“这我就不知道了，总不能让我去问曲叔叔吧?”展津略一思考，“不过，我觉得可以问下孙崇林，看他到底知道多少付成峻的底牌。”

“对。”陆浩宇点点头，“我也觉得时机差不多了。”

“几时开始？我能不能参与谈话？”展津一脸期待。

“明天一早就谈。你和我一起，咱们先谈谈试试。”

“好嘞，哈哈，陆大主任，我保证给你当好红脸。”展津爽朗地笑了，“对了，小宇子，你说，咱们应该采取什么策略？”

陆浩宇略一思考，“从目前掌握的情况综合分析，孙崇林是典型的欺软怕硬的势利小人。明明胆小怕事，却又极为看重面子，生怕别人揭伤疤。我们偏偏就要利用他的这个弱点，反其道而行之。我的计划是，谈话一开始，先抛出几个重磅证据，迅速占领讯问制高点。随后，你以侧面打击为主，我以安抚拉拢为主，正面予以引导。咱们相互配合，给他施以潮水般的攻势，让他应接不暇，争取在最短时间内撕开心理防线，让他彻底放弃抵抗。切记把住谈话节奏，千万不能谈崩了。一旦让他产生抵触情绪或过度恐惧，都会适得其反，不利于整体效果。”

“嘿嘿，可以嘛，名声之外果然有两把刷子。”展津嘿笑一声，“节奏方面我不担心，有你在。真要谈坏了，我也相信你能力挽狂澜，给拉回来。”

“话虽如此，你也不要大意。咱们争取一次谈成，不要白费了那么多努力。尽快结束战斗，也好给徐书记赢得时间。”陆浩宇沉声道。

“徐书记？赢什么时间？”展津不明所以。

“还记得我请你查过的关于徐书记儿子小枫的事吗？”陆浩宇盯着展津，一字一字地问道。

车牌号东 QZ0001，黑色锐界车内

“喂，老弟，怎么了？刚才我在开会，不方便接。”展津给曲锐拨通电话，笑着说道。

“哥，咱们这么多年的感情了，我现在只想问你几个问题。你跟我说实话，成吗？”曲锐情绪低落的声音传来。

“成，你问吧。”展津心头一紧，低声道。

“哥，你——是不是在利用我？”曲锐沉声问道。

“没有，绝对没有。”展津毅然决然地答道。

“你还不承认？”曲锐的声音明显有些激动，“那你给我解释一下，上次让我带你去那个场子，只是为了带一个小姐出来玩吗？”

“对。”迟疑片刻，展津斩钉截铁道。

“好啊，哥，事到如今你还瞒着我？”曲锐伤心欲绝，“你以为我不知道吗，你带走的那个小姐就在昨晚，串通公安局把一个老客户给出卖了。你敢说你不知情？”

“兄弟，你从哪里听来的这些？”展津大惊失色道。

“从哪里听来的你不用管。我只问你，哥，这是真的吗？”曲锐声音里带着一丝颤抖。

“兄弟，这件事——我不能说是假的，但真不是你想的那样。等这事过去以后，我再跟你好好解释，行吗？”展津有些焦急地说道。

“呵，哥，你终于承认了啊。”曲锐冷笑一声，无力地说，“那我再问你，你们这次的目标是不是我爸？”

“我——”展津哑口无言。

“我又猜对了，是吗？”曲锐冷冰冰地说。

“曲锐，你别胡乱猜了。今天的话说到这里，我倒是想反问你一句，你和曲叔叔到底干不干净？你们和王嶙到底是什么关系？”展津厉声问道。

“干不干净？哈哈。什么关系？”曲锐嗤笑一声，发了疯一般咆哮起来，“哥，我最后一次叫你哥！你居然就这么悄无声息地查到了我和我爸头上。枉我这么毫无理由地信任你！枉我爸这么视如己出地疼爱你！你就这样回报我们父子？好，既然如此，我们不挡你的官路。大路朝天，各走一边。祝你平步青云，官运亨通。我们两人，恩断义绝，后会无期。”

梅山会

市纪委监委办公楼 611 室

陆浩宇掐灭烟，刚要出门，就看到展津失魂落魄地走了进来。

“你这是怎么了？不是去吃饭了吗？”陆浩宇惊讶地问道。

“别提了。王嶙不知道跟曲锐说了什么，挑拨他来质问我，要和我分道扬镳。小宇子，我来是想提醒你，还是不要小瞧了李岩那伙人，鬼知道他们下一步还会有怎样的反击。”展津垂头丧气道。

“我明白。”陆浩宇看了一眼展津的神情，心里明白了七八分，关切地问道，“这么说，曲锐对你心生误解了是不是？你没跟他解释点儿什么？”

“没什么好解释的。再说，曲锐对我也不算误解，因为我确实也怀疑到了他和曲叔叔头上。毕竟，好几件事的矛头都直接指向了天宸集团，要说他们绝对清白，我自己都不信。”展津重重地叹了口气。

“事情没弄清楚前不要妄下结论。”陆浩宇语重心长道，“我先问你，假如曲定天真是幕后指使，你且要怎么做？”

“我——”展津耷拉着头，“我不知道。”

“不着急，你慢慢想。”陆浩宇神色坚毅，“我等你答案，但要真话。”

展津默默地思索了良久，方缓缓吐出一口气，“小宇子，你放心，我想清楚了，是非曲直、公私边界我都能分得清。虽然打心底里我不相信曲叔叔会做这些违法乱纪之事，但最后真的查到他，我也不会徇私情的。”

陆浩宇不置可否地笑了笑：“真到了那个时候，你准备怎么办？”

“老实说，我没想好。”展津苦笑地摇摇头，“或许我会找他好好谈一谈，请他早日回头。”

“如果真的是他，就身不由己了。毕竟身后还有很多利益共同体，他没法儿独善其身，更不会因为你的三言两语就擅自改变既定布局。”陆浩宇拍拍展津的肩膀，“你既然想和他谈，本身就在徇私情，对吗？”

“我——”展津一时语塞，“你说的对，我还是考虑不够成熟。”

“你不用自责，情和法自古就是两难。要我说，你得换个思路去看待这个问题。与其在这瞻前顾后，不如扎下身子调查清楚，哪怕是为了曲定天。如果查到最后发现他并非幕后之人，岂不是亲自还了他清白？”

“没错！”展津重重地点点头，“我要放下有色眼镜，放下成见，一定查个水落石出。”

“还有放下包袱。”陆浩宇笑着提醒道。

“放下了，小宇子！你就等着好了。”展津长舒一口气，“我知道该怎么做了。走，咱们抓紧时间去和孙崇林谈话吧。”

“别急，别急。”陆浩宇哭笑不得，“好歹，咱先去吃个午饭，成不？”

市公安局办公楼 1001 室

“程局长，有发现。”许超敲门进来，眼神里带着一丝兴奋。

“说吧。”程学义面无表情。

“根据我们对王峥的技术手段显示，一个小时前，王峥的妹妹王嶙打了电话，说岩哥要召集王峥、王峋等人今晚开会议事。”

“具体时间、地点呢？”程学义追问道。

“时间是晚上 8 点。”许超想了一下，“王嶙只说在园子，没说具体位置。”

“园子？”程学义沉吟道，“好，我知道了。你回去继续吧！有什么重要信息，马上第一时间汇报。”

许超应了一声，转身离开了。程学义思考片刻，拿起办公桌上的固定电话，拨出一个号码。

“喂。对，是我。”

城区中心派出所讯问室

“市纪委？”听陆浩宇亮出身份，孙崇林不可思议地打量着他和展津。

“如假包换。”陆浩宇边说，边把工作证出示了，展津也照办。

“市纪委？市公安局？”孙崇林仔细比对完两人的证件，强装镇定道，“这是什么风，把两位领导刮到我面前来了。”

“别装蒜了，孙崇林！你做了什么自己还不清楚吗？”展津厉声喝道。

“哦哦哦，我知道。不就是因为一时糊涂，嫖娼被抓了吗？我承认，我是党员，嫖娼不对。你们来开除我吧。”孙崇林满不在乎道。

“这么快就承认了，挺嚣张嘛。”展津讥笑道。

“不不不，警官你误会了，这不是嚣张，是我认错态度好。我也想着争取宽大处理不是？”孙崇林嬉皮笑脸道。

“你这确实不叫嚣张，是有恃无恐。你是仗着付成峻绝不会撒手不管，才会这般肆无忌惮。你觉得我说的对吗，孙大圣？”陆浩宇盯着孙崇林，一字一句道。

“你——你们。”乍听自己的诨名，还有付成峻的名字，他不由得慌了。毕竟，他在口供中并没提到这些。

“你想问我们怎么知道的，对吗？”陆浩宇继续目不斜视地看着孙崇林，“这个你不用知道，只要知道这世界没有不透风的墙。若要人不知，除非己莫为。现在，能不能先请你说一说，你和付成峻到底是什么关系。”

“付——成峻——主任，他是我——领导，仅此——而已。”孙崇林结结巴巴地说道。

“是吗？都领导到你家里去了？领导到你头上去了？让你心甘情

愿戴上一顶绿帽？”展津嗤笑一声，说道。

“你——你什么意思？”孙崇林大脑一片空白。

“我什么意思，你不清楚吗？我的意思就是，你不敢回兰璃公馆的别墅，不就是怕碰到结发妻子岑玉露和付成峻成双成对、卿卿我我吗？你个懦夫，有人抢了你的女人都不敢还击。”展津故意不留情面地嘲讽道。

“我没有！”孙崇林咆哮道，“那个小贱人，从来就没当过我一天老婆！”

“这个我们知道。孙崇林，你冷静一下仔细想想，你无端替付成峻背这么多锅，真的值得吗？”陆浩宇平静的声音传来。

“值得个屁，那个老匹夫。”孙崇林边大口喘着粗气边骂道，蓦地想起什么了，欲言又止。渐渐冷静下来后，他双手抱着头，露出痛苦的神情。

“我猜，你是想起了被你撞死的那个人，对吗？”陆浩宇若无其事地问道。

孙崇林猛地抬起头，双眼睁得极大，额头上青筋暴起，难以置信地看着陆浩宇。

市纪委监委办公楼601室

“徐书记，您好，我是张沐源。陆主任让我找您报到，看有没有能够为您服务的。”敲开门后，张沐源的身影出现在办公室门口。

“你就是沐源啊，娇小的身躯蕴含无穷的能量。我可是久仰大名喽。”徐济元和蔼地看着张沐源，“别站着，快进来坐。”

“好的。”张沐源应了一声，关上门，走到沙发旁坐定，“徐书记谬赞了，实在不敢当。还请徐书记多多指教。”

“沐源啊，你不用拘谨。我还得指望你给我帮大忙呢。”徐济元和颜悦色道，“你来之前，浩宇都跟你说了吧，关于小枫的事。”

“说了。”

“那就好。”徐济元点点头，随即一脸严肃道，“几分钟之前，市公安局程局长给我打电话，说他们得到消息，今晚 8 点，李岩团伙的骨干成员要在园子里集合。我猜测，这个园子应该就是软禁小枫的盆栽艺术协会。”

“徐书记，您是打算今晚把他们一网打尽吗？”张沐源试探道。

“没错。一会儿你陪我去市公安局，我要靠前参与指挥。”徐济元顿了一下，“不过，也得看浩宇谈到什么程度了。”

城区中心派出所讯问室

“还是那句话，不用问我们怎么知道的，只需告知你所知道的。”陆浩宇不紧不慢道。

“我——什么都不知道。”孙崇林一脸惊恐。

“孙崇林，事到如今，你还不说！你想替付成峻兜到什么时候？”展津提高语调道。

“你说什么，我听不懂。求你们别问了。”孙崇林满脸痛苦，双手抱头。

“好，你听不懂，我就用你能听懂的话来跟你说。”展津顿了下，放慢语速，“你知道自己有多无知吗？你以为付成峻帮你摆平一时就能帮你摆平一世？你的行为构成了严重交通肇事罪，你懂不懂？就情节而言，检察院对你的追诉期长达十年，甚至更久。换句话说，随时都能直接关押你，等着检察机关提起公诉。而我要告诉你的是，拖得越久，你的罪名就越重！现在能救你的只有我们，而不是付成峻。”

“不会的，他明明答应过我，只要我听他的，他就能保我平安。”孙崇林的脸色陡然变得灰白。

“保你平安？哼，用什么保？要是能保你，你不早被放出去逍遥快活了，还用在这里接受讯问？”展津不以为然道。

“我不信，他肯定在想办法了。”嘴上这么说，可他浑身不自觉地颤栗起来了。

“别自欺欺人了。其实你内心已经信了，不是吗？”陆浩宇牢牢关注着孙崇林神态的变化，“你应该知道，一直以来，付成峻都没把你当自己人。他只会给自己留后路，却事事提防你。兰璃公馆的别墅，就是证明。”

“兰璃公馆？明明就是他答应送我的；假如我离婚，也会是我的。”孙崇林慌不择言道。

“孙崇林，我看你不光是法盲，还是个傻子！你怎么不想想，付成峻要真是准备给你，怎么不写你的名字？怎么不等你们登记结婚后再买？偏偏要在你们登记之前买，还只写岑玉露一个名字！说白了，它就是岑玉露的婚前财产，跟你一丁点儿关系都没有。等你没了利用价值，岑玉露和你离婚，你连瓦片都得不到。”

“那个老匹夫——居然敢骗我?!”孙崇林先是一愣，随后咬牙切齿道。

“我不知道付成峻到底承诺了什么，但你应该很清楚，他帮你，只是为了实现自己的目的。你们看似相安无事过的这五年，内心的煎熬恐怕只有你自己最清楚。所以，你还有必要替他背锅吗？别的不说，你该多为自己考虑考虑。现在主动找公安机关坦白，还算自首；揭发付成峻不为人知的违法违纪事实，还可以当作立功。特别是说清楚当年的始末，假如有付成峻威逼利诱的情节，罪名还会相应减轻。要是负隅顽抗，就只能由你一人承担了。得与失之间，你可要仔细考虑清楚。”

孙崇林沉默良久，最后下定决心，重重地呼出一口气，面如死灰道：“你们问吧，我知道的，全都如实说。”

陆浩宇与展津对视一下，不可察觉地点点头。展津走到电脑前，开始记录。陆浩宇问：“先说一下基本情况吧，我们做个笔录。”

“好。”下定决心后，他反而放松下来，“我叫孙崇林，男，三十一岁，梅口县人。我是家里独子，父母都在梅口做些小生意。法定妻子岑玉露，只有夫妻之名，没有夫妻之实。从未履行过夫妻义务，甚至基本不见面，是名副其实的假夫妻。”

“为什么要做假夫妻？请你详细谈一下。”

“这要追溯到五年前了。”孙崇林轻轻叹了口气，“五年前的一个晚上，我喝了点儿酒，开车回梅口的路上撞了人。我害怕，就想逃跑，结果被行人拦住了。一来二去的耽误了救人，被撞的人死了。家属不依不饶，把我告到了法院，让我赔偿一百万，还扬言要让我坐牢。我刚上班没几年，手头哪有那么多钱？再加上过度害怕，就找了单位的主任，也就是付成峻商量对策。没想到他一口答应帮忙，不仅当场借我一百万，还亲自协调，请对方撤诉。事成之后，我对付成峻感恩戴德，信誓旦旦地说，以后有我能效劳的，一定万死不辞。付成峻听完，哈哈一笑，对我说钱不用还了，还要给我个媳妇让我压压惊。我心想哪有这样的好事，连连推辞，付成峻这才神神秘秘地跟我说，他有个表妹同性恋，家人不接受，非逼着赶紧嫁人。他表妹拗不过家里，找他求助，他就想到一个假结婚的法子，问我愿不愿意。我一看岑玉露这么漂亮，心想就算假的也值了，带出去多有面子。她若日久生情，我岂不赚大了。那时我确实想报恩，不想拂了他的面子，就答应了下来。没多久，我和岑玉露就登记结婚了。”

“后来呢？你是怎么发现他们的事的？”陆浩宇问。

“还不是付成峻那老匹夫做事太绝。”孙崇林恶狠狠地啐了一口，“后来，我和岑玉露就住进了玉璃公馆的别墅，分房睡。刚开始，她对我客气有加，但坚决不让我碰她。我心想，得有耐心，一步一步感化她，就由着她去了。可我毕竟是个血气方刚的正常男人啊，整天守着这么个大美女，还是我法定妻子，没想法是不可能的。终于有一天，我喝醉酒回到家，看着穿着睡衣的她，再也把持不住，想非礼。可她坚决不从，和我扭打在了一起。意想不到的事情来了，付成峻没多久冲了进来，把目瞪口呆的我打醒了。事后我才知道，岑玉露是付成峻的情妇，安排岑玉露结婚只是幌子。更过分的是，付成峻在兰璃公馆也买了一套别墅，离我家不远。他有我家的钥匙，方便偷情。付成峻为了时刻监视我，还在我家里安了摄像头，才会在我非礼岑玉露的第一时间跑了进来。知道实情后，我万念俱灰，坚决提出离婚。付成峻却找人把我打了一顿，随后威胁我，要是敢再提离婚，或把他们的事说出去，不但要我把一百万还给他，还要把我撞死人的事捅出去，让我一辈子都在牢里过。这还不算，他说自己在梅口势力遍布，知道了我父母的所在地。权衡再三，我决定妥协。岑玉露也撕去伪装，搬了出去，正大光明地和付成峻住在一起。别墅成了伤心地，我就很少回去了。”

“你刚才说，付成峻声称自己在梅口势力遍布。他是梅口县人吗？”陆浩宇疑惑道。

“不是。”孙崇林麻木地摇摇头，“可岑玉露是。”

“那也不至于势力遍布。有没有可能他只是吓唬你？”陆浩宇问。

“不。”孙崇林抬起头盯着他，“付成峻是梅山会的副会长。”

八大金刚

城区中心派出所讯问室

“梅山会？”陆浩宇头次听到这个名字，不免有些吃惊，仍不动声色道，“是个什么组织？”

“梅山会是最近几年兴起的民间自发组织。”孙崇林顿了顿，“顾名思义，梅山在梅口县境内，组织里的成员或多或少和梅口县有关系。有的在梅口工作，有的老家是梅口，有的爱人在梅口，等等。成员遍布各地，组成复杂，但准入门槛非常高，能加入的基本上非富即贵，大多集中在政界、商界和金融界。简单来说，都是手里握有一定社会资源、能够为组织出力的。入会方式是受邀制，由核心成员筛选考察，觉得对组织有用且足够可靠的，才会向其伸出橄榄枝。名额也有严格限制，只有八十八个位置。满了之后，除非有人自愿退会，空出位置才让新人加入。当然，入会成员也会有充足的福利，可以共享其他成员甚至核心成员的宝贵资源。”

“核心成员都有谁？”陆浩宇沉声道。

“说了算立功不？”

“那得看你提供信息的质量。首先，你要实事求是，既不能有所顾虑、隐瞒不报，也不能无中生有、捏造事实。我们会加以核实，一旦发现你所说证词与事实不符，罪加一等。再者，你提供的信息得有分量，不能只说大而化之、无关紧要的，要尽量交代我们不掌握的违法违纪事实，才算立功。”

“谁知道哪些是你们不掌握的。”孙崇林小声嘟哝道，清了清嗓子，“要说核心成员，就得从建会之初一场自称创世纪的酒席说起。那时，离现在也将近十年了吧，梅山会的会长组织了一个饭局，参加者共有八人。酒过三巡，菜过五味，众人聊得很投机，会长兴致高昂，就提议在场之人结盟，有福同享，有难同当。借着酒劲，大家纷纷附和。因为众人都和梅口县有千丝万缕的关系，会长顺势敲定，起名为‘梅山会’，在场八人就成了‘八大金刚’。”

“后来呢？”展津听得入迷，不自觉地问道。

“随着时间的推移，最初八人有的离世，有的退休，有人被你们市纪委给办了，还有人主动退会。显赫一时的八大金刚到如今，只剩下三人。这三个元老级人物，自然是现在会里的绝对核心成员。”孙崇林说道。

“剩下的这三个人，分别是谁？”陆浩宇追问道。

“秘书长是梅口县公安局局长卫应屹；副会长是市滨海新区规划建设委员会主任付成峻。”孙崇林眼睛也不眨地盯着陆浩宇，“会长，也是当年饭局的组织者，就是天宸集团的董事长谭岿。”

盆栽艺术协会，椒房

“好，好，我明白，老板。”男子毕恭毕敬地对着手机说。过了一会儿，才心事重重地挂掉。

“老板给回信儿了吗？怎么说的？”王嶙忍不住第一时间凑上前去。

“是。”男子重重地叹了口气，“老板和谭总商议过了，不管对方是谁、有什么目的，的确像是冲着咱们来的，咱们还是先避避风头为妙。你的几个夜场、王峋那边的几个矿场都先关一关；你哥那边，关于洋垃圾的那条线也暂时断了；园子这边先不要来了。咱们先到谭总那里休养生息一段时间。等老板打探到确切消息，再做打算。”

“怎么跟我哥他们说？晚上的会还开吗？”王嶙皱了一下眉头，“还有，徐士枫那个累赘怎么办？”

“开，正常开。正好可以当面嘱咐几句，也不在乎多那么一晚上。”男子略一思考，“至于徐士枫，让他一起转移。他现在可是我们手里的底牌了，随时都能派上用场。”

“没问题。我马上着手安排。”王嶙干练地说完，又关切地看着男子，试探道，“老板没责怪你现在才汇报吧？”

“那倒没有。”男子点上一根烟，吸了几口，“我听老板的言下之意，还是让我遇事多汇报请示。至少，多找谭总商量。”

城区中心派出所讯问室

“谭岿？”陆浩宇轻轻念了一声，暗道一声又是天宸集团，不由看向展津，发现展津正在神情复杂地思索着什么。随即定了定神，继续问道，“那剩下的几个人分别是谁，你都清楚吗？还有，你说有的离世，有的退休，有的被查处，有的主动退会，分别是什么情况，说详细点儿。”

“好的。”孙崇林仔细回忆了良久，才道，“具体情况我也不都知道，只说我知道的吧。离世的人叫王照玮，之前是市规划局局长，刚提拔没多久，屁股还没坐热就出了车祸，当场没了。唉，真是命啊。”

“车祸？”陆浩宇默默记下来，“发生在什么时候？”

“将近十年了吧。”孙崇林歪着脑袋想了一会儿，“哦，对，就在梅山会成立不久。当时会长组织的创世纪饭局，其中一个缘由就是给他庆贺提拔局长之喜。”

“嗯。”陆浩宇若有所思地点点头，“你继续说。”

“好的。”孙崇林咽了一口唾沫，看着陆浩宇问道，“领导，我能不能喝口水？干得难受。”

“可以。”陆浩宇对展津使了一个眼色。展津点点头，起身用一次性纸杯兑了点儿温水端给他。

“谢谢领导。”孙崇林咧嘴笑了，“至于退休的人，是原来市国土资源局局长任永昌。建会时他就退休了，听说返聘了还是什么的，我也不太懂。哦，对了，他是付成峻的岳父。”

“付成峻的岳父？”陆浩宇低头想了一下，“这么说来，付成峻当时入会应该是和任永昌扯上的关系，而非岑玉露？”

“对啊，这个自然。任永昌到市国土资源局之前，在梅口县当副县长。有这层关系在，付成峻才会出现在当时的饭局上。再说了，付成峻哪有这么大胆子公开和岑玉露的关系？还不得乖乖依靠岳父，年纪轻轻就当上了市房管局局长？”孙崇林颇有些不屑一顾。

“你的意思是，建会时付成峻就是市房管局局长了，对吧？”陆浩宇皱着眉头思忖片刻，隐约感觉不对劲，却又说不上来，“那么，被市纪委查处的是谁？”

“柯云岭啊，就是今年年初被办的。应该是你们今年的第一大案了吧。”

孙崇林所言非虚，柯云岭被查处之前是市住建局局长。虽不是陆浩宇查的，但也有所耳闻。之所以被公众称为今年第一大案，是因为市住建局发生了塌方式腐败，牵扯人数非常之多。从局长、副局长到中层、一般人员，上上下下处理了二十多人，甚至刚上任的市纪委驻市住建局纪检组组长解成斌都受到牵连，被定性为“监督责任履行不力”，背了一个党内严重警告处分。案子轰动一时，在岚江市引起了不小的余震。没想到柯云岭也是梅山会的人。陆浩宇突然想起哪个地方不对劲，“这个柯云岭入会时在哪个单位?”

“就在市住建局啊。住建岭，入云霄，说的就是柯云岭从工作一开始就在市住建局，一直到被查办。他是一步一个脚印，从市住建局的小科员提拔到位高权重的局长的，一路披荆斩棘，直入云霄。刚入会时，他还是市住建局副局长。”孙崇林如数家珍。

“规划、国土、房管、住建，怎么都是建设口的大单位?每个单位有且只有一个人?”陆浩宇沉声道。

“这很正常啊。天宸集团本来就是依靠房地产起家的建筑企业，自然和这几个单位打交道多。至于每个单位一个人，嘿嘿，我觉得只是巧合罢了。”孙崇林不以为然道。

“只是巧合吗?”陆浩宇心里暗道一句，对孙崇林的回答不置可否，“往下说！还有退会的，是什么情况?”

“退会的有两人。”孙崇林皱了皱眉头，神神秘秘道，“其中一个的来历我不太清楚，好像是法院的，王照玮车祸后不久就退会了。原因我就不知道了。但另一个退会的我想你肯定认识，绝对会非常感兴趣。”

“谁?”陆浩宇莫名心头一紧。

“现任市公安局局长程学义！”

市公安局办公楼 1001 室

“快来，快来！大老徐啊，要不是因为贵公子，你还不知道什么时候能来我这里坐坐，给指点指点。要我说，你这副书记可有点儿官僚哟。”程学义边把徐济元和张沐源引进门，边开玩笑道。

“市公安局被程局长治理得井井有条，再加上有派驻纪检组的马书记、申书记坐镇，我很放心。要是不了解情况还过来说三道四，那才是真官僚呐。”徐济元淡淡地笑了一声。在沙发上坐定后，指着张沐源对程学义道，“程局长，给你介绍一下！这位是我们纪委系统的巾帼女将张沐源。之所以带她过来，是因为她去过小枫被软禁的地方，对环境比较熟悉，对咱们的营救工作大有帮助。”

“哦，真是英雄出少年啊！徐书记不说，我还以为是贵公子的同学呢，真是失敬。”程学义上下打量了张沐源一番，笑道，“请问张主任因何事去的这个地方？”

“说来话长，以后有机会详谈。”徐济元打断程学义，“沐源，你先介绍一下那个地方内部的具体情况吧。”

“好的，徐书记。”张沐源应了一声，又看向程学义，不失礼貌地说，“程局长，您叫我小张就行。第一次去的时候，我们在里面拍过照，也录过视频。来这里之前，我特地选取了部分照片打印出来，给两位领导过目。”说完，她从包里拿出打印好的照片，分发给程学义和徐济元。趁着两人翻看的工夫，张沐源不慌不忙地介绍道：“这个地点位于滨海新区湿地公园，是封闭性园林。选址非常隐蔽，三面环水不说，岸上的入口也被郁郁葱葱的树木遮挡得严严实实。园林里面，有若干个半嵌入式房间，部分房间从外面看是全封闭的，而小枫所在的房间应该就在照片里的这间——巴比伦。”说完，张沐源顿了顿，给他们以充足的时间消化。

过了一会儿，程学义蓦地笑了，“有小张的这些照片，我们可省事多了。只需布好网，守株待兔，等着他们的人集合完毕，一网打尽就行了。”

“话是这样说没错。”徐济元点点头，又皱了皱眉，对程学义道，“只是有一点请程局长批准，今天的行动，我希望对局里一位同志完全保密。”

“谁？”

“副局长邱峄同。”

城区中心派出所讯问室

“你说什么？”展津激动地从座位上蹦了起来，指着孙崇林大声道，“孙崇林，我可告诉你啊，不要乱说，凡事要有根有据的。”

“警官，警官，有话好好说！我说的都是实话啊。”孙崇林双手举过头顶，忙不迭地解释。

“程局长和梅口县没一丁点儿关系！他自己不是梅口人，也没在梅口工作过。他的爱人也是。那么，你凭什么信口开河？”展津怒气冲冲。

“警官，你别着急，听我说完嘛。我肯定有我的理由。”孙崇林惊恐地说道。

“展津，你坐好。”“先听听他怎么说。”

展津哼了一声，回到座位上坐定。孙崇林惊魂未定地拍了拍胸口，顺了顺气，又要了一杯水喝下，才缓缓开口道：“没错，表面上看，程学义和梅口县没关系。两位领导不知道的是，程学义在干市公安局局长之前，也就是副局长的时候吧，有个相好的是梅口县人。为了她，程学义还差点儿离婚，也算动了真感情。会长知道这层关系，是因为人就是他介绍的，一直都由会长出钱供着。只不过后来，程学义在转正当上局长之后，也不知道什么原因，就慢慢和那女的断了。最后彻底退出梅山会，和会长他们划清了界限。”

听到这里，展津的神情才逐渐舒展开来。陆浩宇看在眼里，也不声张，“那你知道不知道那个女的叫什么？”

“知道啊，叫萧一菡。”孙崇林顺口答道。

“啪！”展津把笔重重地拍上桌子上，站起身，难以置信地看着他，用冰冷到极点的语气说道，“你再说一遍！”

“萧一菡啊。警官，又有什么问题？”孙崇林被展津的样子结结实实吓到了。

“怎么了，展津？”陆浩宇也注意到展津的反常，一脸疑惑。

展津扭过头来，神情复杂地看着陆浩宇。过了半晌，才附在耳边低声道：“这个萧一菡，是我曲叔叔的第二任妻子，曲锐现在的后妈！”

守 株

城区中心派出所讯问室

“怎么回事?”陆浩宇低声问展津。

“第一任妻子在曲锐很小的时候就因病去世了，曲叔叔独自抚养曲锐长大，很是辛苦。周围的人一直想给介绍个伴儿，可他怕曲锐受委屈，迟迟未答应。直到三年前曲锐结婚后，曲叔叔才欣慰地松了一口气。没多久，就和现在的妻子，也就是萧一菡结婚了。事后我们才知道，他和萧一菡在一起好几年了，只是出于考虑一直隐忍着，没和曲锐说，也迟迟没给萧一菡名分。曲锐深知曲叔叔这些年来的不易，也很希望能有个知冷知热的人照顾曲叔叔，再加上是曲叔叔自己的选择。即使萧一菡年纪比曲锐大不了多少，曲锐仍对这个后妈毕恭毕敬的。可没想到，她还会和程学义有这么一段过去。”展津捂着嘴，小声介绍道。

“这个萧一菡是谁介绍的，你知道不知道?会不会也是谭岿?”陆浩宇追问道。

“这个我就不清楚了，恐怕只有他们几个当事人才知道。”展津皱了皱眉头。

“领导，你们在嘀咕什么呢?这个萧一菡，你们认识啊?”孙崇林嘟哝道。

陆浩宇对展津摆了摆手。“你可知道萧一菡的来历，以及她的近况?”

“来历不清楚，近况倒是知道。”孙崇林老实答道，“这才没几年的事吧，萧一菡成功上位，嫁给天宸集团的总经理曲定天，摇身一变，成了曲家少奶奶。”

“又是天宸集团?”陆浩宇故作不知，“那他们的婚姻有没有谭岿干预的身影？”

“我猜应该有吧。只是猜测啊。之前有坊间传言，萧一菡是谭岿精心培养的公关女郎。当然，这也只是八卦，不足为据。”

“那你和曲定天是怎么认识的？”这次开口的是展津，“他也是梅山会的成员吗？”

“他不是。”孙崇林笃定地说道，“我和曲总认识，纯粹是因为业务往来。”

“什么业务？”展津追问道。

“还得从岑玉露说起。”孙崇林顿了顿，“发现她和付成峻的事后，我经历了从绝望、不甘到坦然。慢慢地，我逐渐认清了现实。一方面，我睁一只眼，闭一只眼，由他们去了；另一方面，我也在不断想办法，尽量多捞点儿钱，充实自己的资本，防患于未然。后来一次偶然的机会，我发现付成峻用岑玉露的名义注册了一家公司——岚江市绿源有限公司，并通过它揽一些我们单位的工程，外包出去赚取差价。我就主动找他谈判，跟他说合伙做。毕竟，我以岑玉露老公的名义去处理具体事宜更方便。他呢，只需利用手里的职权，把源源不断的工程资源给我就可以。事成之后，我三成，他七成。他大我小，加上他也确实需要顶在前面的代理人，也就欣然答应了。也就是从那时开始，付成峻举荐我加入梅山会，以便接触不同社会资源和工程项目。紧接着，我和他就过上了搁置争议、共同发财的生活。他负责找项目，直接指定或稍微走个程序就转给岑玉露的公司。我再对外联系转包业务，交给具体施工方，用低于财政核定拨款的价格转给他们去干。赚到差价后，再和付成峻按约定好的比例分赃。涉及建筑类工程，我基本都找谭岿所在的天宸集团。谭岿毕竟是堂堂董事长啊，很多业务都不需亲自出面，就引荐天宸集团的总经理曲定天，小项目我直接找曲定天对接就可以了。时间久了，自然也熟悉了。”

“小项目？”陆浩宇突然想起什么了，“还有大项目吗？怎么运作的？”

“特别大的项目倒是没有，一来程序和手续太繁琐，不便于操作；二来被人发现和举报的风险也大。稍微大点儿的项目倒是有一两个，我都直接找谭岿联系。毕竟是一个会的人，又是会长，好说话，信得过。况且，谭岿又对曲定天有所提防，核心的大项目都不让曲定天知晓，自己和我对接。”

“提防？”陆浩宇若有所思地念叨了一句，紧接着若无其事道，“那最近一个较大项目是什么？

“要说最近的——”孙崇林努力回忆了一番，“应该数去年建设的滨海新区湿地公园景观提升项目了。”

“哦，那是什么？你具体说说。”饶是陆浩宇内心泛起波澜，表面仍然平静如水。

“嘿嘿，这个我要说出来，肯定是大功一件。”孙崇林眼珠骨碌一转，咽了口唾沫，嘿笑一声，“这个项目就是打着景观提升的幌子，在滨海新区湿地公园修建的一处私家园林。修建全程都非常神秘，谭岿亲自从外地找来工人施工，完成后又全部遣送回去。项目总共花费七百六十多万。为了掩人耳目，付成峻分三次将总工程款拨到绿源公司账户上。到账之后，我再将钱汇总转到谭岿的私人账户。在这个工程上，我和付成峻一分差价都没赚，花费多少，就给转了多少。谭岿也没走公司账户，等于他个人揽了个私活儿，不仅少给了企业部分管理费，还免缴了不少税款。我大体算了一下，这个项目加上我和付成峻的抽成，按正常程序走，预计总数不会少于两千万。我质问过付成峻为什么不要抽成，是不是他和谭岿合谋私吞了，付成峻信誓旦旦说没有，这个工程只是给一位朋友帮忙，也怕支出金额过大引起官方注意。”

“哪个朋友？”陆浩宇追问道。

“这个我就不知道了。付成峻没说，我也没问。”孙崇林摇摇头，“项目建成后，作为奖励，付成峻准许我去那个园林做过几次客。啧啧，那里面可真叫一个气派。院子里，各种奇珍异树交错；房间内，装修和设施富丽堂皇。引我去那里的人叫岩哥，自称私家园林的主人。可我看他的气场和谈吐，也不像什么大人物，不至于能让付成峻和谭岿心甘情愿地冒着风险出钱、出工、出力。要我猜啊，这个岩哥更像给园林主人当打手、看场子的。”

“岩哥？”陆浩宇意味深长地看了一眼展津，又转向孙崇林，“你说的这个岩哥，长什么模样？”

“不高，很胖，圆脸。刚开始以为性格不错，其实不怎么样。”孙崇林极力回忆道。

陆浩宇心里暗暗吃了一惊，这个描述和江峰遇到假李岩时说的很像。如果没猜测，孙崇林见到的也是王峥！

市公安局办公楼1001室

听到邱峄同的名字从徐济元嘴中轻描淡写地吐出来，程学义的脸上还是不禁有些变色。听他的口气，是不是市纪委查到了什么。程学义很想向徐济元求证，但理智告诉他，这时最好什么都不要问。他很清楚，什么叫言多必失。

“没问题。”程学义一口应了下来，“全听徐书记安排。”

“如此，多谢程局长了。”徐济元笑了笑，也不多作解释。他端起杯子，浅浅地呷了一口茶。

“这是应该的。”程学义也跟着笑了一声，“关于营救工作，徐书记有什么具体计划？还有什么要特别注意的事项吗？”

“计划嘛，就像刚才沐源说的，守株待兔。”徐济元放下杯子，一脸严肃道，“首先，派人先去踩好点，熟悉一下周围环境和入口。然后，就把入口牢牢盯死。等人到齐了，马上部署警力，团团包围起来。约定时间一到，强行破门，兵分三路。一路直奔巴比伦去救人；一路搜寻会场所在地，控制李岩等人；剩下的一路人守好入口和院子，防止里面的人逃遁。程局长意下如何？是否具有可行性？”

“可行，非常好。想必徐书记在心里演练多遍了。”程学义爽朗地笑了，又沉声道，“关于王嶙、王峥和王峋的照片信息，我已着人调取出来了，想必也不难辨认。只是在我们系统里，一直没有查到李岩的相关信息，不知道到底长什么样。就怕到时负责盯点的同志会对来往人员认不全，万一漏掉李岩这条大鱼就麻烦了。”

“这个倒无妨。虽然李岩做事一向狡诈，不知使了什么手段，在公安系统里凭空消失。不过也没关系，既然他组织骨干成员开会，肯定会出现。说不定，他一直就在园子里待着。既定的开会时间不是 8 点吗？8 点一过，不管看到几个人进园，立即形成包围圈。再根据实时信息随机应变。一旦确认人员到齐后，马上行动。”

“哈哈，好！”程学义拍手叫了一声好，“啧啧，徐书记没来公安系统当领导，可真是我们公安系统的损失啊。”

“程局长见笑了。公安系统藏龙卧虎，我可不敢造次。接着说吧，关于注意事项，我能想到的就是严格保密。整个行动的完整方案如非必要，不要透露给任何人。行动实施分割管理，每人负责不同部分。对参与抓捕的干警，也不提前告知具体行动事项，统一派到离行动地点有一定距离但能迅速到达的地方待命，行动开始并形成包围圈之后再做具体布置。”徐济元看了一眼张沐源，“沐源，你觉得还有什么需要特别注意的事项没有？”

“徐书记考虑得很周详了，我不敢班门弄斧。”张沐源笑吟吟道，“只是有一点，怪我之前没有汇报到位。除了正门的出入口，李岩他们要是选择逃遁，更有可能采用的会是水路！”

城区中心派出所讯问室

“在你说的私家园林，都见过谁？”陆浩宇沉声道。

“没有啊，只有岩哥，还有小嶙。”孙崇林答道。

“小嶙？小嶙是谁？”陆浩宇追问道。

“小嶙本名王嶙，圈子里的人唤作‘嶙姐’，管理好几个夜场，也是梅山会成员。”孙崇林顿了顿，“对了，我找的小依，就在王嶙的场子里。”

“除了小依，你还找过多少个？”展津接话。

“警官，说了你可能不信，我只找过小依，确实找过她很多次。为了显摆，我还带她去过私家园林。”他边说边低下头，声音几不可闻。

“哎哟，是吗？这么说来，你还挺专一的嘛。怎么，看上小依了？”展津略带讥讽道。

“其实也不是。”孙崇林咬了咬牙，下定决心一般，“我跟你们说实话，你们也别笑话我。其实，最开始出来玩就是喝喝酒、唱唱歌什么的，为了放松，并无多余想法。我胆小，生怕小姐不干净。直到遇到小依，一切才变了。唉，你们不知道，小依和岑玉露特别像，无论长相、举止，还是谈吐、气质，像是一个模子里刻出来的。关键是，小依比岑玉露小了整整十岁！第一眼看到她，我心里就有莫名的东西在作祟。我感觉，她就像老天爷补偿给我的礼物。一时间，激动、兴奋、不甘、屈辱、愤恨一股脑涌上了心头，身体里就像有一个牵引力，让我欲罢不能，顺理成章地和她发生了关系。清醒过来才发现，睡在我身边不是我喜欢的、梦寐以求却不得的妻子岑玉露，而是她的替身，一个只要有钱就可以和你发生关系的小姐！而我真正的妻子，此时此刻，却可能为了钱正和别的男人发生关系！这和小姐有什么区别？一想到这里，一直以来勉力维护的仅有的一点儿男人尊严也荡然无存。我能明显感觉到，我开始变了，变得偏激、陌生，极度扭曲。我喜欢和小依发生关系，把她当作岑玉露。清醒过来又会无比恼怒，把全部怨气撒在她身上，对她拳打脚踢。打完之后，我才会消气，才会有快感，就像每一拳都报复在了欺辱我的岑玉露身上。我承认，我对不住小依，可我真的好像着了魔，根本无法控制！”

市公安局办公楼 1001 室

“水路？”程学义一脸疑惑地看向张沐源，“依张主任的意思，莫非这个地方在邻水面还有小门儿？”

“是的，程局长。”张沐源收起笑容，“很隐蔽。我们上次就是从那个小门儿进的。据我们了解，去过园子的人也是从水路进入的。所以，不排除他们自己人从水路出入的可能性。”

“设计者真可谓用心良苦。”程学义不由感慨，“请张主任去现场给负责盯点的同志指点一下位置，不知是否方便？”

“当然，全凭程局长吩咐。”张沐源看了一眼徐济元，见他点头，随即应了下来。

“好，那就有劳了。”程学义正色道，“这样一来，我再多安排些人手，从水面同时围堵，一定把整个园子围个水泄不通，准叫今晚来的人有去无回，插翅也难飞！”

收 网

城区中心派出所讯问室

“你不觉得你像一个变态吗？”展津冷冷道。

“我承认，我就是一变态，可那也是付成峻和岑玉露逼的啊。你以为我想吗？我也想娶妻生子，过普通人的正常生活，可有这个机会吗？”孙崇林双手抱头，痛苦地说。

“你有。等你的事了结了，重新做人，一切都还来得及。”陆浩宇不容置疑道，“振作一点儿，我们继续谈。”

“好。”孙崇林抬起头，重重地呼出一口气，“你接着问吧。”

“关于岩哥和王嶙等人，你还掌握其他什么吗，比如说交际到比较多的人、从事的业务范围以及个人的生活等。”

“岩哥的话，我不知道了。只见过那一面，平时也没交集。”孙崇林想了一会儿，“至于王嶙，我了解就比较多了。一来我常去她的场子，二来也因为她在梅山会，平时有接触。据我所知，她除了管理几个夜场，没再经营其他业务了。她交际的人比较多，梅山会里大部分人都会去她的场子捧场。她嘴甜心细，做事又稳妥得体，很得圈内人的赞誉。对了，她有一个保镖，好像叫阿嵘，经常形影不离地跟在她左右。至于个人生活嘛，她不经意和我说过，和岩哥是情侣。我问她，岩哥又矮又胖有什么好，她只是笑笑。”

“你说的保镖阿嵘长什么样子？”陆浩宇不紧不慢道。

“又高又瘦的，满脸戾气，但一眼看上去就是精明干练之人。”孙崇林边回忆边说道。

陆浩宇缓缓点了点头。又矮又胖的假岩哥应是王嶙的亲哥哥王峥。这一点，王嶙自然不会说破。据孙崇林的描述，阿嵘和江峰见到的保镖极可能是一个人——‘峥嵘嶙峋’里的王嵘。看来，一直没露面的王嵘在李岩团伙里担任内部保镖的角色，在外面鲜有踪迹也就能说得通了。真正的李岩和王嶙是情侣，李岩派王嵘去保护王嶙倒也合情合理。可真正的李岩在哪里？他和王嶙的情侣关系——

“领导，领导！”孙崇林打断陆浩宇的沉思，“还有别的问题吗？”

陆浩宇回过神来，发现展津也在一脸疑惑地看着他，不禁尴尬地冲展津笑了笑，“关于付成峻，你还知道多少？你之前说他在兰璃公馆买过两套房，钱从哪里来的？别的房产信息你是否清楚？”

“这些我就不知道了。”孙崇林无奈地摇摇头，“关于付成峻，我只知道他和岑玉露的关系以及揽工程营私。其他事他不告我，我也懒得问，各自过好日子呗。”

“嗯，那你还有其他要反映和补充的吗？”

“没有了。”想了一会儿，孙崇林摇头道。

“好，我没有别的问题了。”他看向展津，“你还有要问的吗？”

“我——也没有了。”展津有些欲言又止。

“好，你先把谈话笔录打印出来吧。”又转向孙崇林，“今天先到这里。一会儿你把打印好的谈话笔录看一遍，没问题就逐页签字、按手印。在这之前，我还需要你做一件事。”

“什么事？”

"把你知道的所有梅山会成员在纸上写下来。"

市公安局办公楼1001室

"好，我知道了。"挂掉电话，程学义面带微笑地看着徐济元和张沐源，"盯点的人回话说，一个长相接近王峋的人进园了。"

"好，没想到会这么早。"徐济元看了一下时间，刚过下午6点。

"对啊。"程学义露出一个意味深长的笑容，"算是开了一个好头。真希望今晚一切顺利。"

城区中心派出所讯问室

趁着孙崇林冥思苦想、逐个写下成员信息的间歇，陆浩宇把打印好的谈话笔录顺完，修改了几个错别字，又让展津重新打印了。

"领导，我能想到的只有这些了；其他的要么没接触，要么实在记不清了。"

"好。"陆浩宇接过孙崇林递过来的纸，又把打印过的谈话笔录递给他，"先仔细看看，有没有问题。"

孙崇林应了一声，接过笔录逐页翻看了起来。陆浩宇也在认真地看着手里的纸。孙崇林歪歪扭扭地写了三十几个名字，除了已知的谭岿、付成峻、卫应屹、王嶙，唐巙的名字也赫然在列。只不过看了好几遍，都不见邱峄同的名字。

"你认识市公安局的邱峄同吗？"陆浩宇不经意道。

"算是认识吧，在某个饭局上吃过饭。"孙崇林顺口答道，"怎么了，领导？"

"没事。那他应该不是梅山会的人吧？"陆浩宇轻描淡写道。

"不是。"孙崇林随口一答，又想了一下，"至少，我知道的情况是这样。"

"好。"陆浩宇收起疑问，把他写下的名字整理好，交到展津手中，"关于这次谈话，你没有向任何人汇报或通风报信的义务。当然，我们也会严格保密，请你尽管放心。需要时，我们会就有关情况和你核实，希望你能像今天一样积极配合。”

“好的。”孙崇林大大咧咧地答应下来，又看着陆浩宇谄媚道，“领导，我看完了，没问题。签字之前我想问一句，我今天的表现算不算立功？能不能拜托你们跟检察院领导说说，能不起诉就尽量别起诉了吧。这都过去多少年了。”

“起诉不起诉我们说了不算，得由检察院根据相应法律来决定。有关你积极配合的情节，我们一定会在材料中写明，争取对你宽大处理。”陆浩宇郑重其事道。

“好！”孙崇林重重地喊了一声，拿起笔来，在陆浩宇的指引下签好名字，按手印时不禁苦笑一声，“我怎么感觉就像在签工程外包合同，只不过这次要外包的工程是我自己。”

城区中心派出所讯问室外

一走到门外，展津就迫不及待地递给陆浩宇一根烟，点上，自己也点了一根，站在墙边，大口大口吸了起来。直到一根吸完了，把烟头掐灭，他才道：“刚才，你为何不问他赌博的事。”

陆浩宇重重地呼出最后一口烟，“一问，他就知道是小依告的密。别的事我们都能查出来，唯独赌博，目前好像只有小依知道，我担心他会找机会报复她。等把小依安顿好了，再问也不迟。放心，他跑不掉的。”

“行。”展津又掏出一根烟递过去，“好人都给你做了。”

陆浩宇接过烟点上，吸了一口，笑了笑，对展津的话不置可否。“这次和孙崇林谈话，你发现问题没有？”

“暂时没有。感觉信息量太大，脑子有点儿炸，得消化一下。你呢？”

“我？”陆浩宇轻轻吐出一个烟圈，“说不好。凭直觉，谭岿组织的神秘饭局有问题，至少早有预谋。否则哪来这么多巧合？”

“你觉得有什么问题？”展津盯着陆浩宇。

“这个，我就不知道喽。”陆浩宇叹了口气，“恐怕，只有早早退会的程学义才能给出答案。”

市公安局办公楼 1001 室

手机震动声响起，张沐源小声道了歉，走到办公室外面带上门，接通了电话。“喂，陆主任。你们谈完话了？好快啊，有收获吗？”

“对，谈完了。收获还不小，见了面详谈。沐源，你在哪里呢？还有，你知不知道徐书记去哪儿了。”

“我和徐书记都在市公安局呢，陆主任你放心。”张沐源看了一圈四周，压低声音道，“我们准备今晚行动，营救小枫。再过一会儿，就要去指挥中心了。”

“今晚？”陆浩宇吃惊道，“这么快？”

“是呀。陆主任，你不知道，你们刚开始和孙崇林谈话，徐书记就接到市公安局程局长的电话，说李岩准备约着骨干晚上在园子里开会。徐书记觉得这是一网打尽的机会，就和程局长商定今晚行动。本来他还担心你谈不完，这样最好了，你要不要过来参与指挥？有你在，徐书记就会更放心了。”张沐源满脸期待道。

“去，当然去。我马上就动身。”突然，他又想起什么了，“等下，沐源。刚才你说徐书记和程局长商定好，是程学义局长吗？他参与行动全过程吗？”

“对呀，就是他，他是总指挥。怎么了，有什么问题吗？”

“我马上过去，到了再说。”陆浩宇有些焦急道，“沐源，你听好了，别问为什么，马上去做一件事。单独和徐书记在一起时，务必提醒他，就说我安排的，不要太过相信程学义！”

车牌号东 QHY905，白色波罗车内

“滴滴，滴滴滴。”看着前路上的长龙，陆浩宇不免有些烦躁，狂按了几声喇叭。展津见状，突然会心笑了。“你笑什么？”陆浩宇没好气地看着他，“幸灾乐祸啊？”

“咳咳，没什么。只是好久没见你如此烦躁了。”展津强忍住笑，装模作样地清了清嗓子，“早上我开车带沐源去市民政局，路上也是堵成这般光景。我当时烦得不行，生怕耽误时间完不成任务，多亏沐源在旁边不停逗笑才稍微放松点儿。如今斗转星移、物是人非，你也尝尝高峰期被堵的滋味，我却可以好好享受坐在副驾驶上的轻松，更有时间唏嘘短短一天内发生的这么多有趣的事，真是妙哉，妙哉呀。”

“哈哈哈，你这家伙——”陆浩宇被逗乐了，开心地笑了几声，“只可惜我的副驾驶没有沐源那般善解人意哟。”

市公安局行动指挥中心

陆浩宇和展津赶到时已近晚上 8 点，徐济元和张沐源等人早在指挥中心就位了。陆浩宇看了一眼张沐源，发现她默默摇了摇头，顿时明白过来，心里有些不安。再朝前走了几步，正好迎上程学义凛冽的目光。两人首次见面，却从各自所处位置知晓了对方身份。火光交错间，彼此意味深长地对视了。只此一眼，陆浩宇就从程学义的眼神中捕捉到了一丝慌张。

他没法儿不慌张。陆浩宇这时匆忙赶过来，想必刚完成一项重要任务。他看自己的眼神，分明带着怀疑和敌视。又联想到徐济元提到不让邱峰同知晓行动，摆明是查到了邱峰同什么事。莫非他通过邱峰同查到了自己身上？程学义装作不经意地扫了一眼展津，发现他也在不可察觉地逃避自己的目光。他们到底查到了什么？

“来来来，浩宇，快过来。”徐济元打断了两人的思绪，“这位就是市公安局的程局长。程局长，这位就是我们委里这代年轻人中的佼佼者，七室主任陆浩宇。你们是否认识？”

“幸会，我们还是第一次见。”程学义若无其事地笑了笑，主动伸出手来，“不过，陆主任的大名我可不只一次听各位书记提起过，神交已久了。”

“哪里，哪里，程局长太客气了。”陆浩宇泰然自若地寒暄道，“久仰程局长风采，今日有幸能够目睹。”

“浩宇啊，你来得正好，我们刚要准备行动。你在旁边看着，有什么要注意的及时提出来，务必保证一击即中。”徐济元看着陆浩宇，欣慰地说道。

“好。”陆浩宇定了定神，把心思收回，“进行到哪一步了？”

“已经确认王嶙、王峥、王峋从正门入园，一个不明身份的人从水路进入。目前为止，无人出园。警力已在附近集结就位，一声令下，就能在三分钟内把园子彻底包围起来，随时可以发动强攻。”徐济元跃跃欲试道。

“嗯。”陆浩宇点点头，“小枫发信息求救的手机号，定位是否还在里面？”

“没错。一直在紧盯着。”程学义答道。

“好。有程局长和徐书记亲自布网，应该万无一失。”陆浩宇神情舒展，笑了笑，“终于到了收网的时候了。”

漏网

盆栽艺术协会，义合厅

伴随清脆悦耳的脚步声，王嶙轻盈的身影徐徐出现在门口。她娇柔百媚地看了一眼房间里就座的两个人，浅笑一声，“哥，峋哥。”

“妹妹。”王峥见到她，一下从椅子上弹起，疾步过来，双手重重搭在她肩膀上，满脸兴奋道，“想死哥了。最近怎么样？”

“哥，你放心，一切都好。”王嶙紧紧握着王峥的手。

“就是。嶙妹子有岩哥的悉心照顾，你这个大舅哥还有什么不放心的。”王峋站起来，打趣了一句，又看向王嶙，咧嘴一笑，脸上的横肉摇摇欲坠，“嶙妹子，快让峋哥看看！这都半年多没见了吧，咋还越长越水灵了呢？看来，还是城里养人啊。”

“别说你了，我和妹妹都在市里，也得有一个多月没见了。”王峥看向王峋，“知道城里好，还怎么说都不来。要我说，你还是把梅口的几个矿交手底下去做，带着老婆、孩子到岚江来。一来帮衬着岩哥；二来，咱们兄弟离得近一点儿，聚起来也方便。”

“说得倒是轻松。”王峋不以为然道，“梅口毕竟是咱们老家，是咱们的根，怎么说都得有个信得过的人盯着啊。梅口矿场的摊子铺这么大，我要是一当甩手掌柜，还不知道会出什么岔子呢。再说了，我一个粗人，在梅口自由闲散惯了，也不愿意到城里来受约束。你们啊，就好好在城里待着，把梅口放心交给我，也好腾出手来踏实在这边干些大事。至于聚会，那更简单了。就这点儿路程，想我了就招呼一声，我拍马赶到。”

“峋哥——”王嶙感动地看向王峋，一脸诚恳道，“辛苦你了。”

“一家人，说那些见外的话干什么？”王峋大大咧咧地朝王嶙摆摆手，又压低声音道，“岩哥今天喊着来，所为何事？是不是和上次你说的有关？格老子的，老卫现在都没回信儿。”

“有关，更复杂。”王嶙不着痕迹地蹙了蹙眉，“岩哥马上就到，等他来了具体说吧。现在还是老规矩，先麻烦两位哥哥把手机拿出来，妹妹给存到柜子里。”

王峥和王峋应了一声，轻车熟路地掏出手机，交到王嶙手里。王嶙收好后，依次关机，连同自己的手机一起，放到门口的储物柜。正要转身坐下，却见一清瘦挺拔的男子迎面走了进来。

“岩哥。”王峥和王峋见到来人，极为恭敬地站在一边，异口同声道。

“嗯。”男子微微点头以示回应，把一个手机关机，也放到了储物柜里。稍作犹豫，还是把一个手机带在身上，信步走到中间位置坐下，环视一圈，面无表情道，“开始吧。”

市公安局行动指挥中心

徐济元和程学义坐在指挥席中间，陆浩宇和张沐源分立两侧，展津在一边踱着步。大屏幕上醒目的时间显示，晚上 8 点刚过。

“已到指定时间，请程局长指示!”本次抓捕行动的负责人、市公安局特警支队副支队长严国华通过指挥中心的视频电话连线，向程学义请示道。

“你那边情况怎么样了?”程学义沉声问道。

“没变化。进去四个目标，目前无人出来。”严国华干净利落地答道。

“嗯。”程学义不动声色地点点头，又看向指挥中心内的市公安局技侦支队支队长章家鑫，“技侦方面，目前可有收获?”

“没有。”章家鑫一脸无奈地摇摇头，“王峥的手机关了，应该放到了远处。”

“这么说，里面情况不明？恐怕——”程学义自言自语，陷入沉思。

“程局长，不管怎样，还是立即采取行动比较稳妥，救人是第一位的。再拖下去，万一行动暴露，或发生其他意外，我们就陷入被动了。”陆浩宇略有些焦急。

“明白。”程学义想了想，看向徐济元，“徐书记，你怎么看?”

“程局长，”徐济元意味深长地看了一眼程学义，慢慢吐出来几个字，“兵贵神速啊。”

“好。”程学义重重应了一声，对严国华道，“传我命令，立即行动！务必五分钟内完成对目标所在地的包围。”

盆栽艺术协会，义合厅

“什么？全都停?”王峋猛地站起来，满脸惊讶地看着坐在中间的男子，全然不顾王嶙一个劲地使眼色，提高调门，不满道，“岩哥，你要三思啊。那么多矿场，一个停一天，损失就难以估计。要是所有场子都停业，我怕这损失会是灾难性的。”

“怎么？”男子冷冰冰地看着王峋，以不容置疑的语气道，“你是在质疑我，还是质疑老板？”

“不敢，都不敢。岩哥，我错了。照办。”王峋突然想起什么来，全身打了个哆嗦。连连道歉后，他坐了回去，脸上仍是心有余悸的表情。

“这就对了。不管怎样，只要始终齐心，就没什么能难倒我们。”男子说话的语气也渐渐缓和了起来，“你说的这些，我和老板都想过。这是权宜之计，别无他法。敌人三番五次击中我们要害，摆明了冲着我们来的，可我们到现在连对方底细都不清楚。只能在明处暂停一切业务，暗地里由老板私下调查。等老板摆平后，咱们再风风光光地重出江湖。放心，不会太久。至于你说的损失，日后我们加倍挣回来就是。”

话音刚落，众人未及回应，男子随身带的手机就响了起来。暗自吃了一惊，脸色不由一变。这个手机，只有一人能打通。“喂，老板。”男子小心翼翼地接起电话，面色沉重起来，“好，好，明白了。马上就办。”挂断电话，男子神情复杂地看了众人一眼，尽量平缓地说：“我们被包围了，外面全是公安的人。”

“谁？”王嶙吃惊道，“老板能协调，让对方撤退吗？”

“很难。”男子摇摇头，“程学义亲自带队指挥的。老板也是刚刚得到消息，根本来不及反应。”

“明显有备而来啊。”王峥不禁感慨，“岩哥，我们怎么办？”

男子没有立即答话，思考了片刻，“听我的，先处理手机。手机卡全部拿出来，放马桶里冲掉！手机恢复出厂设置，清空全部数据！再找东西把手机砸碎，扔到河里！现在就做，快！”

“好。”王嶙干练地应了一声，“接下来呢？”

“接下来？”男子阴沉地说，“当然是请出我们的王牌了。”

市公安局行动指挥中心

通过指挥中心的实时大屏幕可以清晰看到，全副武装的特警把盆栽艺术协会围得水泄不通，水面上还有四艘满载警员的冲锋艇呈梯形停靠在小门儿不远处，蓄势待发。

“报告程局长，包围工作部署完成，请指示！”严国华铿锵有力地说。

“好！”程学义面容刚毅，“地面警员全部从正门突击进入，之后按计划行事。冲锋艇上的警员一半登岸，守住正门和院墙外围，另一半在水面守住邻水小门儿。不能放走一人。行动！”

命令下达后，严国华第一时间完成部署。两艘冲锋艇悄无声息地向岸边驶去，岸上警员则整齐划一地向正门靠拢。

突然，从正门内侧上方毫无征兆地冒出来一面白色小旗。仔细一看，是用树枝顶着的白色餐布。紧接着，一个中年男子的声音从院里响起：“外边的人听着！你们是不是要找一个叫徐士枫的？如果是，马上停止行动，我们来谈条件。否则，我不能保证你们想要见到的人是否完整。”

闻言，严国华和指挥中心众人结结实实地吃了一惊。严国华立即收手，做了一个停止的手势，正在移动的队伍瞬间在原地停下来。严国华跟视频终端的程学义小声请示：“程局长，如何处理？”

“有没有预备谈判专家？”饶是出乎意料，程学义还是马上稳住心神，沉声问道。

“没有。”严国华满脸内疚道，“没想过会被对方提前知晓行动，准备不够充分。”

“这个以后再说。”程学义顿了一下，“先把对方稳住，问他们要谈什么。我马上安排增援。”

“是。”严国华应了一声，接过手下递来的扩音器，“我是市公安局特警支队副支队长严国华。你们已被包围，不要做无谓抵抗，尽早迷途知返，释放人质，开门投降，争取宽大处理。”

"你是什么官?"男子问道。

"市公安局特警支队副支队长。"严国华耐心地重复道。

"官太小了。找你们这次行动最大的官出来，要不然不谈。"男子慢悠悠地说。

"国华，让我来！把你那边的终端连上扩音器，我直接和他对话。"程学义对严国华说道。

严国华略一犹豫，按指示办了。程学义试了一下音，"我是市公安局局长程学义，是这次行动的总指挥。你是什么人，有什么条件可以和我谈。"

"老子行不更名，坐不改姓，姓王名峋。至于你，说是程学义就是啊，拿出证据来。"王峋满不在乎道。

"啪。"陆浩宇突然关闭传音器，看向众人疾声道，"越听越不对劲，对方没有谈判的意思，根本就是在拖延时间，吸引我们的注意。"

"拖延时间?"徐济元略一思考，对章家鑫道，"马上把镜头切换到邻水面的小门儿!"

章家鑫应了一声，连忙安排工作人员切换镜头。果不其然，一艘冲锋艇被架起，投到水中，一中年男子和两个年轻女子从小门儿跑出来，迅速跳上冲锋艇，扬长而去。

"国华，有人从小门儿开着冲锋艇跑了，快派人追!"程学义打开传音器，也顾不上还连着扩音器，大声冲严国华喊。停在水面上的两艘冲锋艇反应迅速，一看到有人试图逃跑，来不及请示就当机立断，紧随其后，奋起直追。

"哈哈哈，程局长，你紧张什么？是不是看到我岩哥先走一步心里受不了？哈哈，话说回来，你到底还谈不谈了？要不然，我先把徐士枫一条胳膊扔给你?"王峋充满挑衅。

"王峋，你不要太嚣张！也不要觉得可以肆意戏耍我们！等把你说的岩哥抓到，我再来和你谈!"程学义恼怒地喝了一声，"国华，把视频端的扩音器收掉，不要理会他。"

陆浩宇静静伫立在一边，眉头不禁越锁越深。意外状况一个接一个，让人应接不暇。他深感不安，总觉得哪里不对劲。默不作声地把大屏幕上的画面往回放，看到从小门儿出来的中年男子时按下暂停键，仔细端详起来。画面上的中年男子个子不高，体型偏胖。陆浩宇脑子里一闪，会不会就是江峰见到的假李岩——王峥。如果逃跑的是王峥，真李岩——

“报告程局长，徐士枫发送信息的手机定位有变化，正在梅河上快速移动。如果判断没错，手机主人也在逃跑的冲锋艇上。”章家鑫对程学义说道。

糟糕！看来自己的担心是对的。陆浩宇心里一沉，不由分说地抢过程学义面前的话筒，大喊道：“严队长，马上组织上岸警员登艇，回去守住邻水小门儿。我们被对方调虎离山了。之前逃跑的不是李岩，只是诱饵。真正的李岩还没出来！”

严国华暗暗一惊，马上按要求调整人手。陆浩宇的心一直提着，直勾勾地盯着大屏幕里的小门儿。就在警员登舰的同时，又一艘不知道从哪里变出来的冲锋艇从小门儿架起，投放到水中。一个瘦高的中年男子和一个年轻女子携着一个昏迷的年轻男子，麻利地跳上冲锋艇；中年男子狡黠地笑了一声，迅速发动冲锋艇，扬长而去。

“是小枫。”徐济元猛地站了起来，指着画面上昏迷的男子，激动地说道。

“国华，发现人质目标，就在第二次出来的冲锋艇上，马上派员全力追击。”程学义厉声对严国华说道。

“是！”严国华应道，“院子怎么处理？”

“人质不在里面，强行破门，控制现场！再仔细搜遍每个角落。绝不能放走一个！”程学义面容冷峻地说道。

“是！”严国华挥挥手，迅速指挥警员行动。破门、抓捕、搜索，整个过程一气呵成。

没多久，严国华兴奋地对程学义汇报道：“报告程局长，院子已控制。抓获男性犯罪嫌疑人两个，无一逃脱。河面也传来消息，第一次逃脱的三人被抓获。一艘冲锋艇已返航，配合另两艘正全力追击第二次逃脱的三人。”

“很好!”程学义赞道，又面色凝重地盯着大屏幕，不知是自言自语还是对他人道，“这次，可千万不要出什么岔子了。”

梅河河面冲锋艇内

三艘冲锋艇从三面紧紧包围起来，中间的冲锋艇只好被迫熄火，静静地停在河面中央。

三束强光齐齐射向中间冲锋艇上站着的两人。紧接着，一个强有力的声音通过扩音器传来：“船上的人听着，你们被包围了！放下武器！释放人质，马上投降！不要做无谓抵抗!”

“怎么办?”冲锋艇上的女子一脸慌张地看着男子道。

“嶙儿，你怕吗?”男子温柔地看了一眼女子，镇静地说道。

“有你在，我就不怕。”女子仰起脸，倔强地看着男子。

“该来的，终究还是来了。”男子扫了一眼还在昏迷的徐士枫，轻轻叹了口气。他捧起女子的脸，宠溺地看了良久，柔声而又坚定地说，“要闯的关，咱们一起去闯。”

市公安局行动指挥中心

“报告程局长！人质被安全解救，已安排救护车送去医院。第二次逃脱的两人也被抓获。本次行动共抓获犯罪嫌疑人七人，无一漏网。请指示!”严国华掷地有声地汇报。

“很好，收队!”听到这个消息，指挥中心一片沸腾。程学义也终于松了口气，嘴边露出一抹笑容，看向章家鑫，“你和国华对接好，马上确认犯罪嫌疑人身份。”

章家鑫应了一声，兴高采烈地去和严国华联系。过了半晌，又神情复杂地走回来，环视了众人一圈，最后把目光落在程学义身上，低声道："程局长，七个犯罪嫌疑人的身份已确认。园里抓获两人，一个叫王峋，一个叫赵虎。第一次逃跑的三人，男的叫王峥，两个女的分别叫周冉、朱婷。第二次逃跑的两个人——"

"谁？"陆浩宇心头一紧，不安的感觉再次袭来，不自觉地问道。

章家鑫重重叹了口气，不敢直面陆浩宇的目光，"第二次逃跑的两个人，男的叫王嵘，女的叫王嶙。被抓获的七个人中，没有李岩！"

魑魅魍魉

市公安局行动指挥中心

"你说什么？"程学义难以置信地看着章家鑫，"国华不是回话说无人漏网吗？"

"是啊。可——可是，这七人的身份信息已证实，的确没有李岩。"章家鑫有些结巴道，"会不会李岩压根儿就没来？或者，园子还有别的暗道，李岩在发现我们后第一时间从暗道逃脱了？"

"几乎没这个可能。"陆浩宇皱眉道，"'峥嵘嶙峋'都来了，事先也没听到会议取消或李岩不来的信息。李岩应该也在园里。至于暗道，先不说修建成本有多高，如果真的存在，李岩没道理扔下心腹，一人逃跑。他大可只留一人在正门负责吸引注意，其他人带着小枫从暗道跑。那样的话，成功率还会更高。而现实情况是，两艘冲锋艇从邻水面的小门儿逃脱，一艘还带着小枫。综合起来看，基本可以判断，这些就是他们最后的底牌了。"

"有道理。"程学义赞赏地看了一眼陆浩宇，"依陆主任的意思，李岩会逃去哪里？"

"这个我一时还说不好。"陆浩宇迎上程学义的目光，神情复杂地看了他一眼，想了半晌，"除了李岩的四个心腹和两个女的，我刚才听到被抓的人里还有一个叫赵虎的，是吗？有没有他的身份信息？”

“有。二十六岁，梅口县人，未婚。”章家鑫一边介绍，一边把赵虎的照片投放到大屏幕上，“喏，就是这个人。另外，今天早些时候，我们的人看到入园四人中除了已经确认的王峋、王峥和王嶙，剩下的那个人也是赵虎。”

只看了一眼，张沐源就指着赵虎的照片捂嘴笑了起来。发现众人的目光都聚向自己，随即尴尬地清了清嗓子，看向陆浩宇道：“陆主任，你还有没有印象？这个赵虎就是咱们第一次暗访时负责看门的，憨憨傻傻的，脑子也不太灵光，还被我们戏耍过。要说他就是李岩，打死我都不信呢。”

“没错，确实是他。”陆浩宇会心一笑，“我也不信。”

说者无意，听者有心。张沐源和陆浩宇的对话传到程学义耳朵里，他不由心里一沉。看来，陆浩宇早就盯上李岩等人了，却不知道查到什么地步了。结合之前徐济元提出不让邱峰同参与这次行动，莫非陆浩宇等人已查到邱峰同和李岩有关联？真是这样，那么——

“章队长，能不能麻烦你把其余六人的信息也放在大屏幕上，我想逐一比对一下。”陆浩宇打断了程学义的思绪，看向章家鑫。

“可以，没问题。”章家鑫看了一眼无动于衷的程学义，满口答应下来。接着，就安排人手去准备了。

“陆主任，你先在这边看着。多久都行，我会安排人在这里值班。有需要调阅的资料，直接找家鑫。我安排人连夜审讯，说不定直接问效果会更好。”程学义扫了一眼陆浩宇，又环视一圈，“不管怎么说，今晚收获还是很大的。大家也都辛苦一天了，各自整理好手头的工作，就先回去休息吧。问到有价值的线索，我会及时通知各位。”

“好，程局长。如此多谢了。”说罢，陆浩宇又关切地看向徐济元，“老徐，你快去医院看看小枫怎么样了吧。我从大屏幕上看，他的脸色不太好。这边有我在，你放心就是。遇到紧急的事，我再给你打电话。”

“没事。我给蓉蓉打电话，让她先去医院照顾了。人都救出来了，就不用那么着急了。再说了，我这把老骨头，关键时刻还是能起点儿作用的。”

“徐书记，您就先去医院吧，我在这里陪着陆主任。小枫和您都快半年没见了，我相信他醒来第一眼想见到的一定是您。”张沐源柔声道。

“对啊，徐书记。小枫这么长时间到底经历了什么，一无所知。不如你先去问问他，保不齐就能问出什么重大线索，对案件侦破也大有裨益呢。”展津嬉皮笑脸地附和道。

“徐书记，要我看啊，你还是快点儿走吧。你要是在这里耗着，不光年轻人不敢走，就连我也得乖乖留在这里陪你。怎么着，你还想让市公安局的全体民警陪你加班啊？”程学义笑着打趣道。

“别别别，我可不敢。”徐济元连连摆手，苦笑一声，“哈哈，我这可算领教了什么叫‘双拳难敌四手’，什么叫‘寡不敌众’。唉，我走就是了。再不走，就真是自命清高了。”徐济元想了一下，又看向陆浩宇，一脸严肃地嘱咐道：“浩宇，小枫醒了，我会第一时间和他了解具体情况，估计会聊到很晚，甚至可能聊一晚。你也不用有顾虑，发现什么，立即告诉我。我们在明，李岩在暗，必须和他抢时间，尽快捉拿归案。毕竟，他才是整个案子的核心。”

“哎呀，你就放心吧，徐书记。”还没等陆浩宇回话，程学义就装作不耐烦道，“这些陆主任都明白，现在可是他们年轻人的天下了。你啊，就安心去医院吧。走走走，我送你。”说完，不由分说地推搡着他往门外走去。

陆浩宇也跟在后面，把他送出门外，才回头看了一眼展津和张沐源，“你们也先回去吧，今天实在太辛苦了。特别是咱们的展公子，第一次用纪委的方式谈了话不说，还把岚江市早晚上下班高峰的堵车经历了个遍，想必这会儿都精疲力竭了吧？”

“你少来这套。”展津不屑一顾道，“本公子还从没干过把你一个丢下、自己去休息的事。痛快的就一句话，你不走，我也不走。”

“对呀，陆主任，我们在这儿陪你吧。你也很累了，我们不一定能帮上大忙，好歹也能陪你解解闷，好过你一人在这儿辛苦。”张沐源调皮地眨了一下眼，说道。

“好。”陆浩宇笑着应了一声，意味深长地往指挥中心看了一眼，“那我们回去看看，摘掉面具的‘峥嵘嶙峋’到底是什么样的‘魑魅魍魉’。”

岚江市第一人民医院急诊室

徐济元心急如焚地赶到病房时，徐士枫醒过来了，正半靠在床头，和眼睛通红的姐姐徐子蓉聊着什么。

“爸。”看到徐济元进来，两人异口同声道。

徐济元没回答，疾步走到床边，把徐子蓉和徐士枫揽入怀中，一家人紧紧抱在一起。

“爸！”徐士枫泣不成声。

“哎哎哎，小枫，回来就好，回来就好。”徐济元的眼里也有一些湿润，声音里带着一丝哽咽，轻轻地拍了拍徐子蓉和徐士枫的后背。然后，松开怀抱，扭头擦拭了一下眼角，定了定神，“小枫的情况怎么样了？”

“医生诊断，被重物击中后脑，有轻微脑震荡，现在没大碍了。”徐子蓉轻声道。

“那就好。”徐济元重重叹了口气，皱了皱眉头，又看向徐士枫，“小枫，到底是怎么回事？”

“具体我也不知道。我只记得，我在房间里待着，王嵘带了几人冲进来，让我老实听话，要带我转移。我不同意，嚷嚷着哪儿都不去，就没知觉了。”徐士枫小声道。

“嗯。”徐济元若有所思地点点头，“那么，之前呢？从你离家出走到现在，都发生了什么？”

“爸！”徐士枫痛哭流涕，一脸痛苦地垂下头，“我对不起你！”

岚江市第一人民医院门诊楼外

天刚微微亮，徐济元就踉踉跄跄地走出门诊楼，一副失魂落魄的样子。漫无目的地走了几步后，终于失去重心，一屁股坐在台阶上。

过了良久，他才缓过心神，拿出手机，在通讯录里找到一个号码拨了出去。

电话很快接通了，徐济元抬头看了一眼刚升起的朝阳，尽量压制住内心的波澜，平静地说道：“浩宇啊，有些事情我得跟你说——对，是关于小枫的。”

市公安局办公楼 1001 室

陆浩宇敲门进来时，程学义正一脸疲态地坐在办公桌前发呆。“程局长，你一晚都没休息吗，看你气色不太好。”陆浩宇看着程学义，说道。

“差不多吧，连夜把七个人审讯了一遍。我心里不踏实，又睡不着，就亲自参与审讯的指挥了。”程学义打了个哈欠，指着沙发道，“陆主任，快坐！这么早就过来了？”

“我比较着急，想尽快了解审讯的具体情况。”陆浩宇在沙发上坐定，直勾勾地盯着他，“另外，我还想找程局长单独了解些事。”

“好。”程学义装作不知，“通过审讯，我们基本梳理出来一个脉络，也大概知晓了团伙的具体分工。”

“哦，愿闻其详。”陆浩宇挺直身体，全神贯注。

“好，一个个来吧。”程学义顿了顿，“这七人都是梅口县人。除了周冉和朱婷，其余五个都是李岩还在梅口时就追随的，算是最早的铁杆了。李岩到了岚江，就把他们带了出来。只有王峋还在梅口，负责打理他们在梅口县的矿场生意。这也是他们团伙的主要收入来源，占了总数的将近五成。出力最多、享受最少，王峋也没一点儿怨言，还一脸自豪地嚷道，‘我为岩哥守梅口’。”

“这也算重情重义了。”陆浩宇不动声色地点点头，“对了，非法采矿和寻衅打人的事，王峋招供了吗？”

“招了。”程学义心虚地看了一眼陆浩宇，“不过，具体是谁把他们放出来的，保护伞是谁，王峋还没招。下一步，我们会继续加大讯问力度。”

“是吗？”陆浩宇装作没看见，“程局长请继续。”

“好。”程学义定了定神，“再说说王峥和王嶙吧。他们是亲兄妹。王峥主要负责团伙里零散的小生意，打打法律的擦边球，挣点儿小钱，也没长期固定的具体业务。焚烧洋垃圾的事他认了，也说出来多次通风报信的是营水区环保局副局长唐巙。因为和之前市环保局移交过来的线索是一起的，我们准备并案侦查。”

陆浩宇心想，哪那么巧，其他单位的保护伞一问就招，自己系统的却挖不出来。他也不说破，只缓缓点头示意。程学义见状继续道：“至于王嶙，除了上下沟通联络，她还在岚江市管理几家休闲娱乐会所，偶尔从事一些涉黄的经营项目，也基本上都是场子里的小姐和顾客熟络后自己谈的。对了，周冉和朱婷就是从王嶙场子里出来的。”

“自己谈的？”陆浩宇沉声道，“那周冉、朱婷一直和小枫保持的算什么关系？”

“你都知道了？”程学义惊讶道。

“是的，小枫醒了，向徐书记和盘托出了。”陆浩宇不可察觉地叹了口气，“徐书记也明确提出，关于小枫的事不用遮遮掩掩，更不用顾及他的颜面，该怎么处理就怎么处理。法律不是儿戏，谁触碰了都一样。”

“徐书记坦坦荡荡，程某佩服。不过，也请你转告徐书记放心，小枫身上的很多情节，都是在不知情和被迫的情况下发生的，处理时会酌情考虑。关于周冉和朱婷，既然你都知道了，我也不用重复了。至于王嶙，毕竟也是她的一面之词，我们会加以核实。”

“嗯，我明白。”陆浩宇点点头，迟疑了一下，“王嶙有没有说自己和李岩是恋人？”

“说了。”程学义有些诧异地看着陆浩宇，一时间不由得有些心慌，“在梅口的时候，王嶙被小流氓欺负，李岩打抱不平，王嶙心生感动，也为了报恩，就跟了李岩。”

“这倒合情合理。”陆浩宇沉吟了片刻，“还有两人呢？”

“剩下的两人，赵虎和王嵘，都是管家类型的。”

“哦，怎么说？”陆浩宇饶有兴致地问道。

“先说赵虎吧。从小脑子出过问题，有些傻乎乎的，看上去也没什么能耐。唯独有一样，就是对李岩的忠心，简直把李岩当神一般崇敬。讯问时，李岩的名字说重了他都不愿意，冲我们呲牙咧嘴的，想必受了李岩不少恩惠。不得不说，李岩在收买人心方面确实有一套。”程学义不禁唏嘘道，“赵虎一直跟随李岩。之前冲锋在前，打打杀杀；李岩做起了生意，赵虎也就没什么用武之地了，只能在园里看看大门什么的。”

“这也算人尽其用吧。”陆浩宇笑了笑，又正色道，“王嵘呢？”

“他有两个身份。一方面，他代李岩掌管园子运营，负责接待宾客之类的。”程学义顿了一下，盯着陆浩宇，“另一方面，他还是李岩的保镖。”

创世纪

市公安局办公楼 1001 室

“接待宾客？保镖？”陆浩宇自言自语，“有没有问王嵘，平时接待的宾客来自哪里？还有，跟着李岩，会接触到哪些人？”

“问了。”程学义叹了口气，“王嵘说，接待的宾客都是李岩直接安排的，李岩不说，他也不问，自然也就不清楚了。接触的人也是一样。”

“是吗？”陆浩宇意味深长地笑了一声，“推得倒是挺干净。”

“是啊。不过，看上去王嵘也不像在说谎。”程学义闪烁其词道。

陆浩宇没说话，紧紧盯着程学义，像是要把他的心看透。程学义低下头假装喝茶，刻意回避他的目光。陆浩宇见状，装作不知。“程局长，关于李岩的下落，他们几个有没有说？”

“没有。众口不一。”程学义摇摇头，“赵虎直接说不知道。他没开会，也不清楚李岩是否过来参会了。至于周冉和朱婷，都说根本不认识李岩，更没见过真人，只从王嶙和王嵘口中听过名字。‘峥嵘嶙峋’四人倒是承认李岩确实过来参会了，都说会议中途他接到一个电话，就慌慌张张离开了，没再回去。至于谁打的电话，又是怎么离开的，离开后去了哪儿，都说不知道了。”

“关于李岩平时的住所和活动地点，他们有没有提供有价值的线索？”陆浩宇略一思索，追问道。

“也没有。”程学义稍微皱了皱眉头，“不过，关于这一点，赵虎和其他四人的说法倒是一致。他们不知道李岩在外边是否还有住处。平时，李岩都在园里活动，日常居住也在园里一个叫椒房的房间里。”

“椒房？”陆浩宇想了一下，随即释然，“椒房独宠啊。我没猜错的话，这个椒房里，应该还有一个女主人吧？”

“没错。”程学义笑了一下，“是王嶙。她和李岩是情侣，周围的人都清楚。包括王嵘。根据李岩的指示，平时有一部分时间都是跟在王嶙身边，给她当保镖。”

“嗯。”陆浩宇若有所思地点点头，突然又想起来什么，“既然李岩整日里在园子里活动，周冉和朱婷却说从没见过。是不是有些矛盾呢？”

“不矛盾，我觉得很正常。”程学义不以为然道，“一来，以李岩的身份，也不会和两个小姐直接接触。二来，没人介绍，就算李岩站在面前，她们也不认识。”

“站在面前，她们也不认识？”陆浩宇低头沉思良久，蓦地抬起头，看着程学义笑吟吟道，“程局长，这句话，你说的太在点子上了。”

柳水小区 12 号楼 2 单元 101 室

“爸，你果然在家。”一进门，徐子蓉就焦急地说，“打你电话关机，打你办公室没人接，我着急，就赶紧回来看看你是不是在家。”

此时的徐济元正坐在沙发上拿着一张全家福发呆，憔悴的面容看上去像是一下子老了十岁。听到徐子蓉的声音，他回了回神，把照片放下，平静地说道：“我有点儿累，请了半天假准备休息休息。正好手机没电了，就想着回家充点儿电。我没事，蓉蓉，你放心就是了。”

“爸，你就别骗我了。这么多年，你什么时候因为累而请过假？”徐子蓉还没来得及换鞋，就匆忙走到他身边坐下，看了一眼茶几上的照片，心里不由得揪了一下，又满脸关切地看着徐济元，心疼道，“爸，怎么才过一夜，你头发就白了这么多？”

“年纪大了，白头发越来越多不很正常吗？”徐济元轻轻抚摸着徐子蓉的头发，半晌才勉强挤出一个笑容，“爸真没事，你放心。对了，小枫怎么样了？你把他一人留在医院没事吗？”

“小枫很好，身体没什么大碍了，精神状态也不错。公安局的同志过去陪着他了，等稳定稳定，就要带他回去录口供了。”徐子蓉犹豫了一下，还是一五一十地说道。

“嗯。”徐济元点点头，“再见到小枫，跟他说清楚，让他务必实事求是地把这几个月发生的事向公安机关反映。好男儿顶天立地，自己犯的错必须由自己去面对和承担。”

“好的，爸，我会说的。”徐子蓉眼神一黯，低声问道，“小枫会坐牢吗？我看小枫这次也是真的知错了，爸，要不然你找公安局的领导求求情，让他们对小枫网开一面。”

“我不知道，这个自然有法律来评判。错而不罚，只会让小枫失去对法律的敬畏之心，很容易继续犯错，甚至犯更大的错。那样的话，反而会害了小枫。”徐济元语重心长道。

徐子蓉似懂非懂地点点头，默默看着徐济元，久久未发一言。

市公安局办公楼1001室

“怎么，陆主任，你是想起来什么了吗?”程学义一脸茫然地看着陆浩宇。

“算是吧。”陆浩宇含糊其辞，接着转移了话题，“程局长，今天我来，还想冒昧地问你一件事，还望你不吝赐教。”

“陆主任客气了，但说无妨。”话虽这么说，他还是下意识地紧张起来。

“好。”陆浩宇若无其事地盯着程学义，“准确地说，我是想跟程局长打听一个人。据我所知，这个人，和李岩等人有着千丝万缕的关系。恰巧程局长和这个人也认识，早些年，你们的关系还算不错。”

“谁?”程学义心里一沉。

“天宸集团董事长，谭岿。”

天宸集团总部办公楼808室

“你是说，昨天晚上，李岩和他那帮人也被一股脑端了?”花甲之年的谭岿面色凝重地对着电话问道，“不是让他们先避避风头吗?”

“是啊，不过对方下手太快。”电话那边传来一个沧桑的男声，“昨天我和你说过的，老付那边的孙崇林也被抓了。看上去，对手来者不善啊，事事都针对我们而来。”

“你有没有查到对方是谁?”谭岿沉声道。

“有些眉目了。可以肯定的是，市公安局直接插手了，抓李岩还是程学义亲自带的队。另外，根据目前掌握的情况来看，整件事的实际幕后推手是市纪委。”男子波澜不惊的声音继续传来。

“市纪委?”谭岿皱了一下眉头，“市纪委根本管不着你我啊，你是省管干部，我又是民营企业主。按你的提醒，我连党都没入，市纪委凭什么查我们？”

“这个我现在说不好。或许，他们也有可能是冲着老付去的。”男子顿了一下，“老付可是位高权重的市管干部。市纪委想办老付，选他当对口的下酒菜再好不过了。”

“这个倒有可能。估计市纪委也不敢动我们。真要查到我们头上，得掂量掂量有没有这个本事。哼，真是螳臂挡车，不自量力。”谭岿冷哼一声，又重重地叹了口气，“都怪这老付不争气。你都那么推他了，还是连个政协副主席都搞不定。要是他也解决了副厅，咱们现在也就可以高枕无忧了，还担心个什么市纪委。”

“谋事在人，成事在天。有变数也很正常。”男子沉稳地说道，“不管怎样，还得打起精神，全力应对才好。我就怕咱们的事也会有变数。虽然李岩那边是咱们一手栽培起来的，绝对靠得住，但孙崇林和程学义我就拿捏不准了。况且，他们知道的又那么多。”

“我明白。”谭岿一副刚冷的面容，“你说吧，老伙计，需要我怎么做？”

市公安局办公楼 1001 室

听到谭岿的名字从陆浩宇嘴中说出来，程学义的心中就似惊涛骇浪般翻涌。他努力平复一下心神，生怕敏锐的陆浩宇会察觉出什么异样。他没有马上回答，而是慢慢端起杯子，借着吹杯沿的间歇低头沉思了良久，最终下定决心，浅浅呷了一口茶，抬起头看着陆浩宇，平静地说道：“谭岿嘛，我确实认识。只不过我要多嘴问一句陆主任，你提这个问题，是以市纪委七室主任的身份还是旁观者的角度。”

“感谢程局长的坦诚。我自然不是以室主任的身份发问。那样的话，咱们此时的对话地点应该在委里谈话室。”陆浩宇顿了一下，笑吟吟地看着程学义，“不过，要说作为旁观者，我觉得也不够客观。我要说，可以的话，我想站在朋友的角度，冲着咱们昨晚并肩作战的交情来问。不知道程局长意下如何?”

“站在朋友的角度，自然没问题。”程学义不置可否地笑了笑，“只是为了表示朋友的诚意，能不能先请陆主任说一说，截至现在，你究竟了解到多少关于谭岀的事?”

陆浩宇心道一声老狐狸，话都说到这个份儿上了还不放心，非得试探筹码和底线。转念一想，推己及人，又觉得程学义此举也在情理之中。他决定不再隐瞒，一方面表示自己的诚意，获取程学义的信任；另一方面，也可以防止程学义再耍花样，动些不必要的心思。“坦白讲，我目前了解到的并不多。”陆浩宇从容不迫道，“只不过我知道谭岀创建了一个叫梅山会的组织，自己任会长。而程局长作为这个组织的八大创始人之一，却不知为何主动退会了，更不知道这中间是不是和谭岀给程局长介绍的萧一菡有关系。”

程学义心里骤然一惊，暗暗倒吸一口凉气，手心里冒满了冷汗。他心道幸好没有信口开河，要不然下次再见陆浩宇，就真有可能在市纪委谈话室了。同时，他也瞬间明白过来，陆浩宇这次的目标并不在自己，至于是谁，他也无心去揣测。

“陆主任的好意我心领了。”程学义想了一下，重重地呼出一口气，诚恳地说道，“你需要问什么，我一定知无不言。”

“好，那就一件一件地来吧。”陆浩宇略一思考，“不妨请程局长从当年那场称为创世纪的饭局说起吧。”

“好。”程学义应了一声，思绪渐渐飘回十年前。

崇山大酒店聚贤厅（十年前）

“等了一晚上，终于轮到我敬酒了。”程学义醉醺醺地站起身来，端起酒杯，环顾一圈，兴致盎然道，“有句老话叫‘吃水不忘挖井人’，这第一杯酒，我得借着聚贤厅这么好听又有意义的名字，借着今天咱们喝的三十多年历史的五星牌茅台酒，好好感谢一下我们今天的东道主——谭总。感谢谭总组织了一个这么好的聚会，把各位贤良之才齐聚在一起，给我们深入交流的好机会。实不相瞒，在座各位有很多都是我神交已久的，今天能在一起酣畅淋漓地痛饮，实在开心至极。这杯酒，我先干为敬。”说罢，程学义把杯中酒一饮而尽。

柯云岭连连赞道：“啧啧，老程你悠着点儿喝，这酒好几万一瓶。你这一杯下去，好几千可就没了。”

坐在中间的谭岿不以为意地摆摆手，笑了笑，又看向程学义。只见程学义迅速夹了几口菜，喝了一杯茶水，又给自己倒满酒，站着扬声道：“接下来，是回归今晚咱们的主题。之前各位说了不少，我也听明白了。我在这斗胆总结成四条，并称‘四大喜’。这第二杯酒呢，就叫‘四喜酒’。”

“怎么个四喜，程局长不妨说来听听。”付成峻饶有兴致地笑问道。

“这第一喜，是谭总能邀请德高望重的任老出席，本身就是可喜可贺的大事。我对任老，真的是仰慕加崇拜。今晚我喝多了啊，跟大家透露一个深藏多年的秘密。咳咳，想当年刚参加工作，就对任老的千金任琳深有好感。说不上垂涎三尺，至少也是虎视眈眈呐。可谁承想咱们的成峻局长先下手为强，俘获了芳心，成了任老女婿。唉，真是造化弄人啊。成峻局长，我和你说，要不是你下手太快，花落谁家还不一定呢。”程学义打趣道。

众人哄堂大笑，任永昌无可奈何地笑着摇了摇头。只听程学义继续道：“接着说第二喜。热烈祝贺咱们谭总的天宸集团终于打赢了和东华集团的官司。这前前后后一年多吧，真是不容易，绝对值得好好庆贺。”

“谢谢程老弟。”谭岿笑了，叹了口气，看向市中级人民法院执行一庭庭长王维峤，“多亏了众多老弟兄的帮忙；官司执行起来，还得仰仗王庭长照顾。”

“对，这也正是我接下来要说的。”程学义接过话去，“第三喜和第四喜一起说吧。一来祝贺维峤兄弟顺利从执行庭副庭长正式升任庭长。当然，当上庭长了可千万不能摆官架子啊，有能帮到谭总的一定要竭尽全力。二来呢，也祝贺照玮局长顺利转正，升任规划局局长。哎哎哎，你说，你们这兄弟二人，前后差不多转正，真是羡煞旁人啊。我就纳闷儿，为什么这样的好事就没落到我头上呢？”

市公安局办公楼1001室

“什么？”陆浩宇的问话一下子把程学义的回忆拉到当前，“程局长，你的意思是，王照玮和王维崤有关系？”

“他们两个？”程学义一脸诧异地看向陆浩宇，不知为何陆浩宇反应会这么大，“是亲兄弟。”

岿巍

市公安局办公楼1001室

陆浩宇脸上现出一丝惊讶，随后紧锁眉头，静静地思考着。过了一会儿，程学义问道：“怎么了，陆主任，有问题吗？”

“没有。”陆浩宇轻轻摇摇头，“如果我没记错，王照玮是不是出车祸去世了？而王维崤，最后也退出了梅山会？”

“是的。”程学义神情复杂地看着他，“陆主任知道的还真不少。”

“皮毛而已。”陆浩宇轻描淡写，又看向程学义，“那王照玮的车祸和王维崤的退会有直接关系吗？”

“没有直接证据表明有关系，不过有件事倒是很奇怪。”程学义略一思考，“虽然王照玮也是梅山会的创始人之一，但他和谭岿一直合不来，一直有退会的打算，只是碍于情面，不想坏了彼此的和气。王照玮去世不久，王维崤找谭岿大吵了一架，随后就退会了。”

“吵架？为什么？”陆浩宇奇怪道。

“这个——”程学义犹豫了一下，“只是传言，不足为据。王维峰怀疑王照玮的车祸是谭岿干的。就在王照玮车祸前不久，谭岿想给房地产项目改规划去找他，但被拒绝了。谭岿恼羞成怒，怀恨在心，就想报复他，好给他一个教训。结果用力过猛，把人当场撞死了。”

“这事有证据吗？”陆浩宇皱着眉头问。

“没有。”程学义斩钉截铁道，“当时的事故案卷我看过，处理得干净利索。就是普通交通事故，并无不妥，更无证据证明谭岿参与其中。”

“是吗？”陆浩宇警觉道，想了一下，又不动声色地转移了话题，“程局长，你刚才说谭岿的天宸集团打赢了官司，找王维峰帮忙执行，最后执行了吗？是发生在王维峰退会之前吗？”

“执行了，是在王维峰退会前，执行结果谭岿特别满意，还专门组织酒局感谢王维峰，我也参加了。案子的具体情况，我就不太清楚了。”

陆浩宇点点头，想起吕文潮正在经办的天宸集团案，好像涉及执行问题，不免暗暗在心里记下了，“程局长，请你继续。”

崇山大酒店聚贤厅（十年前）

程学义把杯中酒一饮而尽，伴随众人叫好声又倒满了。

“哈哈，程局长总结得真是到位。”卫应屹大笑着拍手赞道，“不过，程局长也快喜事临门喽。小道消息都传公安系统要大调整，市局魏局长要提拔市委常委、政法委书记，空出来的局长一职十有八九得由程局长接任了。”

“坊间传闻，不足为信。”话虽如此，程学义脸上还是露出了笑容，“这第三杯，我要敬一个团结酒。俗话说得好，‘单丝不成线，独木不成林’。今天能聚在一起，是谭总的功劳，也是我们几个的缘分，我们要珍惜，更要牢牢团结在一起，风雨同舟。在岚江这个地方，创造出属于我们的辉煌！”

“说得好！”谭岿笑逐颜开，朝程学义竖起大拇指，“程局长的话正合我意。今天大家齐聚一堂，把酒言欢，高兴之余，我总觉得少了点儿什么。刚才程局长的一番话点醒了我，我们缺少归属感，缺少一个属于自己的组织。大家虽然来自五湖四海，但在座每位都和梅口有着说不清道不明的关联。确实是天赐良缘，不如趁着今天的好日子，创立一个小组织，平时没事多聚聚，还可以互相帮衬。从此以后，咱们荣辱相依，患难与共。各位觉得如何？”

市公安局办公楼 1001 室

“所以，你们就成立了梅山会？”陆浩宇问道。

“是的，谭岿的提议和大家不谋而合。每人都打着自己的小算盘，也想多找些社会资源为己所用。大家没异议，很爽快就定了下来。”程学义继续回忆道，“随后，谭岿提出，请任永昌出任会长，主持大局。任永昌连连推辞，说年纪大了，只想安稳享受晚年，也没精力操心。大家就推举了谭岿。一来他是在场众人当中除了任永昌年龄最大的；二来他是企业老总，做事相对方便些。同时，看在任永昌的面子上，把他的女婿，也就是当时的市房管局局长付成峻推举为副会长。两人也没怎么推辞，就大大方方地应了下来。谭岿提名梅口县公安局局长卫应屹干秘书长，毕竟当时只有他还在梅口当地工作。班子就这么成立了。梅山会进进出出，只有这三人从建会到现在雷打不动。”

“看似无意，实则有心啊。”陆浩宇笑着感慨，“程局长，你不觉得这一切更像谭岿预谋已久、精心布好的局吗？”

“当时我倒没想那么多。”程学义摇头苦笑，“回味起来，觉得整个饭局的人选都是谭岿深思熟虑后选定的。包括大手笔上的酒，都是为一鼓作气顺利建会准备的。可笑当时我还觉得我的建议给了谭岿启迪，被人家利用了都不知道。”

“程局长也不必太在意。毕竟吃人家的嘴软，更何况喝的又是好几万的酒，自然不会提出什么反对意见。谭岿就是算准了这一点，才会放心大胆地摆好阵、设好局，请君入瓮，不由你们不中招。”陆浩宇笑着宽慰了几句，“之后程局长为什么又退会了呢？”

“我转正当了局长，谭岿找过几次，请我协调解决事情。刚开始，一些不违反政策的小事我都尽量帮了。渐渐地我发现，他胃口越来越大，生意也五花八门，有的到了触碰法律的地步，我只能表示爱莫能助。随后意识到，不能再和他走这么近了，就提出了退会；再后来，就很少和他联系了。”程学义语焉不详道。

“触碰法律？”陆浩宇皱了一下眉头，“比如呢？”

“有一次，我们局的缉毒大队在辖区抓了几个毒贩，当场缴获冰毒四百多克。谭岿马上找上门来，求我放人。我问是不是他的人，他却矢口否认。”程学义叹了一口气，“再比如，我们市局在一次突击行动中查封了一个涉黄的洗浴中心，他又火急火燎地赶来，让我网开一面。这次他倒是不避讳，承认自己就是老板。”

“这位谭总，可真有点儿要五毒俱全的意思。”震惊之余，陆浩宇不由得无奈一笑，“这么看来，他试图接触和拉拢你，根源就在这里了。程局长，有个问题不知道你想过没有，不管涉黄还是涉毒，都是一个长久的过程，绝对不会一两天就能把渠道之类的铺好。随之而来的问题就是，在你发现之前以及表示不帮忙后，他应该都有直通市公安局高层领导的线，提前铺好路子，便于为己所用。程局长，你觉得呢？”

“这个，我倒是真没想过。“程学义闪烁其词，“陆主任可是有什么线索了？”

陆浩宇在心里苦笑一声，唉，程学义这个狡猾的老猎人，真是不见兔子不撒鹰。随即直截了当道：“程局长，实不相瞒，前期核查中我们发现，市公安局的邱峰同邱副局长极有可能充当了李岩团伙的保护伞。鉴于王嶙也是梅山会成员，我在想，会不会——”他没有说下去，而是停下来，观察程学义的反应。

只见程学义强忍住心绪，含糊不清道：“哦，你说峰同啊。我倒是知道他和谭岿走得挺近，毕竟也是从梅口出来的干部。我之所以知道，是峄同找我说情，我问他是什么关系，他只说是老家亲戚。我心里存疑，就派人偷偷去查，发现求情对象正是谭岿手下。我特意找过峄同多次，让他和谭岿保持距离，不要蹚他的浑水，更是绝对不能加入梅山会。峄同听没听进去，听进去了多少，我就不知道了。”

“嗯。这样一来，很多事就能解释通了。”陆浩宇若有所思地点点头，又低头沉思了一会儿，“发现谭岿的事之前，你觉得谁有可能是他的保护伞？”

“这个——”程学义心里莫名一紧，“我就不知道了。”

“是吗？”陆浩宇泰然自若道，“据我所知，在程局长之前，市公安局有一位声望很高的局长。也正是这位局长，一步步将邱峄同从梅口县公安局民警提拔为市公安局副局长。这位领导，程局长可还记得？”

梅口县公安局办公楼 301 室

“会长，可有时间没见你了。怎么，是不是有什么最新指示？”梅口县公安局局长卫应屹对着电话笑着说。

“老弟啊，事情紧急，我就不和你客套了。”谭岿的声音缓缓传来，“李岩他们被抓的事你听说了没有？”

“没有啊。”卫应屹明显吃了一惊，“不过，前段时间，李岩的手下王峋还派人过来找我打听情况。怎么这么快就被抓了？什么时候的事？谁干的？”

“就是昨天，程学义亲自带队干的。”谭岿轻轻叹了口气，“先不说这个了。我急着找你，是有事让你去做。”

“好，你安排就是。”卫应屹一脸严肃地应道。

“王峋的家人，是不是还都在梅口？”

市公安局办公楼 1001 室

“陆主任！”程学义猛地从椅子上站了起来，“你知不知道自己正在说什么？”

“程局长放心，”陆浩宇稳如泰山般在沙发上坐定，“我很清楚自己在说什么、做什么。”

程学义重新坐下，重重地叹了口气，神情复杂地盯着他看了许久，才缓缓说道：“我知道你说的是谁，可我不想也无权对此事进行任何评论。还请陆主任谅解。”

“我明白了。”陆浩宇重重地点点头，“那么，我有一个问题是涉及程局长的，还希望程局长能够解惑。”

“好，你问吧。”程学义面无表情道。

“据我了解，市公安局自从你就任局长以来近十年，从上到下都没有提拔过干部，和上任局长积极提拔干部形成了鲜明对比，引来不少局内民警的议论。关于这事，我想冒昧问下程局长原因。”陆浩宇沉着地问道。

你小子还是在拐弯抹角地问那个人，程学义在心里暗暗想道。“刚当上局长时，局机关上下都是刚提拔的年轻干部，干事创业的激情很高。我很欣慰，觉得这是好事，是老局长留给我的宝贵财富。慢慢地我发现，实际情况远没有我想象的好，甚至非常糟糕。”

“哦？这话怎么说？”陆浩宇奇怪地问道。

“当时市局党委班子成员十三个，将近一半是老局长一手提拔的，算是他的铁杆心腹。包括你刚才提到的邱峄同，他是排名第一的副局长。这些人紧紧抱团在一起，牢牢掌控了党委会的半数话语权。关键是几次交手试探，我发现他们考虑问题的出发点不是是否有利于全局工作，而是因循守旧，更多从是否有利于自己分管的部门。思想和步调都不统一，很多时候局党委会研究讨论一个议题，经常性达不成统一意见，我想推行的很多改革措施无法在党委会上通过。一时间，市局工作基本停滞不前。”程学义不可察觉地叹了口气，“除此之外，我还发现一个问题。局里一些刚提拔的干部都是很年轻就担任重要岗位上的领导职务。当然，从干部自身的锻炼和政治进步来看，无可厚非。同时，这又滋生出不少隐患。年轻干部能否担当大任、经得起诱惑，我在心里是存有疑问的。市公安局不同其他单位，单位性质决定了我们要接触社会不同阶层各式各样的人，要面对形形色色的诱惑，一旦思想立场不坚定，就有可能坠入深渊。经过一段时间的观察，我发现这些年轻干部年少得志，普遍比较浮躁，很少有人能踏踏实实扑下身子干好本职工作。我就想，我得把工作重点放在保稳定、转作风上，让同志们都能沉下心来、磨好性子，干点儿真事。我想找到真正能耐得住寂寞、经得住考验的好干部。我知道，这样做可能会耽误同志们的政治前途，也会影响大家的工作热情，但不这么做，我很担心会有人因为过于盲目而迷失自我。当然，我也知道大家背后怎么议论我的，甚至也知道被拿来与老局长作比较，但我认为自己是对的，是没有私心的，是站在全局的工作出发的，从长远看也是为了更好地保护干部，自然也就问心无愧了。”

“确实，德不配位造成的风险太大了。”陆浩宇由衷地赞叹道，“程局长这也算真正的大义，我打心眼里佩服。”

“其实也不是，”程学义摆摆手，不胜唏嘘道，“毕竟我也是从年轻时候过来的。说起来我也算年少得志，当年出任市公安局副局长才三十五岁。我也曾被掌声、赞誉、奉承冲昏了头脑，我也——没有抵挡住诱惑，犯了些错误。”

“程局长，你指的——”陆浩宇目不斜视地看着他，“可是萧一菡？”

初 见

市公安局办公楼 1001 室

“正是。”程学义脸上浮现出一丝尴尬，转瞬即逝。沉默片刻，他又缓缓说道，“我和一菡是通过谭岢认识的。当上市公安局副局长三年左右，一次偶然的机会，我结识了谭岢。这之后，他经常单独邀约我出去坐坐，每次都有一菡陪着。那时，她大学刚毕业，就在天宸集团担任行政助理。长得漂亮，知性大方，举手投足间的一颦一笑，都非常有魅力。我没有控制住自己，被她深深迷住了，每次见面都忍不住偷瞄几眼。也许是谭岿看透了我的心思，一次醉酒后主动跟我提出来，说一菡喜欢我很久了，如果我点头，一菡甘愿不求回报地追随我左右，我们就可以成就一段美女配英雄的佳话。我本来就对她有意思，加上酒劲的驱使，就气血上涌，大脑完全不受控制，错误也就跟着犯下了。”

“肯定是谭岿预谋好的，也是企业主腐蚀公职人员的惯用手段——逐一试探，投其所好，最终陷入他们精心准备的糖衣炮弹里。”陆浩宇见怪不怪道。

“是啊，只可惜当时我并没有意识到这一点，还一厢情愿地认为自己的魅力俘获了一菡的芳心。等到幡然醒悟时，一切都晚了。”

“知错就改，算不得晚。”陆浩宇一脸认真地看向程学义，“后来呢？你们持续了几年？怎么结束的？”

“大概六七年吧。”程学义想了一下，“一菡始终非常温柔，懂事，从不向我提要求，只是陪在我身边，默默地当我的倾诉对象。后来我觉得不能耽误她了，况且我也发现，虽然她不会向我索要什么，谭岿却借着这层关系不断利用我，从而实现他的目的。我毅然决定切断和一菡的联系，也彻底和谭岿划清界限，从而摆脱他对我的控制。”

“萧一菡的心意究竟如何暂且不论，程局长能及时回头，实属难得。”陆浩宇称赞道，“关于萧一菡的近况，程局长是否了解？”

“实不相瞒，我确实找人偷偷打听和调查过。可能心里还是放不下她，也觉得对她有亏欠，很想知道她过得好不好，需不需要帮助。”程学义摇头苦笑道，“过了几年，一菡嫁给了天宸集团的总经理曲定天。虽是续弦，但也算明媒正娶的夫人，生活安定下来，有了依靠。婚后，曲定天对一菡也是尊敬有加，举案齐眉，一家人相处融洽。我算彻底放下心来，没再打扰她。要是没人提起，这段历史也会随着岁月而尘封。想不到——”

“程局长不必过于感慨，是非曲直自有公断，我不好表态。但程局长明理重情，我却实实在在感受到了。”陆浩宇由衷道，“说到曲定天，我也正想问问程局长，你对他是否了解？他是和谭岿沆瀣一气的吗？”

“不，这个我可以很负责任地向你保证。”程学义信誓旦旦道，“曲定天我太了解了，他还没去天宸集团前我就认识。一身倔驴脾气，谁的话也不听，谁的面子也不看，为人处事有自己的一套标准，曲意逢迎这一套他不做，不义之财他也断然不取。这些年来，他把心都扑在天宸集团的业务发展上，除此之外，一概不去过问。别的不说，从我认识谭岿后，饭局之类的从来没见过他。谭岿有一次还说起曲定天，说他脾气跟我们合不来，也不跟着谭岿加入梅山会参加活动，只在外面跑业务，撑起天宸集团的市场。要说他和谭岿沆瀣一气，我根本不信。”

“如果这样，那他为什么娶萧一菡呢？萧一菡难道不是谭岿的人吗？”陆浩宇有些疑惑。

“我从来没说一菡是谭岿的人，倒是更倾向于认为谭岿利用一菡做事。我和一菡断了之后，她对于谭岿就没有利用价值了。恢复了自由身，就有选择爱人和生活的权利。”程学义的语气里带着一丝怒意，“况且，她本身就是天宸集团的行政助理，和总经理有很多接触的机会。只有两个人彼此了解、相互认同，才会最终走到一起。曲定天虽然倔，但不傻，一菡若是谭岿的人，他不会接纳的。”

“我明白了，是我太唐突，先入为主了，请程局长莫怪。”陆浩宇略带歉意道。同时，也不禁替展津暗暗地松了口气。

“无妨，不是局中人，不知其中味。”程学义重重呼出一口气，“陆主任，还有什么问题吗？”

“有。”陆浩宇想了一下，“关于李岩，程局长是否认识？特别是李岩和谭岿的关系，程局长又知道多少？”

“李岩行事一直很神秘。听谭岿说，很早的时候，他给谭岿开过几天车，后来就帮着打理些小生意。从没见谭岿带他出来，也没见过。”程学义说道。

“神秘？”陆浩宇笑了，对李岩的事也不多问。“程局长，我还有个疑问，请你帮我解答。”

“好，你说。”程学义爽快地应道。

“王峋因为打伤人被梅口县公安局抓起来后，你给卫应屹打过一个电话。”陆浩宇直勾勾地盯着程学义，“所为何事？”

天宸集团总部办公楼 808 室

“会长，你说的事我安排下去了，今下午或明天就能布置妥当。”卫应屹的声音从电话那边传来。

“很好。”谭岿的神情渐渐舒缓开来，“你亲自安排的吗？千万不要让人知道。”

“你就把心放到肚子里。这么多年了，你还不了解我吗？保证天衣无缝，不会让人查到蛛丝马迹。”卫应屹沾沾自喜道。

“嗯，你做事，我放心。辛苦了。”谭岿称赞了一声，就把电话挂了。在办公桌前静坐一会儿，拿起一个专用手机拨通了。“喂，老伙计，都照你说的做了。”谭岿脸上露出诡谲的笑容，“现在，是不是轮到你出马了？”

市公安局办公楼 1001 室

“什么时候？”程学义皱着眉头问。

“去年 12 月。”陆浩宇轻声答道。

“12 月——”程学义努力回忆道，“哦，我想起来了。那时梅口县公安局要提拔一批干部，卫应屹报来一份名单到市局备案。我看后给他打了个电话，嘱咐他整个过程务必公平、公正、公开，不能暗箱操作，保证当前整个公安队伍的稳定。”

“这么巧?”陆浩宇自言自语。

“陆主任还有什么可怀疑的吗？不管你是代表组织还是代表你自己，我都没有什么值得隐瞒的了。”程学义苦笑一声，自嘲道，“毕竟，一菡的事我是无法辩驳的。与其负隅顽抗，倒不如向组织主动如实交代。用审讯犯罪嫌疑人时说得最多的话来说：坦白从宽，抗拒从严。”

陆浩宇不置可否地笑了笑。过了半晌，才缓缓说，“谢谢程局长的直率。我没有问题了。”

“好。今天既然话都说到这儿了，我觉得就彻底说开吧。一开始马书记找我，让我查王峋案的保护伞时，我是有些犹豫的。涉及梅口，我潜意识感觉问题可能出在卫应屹或市局高层，当时态度不够坚定，很怕引起公安系统地震，很怕多年辛苦维持的稳定毁于一旦。没有主动向组织说明情况，我有责任。”

“程局长的顾虑我很理解。但纸终究包不住火，有了脓疮，就要大胆去挑破，杀菌消毒，才能痊愈。要不然，不仅会疼得死去活来，弄不好还会留下难看的疤痕。”陆浩宇正色道。

“是啊。自那之后，我的思想也在不断转变，最终想通了。”程学义先是叹了一口气，紧接着又神色轻松地笑了起来，“陆主任，你都‘审讯’我一上午了，是不是也轮到我问你一个问题了?”

“当然。”陆浩宇也跟着笑了起来，“程局长请讲。”

“我很想知道，你明明掌握了我和谭岿、一菡等人交往的证据，最开始的时候又怀疑我偷偷放走了李岩，按你们的正常程序，大可以找两个人来跟我谈话。为什么你非但没这么做，反而选择相信我，用这样的方式来进行?”

“我怕走程序之后，程局长会有顾虑，也怕一旦形成笔录就没有了后路，就没办法在最快的时间把这些真相客观地呈现给我。而我现在最缺的，恰恰就是时间。”陆浩宇停顿了一下，“至于我选择相信程局长，是因为我想明白了一件事。刚才和程局长谈完，更加确认了我的想法。”

“什么事？”程学义不明所以。

“我终于想明白，李岩，究竟去了哪里。”

市纪委监委办公楼 601 室

陆浩宇走进办公室时，徐济元正在一根接一根地吸，烟灰缸被烟头填得满满的。

“老徐，你的头发——”陆浩宇指着他的头，诧异地道。

“怎么了？只准你们年轻人把头发染得五颜六色的，就不准我这老头子染个黑发？”徐济元故作轻松道。

“可是，你之前都没染过啊。”陆浩宇一脸关切道，“是不是因为小枫——”

“什么都不是，你别瞎猜了。”徐济元轻描淡写道，“只是为了显得年轻。我还想和你们这些小兔崽子多共事几年呢。”

“好——”陆浩宇吞吞吐吐道，“那个，小枫现在怎么样了？”

“还行，身体和精神状态都很稳定。中午跟公安局的同志回去录口供了。我再三叮嘱他，要实事求是，完整地说清楚。我相信这次他会听我的。”徐济元假借着呼烟，重重地呼出了一口气，又递给陆浩宇一根烟，看着陆浩宇点上，“别说这个了。说说你这边吧，有什么收获？”

“我这边？”陆浩宇深深吸了一口烟，“说来话长了。”

市纪委监委办公楼 701 室

徐济元和陆浩宇走到贺在洲办公室门口时，陈飞正站在那里，朝他们做了个有人的手势。过了一会儿，门开了，走出来一个神采奕奕的男子。年纪和贺在洲差不多，剑眉下的双眼炯炯有神。男子冲二人微微点头示意，眼神却有意无意地落在陆浩宇身上，停留了片刻，随即又若无其事地转身请贺在洲留步。贺在洲大笑着坚持把男子送到电梯口，才折返办公室。

“贺书记，这位是谁？看起来那么眼熟？”陆浩宇一脸茫然道。

“眼熟就对了。”贺在洲坐回椅子上，笑吟吟地看着他道，“咱们市里整天上新闻的正厅级领导还有几个？”

“他是——”陆浩宇灵光一闪，不禁大大地吃了一惊，脱口而出道，“市政协主席魏巍！”

对症下药

市纪委监委办公楼 701 室

“没错。”贺在洲呷了一口茶，饶有兴致地看着陆浩宇，“你可千万别跟我说，堂堂室主任连咱们市政协主席都不认识吧？”

“认识是肯定认识。”陆浩宇尴尬地笑了笑，“只是平时没注意。这么近距离见面还是头次，一时没反应过来。”

“浩宇平时对这些政坛风云本就不怎么关注，精力都放在案子上了，想不起来也情有可原。”徐济元笑着打趣道，“要我看啊，就算王渝书记突然出现在他面前说，年轻人我看好你，他都得想上半天，再来上一句：这位领导，你贵姓？”

“其实也不是。只是今天上午和程学义局长了解情况时还提到过魏主席，没想到下午就见到了真人，一时间有点儿恍惚。”一阵哄堂大笑后，陆浩宇一脸认真地解释。接着，又想起来什么，看着贺在洲问道，“对了，贺书记，魏主席来找您，是有什么事吗？”

“也没什么要紧事，就是来邀请我去市政协机关讲课，顺便找我坐坐，闲聊了几句。”贺在洲也止住笑，慢慢说道。

“那您答应了吗？”陆浩宇轻声问道。

“答应了。魏主席亲自跑一趟，我没理由拒绝。况且我们还搭过市委班子，多少有些情分。”贺在洲慢条斯理道，“浩宇，你刚才说上午和程局长了解情况，可有什么收获。”

“有。”陆浩宇看了一眼徐济元，又转向贺在洲，“我和徐书记来，就是要跟您汇报的。”

市纪委监委办公楼外

走出办公楼，魏巍面容冷峻地回头看了一眼，健步走到停在楼前、车牌号为东 Q00007 的黑色迈腾车内，一言不发地在后排坐定。驾驶员从反光镜里看见他，毕恭毕敬道：“主席，您安排的事都办妥了。公安局也回话了，调取了信息，随时可以动手。”

“嗯。”魏巍面无表情地应了一声，“找齐后送谭总，他知道怎么做。”

“好的，主席。”驾驶员把车发动了，“主席，我们去哪里？”

魏巍没说话，刚毅的眼神里透着秋水般的宁静。过了半晌，才微微挑了一下眉毛，轻轻吐出来几个字：“市公安局。”

市纪委监委办公楼 701 室

陆浩宇把同孙崇林的谈话内容、解救小枫的过程以及和程学义了解到的情况简要向贺在洲作了汇报。当然，涉及小枫之前的事只字不提。陆浩宇原本想由徐济元亲自说比较好，可他若有似无地看向徐济元时，发现他竟有些恍惚，更没有想要补充的意思。

“大体情况就是这些。”陆浩宇顿了一下，“只是有一点，和程局长的谈话，我没向两位书记请示就贸然进行了，采取的方式也有些冒险。这些方面，我需要检讨。”

“将在外，军令有所不受。只要你认为对的、拿得准的，就无须事事都来找我们请示。至于你说的方式，剑走偏锋，兵行险招，我不认为有什么不妥。”贺在洲笑着宽慰道，“再说了，从目前来看，实际效果还是很理想的。有这点就足够了。”

“谢谢贺书记。”陆浩宇感激地看向贺在洲，神情稍微放松了些。

他又看了一眼徐济元，发现他仍在出神，不免暗暗有些心急。

“谢什么。”贺在洲不以为然地摆摆手，沉思了片刻，“这么说起来，谭岿及其梅山会和我们之前查的都脱不了干系。付成峻和卫应屹自不用说，关键问题是整个梅山会背后还有没有其他势力在支撑。下一步应该确定什么方向，济元，你有什么意见？”

徐济元静静地坐在沙发上出神，对贺在洲的问话也没有反应。陆浩宇在一边用手戳了一下，他才回过神来。“我认为当前的核查工作可以收尾了，下一步的工作重点应该是整理和固定证据，形成初核报告，尽快对涉及的对象立案，再根据具体情况分类处理，该审查的审查，该调查的调查，看这些人掌握多少情况，再做进一步打算。”

“嗯。”贺在洲赞许地点点头，又看向陆浩宇，“浩宇，说一说你对分类处理的意见。”

“好的。”陆浩宇略一思考，有条不紊道，“目前，付成峻和卫应屹的问题线索最为扎实，事情清楚，证据确凿，也涉嫌职务违法犯罪，建议成立审查调查组，对其进行纪委监委双立案。如果条件允许，建议对二人采取留置措施。”

“我同意，也到了该动付成峻的时候了。不过，他毕竟是正处级领导干部，我得先和王渝书记口头汇报一声。”贺在洲重重地点点头，“你继续。”

“关于邱峄同和唐巙，目前虽然掌握了一定线索，但核查不够深入细致，证据也不够详实，建议整理成问题线索，统一移交案管室。请案管室根据管理权限分别转给联系市公安局的室组和营水区纪委，请他们开展进一步核查，等符合条件再立案。”陆浩宇沉着地说。

“可以。”贺在洲点点头，又嘱咐道，“其间，你也要多关注和调度，尽量整合资源，相互配合和印证，务必提升效率。”

“我明白。”陆浩宇应了一声，“孙崇林被处以行政拘留十五天，建议对他立案审查。在随后的违纪事实见面时，把参与赌博一并问清楚，再对其他证据进一步确认。一旦嫖娼和赌博的事实都成立，我建议马上走审理程序，给予孙崇林党纪处分；涉嫌其他违法的问题，移送司法机关处理。当然，在整理孙崇林的材料时，还是要加上他主动配合的情节描述，供司法机关参考。”

“这个也没问题。”贺在洲略一思考，也答应了下来，“其他人呢？”

“李岩团伙都不是监察对象，对其涉嫌的违法问题，建议由公安机关立案侦查，我们只重点关注他们是否供出了背后的保护伞。”陆浩宇想了一下，“关于李岩本人，我有了些线索，想等落实清楚后一并向两位书记汇报。”

“可以。”贺在洲皱了一下眉头，叮嘱道，“一定要提高警惕，注意保护好自身安全。我觉得他们不会就这么善罢甘休的。”

“我知道，谢谢贺书记关心。”陆浩宇心里一暖，“另外，关于天宸集团的谭岿等人，驻法院纪检组还有一个案子涉及他们，我准备尽快和吕文潮书记对接，了解具体情况后再做打算。”

“好。告诉文潮，办案过程有困难，尽管来找我。要人、要装备还是其他，统统都给。”贺在洲笑了下，又看向陆浩宇，“别的还有吗？”

“还有——就是程学义局长。”陆浩宇略一迟疑，“虽然时间过去很久了，也没在社会上造成什么不良影响，但程局长的确违反了生活纪律。针对他的处理，我把握不准，还得请贺书记定夺。”

贺在洲默默想了好久，轻轻叹了口气，“先往后放放吧。目前，我们还没有反映程学义其他问题的线索，他自己也充分认识到了错误，弥补和改正的态度也比较好，再兴师动众揪住他不放，意义也不是很大。毕竟，处分只是惩戒手段，最根本的目的还是教育和引导。我的想法是，尽量运用第一、二种形态来解决程局长的事，给个诫勉谈话或轻处分就可以，不要再把问题扩大化了。更何况，我们目前的案子还有很多地方需要市公安局配合，程学义的态度在很大程度上也决定了我们的进展顺利与否。求稳的不只有程学义，还有我。”

“我懂了，贺书记。”陆浩宇会意地点点头，看了一眼沉默的徐济元，欲言又止。

贺在洲看在眼里，也不多说，只装不知。过了一会儿，他道：“浩宇，没有别的问题你就先回去，整理一下手头的工作，该形成材料的尽快形成，该走程序的也要严格按程序来。如果打算留置付成峻和卫应屹，我建议先派人盯紧了，等省里批了，马上控制。”

“好。”陆浩宇应了一声，“贺书记，那我先回去着手准备了。”

“嗯，去吧。我有事要和济元商量。”贺在洲不动声色道。

陆浩宇点点头，关切地看了一眼徐济元，先行离开了。门关上后，贺在洲心平气和地看着徐济元，“济元，关于小枫的事，你是不是有话想对我说？”

“是啊，贺书记。”徐济元抬起头，心事重重道，“我——对不起组织。”

市纪委监委办公楼611室

一回办公室，陆浩宇就安排张沐源召集所有核查组成员开会。过了一会儿，人陆续到齐了，展津坐在陆浩宇对面，其他人坐在沙发上，一脸期待地看着他。

他依次环视众人一圈，欣慰地笑了笑，“各位，可能大家这两天也听到一些风声，我不一一解释了。只说一点，我们的核查工作确实取得了突破性进展。不出意外，这极有可能是本次核查组最后一次会议了。当然，并不是说咱们的工作任务已经完成，只是核查工作暂告一段落。下一步，我们要根据工作需要，成立分类审查调查组。这些天，大家的每一分辛苦我都看在眼里，大家的政治敏感性和大局观也让我感到很踏实。接下来，希望大家继续保持和发扬核查时的优良作风，按照要求扎实做好审查调查工作，给我们这个案子画上圆满的句号。”看到大家露出会心和兴奋的笑容，不免也感到一丝放松，“我分配一下任务，大家有意见可以随时提出来。江峰，你和赵涵先撤回来，把目前查到的关于唐巙的线索整理出来，移交案管室。你先回室里，主持和参与其他工作。”

“没问题，陆主任。”江峰爽快地答应下来，一脸感激地看向陆浩宇。

陆浩宇冲他点点头，“袁清、周海，你们一直盯着卫应屹的案子，也要整理成核查报告，把发现的问题原原本本地描述清楚。我们要对卫应屹进行审查调查，你们两个加上赵涵，成立审查调查组。袁清，这个案子先交你负责，周海和赵涵一定全力配合好。”

“陆主任，关于卫应屹的核查报告，我和周主任前期整理得差不多了，可以随时交给你。”袁清轻声说道，“关于负责人一事，周主任办案经验更丰富，能不能让他主持，我当好辅助。”

周海刚想说话，就被陆浩宇摆摆手打断了，看向袁清，“现在的工作很紧张，每个人身上的担子都不轻，不是相互谦让的时候。我们整天把忠诚、干净、担当挂在嘴边，到了考验咱们是否践行担当的最佳时机，怎么，你还想退让吗？”

波 涛

市纪委监委办公楼 611 室

袁清刚要说什么，周海连忙拽了一下他，不断使眼色。袁清想了一下，硬生生地把话憋了回去。

“陆主任，你放心，我们保证圆满完成任务。”周海一脸认真地表态。说完，又看了一眼袁清。

袁清也点点头，一脸严肃道：“陆主任，我们会坚决克服各种困难和阻力，高质量完成工作，决不辜负领导信任。”

“这就对了。”陆浩宇微微一笑，“程序方面的事多找赵涵商量，场地、人员、设备，我会尽快都给你们安排好。当务之急，你们要先把立案的手续走完，尽快上常委会研究。一旦委里批准，马上带人盯紧卫应屹；留置的批复下来后，就把他带到留置场所进行留置。记住，审查调查期间遇到问题或拿不准的，随时来找我。反复强调一点，也是最重要的，一定要保证安全。”

“我明白，一定会加倍注意的。”袁清郑重其事地点点头，“也希望陆主任多加指点和把关。”

“我肯定也会关注的。这几个案子的关联性很强，到时我们少不了相互配合。”陆浩宇顿了一下，又转向展津道，“展津，你和沐源一起，抓紧时间把涉及邱峄同的问题整理成一条线索，连同唐巙的线索一并移交案管室。随后，尽快形成孙崇林的核查报告并立案。向他宣布立案决定的同时，把违纪事实、见面材料一并取好。特别注意把赌博跟他确认清楚。然后尽快走审理程序，给他党纪处分；涉及其他的违法问题，移交司法机关。做完这些，我再跟你说接下来的工作。有没有问题?”

“有问题!”展津不满道，“程序这么繁琐，我又没弄过，大大的有问题。”

“展公子，没关系，还有我呢。这些程序性的工作都交给我，你在一旁指挥着就行。”张沐源笑吟吟道，“再说了，还有不懂的，咱们可以请教陆主任和赵涵姐。”

展津瞥了一眼张沐源，就默不作声了。陆浩宇看在眼里，笑了笑，环顾了一圈，看众人都不再有异议，正色道：“还是那句话，有问题随时汇报。除此之外，我只强调一点：一旦采取留置措施，公众就会在短时间内得到消息。我们无法猜测到他们的反应，但必须充分做好应对各种压力和阻力的心理准备。除了随时关注舆情，更要时刻保持清醒和警惕，坚决杜绝任何人、任何形式的打听和说情。没问题的话就散会，各自干好手头的工作。袁清留下，我有些事问你。”

袁清有些摸不着头脑，但还是应了一声，静坐在沙发上。等其他人尽数离开后，才看向陆浩宇。

陆浩宇轻轻笑了笑："袁清，你是不是很好奇我安排你当卫应屹案件的负责人而不是周海？"

"没错。"袁清老老实实地点点头，"不管工作阅历还是查案经验，周主任都不亚于我；卫案一直都是我们两人在查，了解到的信息也是一样的。我在想，是不是因为我来自市纪委的缘故。"

"不完全准确。这只是一个方面。"陆浩宇起身，走到袁清旁边的沙发上坐下，"卫应屹是多年的县公安局局长，在本县的势力自不用说；和其他县区之间，肯定也有千丝万缕、错综复杂的关系。周海来自县区，面临的潜在说情压力要远远大于你。相比较而言，你来自市纪委派驻组，会更超脱一些。反之，如果查处的是市直单位的领导干部，我可能就会偏向于让周海来负责了。"陆浩宇顿了一顿，看袁清若有所思地点头，不禁微微一笑，"另外，我要纠正你一点。虽然你和周海一起查的卫应屹，但并不代表你们了解到的信息一样多。有一层关系周海并不清楚，你肯定知道。"

"陆主任，你指的是——"袁清云里雾里。

"年初，市住建局塌方式腐败案你还记得吧？"陆浩宇问。

市公安局办公楼 1001 室

"魏主席，你这好不容易来我们局一趟，也不提前打个招呼，我好下去接你。这倒好，你自己上来了。你看这事——"接到汇报时，魏巍已在上楼的电梯了。程学义赶紧出来迎接，却在楼道里和他打了照面。

"无妨，我本就是不请自来。要是打扰了你们的正常工作，我这罪过可就大喽。"

"哪能啊?！魏主席能过来指导工作，我们求之不得呢。"程学义边笑边说，"魏主席，先到这边来坐。"引导他走进接待室坐定。

"魏主席，你这次来，可是有什么要紧事？"

魏巍端起茶杯，慢慢吹了一口杯沿，浅浅品尝了一口，才不紧不慢道："也没什么。我出来办点儿别的事，正好路过这里，就顺道过来看看，找老弟兄们说说话。算起来，我得有些日子没见着你了。"

"可不是嘛。"程学义索性也不费力揣测，顺着他的话往下说，"说起来，魏主席也得多来指导指导工作。这里毕竟是你的大本营，还有那么多老下属。你可不知道，大家提起你来，还是感怀至深呢。"

"那是老弟兄们顾念旧情。"魏巍笑了笑，轻轻地摆了摆手，"要是想我了，我可以回来看看；要说指导，我看就算了吧。现在的市公安局在老弟你的治下，称得上井井有条，我可不敢轻易来指手画脚。"

"魏主席，看你这话说的。市公安局能有今天，全靠魏主席当年打下的好底子。反倒是我，接任以来也没能再让市局业务更上一个台阶，真是惭愧得很呐。"程学义沉声道。

"老弟，你太谦虚了。"魏巍放下茶杯，目不斜视地看着程学义道，"先不说市局的业务能不能上一个台阶，单说老弟你，上任都九年有余了吧，政治生涯什么时候能再上一个台阶？现在这形势，很多市公安局局长都是副市长兼任，你就不考虑再向上走一步？"

"说不考虑是假的。"程学义苦笑一声，"可论能力，论工作业绩，比我强的大有人在，要提拔也轮不到我，我也就不争不抢，安心干好本职工作，听从组织安排吧。"

"老弟，你这话可说得不对。"魏巍挺起身子，直直地盯着他，"干好工作是一个方面；另一方面，你也要多汇报思想，才能进入视野。"

"魏主席说的有道理，"程学义点点头，"可我不知道从何下手。还请魏主席多加指点。"

"这个好说。"魏巍收起笑容，正色道，"据我所知，咱们市的副市长还缺一职呢。如果你有想法，我找机会多向书记和市长大力建议，推荐你补缺履新。一来可以解决你的个人问题，二来也可以增强公安执法的协调性。这也符合当下的政法形势。”

“真能这样，就太好了。”程学义喜出望外，神情复杂地看着他道，“魏主席的心意我领了。不管事成与否，我都会感激在心。”

“老弟不用客气。”魏巍高深莫测地笑了，“我也是从你这个岗位出来的，和你本就一脉相承，自然也该荣辱与共。老弟，你说呢？”

市纪委监委办公楼 611 室

“记得。”袁清的神情稍稍有些变色，但立马恢复了正常，“从局长往下数，一共二十四人受了处理。除此之外，我们组的解书记也因监督不力受了处分。案子是八室承办的，因为涉及我所在的驻在部门，领导抽调我全程参与。可我并不知道，和卫应屹有什么关系。”

“稍后我和你详细说。现在，你先告诉我，关于柯云岭，牵扯他的有哪些事？”陆浩宇从容不迫道。

“涉及柯云岭的真是数不胜数，六大纪律基本违反了个遍。”袁清无可奈何地摇摇头，“不过，要说最典型也是最严重的，当属他违规借用服务对象的钱款谋利了。”

“哦？具体说说看。”

“嗯。”袁清点点头，“这个得从七八年前咱们市滨海新区建设说起。人们都习惯在老城区工作和生活，滨海新区还是荒凉之地，房地产开发商以很低的价格拿地建楼。成本低，楼价自然不高。柯云岭瞅准了那个时机，向一家建筑企业老板借了五百万，以相当低的价格买了不少住宅和商铺。市行政中心搬到了新区，周围配套被带动，新区房价飞速增长。没几年，房价翻了好几倍。前年，他感觉房价趋于稳定，把房子全都抛售了，卖了将近三千万。五百万还给了企业老板，又象征性地付了点儿利息，剩下的全在企业入了股，约定按年化收益百分之二十分红，相当于每年又能进账四百多万。不得不说，他的头脑还是很灵活的，空手套白狼，净盈利就达两千多万。可惜没用到正路上，人又太贪，只拿了一年分红就被我们查处了。”

“是啊。要是把这精力放在工作上，能为全市经济发展贡献多少啊。”陆浩宇苦笑一声，又沉下脸凛然道，“还记得是哪家吗？”

“记得，挺有名的本地企业，名字叫——哦，对，天宸集团。”袁清略一皱眉好奇道，“可是，这些和卫应屹有关系吗？”

“当然有。”陆浩宇笑着点点头，不慌不忙道，“卫应屹和柯云岭同在一个叫‘梅山会’的组织里，他是秘书长。会长就是天宸集团的董事长谭岿。”

市中级人民法院办公楼807室

办公桌上的手机突然响了起来，吕文潮拿起来一看，不免有些奇怪，接通电话，轻轻道了声好。

“喂，吕书记，实在不好意思！都下班了还打扰你。有一事比较紧急，需要跟你汇报。”陆浩宇的声音传来。

“没关系，我一般也走不早。”吕文潮淡笑说，“浩宇，不用和我客气。你说吧。”

“是这样的，吕书记，还是涉及天宸集团案。原本和你说的不着急，但我这边有了些变化，需要了解天宸集团的具体情况，就冒昧打扰你，想问一下你那边处理得怎么样了，也不需要完整材料，只要个大概情况就可以。”陆浩宇略带一丝歉意道。

“浩宇主任别客气，不碍事。都是为了工作，我明白。”吕文潮心平气和道，“我也整理得差不多了。今晚我再安排组里同志加加班，把材料修改好。明天上午9点，我带人去你办公室如何？”

“时间没问题。”陆浩宇想了一下，诚恳地说道，“不过，吕书记，还是我去找你吧。”

“别谦让了。我正好还要去委里找别的领导汇报工作，就这么说定了。”吕文潮用不容置疑的语气说。

“好——”陆浩宇也不再推辞，爽快地应了一声，“吕书记，明天一早我等你。”

市纪委监委办公楼611室

挂掉电话，陆浩宇重重地呼出一口气，默默地坐在办公桌前，一根接一根地吸烟。吸到第四根，手机突然响了起来。他拿起来一看，是陌生加密号码，下意识挂掉了。过了一会儿，又一次打了过来。陆浩宇迟疑了一下，接通了电话。

“喂，陆浩宇主任，你好啊。”一个男声传来。

“哪位?”陆浩宇警觉地问了一声，紧接着按下了录音键。

“我吗?”对方顿了一下，轻轻笑了一声，慢慢说道，“我是天宸集团的董事长谭岿。”

旧 案

市纪委监委办公楼611室

一上班，陆浩宇就去了徐济元办公室借茶叶，惹来一阵调侃：听说过借钱、借书、借车的，借茶叶还是破天荒头一次。我倒是很好奇，你打算怎么还?陆浩宇嘿笑一声，也没回话，抓了一把茶叶扭头就走。

回到办公室，他一边烧水，一边静静地坐在沙发上思考着前一天晚上发生的事：谭岿突如其来的电话、那个妖娆妩媚的女子，还有桌子上整齐摆放的二十万现金——一幕幕都像幻灯片一样在脑海中闪现。突然，一个刺耳的声音把他的思绪拉回了现实。回过神来一看，桌子上的水烧开了。他苦笑一声，把烧水壶的电源关掉。紧接着，门外传来三声均匀的敲门声。他看了一下时间，刚好8：55，不假思索地前去开门。果然，吕文潮、刘清越、孔杰三人准时出现在门口。

“快请进。”陆浩宇一边说，一边侧过身，腾出路来，笑着把吕文潮等人迎到办公室。刘清越和孔杰在一侧的沙发上坐下，吕文潮则坐在对面，陆浩宇冲好茶，依次端到三人面前，又给自己倒了杯清水，在吕文潮身边坐定。

“几位快喝茶。”陆浩宇笑着打量了众人一圈，最后把目光落在吕文潮身上，“吕书记，看你这个架势，是把组里的精兵强将都带来了？”

“可不是嘛。”吕文潮气定神闲地笑了笑，“我把我们组整编整建制地给你带来了，一个都没少。连我们的刘书记都亲自出山，这次说什么你也得给我们好好指导指导。”

“不敢当，不敢当！各位都是办案的行家里手，这次肯亲自过来，我有点儿受宠若惊的感觉。”陆浩宇连连摆手，又转向刘清越笑道，“再说了，有刘书记坐镇办的案子，我可不敢造次，只有学习的份儿。没记错的话，刘书记不到三个月就退休了吧？气色真好，一点儿都不像马上进入花甲之年的人。”

“还有四十六天，我都数着呢。”刘清越挺起身子，振奋地说道，“气色好，是因为能和你这小子讨论案子，感觉一下子回到了十多年前。年轻的心一回来，看上去自然也就神清气爽了。”

“是啊，我还记得来市纪委第一个案子就是跟着刘书记办的。刘书记真是对我照顾有加，手把手地教谈话技巧、破题思路、工作方式，每一点都让我受益匪浅。”陆浩宇恭顺地说道，“今天正好借着机会，请刘书记再为我上一课如何？”

“你这小子。”刘清越咧着嘴，指着陆浩宇笑道，“行，今天就由我来给你介绍。说不定这是我退休前办的最后一案了，也给我的纪委生涯画上一个短暂的句号。有说漏的，再请吕书记和孔科长补充。”说罢，刘清越接过孔杰从包里拿出来的报告，递给陆浩宇一份，自己留了一份。戴上老花镜，身体向后仰了一下，一脸认真道：“先说一下案子来源。信访人是一家叫东华集团的外地房企，反映的是市中院执行法官和天宸集团勾结，执行其案件时存在超标查封、评估不实、违规执行等系列失职渎职问题。本来案子是在市检察院的，不知道为什么压了好几年都没个结论。随着检察院的人员转隶，一些案件也跟着转了过来，这就是其中之一。因为涉及市中院的处级干部，一开始被分到七室，也就是浩宇你办的；再后来不知怎么的，就授权给我们，让我们全权处置，一直到现在。”

“前期这些我倒是知道。因为涉及的执行问题太过具体，我们一时半会儿掌握不透，就跟徐书记请示，交给你们组。一方面考虑吕书记对市中院的人员和业务比较熟悉；另一方面也是想着有刘书记你这位老前辈亲自出马，一定能查个水落石出。”陆浩宇把报告放下，耐心地解释。

“原因我倒不怎么关注，还是先回到案子上，说说信访人反映的问题吧。”刘清越清了清嗓子，正色道，“十二年前，东华集团在岚江市先后开发了两三个楼盘。天宸集团负责这几个楼盘的建筑施工。后来，东华集团经营不善，急于扩张，本部资金链断裂，岚江在建项目停工搁置，连天宸集团的一千四百万施工款都无力偿付。天宸集团一纸诉状，就把东华集团告到了法院，要求全额偿还所欠工程款及利息。涉及标的额超过一千万，一审就直接由市中院受理了。事实清楚，证据确凿，审判结果自然也就没什么悬念。最终，法院判决天宸集团胜诉，让东华集团偿还本息一千五百多万，东华集团表示服从判决。案子也就从审判环节转到了执行环节，问题也正是出在了那个时候。”刘清越喝了一大口茶，不由得“咦”了一声，颇有些意外地笑赞道：“浩宇你不喝茶，可这茶的品位还真不错。咳咳，继续说案子了。当时，天宸集团诉东华集团标的只有一千四五百万，可市中院查封了多少呢，一共查封了东华集团的现金两百多万、四十二套建成在售的房产，还有一整栋在建的楼盘。根据东华集团提供的第三方评估报告显示，那四十二套在售房产评估五千万，在建楼盘因手续不全、变卖困难等给评了三千万，加起来就有八千多万。市中院对四十二套在售房产的评估价格也予以认可，信访人反映超标查封的问题是成立的。可市中院对在建楼盘的评估价格不认可，自己找了评估公司，最后确定的评估价为一千五百万。紧接着，最关键的一步来了，执行法官没有选择执行变卖方便的在售房产，而是将整栋在建楼盘按一千五百万执行给了天宸集团，不够部分扣划了东华集团的现金。至此，执行程序正式终结。”

“天宸集团不是傻子，想要在建楼盘肯定有它的道理。”陆浩宇若有所思道。

“没错，天宸集团就是冲着在建楼盘去的。事实证明，这一切也是天宸集团做好的局。”刘清越顿了一下，“天宸集团把楼盘拿到手后一边施工，一边跑手续。没多久，楼建好了，手续也齐全了。转手一卖，净赚了一个多亿。这样的买卖，天宸集团可算计得太透了。”

“是啊。”陆浩宇也大大吃了一惊，又想起来什么，“东华没跑下来的手续怎么天宸就给跑来了？具体有哪些手续？需要去什么部门办理？”

“跑不跑得下来，那不都得靠自己的本事吗？”刘清越略带不屑地撇了撇嘴，“正常的手续也就是咱们常说的‘五证’：建设用地规划许可证、建设工程规划许可证、建筑工程施工许可证、国有土地使用证和商品房预售许可证。需要跑的部门多了，规划、国土、房管、住建，哪个都少不了。”

陆浩宇在心里默念了一遍。没错，当时这四个部门的主要领导或分管领导都在梅山会的建会八大金刚之中。看来，谭岿组织的创世纪饭局确是早有预谋、精心安排的，最终目的除了建会，更多还是为了当时的官司，为了实现自己的利益。没猜错的话——“刘书记，请问当时执行案的承办法官是谁？”陆浩宇不动声色道。

刘清越看了一眼吕文潮，又转向陆浩宇，一字一字地说：“市中院执行一庭庭长，现在的市中院党组成员、审判委员会专职委员王维峤。”

天宸集团总部办公楼 808 室

“你那边进展如何？”电话里传来一个稳重的男声。

“还不错。昨晚和姓陆的小子见面了。”谭岿怡然自得道，“老伙计，跟你预料的一样。目前，一切都在掌握中。”

“好。”男子诡谲一笑，“那就不用等了，把弦上的箭发出去吧。”

市纪委监委办公楼 611 室

陆浩宇心道一声“果然”，谭岿每步棋都走得异常精准，把每个人的可用价值都榨取得干干净净，又怎么可能漏掉一个王维峤？当下，陆浩宇也不说破，定了定神，若无其事道：“刘书记，请继续。”

“好。”刘清越浅浅地抿了一口茶，咂吧咂吧嘴，回味了一番，“刚才说的是案件的事实经过。再说说我们组核查的过程。拿到线索后经过分析研判，初步认为反映人反映的线索可信度较高，具有一定可查性。但涉及的是市中院处级干部，又是党组成员，我们组没有立案权，加上担心直接接触王维峤会打草惊蛇，直到现在也没找他了解情况，围绕执行过程在做有针对性的外围工作。”

“时间这么久了，只从外围核查难度太大。”陆浩宇忍不住感慨。

“还行吧。比这复杂的案子又不是没经历过，这点儿难度还算不上什么。”刘清越轻描淡写道，“为了防止走漏风声，引起王维峤的怀疑，我们先以抽查案卷质量的名义，调阅了包括本案在内的二十余本案卷。逐页翻阅，从案卷中抽丝剥茧，发现了王维峤失职渎职的蛛丝马迹。第一，合议庭的合议记录显示，在合议应该执行东华集团资产时，王维峤提出在建楼盘，声称那属于不良资产，对东华集团损失最小。另外两名合议庭成员刚开始建议执行部分建成在售房产，到后来也保留原有意见，不再表态。最终由时任庭长的王维峤拍板，决定执行在建楼盘，并签发了裁定书。第二，裁定书应送达双方当事人签字后才可生效，可在案卷中只发现天宸集团的送达回执，并无东华集团的。经向东华集团了解，市中院并未送达执行裁定书，他们通过律师才知道要执行在建楼盘。第三，东华集团知道后第一时间向王维峤提出书面申请，请求市中院执行建成在售房产，或将房产部分解封，由东华集团自行售出变现后及时偿还天宸集团欠款。但王维峤置之不理，从头到尾都在做自己的文章。”

“嗯，这些倒是能够证明王维峤暗箱操作，但缺少他和谭岿的直接利益往来输送证据。”陆浩宇皱了一下眉头。

“谁说没有？”刘清越板起脸道，“我们查了王维峤执行案前后一年的银行流水，找到了线索。”

“过去这么久，银行还能查出来？印象里，我经手的案子最多查到五年前。”陆浩宇一脸疑惑道。

“可以的。别从柜台调，去后台数据库，再不行就去档案室。只要想找，数据不会凭空消失的。当然了，必要时还得看脸。”刘清越一脸得意道，“别岔话题，我继续说。查流水时发现，执行案结束后第三个月，有一笔一百万的资金从谭岿的个人账户转到王维峤一张不常用的银行卡上。顺着银行卡往下查，发现这些钱都被王维峤陆续取现了。三年前，他把这个卡销户。哼哼，他倒是想神不知鬼不觉的，却忘了‘若要人不知，除非己莫为’。”

“他要是知道栽在了刘书记你的手里，也不会觉得冤。”陆浩宇不自觉笑了起来。“下一步怎么处理呢？”

刘清越笑了笑，没说话，抬头看了吕文潮一眼。吕文潮会意地点点头，“我们没有对市管干部的立案权，准备将核查报告连同线索一并移交委里，请委里立案处理。其他方面，浩宇主任还有什么建议？”

“我觉得很恰当。在不惊动当事人的情况下，能把案子查到这个地步，实在让我佩服之至。”陆浩宇诚恳地说，“非要我提建议的话，吕书记，你能不能和刘书记商量商量，别让他退休了，请他再干上五年吧。”

市公安局办公楼 1001 室

“陆主任，有什么指教？”程学义接起电话，不紧不慢道。

“不敢。”陆浩宇平心静气的声音传来，“昨天跟程局长提过，如果可以，我想找李岩团伙几个人谈谈。不知现在方不方便？”

“可以。”程学义略一思考，爽快答应下来，“几时过来？先和谁谈？”

“一小时后。王嵘。”

岩踪

市纪委监委办公楼611室

陆浩宇挂掉电话，点上一根烟刚吸几口，展津就推门进来了。看了一眼陆浩宇，也不打招呼，倒上一杯茶水，一饮而尽。

“嘿，小宇子，可以啊。上次刚说茶叶不行，你就换上好茶了？老实交代，哪个审查对象送你的？”展津嬉皮笑脸道。

“你家送茶叶就这么一小把？”陆浩宇没好气道，“那是我为了招待吕书记，专门去徐书记那里抢的。”

“看你那点儿出息，还抢。”展津嗤之以鼻道，“对了，天宸集团案到底和我曲叔叔有没有关系？”

“根据目前掌握的情况来看，没有。”陆浩宇想了一下，“我初步判断，曲定天和谭岿不是一条线上的。前者偏向于规规矩矩发展企业，后者则想方设法赚取不义之财。”

“要是这样就好喽，我也不用和曲锐遮遮掩掩的了。等这事一了，我就和他痛饮一番，敞开心扉谈个明白。”展津又倒了杯茶喝下，走到陆浩宇办公桌前，抽出一根烟点上，大口大口吸了起来。

“敢情你跑我这里来，就是为了吸烟喝茶的？”陆浩宇瞅了一眼展津道。

“要不然呢？”展津反问道，“沐源在认真写材料，我在旁边吸烟、喝茶也不像话。”

“你还好意思说？”陆浩宇哭笑不得，“合着你还真让她一人干？”

“我把了解到的情况和形成材料的思路都跟她说了，剩下的可不就得她一人写吗？年轻人，多些锻炼总是有好处滴。”展津惬意地呼出一口烟，慢条斯理道。

“你还真是恬不知耻啊，展公子。”陆浩宇无可奈何地摇摇头，“明明想偷懒，还说得这么大义凛然。”

“嘿嘿，不是我想偷懒，而是沐源同志太能干了。不仅对办案流程熟悉，关键是人还聪颖，什么事一点就透。看了一会儿，根本没有要我操心的，就寻思过来看看你这边有没有能帮忙的。谁知道你这么不识好人心，哼哼。”展津故作生气道。

“哈哈，好好好，是我小人之心度君子之腹了。展公子，我给你赔礼道歉了。”说罢，装模作样地鞠了一躬。

“嘿嘿，好说好说。咱们这么多年的感情，又念你是初犯，原谅你了。”展津心满意足地笑道，“得嘞，看你这边也没什么事，我就先走了。”说完，把手里的烟扔掉，摇头晃脑地就要作势往外走。

不料却被一把拉住，展津疑惑地回过头，只见陆浩宇一脸坏笑地看着自己，不紧不慢道：“展公子，你别着急走啊。你看，既然话都说到这儿了，好人也全让你做了，不帮点儿忙也说不过去啊。你等我一下，我先去徐书记那里汇报一声，我们出去一趟吧。”

展津暗自恼怒，眼看弄巧成拙，却也不好发作，只好硬着头皮问：“去哪儿？”

陆浩宇把手里的烟头慢慢掐灭，收起脸上的笑容，一字一字道：“去会一会这些天我们一直苦苦找寻的人”。

市纪委监委办公楼 601 室

“哎哟，怎么，陆主任来还茶叶了？”陆浩宇一进门，徐济元就看着他打趣道。

“嘿嘿，茶叶都进吕书记他们肚子里，变成了珍贵的信息。老徐，你要茶叶还是要信息呢？”陆浩宇嘿笑一声，徐徐说道。

“你小子别跟我卖关子了，快说吧。”徐济元嗔道。

“好。”陆浩宇点点头，正色道，“这次涉及的是市中级人民法院党组成员、审委会专委王维嵛。初步核查结果是，他收受谭岿一百万，利用手中职权，帮天宸集团违规执行了一起案件，使其获利达一亿余元。这事还极有可能牵扯咱们市住建、国土、房管、规划等建设口的一众人等。其中，应该就包括付成峻。”

“与当事人接触了吗？”徐济元问道。

“还没有。涉及面太大，吕书记不想打草惊蛇，前期以外围核查为主。”

“查得不错。这样一来，很多事就能找到背后的关联了。”徐济元点点头，“文潮有没有拿出下一步的方案？”

“有。因为涉及市管干部，吕书记那边没有权限处理，就想移交委机关，请咱们立案查处。”陆浩宇一脸严肃道。

“可以。”徐济元想了一会儿，一口应了下来，“正好和你经手的几个案子一起查办，做到相互印证。等会儿我们先去找贺书记汇报，具体经办人请他定夺。”

“现在吗？我这会儿时间不够了。”陆浩宇迟疑了一下，“我和人定好了，要出去见人。”

“因公还是因私？”徐济元略一犹豫，追问了一句。

“肯定是因公。”陆浩宇欲言又止，“等我回来有了结果，一并和你说吧。”

“好。”徐济元点点头，便默不作声了。

陆浩宇转身往外走，看到门口的茶叶罐突然停住脚步，回头笑道：“对了，老徐，你这茶叶反响还不错。你——从哪儿买的？”

岚江市看守所讯问室

王嵘被带进来，陆浩宇正在全神贯注地看讯问笔录。展津在旁边戳了一下，他才抬起头看了一眼王嵘，指指座位。

满脸胡茬、面容憔悴的王嵘斜眼撇了两人，在审讯椅上缓缓坐下。陆浩宇定定地看了他一会儿，不动声色道："王嵘，我们还有一些问题要问你，请你如实回答！如果查证属实，这些就会被当作对你宽大处理的参考。若有隐瞒或说谎，也会如实给你记录，结果自是罪加一等。你要想清楚再回答。"

王嵘乍一进来，看到穿便衣的陆浩宇和展津，暗自有些吃惊，表面上还是强装镇定。听到陆浩宇开口，便面无表情地微微点头示意。

"你的籍贯显示你是梅口县人，父母是做什么的？"

"不知道。从有记忆开始，就一直在社会上流浪。"

"你也没上过学？"

"是的。"

"名字是谁给起的？"

"我自己。"

"为什么起这个名字？"

"随便起的。"

"说实话！"展津不耐烦地插嘴道。

王嵘扭头看了一眼展津，无动于衷道："长大一点儿，我遇到了王峥、王嶙兄妹。我们三人境遇差不多，同病相怜，经常混迹在一起。后来，我们就结拜了。我就想，反正我也不知道自己叫什么，干脆和他们一个姓算了。至于名字，我也和王峥的'峥'字搭配，觉得'峥嵘'这个词很霸气，就叫王嵘了。"

"名字起得不错。"陆浩宇接过话，"那你是怎么认识的李岩？"

"岩哥在当地是很讲义气的大哥，我们觉得应该找一个带头人，就一起投奔他了。"

"你们投奔李岩时，他团伙里的主要成员都有谁？"

"从那时一直跟着岩哥到现在的除了我们三人，还有王峋和赵虎。至于其他人，时间太长，忘记名字了。"

"跟了李岩后，你们平时都干什么？以什么为生？"

"混日子呗。平时收收保护费、站站场子之类。"

“据我了解，李岩因为寻衅滋事被判刑坐牢，是怎么回事？”

“哦，这个啊。”王嵘明显没想到陆浩宇会问此事，不免有些慌张，边思考边说，“就是一个我们收了保护费的商家被人上门找事，岩哥带着我们去把那帮人打跑了。没想到警察来得特别快，岩哥为了掩护我们，被抓了。”

“为什么李岩判了四年、只坐了一年多就放出来了？”

“不清楚。应该是在牢里表现好，减刑了吧。”

“他出来后干什么了？”

“他只说去给一个老板开车，具体就不清楚了。”

“我们了解到的情况，李岩是被人捞出来的。是这个老板吗？”

“我不知道。”

“那时，你们在干什么？”

“我们在梅口，还是整天混日子，有时也做点儿小生意。”

“再后来呢？”

“后来，岩哥慢慢在岚江站稳脚跟，也帮着老板打理些生意，就把我们几个又集合起来，只留王峋在梅口盯矿场。”

“你们在岚江都做什么生意？”

“主要就是打理几个休闲娱乐会所，其他小来小去的生意都是阶段性的，什么挣钱做什么。”

“娱乐会所具体是谁在管理？”

“王嶙。”

“王嶙和李岩是什么关系？”

“恋人。”

“那你主要负责什么？”

“替岩哥保护王嶙，还有就是看园子。”

“什么园子？”

“就是挂着‘盆栽艺术协会’牌子、你们抓我们的那个地方。”

“谁修建的？什么时候修建的？”

“我都不清楚。有一天，岩哥带我们到这个园子并告诉我们，以后这里就是大本营了。”

“为什么挂‘盆栽艺术协会’的牌子？”

“为了隐蔽。从外向里看，能看到很多珍贵的花卉树木。”

“种的植物怎么处理？”

“部分卖掉，部分送人。”

“卖给谁？送给谁？”

“不清楚。具体都是岩哥联系，不外乎生意上的合作伙伴。”

“除了植物，园子里的建筑是做什么的？”

“有的是我们自己住，有的是招待用的。”

“招待？”陆浩宇低声问了一句，“都招待些什么人？”

“不知道。基本都是岩哥安排，说这个总那个总的，我也不清楚具体身份，只负责端茶、倒酒、作陪。”

“除了李岩安排，别人还有谁安排？李岩的老板来过吗？”

“来过。”

“李岩怎么称呼他？”

“就喊‘老板’。”

“长什么样？”

“六十岁左右吧。”王嵘仔细回忆道，“气宇轩昂的，很有老总派头。”

“除了什么总，还有类似‘局长’、‘主任’等领导来过吗？”

“偶尔也有。我都不认识。”

“你平时也住这里吗？”

“是的。”

“住哪个房间？”

“不固定。一般哪间空住哪间，都满了就出去找地方。”

“李岩呢？”

“岩哥固定，住在园子的椒房厅。”

“自己吗?”

“和王嶙。”

“巴比伦厅住的是谁?”

“徐士枫，还有两个固定陪护他的姑娘。”

“徐士枫的父亲是谁，你知不知道?”

“知道，市纪委副书记。”

“你怎么知道的？什么时候知道的?”

“岩哥说的，刚说没多久。”

“徐士枫刚来时，你们是否知道他的身份?”

“我不知道。至于岩哥是否知道，我不清楚。”

“你们为什么一直关押他?”

“我们没有关押他，是他在这里天天好吃好喝的，还有美女相陪，乐不思蜀，自己不愿意走了。”

“据徐士枫说，好几次明确表达了他要走的想法，都被你拒绝。你连手机都不让他用。”

“那是因为——”王嵘顿了一下，“岩哥说，留着他还有用。”

“有什么用?”

“岩哥没说。”

“徐士枫只是个大学刚毕业的无业青年，能有什么用？你们看中的无非是徐士枫的父亲，我说的有错吗?”陆浩宇冷冰冰道。

“可能吧。”王嵘略微皱眉头。

“你们都是非公职人员，市纪委对你们根本没有威慑力，又何用之有呢?”陆浩宇直勾勾地盯着王嵘，“要利用徐士枫的根本不是你们，而是你们老板，对吗?”

王嵘先是一愣，随即神色一凛，警觉地问道：“你不是公安上的人。你是谁?”

“你才想起来问这个。”陆浩宇从容地笑了笑，“这么快就把我忘了？前些天，你不是才给我设了个局吗?”

“你说的什么意思，我听不懂。”王嵘面容冷峻。

“我是市纪委的陆浩宇。”陆浩宇一字一字道，“没想到你还这么健忘啊，岩哥。”

话音刚落，展津和王嵘都现出难以置信的表情，齐刷刷地看向陆浩宇。展津的嘴张得老大，结巴道：“你说——他——是谁？”

陆浩宇扭头笑着看了展津一眼：“他不是别人，正是这些天我们一直苦苦寻找的李岩。”

王嵘目不斜视地看着陆浩宇，一脸平静道：“陆主任怕是认错人了吧，我是王嵘。”

“是吗？”陆浩宇意味深长地笑了，“那你敢不敢把衣服掀一下，露出身上那三道刀疤呢，李三刀？”

石 破

岚江市看守所讯问室

王嵘一动不动，冷眼看着陆浩宇，没有一丝慌张，眼神里反而多了之前没有的果决和坚毅，十足换了个人。

看王嵘沉默不语，陆浩宇淡淡地笑了笑，缓缓道：“不得不说，你的这招瞒天过海使得不错，几乎都能以假乱真，蒙过所有人，让人们相信你就是王嵘，是团伙骨干中罪名最轻的。可你忽略了一点，假的永远是假的，装得再像也成不了真。”

“小——陆主任，你能不能详细说说，我有点儿糊涂了。”展津一脸茫然道。

陆浩宇扭头看了一眼展津，轻笑一声道：“你应该还记得，之前在公安的系统里一直查不到李岩的相关信息，关于‘峥嵘嶙峋’中王嵘的行踪和信息也是寥寥无几。刚开始我还很奇怪，既然能当上李岩心腹，为什么和王峥、王峋、王嶙相对高调的处事方式大相径庭。

不为团伙抛头露面也就算了，甚至可用默默无闻来形容，唯一对外示人的身份不过是李岩保镖和管家。后来我才慢慢想明白，特别是在抓捕行动后我才能确认，根本就没有王嵘这个人。李岩和王嵘本就是一人，李岩就是王嵘，王嵘就是李岩。”

“等等，我还是有点儿绕。”展津皱着眉头说，“你能再说具体一点吗？李岩怎么变成王嵘了？目的又是什么？”

“好，那我从头说，你慢慢捋。”陆浩宇冲展津点点头，“事情发展以李岩坐牢为分界点。坐牢前，李岩是长期混迹于梅口的小头目，为人豪爽，性情耿直，重情重义，敢打敢拼，是让人忌惮的‘李三刀’。出狱后跟随某个老板、再次回归大家视野的李岩是口蜜腹剑、阴险诡谲的‘蜜三刀’。刚听到这事时，我的心里就有一丝疑惑，一个人的相貌会变，声音会变，身份会变，心智随着经历的不同也会变，可为什么脾气和秉性会截然不同？会不会出狱后呈现在人们眼前的并非李岩，而是李岩的替身、影子？随着调查的深入，接二连三发生的事更加坚定了我的想法：众人看到的李岩都是假的，而真正的李岩一直都在，只不过隐藏起来，换了身份。”说罢，陆浩宇顿了顿，扭头看向王嵘，一字一字地说，“那这个人是谁就不难猜了。抓捕行动的当晚，在场七人除了夜场两个小姐，剩下的王峥、王嶙兄妹互为印证，不会是李岩；王峋一直在梅口活动，行事高调又过于冲动，也不会是李岩；至于赵虎，确实是李岩的怀疑对象之一，只不过很可惜，阴差阳错的，我和他有过一面之交，能够判断出他的憨傻不是刻意装的，而是天性使然。符合条件的，就只有你了。也正因如此，才能解释抓捕当晚你和王嶙、徐士枫在一艘船上。另两艘的目的就是充分吸引警方注意，为你和王嶙的逃跑创造条件，赢取时间。说到这儿，我不禁想多说一句。你以李岩保镖身份出现，既可全权代理李岩处理一切事务，又可以光明正大的身份陪在女朋友王嶙身边。更妙的是，万一你被抓，量刑时也只会根据你在团伙的次要作用定性为从犯，处理也会相应减轻。这样一箭三雕的计策，我打心眼里佩服。”

王嵘面无表情地抬头和陆浩宇对视一会儿，像是在思考什么。过了半晌，又把头扭向一边，不再看他。见状，陆浩宇也不以为意，轻轻笑了，“王峥、王嶙、王峋和赵虎，这‘三王一虎’是从梅口就跟着你的手下，也是你正儿八经的四大心腹。你对他们照料有加，又在出事时自己承担下来，掩护他们逃跑，对他们而言是莫大的恩情，他们自然会死心塌地、忠心耿耿地追随你。你出狱跟着老板打拼一段时间，阅历、眼界和见识都有了长足进步。你也深刻领会到，作为老大，保护好自己是最重要的。你造了一个身份，根据王峥、王嶙、王峋三人的名字特点取名‘王嵘’，并称为‘峥嵘嶙峋’。同时，你不断造势，刻意宣扬这个外号，使人们先入为主，觉得听起来很有气势的名字才符合李岩四大心腹的特质，从而逐渐遗忘了之前四人究竟是谁。再加上赵虎本来就傻乎乎的，没多少存在感，时间久了，自然就会被彻底淡忘。随后，你一方面利用李岩的身份明里暗里组织策划了许多见不得光，甚至是违法犯罪的事，另一方面尽力伪装成王嵘，让人们在心里形成王嵘只是保镖和管家的印象。你一次次用王嵘的身份出现在徐士枫面前，目的就是让他接受并坚信你就是王嵘的事实，关键时刻还可以当作你绝佳的身份证人。出事之后，轻松把责任往消失的李岩身上一推，金蝉脱壳，以图东山再起。”

“很精彩的故事。”王嵘把头扭回来，直勾勾地盯着陆浩宇，冷哼一声道，“只是你编造的故事而已。就像你说的，真的假不了，假的真不了。你说我是李岩不是王嵘，有证据吗？只看我身上的刀疤就下判断？经常在社会上打拼的，谁没个三五道疤？到了法庭，法院也只会采纳我法定身份证上的信息，而非你的主观臆断、胡言乱语。我劝你说话小心些。不然，我告你诽谤！”

“哦，是吗？身份证的事一会儿再说，咱们先谈谈证据。”陆浩宇饶有兴致地注视了王嵘良久，蓦地笑了，“我没猜错的话，知道你真实身份的除了你的老板，就只有你那四个手下了。你和他们交代得很清楚，万一被抓，怎么应对——很简单，一切算在李岩头上，把自己撇干净——不仅能保护你这位大哥，更能防止梅口事件再次重演。他们自然愿意陪你把戏做足。李岩作为老大，不可能凡事都不出面，全部交给手下去做；必要时也会出现在众人视野里。怎么办？你肯定不能假扮自己，王峋又常年在梅口，赵虎的形象和气质都与李岩不相吻合，唯一满足条件的就只剩王峥了。他又是王嶙的亲哥，不管为了你还是王嶙，都会心甘情愿。大多数时候，都是王峥在假扮你，而你装成保镖跟在他身边。遇上大事，你在一边听着，也能及时作出判断和回应。这样也能解释众人对李岩的形象会有不同认知，他们见到的只是王峥，李岩的傀儡。”

“无稽之谈。”王嵘若无其事地怒骂道，头上却微微冒出一丝冷汗。看得出来，他的神经紧绷了起来。

陆浩宇看在眼里，也不说破，“你不承认，也没关系。只是你有没有想过，你的四个手下并不知道我们掌握了你就是李岩的现实。假如让他们知道，你觉得他们会怎么想。谋划这么周密，无人会出卖你，他们就会顺理成章地认为，是你因为其他缘故，比如像上次那样为了保护他们把事情揽下来，主动承认自己就是李岩。到了那时，你觉得他们会怎么做。”

“你——”王嵘双眼瞪大，怒视陆浩宇，恶狠狠地从牙缝里挤出两个字，“卑鄙。”

“我认为，他们会自乱阵脚，争先恐后地认罪，好让你解脱。”陆浩宇看了一眼王嵘，“特别是赵虎和王嶙，一个傻乎乎地对你愚忠，另一个一直深爱着你。我敢打赌，王嶙的心其实很敏感和脆弱，感动你为保护她不惜坐牢的同时，更怕你重蹈覆辙，会把罪责全都应下来。她很清楚，这次你们犯下的事性质远比上次重多少倍，面临的惩罚也远胜上次。我相信，这个担心从被抓之后她就有了。只要不宣判，她就会一天比一天紧张。一旦听说我们知道你就是李岩，她紧绷的神经就会爆裂，继而完全丧失理智，不知道会做出什么极端的事。他们说的，够不够当证据的？”

“住口！”王嵘猛地直起身，差点从审讯椅上挣脱出来。只见他全身青筋暴起，怒不可遏地看着陆浩宇，咬牙切齿道，“你敢动我的嶙儿试试？信不信我他妈弄死你！”

市滨海新区规划建设委员会办公楼306室

付成峻深刻体会到了“如坐针毡”的含义。这几天，他过得很不好。

刚听到孙崇林嫖娼被抓的消息，他还没有充分重视和警觉，甚至还有点儿幸灾乐祸。在他眼里，孙崇林出事只在早晚。他嫖娼、赌博，还是目中无人的蛮横做派，付成峻都有耳闻。他提醒过几次，但人家充耳不闻，一副满不在乎、谁奈我何的神态。他不想和孙崇林撕破脸，也清楚孙的脾气，明面上一再忍让迁就，心里却盼着他赶紧撞上南墙、吃点儿苦头来求他。一来可以杀杀他的嚣张气焰，二来可以重新借势，牢牢把他攥在手心里。

如意算盘打得响，可人算不如天算。他没等到孙崇林的求救电话，却等到了谭岿关于李岩等人被抓、让他凡事小心的预警电话。他这才回过神来，想这次很可能被盯上了。虽然不知对方目标究竟是谁，但自己可能首当其冲，逃不了干系，政治生涯由此止步也说不定。这样的预感从宋浔钧杀回马枪起就存在了，因为谭岿的警告愈发强烈。孙崇林被抓，会不会也是有人故意为之？那样的话，孙崇林为自保，会不会交出自己？虽然手里握有他的把柄，可彼此只有利益交换，这种关系当真比薄纸还脆弱。

他试图找人打探些信息，却一无所获。谭岿只是神神秘秘地说再等等，又不说等到什么时候、到底在等什么。这种紧张诡异的感觉把他压得喘不过气来，他不知道该做什么，但预感到平静局势下暗流涌动，甚至剑拔弩张，他唯一能做的只有自保。整天反锁在办公室里，销毁一切可能出事的证据。这还不算完，又和岑玉露串通一气，千叮咛万嘱咐，被查该怎样应对。还不放心，又思量着索性把岚江几套别墅一股脑低价出手，折现后带着岑玉露出境，远走高飞。

还没等他惊魂落定，宋浔钧就派人传来消息，针对巡察整改督导工作中遇到的具体问题需要单独约谈他。饶是摸不清宋浔钧的套路和目的，却清楚没有拒绝的理由，只能边谈边静观其变。

“主任，市委第四巡察组的宋组长和联络员齐滨过来了。谈话在您办公室还是去接待室？”侯磊刷卡进来请示道。

“你把他们领到接待室，我马上过去。”

暗 涌

市滨海新区规划建设委员会 3 楼接待室

“不好意思，宋组长，市长安排的几件工作着急调度，我刚才忙着开部署会，见谅见谅。”付成峻大步走进接待室，赔着笑脸，向宋浔钧迎面走去。

“无妨，我们也是刚到。”宋浔钧起身和他握了下手，指着对面的座位。

付成峻应了一声后坐下，打开笔记本平摊在面前的桌子上，手握着笔，恭顺地看着宋浔钧。

宋浔钧一脸严肃，也没客套，开门见山道：“付主任，你不需要记录。今天找你过来，主要是了解些具体事项。请你如实向我们提供情况。”

“好。”付成峻点点头，放下手中的笔，抬头看了一眼宋浔钧，尽量压制住内心的不安，“宋组长请问。”

“有群众反映，这次巡察督导期间，你单位有人因嫖娼被公安机关行政拘留。你是否知情？”

“这个——我知道。”付成峻顿了顿，“也是刚知道。”

“请详细介绍一下具体情况吧。”

“好。”付成峻定了定神，边思考边说，“被抓的叫孙崇林，是我们单位园林工程处职工。前几天晚上一时糊涂，找了小姐去酒店开房，被警察抓了个正着，带回所里后据实招了，好像被处以行政拘留十五天，还在关押中。我知道的就这么多了。”

“是党员吗？”

“是。”付成峻突然想起什么似的，连忙加了一句，“他是在大学期间入的党。”

宋浔钧没接茬，若有所思地盯着他看了一会儿，“你刚才说他是一时糊涂，可据我所知，他之前就有过嫖娼劣迹。平日生活作风可见一斑，谈不上一时糊涂吧。”

“之前——”付成峻明显有些慌了，“也是因为年轻，加上家里不太和睦——”

“这些都不是违法乱纪的原因。”宋浔钧厉声打断他，“这么说，付主任也知道他之前嫖娼的事？”

“知道一点儿，但不多。”付成峻小心翼翼道，“我也亲自跟他谈话提醒过，没想到他还是一意孤行，不知悔改。”

“据反映，除了嫖娼，孙崇林还经常参与赌博。平时上班也不按时，迟到、早退习以为常，无故旷工都是家常便饭，目无组织、心无纪律、行无底线。群众还提出，针对上述孙崇林的问题，多次向你单位党委反映，均未有下文。关于此事，付主任是否知晓？”

“确实收到过类似举报。”付成峻额头微微有些冒汗，“但——都是匿名信，查实比较困难，也就暂时放下了。”

“查实困难？”宋浔钧不置可否地看了他一眼，不动声色道，“已经查实了的呢？关于孙崇林嫖娼的问题，事实清楚，为什么迟迟不处理呢？简单一个谈话提醒就行了吗？”

“我主要是从保护干部的角度出发——”付成峻的声调越来越小。

“可你并没有保护住他，却让他一步步走到了无法挽回的境地。”

宋浔钧叹了口气，“一方面，孙崇林本身纪律规矩意识淡薄，缺少对党纪国法最基本的尊崇和敬畏。另一方面，党组织对他放任自流，对他个人的违纪违法事实不闻不问，不警醒、不惩戒，甚至遮遮掩掩、帮着他逃避问题。这些会让他从主观、客观对自己违法违纪行为带来的后果产生错误判断，会严重低估犯罪成本，继而麻痹自己，从最初的心怀侥幸到最后的习以为常，再发展下去，就有可能铤而走险，从小错演变成大祸。”

“宋组长说的对。”付成峻像是突然明白了，连连点头应承，一副痛心疾首的模样，“是我没管好干部，是我害了他啊。”

“说是害了他倒有些言过其实。”宋浔钧不为所动，默然看了看他，“但在管党治党日趋从严收紧的大环境下，在巡察督导期间，你单位居然还能发生这种事，无视党纪国法，让巡察的权威性和严肃性荡然无存。往轻了说，是你们队伍里出现了毒瘤；往重了说，就是在你治下的单位完全没有从严的意识，管党、治党宽松软。无论怎样，你单位党委全面从严治党主体责任跑不了，你这个党委书记的第一责任人更是难辞其咎！”

“是是是，宋组长教训的是。”付成峻忙不迭地边点头边组织语言，“我把精力过多用在抓业务上了，忽视了对同志们的教育、管理和监督，才会让小部分同志思想滑坡，生出懈怠心理。今后，我一定充分吸取这次的经验教训，引以为戒，在全委范围内开展专题教育，切实提高同志们的纪律意识，坚决杜绝类似事件发生。”

宋浔钧冷眼看着付成峻一本正经地说完，缓缓颔首道：“教育自然必不可少，但更重要的是从思想认识根源处分析原因，查摆和认领问题，厘清责任。当务之急，你们要尽快召开一次专题党委会议：一是研究对孙崇林的处理意见，二是深入剖析问题原因。从你开始，每位党委班子成员都要发言、对照检查。其中，你和孙崇林的分管领导要在会上做出深刻检讨。会后，将会议纪要及时报给巡察组备案。”

“这——”付成峻面露难色，看了宋浔钧刚毅的神情，自知没有讨价还价余地，旋即转口道，“没问题，一切听宋组长安排。我这就布置下去，争取尽快召开专题会，一次性把问题解决干净！”

“好。”宋浔钧长长呼出一口气，似如释重负一般，神态缓和了许多，盯着付成峻，意味深长地叹道，“付主任，你要明白，我不是故意刁难你。刚来我就说过，发现问题不是我们的目的，净化干部队伍才是。说到底，在这一点上，咱们的目标是一致的。所以，你一定要充分提高警惕，认真分析孙崇林事件究竟是个案还是具有普遍性，继而思考应当如何应对当下局面，如何扭转单位风气，切莫让小疾成大患。”

“宋组长的好意我明白。”付成峻顿了一下，神情一凛，“请宋组长放心，我一定处理清楚，不辜负你的信任。”

“那就好。”宋浔钧微微点了下头，良久未再开口。

市纪委监委信访大厅

“您好，您反映的问题我们记录完毕。如果还有需要补充反映的或更多相关的证据资料，也欢迎您随时给我们提供。”信访室的徐倩通过窗口，向一位年逾六旬的老伯说道。

“好，谢谢你啊，闺女。”老伯顿了一下，“那么，大概多长时间会有结果呢？”

“这个不一定。我们会根据属地管理、分级负责的原则对信访件进行分发和流转，具体处置时间要看反映事项的复杂程度和证据是否充实等，一般来说——”

话还没说完，只听大厅传来“砰”的一声，徐倩不自觉地停住话头，抬眼向外看去。只见一个三十岁左右的女子，一袭灰色长裙，神情激动，双膝跪地，手举一个大大的“冤”字牌在头顶，高声呼道：“请领导做主，清除纪委内部的败类！”

市滨海新区规划建设委员会办公楼306室

“主任，宋组长找您，是出了什么事吗？”看着付成峻心事重重地走进办公室，侯磊忍不住问道。

“没什么事。你先出去吧。把门给我反锁上。今天不管谁，一律不见，就说市长找我调度工作去了。”

在办公室踱步良久，终于定下神来，他走到窗边拉下窗帘，回到办公桌前，打开抽屉里的小型保险柜，拿出一个老式黑手机，在为数不多的通讯录里找到一个号码，拨了出去。

“怎么了？”电话那边传来一个低沉的声音。

“今天巡察组的宋浔钧约谈我了。”

“哦，哪方面的？”

“关于孙崇林。”

“怎么？要追责你？”

“这倒没有。”付成峻摇摇头，“只是怪我管教不严，让我开个党委会自我批评反省。”

“这倒符合他们一贯的风格。你现在担心什么？”

“具体我也说不上来，就是感觉不对劲。从年初巡察开始，到现在孙崇林、李岩相继出事，怎么看整件事都像是冲我来的。孙崇林招了多少我也拿不准，玉露的事情不知道是否传入纪委那群人耳朵里。宋浔钧这次的处理放在平时本也无可厚非，但我看着更像是缓兵之计，目的就是要麻痹我，好给他们赢得更多的调查时间。”

“这种可能性也有。那么，你想怎么应对？”

“说实话，我有点儿想跑路。”付成峻犹豫片刻后说。

电话那头陷入了沉默，过了一会儿才沉声道：“我不建议跑。这会儿你可能慌了心神，思考问题不理智了。你想想看，刚才你说的只是一种可能，并不代表一定会发展到最糟的地步。现在我们是牵一发而动全身。一旦采取行动，就等于告诉所有人你心虚，你畏罪潜逃。不仅所有怀疑得到证实，恐怕其他人都会被牵连出来。在这个时候，一动不如一静。先弄清楚对手葫芦里卖的什么药，搞明白他们有多少真凭实据，再从长计议。哼哼，况且，老伙计亲自组织反击了。不出意外，他们应该很快就会自乱阵脚。我倒要看看，还有谁敢插手咱们的事。”

“哦，怎么反击？”

“这个嘛，”电话那头阴冷地笑道，“很快你就会知道了。”

岚江市看守所讯问室

“你的嶙儿？”展津嘴巴张得老大，一脸不可置信的表情过后，嘴角浮出了兴奋的笑容，“所以，你算是承认了？”

王嵘，或者说李岩，先是一怔，随即反应过来，扫了一眼展津后，把目光死死地落在陆浩宇身上，眼中的怒火逐渐消散，取而代之的是身份被识破后的淡定和坦然。

陆浩宇仿佛料到李岩会有此反应，迎面直视他的目光，脸上没一丝波澜，让人根本猜不透他在想什么。一阵安静过后，陆浩宇才用不容置疑的口气说道：“谁也不会动你的嶙儿。但党纪国法会不会，就得看她自己了。”

“你想怎样？”李岩冷眼看着陆浩宇，恶狠狠地吐出几个字。

“我？”陆浩宇略微仰起头，“李岩，你要搞清楚，不是我想怎样，而是你自己想想，你们的所作所为能否逃过法律的制裁？”

“逃？”李岩冷哼一声，“事已至此，我也没准备再逃。痛快点儿，你把我的兄弟们都放了，所有事情我一应承担。他们只是按照我的命令行事，其余的一概不知。”

“李岩！”展津重重地拍了一下桌子，厉声道，“你不要太嚣张！这里是看守所，不是菜市场，由不得你讨价还价。江湖义气、大哥风范那一套，还是省省吧！”

“这么大火气？”李岩瞥了一眼展津，摊了一下双手，长吁一口气，“你也省省吧，一个红脸一个白脸的把戏我见得够多了。这么多年，我也不是吓大的。”

陆浩宇看向展津，几乎不可察觉地点了点头，又转向李岩，不紧不慢道：“你不是被吓大的，我们也不是被糊弄大的。你想独自承担责任，于情可通，但于理不合、于法无据。桥归桥，路归路。谁的过错谁担，其他任何人都替代不了。这本就是无可厚非的。”

“桥归桥，路归路。哼，说得好听。”李岩重复道，恶狠狠地盯着陆浩宇，“那我倒想问问陆主任，你走你的阳关道，我过我的独木桥，你这波澜壮阔的河水，为何非得来犯我这区区一摊井水呢？要知道，我是一个混社会的，一贯的做事风格就是：人不犯我，我不犯人；人若犯我，斩草除根。”

“哟呵，刚说完自己不是吓大的，转眼就来威胁别人？”展津戏谑道，接着沉下脸来，“还有没有机会出去，得看你的造化了。”

“这个不劳你费心。”李岩皮笑肉不笑地看着展津，“我这个人，从小就命硬。”

“命硬？”陆浩宇重复道，“所以，你才会遇到贵人，只让你坐了一年多牢就捞了出来。”

李岩一愣，万万没想到陆浩宇重提此事，眼神明显有些慌张，但也仅是一瞬间，随即调整了状态，故作轻松道：“没有的事。我说过，只因表现好才提前出来的。”

“是吗？”陆浩宇捕捉到李岩脸上的情绪波动，“李岩，希望你明白，你不仅要对你的行为负责，也要对你说的话负责。之前你为了隐瞒身份提供的信息我们无法采用，但我们保留追究你作伪证的权利。而现在，你的身份已经明确，你所说的话自然也会当作呈堂证供。你再一味抵抗、拒不交代，我可真要和你新账旧账一起算了。”

“好好好，我知道了。”李岩表现出一副不耐烦的样子，“不过确实没人捞我，我的的确确就是符合减刑条件才提前释放的，不信你可以去监狱查相关记录。”

“我看也没这个必要了吧。”展津冷笑一声，“有能量捞你出来的人，自然也会把记录完善好。怎么可能会留下什么见不得人的证据等着被查。”

“你要是这么认为，我也就无话可说了。”李岩耸耸肩，装作无所谓的样子，“两位领导，我渴了，不知道是否还有喝水的权利？”

“当然。”陆浩宇站起身，顺手把桌上的文件翻了个面，找了个纸杯倒满水，试了试水温，把纸杯端到李岩面前。李岩接过纸杯，也没道声谢，一饮而尽。把纸杯递还给陆浩宇，摆了摆手。陆浩宇拿着纸杯，回到座位上坐定，和展津对视一眼，又看向李岩道，“你怎么出来的暂且不提。你倒是先说一下，你出狱后怎么和你老板认识并替他鞍前马后的？”

“这个很简单啊。我出狱后想洗心革面，找个正经工作，正好遇上老板公司招人，就应聘上了。后来，老板见我忠心耿耿，处理事情也很妥帖，自然对我另眼相看、信任有加。同样的，我也很感激老板的知遇之恩、照顾之情。慢慢地，我就成了老板的左膀右臂。”

“公司？”陆浩宇皱了一下眉头，“那么，你的老板到底是谁？”

市纪委监委办公楼701室

“外边的情况怎么样？”贺在洲皱着眉头，沉声问向徐济元。

“很不好。”徐济元摇摇头，“反映人的情绪很激动，一直在信访大厅跪着，非嚷嚷要我们给说法，围观群众也越聚越多，议论声不绝于耳。启涟书记、丰常委带着信访室同志都在现场维持秩序，效果不好。更重要的是，十几家媒体记者闻风而至，有几个开始提问发难了。”

“记者？”贺在洲的眉头皱得更深了，“这么短时间就惊动了这么多记者，恐怕没那么简单吧。”

“我同意，看起来更像是有人提前布置好的。”徐济元长长呼出一口气，“我担心的是，一起普通的信访案件会被人利用，发酵成群体性事件。”

“是啊。”贺在洲点上一根烟，吸了两口，“浩宇这会儿在哪里？”

“出去了，只说去见个人。”徐济元稍一停顿，“我问过了，是公事。”

“嗯。”贺在洲若有所思地点点头，“那他最近有什么异常举止吗？”

“这个倒没发现。”徐济元想了一下，像是想起什么了，“不过，他出去之前有些欲言又止，犹豫了半天，最终只扔下一句‘等他回来一起说’就走了。”

贺在洲久久没有说话，眉头皱得更紧了。徐济元见状，试探道：“贺书记，你是不是觉得，浩宇想说的事和信访大厅的那位有关？”

“不排除这种可能。”贺在洲重重地吐了一口烟，“你和我一起去信访大厅看看。不管怎样，先打电话让浩宇回来。”

“我打过了，而且一直找人在打。”徐济元神情复杂地看了一眼贺在洲，“可是，浩宇的手机——一直关着机。”

惊 天

市纪委监委信访大厅

“各位同志，麻烦让一下。”陈飞引出一条路，贺在洲和徐济元一前一后出现在人群中。

见状，市纪委副书记、市监委副主任吴启涟，市纪委常委丰华，市纪委信访室主任孙国庆等一众人立马簇拥在贺在洲周围。在场群众看到来人的气场，也仿佛察觉到了什么，不约而同地停止了议论，大厅里顿时安静了下来。吴启涟上前几步，走到贺在洲身边，低声道：“贺书记，您看这——”

贺在洲摆摆手，示意吴启涟不要说话，径直走到下跪女子身边。“同志，我是市纪委书记贺在洲，有什么问题你可以向我反映。”

女子看了一眼贺在洲，仿佛一切都在意料之中，脸上没有任何波动，只是又一次举着牌子叩倒在地，扯着嗓门儿喊道："请青天大人做主，清除败类陆浩宇，救我于水火之中。"

"我们不是封建时期的衙门，我自然也不是什么青天大人，更不需要下跪喊冤这一套。你先站起来再说。"说完，贺在洲使了个眼色，丰华、孙国庆等人赶忙上前搀扶女子。女子也没怎么反抗，顺势就站了起来。贺在洲仔细看了几眼女子，继续说道，"浩宇同志的确是我委职工，长期从事一线审查调查工作，得罪人无数，有人对他抱有误解和成见也是正常的。但我不知道你所说的败类和陷你于水火之中是从何而来，希望你能向我们据实说明并提供相应证据，我们一定会秉公处理，决不偏私。鉴于浩宇同志工作的特殊性，可能还会涉及一些我们的内部机密，不宜当众披露，希望你能理解和支持。稍后我会安排信访室找一间单独的办公室，我和相关负责同志将一起受理你的反映和诉求，如何？"

"不行。"女子斩钉截铁地摇摇头。

"不行？"贺在洲并没现出吃惊的表情，而是微微一笑，仿佛已经料到一般，"那你倒是说说，为何不行？"

"你们官官相护，我信不过你们。"女子战战兢兢地说道。

"哦？"贺在洲面不改色，"那你想怎么样？"

"我想让身边的这些媒体朋友也给我做个见证，全程报道你们的处理过程，防止你们徇私舞弊。"

"你这么说，我就要好好问你几句了。"贺在洲突然收起笑容，神情冷峻，厉声道，"你既然不相信我们，为什么不一开始就直接去找媒体曝光，让媒体介入，给我们施压？你既然来到这里，为何又不按照我们正常的信访流程来处理？你来这里的目的，到底是为了解决问题，还是单纯地来闹访？进一步讲，你到底是冲着陆浩宇去的，还是冲着我们整个市纪委来的呢？"

"我——"女子神色有些慌张，显然没有想到贺在洲会如此强硬，结结巴巴地说道，“当然是为了解决问题，而且只冲着陆浩宇——”

“如果是这样，那请理解并配合我们的工作，通过正常的信访渠道反映问题。也请你放心，当着这么多群众和媒体朋友的面我也郑重表态，我们会认真对待每一位找我们反映问题的群众，严格按照程序依法依纪依规处理每一起信访案件。一旦查证属实，确有纪检干部违法违纪的问题，我们一定会严肃处理，决不姑息！至于你说的官官相护，更是子虚乌有。我们对待自己的干部，一向都是严人一等。同样的违纪问题，我们在处理自己干部的尺度上，只会重，不会轻。所以，如果你反映的问题属实，我们一定会严肃处理。”贺在洲掷地有声地说道。

“我——”女子环顾四周，有些不知所措，低头想了一会儿，才抬起头，小声说道，“我配合，但还是想请媒体朋友进行监督。”

“可以。”贺在洲点点头，看了一眼丰华。丰华示意，和孙国庆一起，领着女子向信访大厅一间办公室走去。看着丰华等人走远，贺在洲低声交代了徐济元几句，就转身准备离开。没想到，一众记者瞬间把贺在洲围住，挡住了他的去路，并纷纷开始发难。

“贺书记，您为什么不让这位女士当众把要反映的问题说出来呢？是不是还有您的私心？”

“贺书记，刚才提到的陆浩宇，是不是就是上次因为泄露涉密文件而被处理的室主任？他接二连三地出事，是不是从侧面反映出市纪委在干部管理上存在较大漏洞？是不是也折射出现在的纪检监察队伍需要净化革新？”

“贺书记，能不能详细向我们说明一下处理这件事的思路，会不会到最后变成了大事化小、小事化了？”

“贺书记，陆浩宇现在人在哪里？能不能让他出来向我们说明一下情况？”

“贺书记，我们有权知道并曝光真相，给上访人和群众一个满意的答复。”

“贺书记——”

贺在洲一一听记者们说完，轻轻摆摆手，等人群安静下来，才缓缓说道：“感谢大家一直以来对我们工作的理解和支持。近些年反腐败斗争取得的成绩，也与大家的共同努力密不可分。今天我想要说的是，纪检监察干部是我们党反腐防腐的最后一道防线，我们这个队伍的纯洁度、忠诚度直接关乎反腐败斗争的成败。所以，我们用高度的责任感和使命感去抓纪检监察干部的日常管理，将‘严’字贯穿到日常管理的整个过程，目的就是为了要让每个纪检监察干部都能经得起历史和人民的检验，我也相信我们队伍里的每个同志会做到，能做好。当然，我们也清楚知道，信任不能代替监督。所以，在抓好管理的同时，我们也注重强化干部监督工作。市纪委干部监督室，就是专门负责监督我们自己干部的内设机构。这个室是由我分管的，也是我在委里唯一分管的部室。全市范围内反映纪检监察干部的问题线索，全都是直接呈送到我这里，我再会同几位副书记、常委上常委会集体研究决定处置方案。我可以负责任地讲，在处理我们自己干部的问题上，我本人和市纪委常委会绝对没有私心。也请大家放心，我们的队伍依然纯洁，依然对得起大家一直以来对我们的信任。关于陆浩宇同志，他此刻在外公干，没法儿赶回来和大家见面。刚才我说过了，浩宇同志长期从事一线审查调查工作，得罪了不少人，这其中想落井下石加以报复的也大有人在。就比如刚才某位同志提到上次的泄密事件，经我们仔细查实，就是有人蓄意栽赃陷害。所以，也回到了另一位同志提到的‘真相’问题。你所谓的真相指的是什么，是媒体报道的真相，还是我们公布的真相，抑或真相本身？刚才那位女同志口中说的是真相吗？或许是，也或许不是。至少，在事情没有完全调查清楚之前我不认为是。她可能确实有委屈，但也有可能是被处心积虑的人鼓动挑拨、加以利用的。就像在场各位，你们这么快就集中到这里，到底是巧合还是有人故意安排，我想我们心里都有各自的答案。

今天，我不想去追究。不过，有些话我还是要说在前面。”

贺在洲顿了一下，环视了众人一圈，提高声调，厉声说道：“今天的事件大家有目共睹，报不报道、怎样报道都是你们的权利，我也会对我的所有言论负责。但是，你们应该也知道，三人成虎，五人成章，哪怕一篇带有偏见或失真刻薄的报道都可能毁掉一个人。你们无法想象到我们队伍里的同志在面对案子时所要承受的种种压力和威胁，可我能，我不能让他们流血流汗又流泪。所以在这里，我也同样要为我的队伍撑个腰，说句话。在调查结果公布之前，如果有媒体为了博人眼球，擅自发表失真言论、刻意诋毁纪检监察干部，我一定会追究到底！对于那些造谣生事、污蔑诽谤纪检监察队伍和干部的，不论是谁，不管出于什么目的，只要一经查实，必定严惩不贷！”说完，贺在洲就转身，头也没回地走开了。

身边的人不自觉地纷纷让开通道。整个信访大厅鸦雀无声，再也没人敢上前阻拦和提问。

岚江市看守所讯问室

“闹了半天，原来你们还不知道谁是老板。”李岩冷笑一声，略带讥讽地看着陆浩宇和展津。

“知不知道，也无须告诉你。”展津提高调门儿，“现在问的是你。”

“如果你们知道，根本无须问我。”李岩戏谑道，“如果你们不知道，也根本无须问我。反正我是不会说的，问也是白问。”

“问，只是觉得你很可笑。”陆浩宇正颜厉色道，“我们都知道，你老板根本不是企业上的人。可你还偏要把我们往企业上引导，岂不是画蛇添足、多此一举？”

李岩面部微微一抽，还没来得及反驳，就听到陆浩宇道：“我想，你要说的是谭岿吧？这个答案应该在你脑海里盘旋了好久，都迫不及待想主动告诉我们了吧？是不是特别着急，等着我去问你。你给自己增添一些谈判的砝码后，再痛心疾首、装模作样地告诉我们是谭岿？一方面可以增加我们的信任度，一方面可以给你自己争取最宽大的处理。更重要的是，可以误导我们的调查方向，护住你真正的老板——真是打的一手一石三鸟的好算盘。的确，把谭岿推到前面当幌子是个不错的主意。毕竟你给谭岿开过车这事有不少人都知晓，一直跟着他也是情理之中。这样一来，你就可以把很多问题归结为谭岿的商业行为。再加上谭岿本身只是民营企业老总，党规党纪对他的约束力明显小了很多。除此之外，再打上政策法规的擦边球，说不定你们都可以全身而退。从一开始，你就做好了两手准备，你提供的信息都是按照谭岿是你老板打造的。要是能借着王嵘的身份瞒天过海自然再好不过；一旦身份暴露，还有谭岿可以当你的挡箭牌。本来是个天衣无缝的计划，可对不起，现在我不给你说的机会了，这些话也都可以省省了。”

“你——胡说八道。”李岩没想到陆浩宇把自己的底牌一股脑兜了出来，顿时有些乱了阵脚，“你说的什么，我完全听不懂。我没说谭总是老板。”

“好啊，那你说说，谁才是老板？是个人都知道，你从监狱里出来后就给谭岿开车。”陆浩宇不给李岩一丝喘息的机会，追问道。

“好吧——我承认，我的老板，从始至终都只有谭总。”李岩有些手足无措。

“是吗？”陆浩宇眼神凌厉地看着李岩，“所以，你的意思是谭岿把你从监狱里捞了出来？”

“不是谭总。”李岩突然想起来什么，“不对。没人捞我，我就是自己表现好出来的。”

“那你倒是再给我解释一下，你们好吃好喝的留着徐士枫，到底有什么用？”陆浩宇话锋一转，突然问道。

“那是因为——”李岩头上开始冒汗，“谭总有一些从政的朋友，可能有些关系要打理。”

“哪些朋友？”

“我不知道——我不认识。”

“那好。”陆浩宇突然放慢了语速，一字一字地问道，“最后一个问题，你一口一个谭总叫着，如果他真是你老板，难道在你紧张的时候不应该直接喊老板吗？”

“我——”李岩大脑一片空白，抬起头对视陆浩宇刀子般的眼神，第一次体会到无形但穿透到骨子里的恐惧和无助。

“你什么？无话可说了？那我替你说好了，你害怕了。你怕的原因是你终于发现，原来我们知道的远比你想象的要多很多。同时，你也发现，我们根本没有往你引导的方向走。当所有的谎言都被戳穿后，你不知道该如何圆下去了，对吗？”陆浩宇平静地说道。

李岩没有说话，只“哼”了一声以作回应。陆浩宇见状，也不以为意，继续说：“想知道我们是怎么知道的吗？很简单，都是你主动和我们说的。以你一贯的性格，能开口说的一定是假的，我们反着听就是了。你坚决否认的，我们就知道是真的。你轻易承认的，很明显，自然也就是假的了。”

“你——”李岩咬牙切齿道，“卑鄙。”

“‘卑鄙’这个词我还真不敢当。”陆浩宇牢牢关注李岩的情绪变化，“但如果你执意要把这个词扣在我头上，我会考虑保留使用它的权利。”

“你想干什么？”李岩蓦地一惊。

“关于你和你老板，我相信除了你，还有一个和你极为亲近的人也会知道得很详细。”陆浩宇故作神秘道，“这个人，不用我说，你也知道是谁吧。”

“姓陆的，你到底算不算男人？”李岩怒不可遏道，“有种就冲我来！老拿女人来说事，算什么本事？！”

“女人？哦，你说的王嶙啊。你不说，我都差点儿忘了。”陆浩宇不紧不慢道，“不过，话说回来，你到底知不知道王嶙犯的什么罪？你难道真想让她在最美好的年纪陪你在牢里度过？”

“陆浩宇！”李岩握紧双拳，狠狠地砸在桌子上，“你他妈到底想干什么？”

“很简单。我要知道你老板所有的信息，还有这些年干的事。”陆浩宇轻轻说道，“而告知我们信息的人，可以由你选择，是你还是王嶙。”

“休想！”李岩吼道，“你不会从我嘴里听到任何老板的信息。”

“是吗？”陆浩宇不置可否，“可就在刚刚，你不是再次承认了，谭岿并不是你的老板。”

“你——”李岩脸上的肌肉绷紧，说不出话来了。

陆浩宇突然停止问话，屋里的空气顿时凝固了，只听见李岩大口大口的喘气声。不一会儿，陆浩宇突然毫无征兆地笑了起来。

“你又要搞什么鬼。”李岩也摸不着头脑。

“没什么，只是觉得你真的很可笑。”陆浩宇笑着摆摆手，瞬间又收起笑容，“亏你还一心想着什么知遇之恩、江湖义气，自己变成别人的弃子了都不知道，居然还在硬扛，拿着自己和王嶙的下半生幸福在赌一个注定要输的赌局。”

“你什么意思？”李岩一愣，机械地问道。

“弃车保帅，你明白吗？你觉得在你老板眼里，你是什么身份？你在外面的时候，对你老板有用，自然对你信任有加，施以小恩小惠，目的不过笼络人心。可你进来了，他首先想到的不会是怎么营救你，而是如何毁灭证据，如何去自保！这还不算，他还会时刻提防你，生怕你把他的事泄露出去。你觉得，他还会信任你、在意你的死活？”陆浩宇一口气说完。

“我不信！你不要挑拨离间。”李岩浑身颤栗着吼道。

“可你已经信了，不是吗？”陆浩宇死盯着李岩，“说白了，你对他而言已经没用了。你也很清楚地知道，在魏巍的眼里，你只是他养的一条狗！”

“你放屁，老板他不——”一道念头突然在脑海里闪过，李岩瞬间被惊醒，一股巨大的恐惧感袭上心头，“你——你他妈敢诈我！”

落 难

岚江市看守所讯问室外走廊

陆浩宇和展津无力地瘫坐在排椅上，仿佛经历了一场大战。“有烟吗？”陆浩宇有气无力地问道。

展津木然地抽出一根烟递给陆浩宇，自己也机械地抽出一根放在嘴里，双眼无神，不知道在想什么。

陆浩宇等了半天，迟迟不见展津有动静，不由得哭笑不得，用胳膊拍了一下展津：“展公子，火。”

展津回过神来，连连答应了几声，掏出火机，先后给陆浩宇和自己点上烟，两人大口大口地吸了起来。

吞云吐雾了半晌，陆浩宇才笑着说道：“怎么了？魂丢了？”

“差不多吧。”展津吐出一口烟，环顾了四周没人，苦笑一声，“我打死也想不到，魏主席会是李岩的老板。要知道，他在我们局的威望极高，在位时大力主导提拔干部，全市公安系统很多干部都是他那个时期的受益者。现在只要提起他，大家还都赞不绝口。”

“知人知面不知心。”陆浩宇叹了口气，“现在看来，很可能是他拿权力当笼络人心、培植势力的工具了。”

“你确定魏主席是老板吗？”展津皱了皱眉头，“我到现在也不敢相信。”

“是不是，你看李岩的表情就知道了。听到魏巍的名字，他发自内心的恐惧是装不出来的。他在意识到说漏嘴后，不管问什么，都闭口不言，也没一句否认的话，算是变相默认了。”

“嗯。”展津若有所思地点点头，“那你说，魏主席会是整个事件的幕后主使吗？”

“这个我还不能完全确定。”陆浩宇顿了一下，“毕竟现在手里的证据还不够多。”

“不能确定？”展津吃惊地看着陆浩宇，“那你为什么推断魏主席是李岩的老板？”

“我也只是兵行险招。”陆浩宇无奈地笑笑，“一开始只是猜测。我一直在想，谁会是李岩的老板。谭岿固然有可能，种种证据也逐渐指向他，但我内心里总觉得他不是。毕竟涉及那么多重要岗位上的重要干部，就算他有这个胃口，没有位高权重的政客支持，想必他也不会有这么大的号召力。”说完，陆浩宇又吸了几口烟，稍一思考，继续说道，“所以，我就提出一个假设。会不会存在这么个人，一个在职或刚退休但余温尚存的市级领导，一方面给谭岿出谋划策，让其出现在大众的视野、充当挡箭牌；另一方面，不断拉拢人心，和谭岿一道形成利益共同圈，自己利用手中权力，不断扫清沿路障碍，给圈子里的人谋利。当然，这个圈子就是现在我们所知的梅山会。如果这人存在，一定会同时满足几个条件：第一，岚江市本地成长起来的干部，或来岚江工作时间很长，至少要追溯到梅山会成立前。第二，在梅山会成立前后，这人很可能已进入厅级干部序列了。第三，关于笼络人心。怎么笼？除了钱，他手里掌控最多的应该就是权力。明里暗里、不着痕迹地提拔自己人，让手底下再一步步走上重要岗位，继而形成金字塔式的关系网，更把很多不明就里但受其恩惠、想要报恩的人当成实现自己目的的工具。所以，这个人，很可能会在主政的地方大力主导提拔干部，不管提拔的干部能不能胜任。第四，也是我认为最重要的，梅山会自始至今都有一个系统的人贯穿其中，扮演非常重要的角色：公安系统。再加上李岩的提前出狱和这些年一些不法活动的平安运作都离不开公安系统，一些事都是市公安局的高层干部在亲自周旋，我就想，这个人的工作经历极有可能和公安系统有交集，至少也有千丝万缕的关系。”

“所以，魏主席就进入了你的视野？”展津不自觉地问道。

陆浩宇点点头，又摇摇头，把烟掐灭，轻声道：“因为只是猜测，并无任何证据，最开始的指向性并不明确，也没投入过多精力去捋顺思路。直到我了解梅山会成立的前因后果，了解谭岿这些年的所作所为，直到一向低调、甚少出面的政协主席突然亲自来委里找贺书记，才突然意识到真的有一个人，不管成长轨迹还是行事做派，都非常符合我假定的条件。就像解数学题的代入法，把选项代进去，发现答案正好成立，我就自然把他当作正确答案看待。于是，我不由加重了对魏巍的怀疑。我也慢慢发现，如果他就是那个人，很多以前解释不了的事情也就会相应地有了答案，思路也随即清晰了起来。特别是由刚才讯问时李岩的反应就能断定，谭岿绝非他口中的‘老板’。这进一步坚定了我的想法，所以大胆说出了魏巍这个名字。”

“牛——”展津听呆了，木然地竖起大拇指，“小宇子，你确实牛。”

“牛什么啊，我也是冒着打草惊蛇的风险。李岩知道我们把矛头指向了魏巍，估计魏巍也很快就会知道。以他目前所展现出的雷霆万钧的手段，肯定会在第一时间拿出应对措施。接下来，我们可能要随时承受来自魏巍实实在在的压力，更要面临收集证据困难的尴尬境地。”陆浩宇苦笑一声，“一旦不成功，被李岩发现破绽，我也会陷入被动，估计又得重捋思路了。到时，我可能真的会无所适从。”

“那些都不重要。”展津不以为意地摆摆手，“重要的是这次成功了，李岩也无比地配合。哎哎哎，小宇子，你知道吗？刚才你在里面的气场实在是太凌厉了。我要是李岩，肯定也受不了你这一波又一波的攻心，早早败下阵来，把知道的全招了。话说你有没有兴趣加入我们公安队伍，我敢打赌，以你这讯问水准，准能让犯罪分子无所遁形。”

“行啊。”陆浩宇打趣道，“要是哪天委里看我不顺眼，不想要我了，我就申请转岗到你那儿。到时候，还得麻烦展公子多多照应才是。”

“好说，好说。让处级主任陆给我打工，想想就要美死。”展津大大咧咧地笑了几声，又板起脸来，“不过，话说回来，接下来你准备怎么办？毕竟涉及正厅级领导干部了，好像不是你们的权限了吧？”

“确实不是了。”陆浩宇不可察觉地叹了口气，“当务之急，我们得把最近一系列发现向贺、徐两位书记汇报，请他们慎重考虑以后的方向。说实话，到了这个层级，我也把握不准。但有一点我可以肯定，接下来，绝对是争分夺秒的较量。”

“是啊。”展津长长地呼出一口烟，把手里的烟掐灭，一边从保密柜中把手机拿出来开机，一边叹口气道，“虽然马上就要柳暗花明了，但我总有一种不好的预感。希望一切都顺利吧。”

话音未落，就被展津手机接二连三爆炸式发出的“嘀嘀”声打断。展津皱着眉头，浏览了一遍手机内容，抬起头来心情复杂地说：“这下，我的预感更加强烈了。”

“出什么事了？”陆浩宇一凛，掐掉手中的烟，拿出自己的手机，一边开机一边沉声问道。

“有四十多条漏接电话的信息，其中三十多条都是沐源打的。另外，她还发了好几条信息，问咱俩是不是在一起，为什么都关机，让咱们看到后第一时间回话。应该是真出大事了。”展津一口气说完。

“暂时别急着下结论。”陆浩宇略一思考，“你先回个电话，我看一下我手机上的信息。”

“好。”展津应了一声，给张沐源回拨过去，却传来占线的声音，“打不通。”

“我知道。”陆浩宇举起手机对着展津，屏幕显示的正是张沐源，“正在给我打。”

“喂，沐源，怎么了？别着急，慢慢说。”陆浩宇接起电话，镇定地说道。

“陆主任，你终于开机了，把我们都急疯了。”张沐源焦急的声音劈头盖脸地传来，“你在哪里呢？快点儿回委里吧，出大事了！”

市纪委监委办公楼611室

“怎么回事？”展津风尘仆仆地一进门，就向同样焦急的张沐源劈头盖脸问道。

“陆主任呢？”张沐源迅速向展津的身后扫了一眼，又转向展津，不答反问道。

“他在路上给徐书记回了个电话，之后就沉默不语，怎么问都不说。一回到委里，就被几个人直接引到一楼谈话室去了。到底出什么事了？快点儿说，我就要炸了。”展津心急火燎道。

“我知道的也不多。”张沐源也不卖关子，皱了皱眉，“只听说有个女人来实名反映陆主任，在信访室当众下跪，还惊动了贺书记。”

“反映小宇子？”展津一脸疑惑道，“反映什么？”

“不知道。就举了一个‘冤’字牌，一个劲儿在那儿跪着，嚷着要贺书记做主。”

“这可有点儿闹访的意思。”展津若有所思道，“闹得很大吗？”

“是啊，围观的人很多，还惊动了不少记者，一个劲儿地向贺书记发难。”张沐源轻哼了一声，“这些记者，鼻子还真长。”

“向贺书记发难？”展津冷笑一声，“这恐怕不是鼻子长，是手长。”

“手长？什么意思？”张沐源八字眉一皱。

“没什么，希望只是我想多了。”展津欲言又止，“那贺书记是怎么处理的？”

“贺书记安排丰常务和孙主任亲自去接访了，回来后就下了通知：在事实查清楚之前，严禁任何人打听和议论。然后，徐书记让我给你们打电话，打通后第一时间让你们赶回来，剩下的你就都知道了。”

“好，我明白了。”展津略一思考，就要往外走。

“展公子，你要去哪儿？”张沐源急忙问道。

“去帮忙。”说罢，头也不回地走了。

天宸集团总部办公楼 808 室

“今天的戏，进展如何？”

“进展倒是挺顺利。”谭岿顿了一下，“可效果未必理想。”

“怎么说？”

“贺在洲亲自出马，当面训斥了我找的记者，还发出警告，调查清楚前禁止一切有关报道。”谭岿慢斯条理道。

“市纪委那边呢？有什么动静？”

“没有，风平浪静，就像什么都没发生。”谭岿苦笑一声。

“这老狐狸。”电话那边像是意料之中，平静地笑了一声，“人和证据都靠得住吗？”

“放心，都准备得很妥当。”谭岿想了想，“本来文章都找人写好了，看这个样子，估计敢发的不多了。”

“既然都辛辛苦苦写好了，”电话中的声音突然变得阴冷，“还是放出去透透风吧。”

市纪委监委办公楼 701 室

“所以，你就是市公安局的展科长？”贺在洲笑吟吟地看着站在面前的展津道。

“是的，贺书记，叫我小展就行。”展津暗暗呼口气，“实在不好意思，冒昧打扰您了。本来我想先去找徐书记，可他不在办公室，一着急我就——”

“不碍事的。”贺在洲指了指沙发，“别着急，有什么事展科长坐下慢慢说。”

“谢谢贺书记，我还是站着说吧。我来是为了陆浩宇陆主任，我和他同在一个审查调查组，他是我组长。”说完，展津顿了顿，抬头看向贺在洲。

“嗯，我知道。”贺在洲点点头，“还是你同学。”

“没错。”展津猛地回过神，“贺书记，您怎么知道的？”

“我怎么会不知道。”贺在洲笑了笑，“展科长请继续。”

“是这样，我和陆主任刚和一个审查对象谈完话回来，就听说他被人举报了，还闹得挺凶。我来主要就是想问问，陆主任什么时候能回来恢复工作。我们组刚有了新突破，等着陆主任来定今后的工作思路。”展津一股脑说完。

贺在洲收起笑容，盯着展津看了半晌，才开口道：“展科长的心情，我很能理解。我也知道，你真正想问的是浩宇的事到底严不严重。但是，很抱歉，目前我还不了解具体情况，而且我们也有纪律，所以没法儿给你答复。不过请放心，我们一定会以最快的速度调查清楚。也不瞒你说，济元书记此时也正在和浩宇谈话，你也不必再去找他。至于调查组目前的工作，我也安排济元了，涉及浩宇手头的那部分先暂停，其他的按计划推进就是。”

“那我能不能帮上徐书记的忙？谈话、记笔录我都可以的。”展津焦急地问道。

“考虑到回避的原则，暂时还不用。”贺在洲看了一眼展津，似是不忍，又补充了一句，“当然，如果需要，济元书记会通知你的。”

“好，那我回去等着。”展津略有些失望。

“嗯，越是这个时候越要稳住。”贺在洲平静地说道，“还有，刚才你说，你们有了新的突破？”

“是的。”展津欲言又止，“不过，还是等陆主任亲自跟您汇报吧。贺书记，我再说一句不该说的话：以我对陆浩宇这么多年的了解，我完全相信他是清白的。我敢以任何东西替他担保，他绝对不会做违法乱纪的事。”

“我明白。”贺在洲叹了口气，自言自语道，“我又何尝不是呢？”

市纪委监委办公楼 102 室

陆浩宇面色沉重地坐在椅子上，脑子在飞速地转个不停。门开了，他抬头望去，看到徐济元走了进来。

“就你一个人？”看徐济元身后无人，陆浩宇问道。

“是啊，我不代表组织和你谈话，你现在也还不是被审查对象，我来只是先了解一点儿别的情况。”徐济元走到对面坐下，苦笑一声，“没想到还会有一天，是以这样的形式坐在你对面。”

“我倒是想过很多次，但没想到会这么快。”陆浩宇故作轻松道，“那既然不是审查谈话，能不能先来根烟抽抽？”

“你觉得呢？”徐济元没好气道，“也不看看这都什么时候了，还有心情抽烟。”

“不抽没思路嘛。徐书记想了解什么，我一定知无不言。”

“还贫嘴。”徐济元白了他一眼，“你就不想问问自己为什么在这里，那人告了你什么？”

“想是肯定想。”陆浩宇不紧不慢道，“可想有什么用？你觉得能说的自然会和我说；你要是觉得不能说，我又何必多此一问呢？”

“还行。听你这么说，看来你还没急糊涂。”徐济元脸上露出一丝笑容。

“那是，也不看看我师傅是谁。”陆浩宇说完，收起笑容，正色道，“那么师傅，你单独过来，究竟是想了解什么？”

“我想知道，昨晚到底发生了什么？”徐济元盯着陆浩宇，一字一字地说道。

茶 宴

市纪委监委办公楼 102 室

“果然。”陆浩宇微微皱了皱眉。

“看来你早有打算。”徐济元不动声色地看了一眼陆浩宇，“我记得早上你出去前有话要和我说，是不是也与昨晚的事有关?”

“是。”陆浩宇点点头，“本来打算回来一起和你说的。”。

“好，说吧。”徐济元干净利落地说道。

“昨晚，我应约去见了一个人。”

“谁?”

“谭岿。”

岚云阁东篱厅（一天前）

陆浩宇走进包间，里面坐了一中年男子和年轻女子。见到陆浩宇，两人先后站了起来。

“想必是陆主任吧?”男子向前走了几步，伸出右手，“久仰。我是谭岿。”

“幸会，谭总。”陆浩宇礼节性地同谭岿握了握手，“不好意思，处理了几个文件，耽误了点儿时间。”

“不打紧，我也刚到。”谭岿松开手，指着身边的女子，“介绍一下，这位是我的行政秘书，萧琳。”

萧琳探了探身，大大方方地伸出手，莞尔一笑道：“没想到大名鼎鼎的陆主任还很年轻嘛。”

陆浩宇笑了笑，也没说话，敷衍地和萧琳握了下手，正要撤回时，萧琳装作不经意地挠了一下陆浩宇的手心。陆浩宇疑惑地看向萧琳，萧琳俏皮地眨了下眼睛算作回应。

“请坐。”谭岿指着茶桌对面的位置，做了一个请的手势。三人坐定后，谭岿朝萧琳使了个眼色。趁萧琳起身倒茶的工夫，谭岿打量了一眼陆浩宇，微笑着说道，“我本意只是想请陆主任吃个便饭，尝尝一个刚从法国找来的新厨师的手艺，没想到陆主任都不肯赏脸。”

“谭总客气了。”陆浩宇端起茶杯，“我对法国菜没研究，吃起来也不自在，不如喝杯茶清爽一些。”

谭岿也不以为意，环顾了一下包间的环境，品了一口茶，点点头道：“环境很有意境，茶味甘而不腻，不错。陆主任经常来这里吗？”

“我也是第一次。同事推荐过几次，一直没得空儿来尝尝。”陆浩宇喝了一口又放下，抬头看向谭岿。

“这个包间名我也很喜欢。‘东篱’，采菊东篱下，悠然见南山。”谭岿也看向陆浩宇，“不知道陆主任喜不喜欢这般闲适的生活？”

“喜欢，但不向往。”

“这是自然。”谭岿笑了笑，“陆主任年少有为，前途无量，自是不甘于平寂。”

陆浩宇本想反驳，但话到嘴边又咽了回去，只简单笑了笑以作回应。谭岿略有一丝尴尬，喝了口茶，装作什么都没发生，“不过，我并不认同这种生活态度，陆主任可知为何？”

“愿闻其详。”陆浩宇顺势说道。

“古代这些穷酸文人，动不动就以天下为念、以清高自许。可在我看来，与其说他们愿意享受这闲适生活，不同流合污，倒不如说是因为无法融入环境，被人排斥。到头来，空有一身抱负无处施展，空有一腔热血无法宣泄，于国不见丝毫贡献，于民未有些许建树。最后，还得孤独终老，一切都变得毫无意义。”谭岿一边说，一边暗暗观察陆浩宇的反应，“要我说，好男儿就应该立在当下，志在四方，驰骋名利场，笑谈红尘中。只有对自己实现了资本和政治的积累，有了足以影响和改变他人的能力，才可以真正施展自己的抱负，体现自己的价值，上报国家，下慰百姓。这才是一个男人应有的格局和担当。”

“谭总的胸襟和气魄着实让人佩服，只是——”

“只是，这与陆主任所受的教育不符，与陆主任所处的工作相悖。陆主任也不想卷入名利场，被红尘所支配，对吗？”谭岿接过陆浩宇的话头，抢着说道。

被说破心思，陆浩宇也只是不置可否地笑了笑，未再搭话。谭岿见状也不生气，继续笑着说道：“陆主任有没有想过，你不想卷入其中，时局却不容你来选择。一旦牵扯进来，要么功成名就，要么一败涂地。想要在刀山火海中全身而退，无异于大海捞针。到了那时，陆主任又该如何呢？”

“谭总能这么说，想必已经替我想好应对之策，还请指点。”

“这个也简单。找一些志同道合而又颇有实力之人相互扶持，共同进退。”谭岿一字一字地说道。

“那如果志不同、道也不合呢？”

“求同存异，也是一种相处之道。只要能达到目的，又何必在意小节？”谭岿似是早已料到陆浩宇会有此一问。

“要真如谭总所言，我该怎么找这样的人呢？”陆浩宇假装好奇道，目光落到谭岿身上。

谭岿反而不急着回答，慢悠悠地喝了一杯茶后，与陆浩宇对视了一会儿，方缓缓开口道：“陆主任觉得我如何？”

“我不太明白谭总的意思。”

“实不相瞒，早就听闻陆主任大名，一直苦于无缘认识。今日一见，只觉相逢恨晚。如果陆主任不嫌弃，我愿意做陆主任的助力之人。想必陆主任也知道，我在岚江这些年倒也攒了些家底，不管人脉、资源还是资本，统统可以为陆主任所用，足以保证陆主任扶摇直上。”

“谭总真是高看我了。”陆浩宇笑着摇摇头，“我只是无名小卒，手中既无权又无钱，和谭总的业务毫无交集，根本对谭总没有任何益处。”

“陆主任太谦虚了。”谭岿笑着摆摆手，“有没有益处可不是陆主任说了算的，我心中自有衡量。放心，说到底我还是个生意人，怎么可能去做赔本的买卖。”

“那需要我做些什么？”

“放心，陆主任志向高远，我是知道的，自不会让你为难。违法乱纪的事肯定不会找陆主任去做，只是有时候对于一些无关紧要的小事，麻烦陆主任睁一只眼闭一只眼就足够了。”谭岿一边说，一边观察陆浩宇的反应。

“我明白了。”陆浩宇如释重负一般呼出一口气，“不过，我还有两事不太清楚，还望谭总解惑。”

“当然可以。陆主任请讲。”

“第一，谭总刚才说人脉都可以为我所用，那么我想问，我现在能用得着的人都有谁呢？”

“是谁不重要。”谭岿暗暗吸了一口冷气，“但是，我可以向陆主任保证，只要你有需要，我一定会帮你提前安排好一切。”

“好，我懂了。”突然，陆浩宇的眼神精亮，像是突然变了个人，“第二个问题，谭总刚才说一直无缘相识，我想问的是，现在又是哪里的机会，让我们有幸坐在了这里？”

谭岿万万没想到陆浩宇会有此一问，端着茶杯的手也在空中突然静止。过了好一会儿，才缓缓放下杯子，满脸不悦地看着陆浩宇，沉声道：“所以，陆主任答应出来见我，加上刚才的种种表现，其实都是在试探我？”

“试探不敢当。”陆浩宇不动声色道，“我只是真的很好奇，为什么谭总会突然直接约我出来见面，又在没说几句话的情况下极力拉拢试探，到底所为何事。”

谭岿板着脸，沉默不语，萧琳见状要开口解围，被谭岿摆摆手示意作罢。过了许久，谭岿才苦笑一声：“看来，还是我太低估陆主任了。既然你问起，那当着明人我也不说暗话。最近，我的几个手下被公安抓起来了，细问才知道，背后是陆主任的手笔。所以，我来也是想请陆主任高抬贵手，毕竟都是些小生意人，不容易。”

“是吗？”陆浩宇笑了笑，“那是什么样的手下，能麻烦谭总亲自出马说情？”

“这有什么麻烦不麻烦的。”谭岿叹了一口气，“其实也不算完全的手下。这几个年轻人里，有的与我是老交情了。看旧人落难，我这老家伙于心不忍呐。”

陆浩宇暗道一声老狐狸，定了定神，略一思索，开口道：“谭总，我大概知道你说的是谁了。只是他们确实是被公安抓的，具体原因我不清楚。之所以我与他们有交集，是因为我们室里有一个案子，可能涉及他们其中的某些人。不过，还需进一步调查才能有结果。”

屋里的三人同时陷入了沉默。谭岿端起茶杯，趁着仰头喝水给萧琳使了个眼色。萧琳会意，从身后的包里拿出来一整摞百元大钞，轻轻放在陆浩宇面前，柔声细语道：“陆主任您看，本来也没什么大事嘛。您就大人有大量，放那几个人一马吧。小女子肯定也会知恩图报，听候陆主任差遣。”

陆浩宇铁青着脸，压着满腔怒火看向谭岿：“谭总，敢问这是何意？”

“陆主任不用紧张。”谭岿压低声音，“自古美女配英雄，萧秘书爱慕陆主任，我倒也觉得很般配嘛。至于这二十万，权当我的见面礼，一点儿心意，还请陆主任一定笑纳。”

“不用了，两位的好意我心领了。”陆浩宇突然起身，“我还有点儿事，先走一步了。谭总今天讲得很精彩，我也是大开眼界。只不过我的胃口和野心没有那么大，装不下谭总替我绘就的蓝图，让谭总失望了，抱歉。”说罢，也不等谭岿回过神来挽留，就大步走出包间，头也不回地离开了。

萧琳满脸尴尬地看着谭岿：“谭总，这——”

谭岿摆摆手，看了一眼桌子上一动未动的百元大钞，冷哼一声道：“收起来吧，本也没想会成功。”

萧琳点点头，一脸失望地把钱放回包里。刚拉上拉链，就听到包间外有人敲门。谭岿和萧琳对视了一眼，冲门口喊了一声：“请进！”

门缓缓打开，一名服务员走进来轻声道：“两位好，刚才离开的先生把账结了，还让我转达两位：请多品品这茶的余香。”

市纪委监委办公楼 102 室

“就这些？”徐济元一脸诧异道。

“对，就这样。”陆浩宇不容置疑地点点头。

“这茶馆是你找的？”

“对。展津一个朋友开的，跟我提过好几次。”

“离开后你去了哪里？”

“哪儿都没去，直奔家里了。”

“回家后再没出来过？”徐济元急促地问道。

“对啊，一直到今天早上来上班。”陆浩宇很不理解他的反应，“怎么了，老徐，有什么问题吗？”

“你先别管。”徐济元摆摆手，“我继续问你，你是怎么回的家？”

“当然是开我自己的车啊，难不成还坐谭岿的车？”陆浩宇半开玩笑道。

“没什么不可能！”徐济元没好气道，“你别觉得这是玩笑，保不齐这是你洗脱嫌疑的唯一证据。”

“别吓唬我了，老徐。”陆浩宇哭笑不得，“你以为我会傻傻的不做任何准备就去赴约啊？我拿了录音笔，从进包间开始就录音了。这不是证据啊？”

“你录音了？”

“对啊。”

“可以啊，你小子，还算不傻。”徐济元松了口气，拍了拍陆浩宇的肩膀，“录音笔在哪儿？”

“在我办公室保密柜里锁着呢。本想今天解码导到电脑上，一直没时间。”

“那就好。一会儿我去拿来，找人解码。”徐济元想了想，“你还记得萧琳长什么样吗？”

“真记不太清楚了。”陆浩宇皱着眉头回忆道，“三十岁左右，烫着头发，好像染成黄色了。”

徐济元心里咯噔一下，稳住心神，“再见面，你能认出来吗？”

“应该可以。”陆浩宇想了想，答道。

徐济元点点头，掏出一张照片递给他：“你看一下，是她吗？”

陆浩宇疑惑地接过来，只看了一眼就大惊失色道：“没错，就是她。老徐，你怎么会有她的照片？”

“你确定吗？”徐济元脸上也浮现出一丝惊恐。

“确定，毕竟昨晚刚见过。”陆浩宇还沉浸在巨大的震惊中。

“那么，你知道她是谁吗？”徐济元一字一顿地问。

“她不是谭岿的行政秘书萧琳吗？”陆浩宇的瞳孔不断放大。

“不，她不是。”徐济元闭上眼睛，耷拉下头，“她叫乔雨颜，是一个家庭主妇。她的丈夫，就是王峋。”

坏 音

市纪委监委办公楼 102 室

“什么？”陆浩宇噌地站起身，被巨大的震惊笼罩着。

“千真万确。谭岿从一开始就不是拉拢你，而是给你下套。”徐济元长长叹了口气，“你先消化一下吧。”

陆浩宇站了良久，才缓缓坐下，定了定神，“你说谭岿给我下套？按理说，王峋被抓，他妻子找上谭岿出手搭救，也是情理之中，可在茶馆的时候，谭岿却说乔雨颜是他的行政秘书，名字也是假的。

难道只是不想让我知道乔雨颜和王峋的关系吗？应该没那么简单。谭岿本可以独自与我见面，或找真正的行政秘书或信任的人陪同。谭岿表面上拉拢利诱我，可我们毕竟只是首次见面，立场不同，又处在对立面，应该知道成功概率极低，为什么要冒着险约我出来呢？误导我的调查方向？拖延时间？有这个可能，但收益比太小。以谭岿的个性，很可能不屑为之。另外，你怎么有乔雨颜的照片，并知道她是王峋的妻子？你又为什么只问昨晚的事？最有可能就是你见过乔雨颜了。而且，你见她是因为她来我们委里反映我的问题，而这问题就和昨晚有关。这么说来，很多事情也就讲得通了。恐怕谭岿真正想要的不是让我放王峋他们一马，而是我出现在他们面前。只要我赴约前去见到乔雨颜，见到他们摆在桌上的钱，他们的目的就达到了，剩下的就是捕风捉影、捏造故事了。”说完，陆浩宇又盯着徐济元，轻声问：“我说的对吗，老徐？”

徐济元直勾勾地看着陆浩宇。过了一会儿，开口道：“其他的你先别问了。你知道规矩，我现在也没法儿说太多。我来，一是问一下昨晚的具体情况；二是跟你说一下我和贺书记商议过了，你手头要紧的几个案子我负责牵头推进，其他工作暂时放放，我们一定尽快调查清楚。”

“看来事态比我想象的更加严峻。”陆浩宇苦笑一声，“老徐，道理我都明白。我不问了，你也不用说。我相信你和贺书记能还我清白。我现在只是担心，谭岿那边是否还会有进一步行动。毕竟，陷害我只是手段而非目的。”

“嗯，我会留心的。”徐济元点点头，“还有，贺书记的意思是，在调查清楚之前，先让你以办案的名义到办案点去住，对内对外都好交代。他让我来征求你的意见。”

“我同意。这样也能掩人耳目，让对方摸不清我们的进展。什么时候过去？”

“随时吧。让室里同志陪你去。”徐济元略一思考，“你和韩老师先说一声，让她提前准备点儿你的生活物品带去。千万别说漏了嘴，就说去办案，不要让家里担心。”

“放心，我会处理好的。一会儿我先回家，让展津和沐源送我去吧，路上我再交代一下案子的情况。”陆浩宇想了一下，“另外，今天我和展津有了很大进展。不过，以我目前的情况，再向你汇报有点儿不合适了。等你有时间了去找一下展津，让他详细汇报。有什么需要他协助调查的，尽管安排就是，我信得过他。”

“好。”徐济元一边微笑一边摇头，“这也算唯一的好消息了。”

市纪委监委办公楼 601 室

徐济元心事重重地回到办公室，展津站在门口等着了。他也不声张，打开门进屋。展津跟着进去，并把门关上了。

“找我有事吗？”倒一杯水递给展津，他开口问道。

“我想帮忙。”展津接过水杯，“贺书记安排我来的。”

“贺书记？没跟我说。”徐济元坐到沙发上，笑了笑，“是你去找的他吧？”

“嘿嘿，什么事也瞒不过徐书记。”展津被说破也满不在乎，“我本想找你，你不在，一着急就地去找贺书记了。他和我说，你负责调查陆主任的事，让我来找你，看看有没有能帮上忙的。”

“那你倒是先说说，你能帮什么忙？”

“什么都可以，跑腿、调查、取证，只要能还陆主任清白。”展津想也没想就说了。

“你和浩宇是同学？”

“是。”

“那你怎能确定自己，可以把握好公私之间的界限？”

“我只想救他，不想害他，我很清楚自己该做什么。你放心，我只会按照你的指示办事，绝对不会和陆主任有私下接触，更不会和他说任何进展。”展津嘿笑一声，“当然，徐书记亲自安排除外。”

“既然如此，那好。”

“这么说，你是答应了？”展津两眼冒光。

“嗯，贺书记既然肯跟你说这些，代表他也是默许的。”徐济元缓缓点点头，“我也仔细想过，你确实是个很好的人选。你要加入，有些事情会方便很多。”

“太好了。”展津激动地说，“徐书记快和我说一下情况吧。”

“先不急。”徐济元摆摆手，“下班后你陪浩宇，先回家带些东西，再送他去办案点。他近期要住那边。今天的事我安排人去查了，明天再和你详细说。”

“办案点？你们——”展津正想发作，但立马忍住了，气呼呼地把头扭到一边，重重地叹了口气。

徐济元看了一眼展津，装作不知，“有两件事都与浩宇相关，你现在方不方便去办？”

“没问题，没问题。”展津一下来了精神，“徐书记请安排。”

“第一，你去浩宇办公室的保密柜取一支录音笔，把里面的内容解码了。”徐济元想了一下，又特意补充道，“你一定要亲自去。不知道密码，可以去一楼谈话室问浩宇。”

“好，我明白。我这就去办。”展津看徐济元的样子，就知道事情的严重性，也没问原因就痛快地答应下来，“那第二呢？”

“第二，刚才我去找浩宇，他告诉我，你们现在的案子有了新进展，需要你跟我详细说一下。”

“是陆主任的意思吗？”展津试探道。

“是。”

“好。”展津喝了口水，思索半晌，“信息量有点儿大，我不知道从何说起啊。”

“那就先拣重要的简单说。”

“好吧。”展津定定神，“简单来说，王嵘就是李岩，而他幕后的老板，很可能是市政协主席魏巍。”

市纪委监委办公楼611室

“怎么样了?”展津一进门，张沐源就迎面问道。

“一个坏消息、一个更坏的消息，你想先听哪个?”展津没精打采道。

“你别卖关子了，快点儿说。”张沐源急得直跺脚。

“好，我说。”展津一屁股坐在沙发上，“第一，到目前为止，还没打听到任何消息。第二，小宇子今晚开始就要以办案的名义去办案点住了，直到调查结束。”

“这么严重吗?”张沐源眉头深皱，“到底因为什么?”

“我真不知道。”展津把头使劲朝后仰了仰，“不过明天就应该能知道了。徐书记同意我参加小宇子事件的调查了。”

“那我呢?”张沐源一脸期待。

“还没说。我怕提多了，徐书记连我都不让去了。别急，我准备明天了解情况后再找个理由喊上你。”展津一脸痛苦地用手摁着肩膀，“来来来，小沐源，我这一天累得脖子都快断了，帮我按按。”

“去你的，自己按!”张沐源没好气地白了他一眼，“最讨厌这种急得要死又无能为力的感觉了。”

“无能为力倒也谈不上。”展津用力地捶了几下自己的肩膀，深呼一口气，起身打开密码柜，“徐书记让我找一支录音笔，将里面的内容解码了导出来，说是和小宇子有关系。”

“你怎么知道柜子的密码?”张沐源下意识地问道。

“自然是问他的主人了。”展津把录音笔拿出来，晃了晃，“找到了。”

市纪委监委办公楼701室

徐济元面色沉重地走进来，坐在沙发上一声不吭。贺在洲见状也不问，只放下手里的笔，静静看着他。过了一会儿，徐济元才沉声道：“浩宇那边查的案子有了新进展，基本锁定幕后大目标了。”

“哦？”贺在洲脸上波澜不惊，“看你这样子，恐怕这人的级别不在我之下吧？”

“是啊。”徐济元机械地点点头，“市政协魏主席。”

“魏巍？”贺在洲像在思考什么，“可信度有多大？”

“你知道浩宇的，拿不准的他不会说。只是从目前掌握的情况来看，证据还不够充分。”

“没关系。你带着调查组的同志继续找证据，一定要做得扎扎实实。要做好同志们的思想工作，让他们千万不要受浩宇这件事的影响。”贺在洲说道。

“好，我明白。”徐济元想了想，“我得尽快把浩宇的事调查清楚，不排除有人想借着打压浩宇来延缓我们的调查速度。”

“嗯。”贺在洲意味深长地点点头，“具体的事你全权调度；有困难，就第一时间和我说。”

“好。另外，魏主席那边需要做点儿什么吗？”徐济元试探道。

“当然。”贺在洲淡淡一笑，“首先，我得想一个理由，把市政协的授课给推了。”

市纪委监委办公楼 611 室

“好了，好了。”张沐源兴高采烈地指点电脑上导出的语音文件，“快打开听听。”

“来了。”展津调节了音量，打开文件，听了几分钟，可全是断断续续的杂音。展津“咦”了一声，一边往后拉进度一边听，但直到结尾都是一样的声音。不甘心，他关闭后又重新打开。如此反复几次，听到的仍是全程杂音。

展津放弃了，关掉文件后，呆呆地看着电脑屏幕，良久才从嘴里挤出两个字：“完了。”

“什么完了，你说清楚啊。换台电脑，重新解码试试不行吗？”张沐源急切地喊道。

“不用了。”展津无力地摆摆手，“这种情况，我在公安局技侦的时候经历太多了。不是设备问题，要不然不会导出来这几十分钟的音频。那么，就只剩下一种可能了。”

“是什么？”

“录音时对方开了干扰器，全程干扰。”

“这是陆主任录的吗？很重要，对吗？”张沐源带着哭腔问道。

“是的，看徐书记的样子就知道了。”展津扭头看向张沐源，“看来，更坏的消息之外，还有最坏的消息。”

雅圣苑小区 13 号楼 1 单元 402 室

“有日子没来了。”一进门，展津就把怀里的娃娃递到陆浩宇怀里，大大咧咧地坐到沙发上，环顾一圈，“微微呢？跟她说展爸爸来了，还带了礼物。”

陆浩宇把张沐源引进门，朝展津的方向耸耸肩，“我让韩笑带她去游乐场了。”

“那正好。”等张沐源坐定，展津也收起散漫的样子，看着陆浩宇，“东西收拾好了吗？”

“嗯。”陆浩宇点点头，指着地上一个旅行包，“随时可以出发。”

“就这么点儿东西吗？”张沐源问道。

“对，我相信很快就会调查清楚的。”陆浩宇信心十足道。

“正想和你说这个。”展津皱了皱眉头，“录音笔的内容我拿去解码了，全是杂音，什么都听不到。应该是你录的时候被干扰了。”

“这倒是没想到。”陆浩宇也是吃了一惊，随即又恢复了正常，“不过也是意料之外、情理之中。跟徐书记汇报过了吗？”

“说了。”展津点点头，“徐书记刚开始还不信，找了好几个技术人员重新解码，结果还是一样。最后只铁青着脸，让我告诉你这个消息，别的什么也没说。”

“徐书记说过，这可能是唯一对我有利的证据。”陆浩宇若有所思道，“关键是到现在为止，我们都不知道对方到底反映了什么问题。”

“是啊，感觉这次真的太窝囊了。”展津悻悻道。

话音刚落，三人的手机同时响了起来。“是赵涵发的群消息——一个链接。”

溯 源

市纪委监委办公楼 701 室

墙上的钟表显示晚上 9 点多了，徐济元、丰华、孙国庆以及市纪委宣传部部长陈晶面色凝重地坐在办公室沙发上。

“陈部长，你先介绍一下情况。”贺在洲发话道。

陈晶点点头，“今天晚上 7：40 左右，一个名叫‘岚山夜话’的公众号发表了一篇文章，作者叫‘寒山’。主要反映陆浩宇主任收受调查对象之妻五十万贿赂，以及强行要求和她在酒店发生关系，并答应设法搭救其夫。文章图文并茂，文采极好，煽动性很强，配了不少‘证据’，迅速在网上传播。截止 9 点，阅读量已破两万，还有进一步传播的趋势。”

“公众号信息查到了没有？”贺在洲问道。

“查到了。公众号绑定的微信主人叫乔雨颜，昨天下午刚注册。到目前为止，只发过这一篇文章。”陈晶答道。

“群众对此事的反响如何？”

“关闭了评论，暂时看不到大家的态度。”陈晶说。

“转载情况呢？”贺在洲追问。

“官媒公众号都没转载，只有个别人在自行分享转发。”

“都说说想法吧。”贺在洲环顾一圈，把目光落在孙国庆身上，“国庆先来。”

“好。”孙国庆答应道，“这个乔雨颜，就是今天在信访室下跪的女子。文章内容也与其今天来反映的问题基本一致。只不过她来反映时并没提供自己和陆主任的合照，也没提供银行汇款凭证。我在考虑，她没有充分信任我们，还是想通过网络传播力制造舆情，向我们施压。”

“一点儿新意都没有。”贺在洲不置可否，转而看向丰华，“丰常委。”

“我觉得没那么简单。”丰华清了清嗓子，“今天贺书记当众发出警告，严禁任何人对外发布未经查实的消息。从目前各媒体的反应来看，效果还是很好的。可乔雨颜不但不听，反而变本加厉地抛出重磅消息。调查结果如何我不敢说，但至少有一点可以肯定，乔雨颜绝对不是一个人，背后有只大手在出谋划策或蛊惑怂恿。”

“嗯。”贺在洲点点头，又看向徐济元，“徐书记，你什么意见。”

“两位说的我都同意。说实话，乔雨颜这次的准备相当充分。贺书记让我负责调查后，我一直在搜集证据，可到目前为止，掌握的证据全都有利于乔雨颜。这篇文章的出现，又增加了舆论的压力及不确定性，让我们彻底陷入被动。现在要解决的问题不仅是调查清楚问题本身这么简单了，还要抢时间，跟对方抢，和舆论抢。最重要的是，调查结果一定要足够让人信服，避免舆论二次炒作。这就需要更多有效证据支撑。以上种种，无疑给我们工作提出了极大的难题。”徐济元忧心忡忡道。

“是啊，这才是我最担心的。”贺在洲轻轻叹了口气，“再说说怎么应对吧。陈部长，从专业角度来看，是否可以查到传播源头？”

“完全可以。”陈晶不假思索道。

“那就好。”贺在洲语气稍松，“大家有没有想过，文章怎么在这么短时间内有如此快传播速度？群众感兴趣、愿意看是一方面；更重要的是，这需要传播途径，一个呈指数增长爆发的载体。乔雨颜一个全职太太，不可能有这么大能量。公众号刚注册，也无群众基础，就更证明了找源头的的重要性。当务之急是准确查出谁把文章扩散出去的。这对于我们的调查和判断，都很关键。”

众人若有所思地点点头。陈晶接着道：“没问题。我马上就去安排人查，估计明天早上一上班就会有结果。另外，我想请示一下贺书记，需不需要联系一下网信部门?”

“不需要。”贺在洲斩钉截铁道，“文章可以删，悠悠众口怎么堵?出了舆情，一定不要试图去压。那样的话，群众反而会觉得我们因为理亏才这样，最后结果往往适得其反。”

“好，我懂了。”陈晶脸上微微一红，“怎么处理，请贺书记定夺。”

贺在洲沉默片刻，开口道：“先在我们官方微博和公众号上公开发布一条消息，正面回应今天的事件，强调一定会公正调查并及时公布结果。放开评论，再派专人逐一回复群众诉求，好的意见也要及时汇总反馈。另外，还要防止别有用心的人朝坏的方向带节奏。多去关注评论区故意恶语相向、激化矛盾的人，查查底细，看是不是职业水军。如果是，再挖挖背后的人。”

“好。”陈晶一边在笔记本上记录着，一边不停地点头。等贺在洲说完，才由衷地说，“贺书记想得确实周到。”

“还远远不够。”贺在洲说完不发一言，坚定的眼神里透露出一丝担忧。

庆山园 D 区 116 室

夜晚的庆山园一片寂静，连一丝微风拂叶的声音都清晰可辨。陆浩宇坐在房间里，回想着文章里的种种细节、自己和乔雨颜不堪入目的合照、银行汇款记录的截图，还有被干扰的录音笔等。他清楚知道，这次遇到心狠手辣的对手了，却连怎么还手还不知道，第一次真正感到了无助和恐惧。

正想着，手机突然响了起来。看着屏幕上显示的“韩笑”两字，微微一怔，“喂”了一声。

“到了吗？”韩笑关切的声音传来。

“到了。放心。”陆浩宇心底传来一股暖意。

“网上的文章——我看到了。”韩笑试探道。

“嗯。”

“里面说的事，你做过吗？”韩笑平静的声音里带着一丝颤抖。

“没有。”

“好，我信你。我也能放心一点儿了。”隔着手机，仍可以听到韩笑尽量克制的呼气声，“你去办案点，真的只是为了办案吗？”

“微微在旁边吗？”陆浩宇不答反问道。

“不在。就我一个人，你说吧。”韩笑不自觉地紧张起来。

“不是办案。但你放心，我在这里很好，也很安全。真相也会很快水落石出的。”陆浩宇握紧拳头，装作若无其事地说。

“可是我——很担心你。”韩笑终于忍不住，低声哭了。

“笑笑，别哭了！听我说——”陆浩宇的心揪揪地疼，“越是这个时候，越要振作。要是我们自乱阵脚，只会让对手越发肆无忌惮、得寸进尺。相信我，一切都会好起来的。”

“嗯嗯，我明白。”手机里传出来韩笑擦拭眼泪的声音。过了一会儿，她问，“咱们这次的对手是谁？有什么我能帮得上的吗？”

“对手是谁你不用知道，但这次你确实能帮上忙。”

“什么忙，你说。”

“还记得上次泄密事件后我说过的话吗？”

锦尚龙虾烧烤

展津脚底下已有五六个啤酒瓶了，但还没有停下来的意思，一杯接一杯地喝着。张沐源托着腮，在一边默默盯着他。趁他一个不注意，偷偷把启酒器藏了起来。

“启子呢？”展津放下一瓶见底的啤酒，拿起新的，在桌上翻来翻去。

“不知道啊，可能掉桌子底下了吧。”张沐源装模作样地跟着找。

“算了，不找了。”他豪迈地摆摆手，拿起一根筷子，“反正我有的是法子。”话音刚落，就听“嘭”的一声，筷子把瓶盖顶开了。他给自己倒满，笑着瞥了一眼张沐源：“怎么样，丫头？”

“漂亮！”张沐源喝了一声彩。

“这有什么，还有更厉害的呢。”说罢，又拎起一瓶，握住瓶盖，在凳子上用力一别，瓶盖应声脱落。

“哇，太棒了！”张沐源看得目瞪口呆。

“嘿嘿，就喜欢看你这没见过世面的样子。徒弟，今天就让你开开眼，看看本公子师傅的花式开酒神技。”说完，又拿起一瓶酒，咬住瓶盖，作势要用牙启开。

“别别别。”张沐源连忙把展津嘴里的啤酒瓶夺下来，把启酒器放到桌上，“展公子的绝技我见识过了，还是省点儿牙吧。”

“哼，你个臭丫头，以为藏个启子我看不到？别忘了，我可是十多年的老公安了。”展津一脸得意道。

“那是，那是。”张沐源苦笑一声，“展公子这么厉害，我这点儿小伎俩怎么逃得过你的法眼。”

“厉害？厉害个屁！”展津突然像换了个人，耷拉着头恨恨道，“我才是最失败的那个。我这辈子最好的两个朋友，一个要跟我断交，一个被人诬陷，而我却只能眼睁睁地看着，什么都做不了。我真的就是个废物！”

虽然看不到展津的脸，但张沐源听得出来，说到最后，他声音里带着一丝哭腔。愣愣地看着展津，她眼眶也不禁有些湿润。沉默良久，她抽了抽鼻子，长舒一口气，给自己倒上一杯酒，举起杯子，挤出一抹微笑：“来，展公子，我陪你喝一杯。现在，我非常理解你的心情。其实，我和你一样，也很难过，很难过。关于你和曲锐，我相信你们一定能重归于好。他毕竟不是体制内的人，考虑问题的角度和方式和我们不一样。正在气头上，话说得重了点儿也正常，你多些理解和体谅。我相信，这么多年的感情，不会因为一个误解就烟消云散的。至于陆主任，正是他最需要我们的时候，我们必须振作起来，打起十二分精神，尽最大努力还陆主任清白。展公子，我悄悄告诉你，这可是我第二次喝酒呀。第一次喝酒是失恋，一个人边喝边哭，哭得稀里哗啦，喝得醉生梦死。喝完哭完，那一段感情就随着眼泪流走了，生活随之翻开新篇章。我相信，我们肯定也会很快翻开新的篇章。”说完，她把杯子里的酒一饮而尽，呛得连连咳嗽。

展津盯着她看了许久，给自己倒上一杯，也给她倒上一杯，苦笑道：“我这个自诩师傅的，今天倒被你这丫头徒弟教育了。你说的对，我们要全力以赴，还小宇子一个清白，没有我们过不去的坎儿。来，喝完这最后一杯，我们就回去休息。明天，我们从头开始！”

“好！”张沐源端起酒杯，“等陆主任回来，等案子办完，我再和你一醉方休！”

市纪委监委办公楼 601 室

徐济元坐在办公桌前一边抽烟，一边咳个不停，烟灰缸里的烟蒂堆成了小山。突然，传来了几下敲门声。

徐济元看了一眼时间，晚上 11 点多了，不禁疑惑地冲着门口喊了声“请进”。

门缓缓打开，贺在洲的身影出现在门口。

“贺书记，你怎么来了！”徐济元着实吃了一惊，立马把手里的烟掐灭，站起身朝前走了两步。

贺在洲摆摆手，关上门，走到徐济元办公桌的对面坐下。“我本来下到院子里了，一看办公楼，就你屋里还亮着灯，就想上来看看你还在忙什么。”

“嗐，还能忙什么，不还是浩宇的事吗？”徐济元倒了杯清水放到贺在洲面前，回到自己座位上坐定，“这一天下来，信息量太大了，坏消息一个接一个，我得好好消化一下。”

“有什么新思路吗?”贺在洲问道。

“没有。”徐济元苦笑着摇摇头。

“老徐，你不要给自己太大压力了。”贺在洲关切道，“我相信浩宇是清白的，我也相信你会很快找到突破点，解决只是时间问题。你不能这么熬夜了，还抽这么多烟。”

“谢谢贺书记，我没事，只是有点儿乱。浩宇从上班就跟着我，十多年了，跟他在一起的时间比孩子都长。也不知从什么时候起，心里早把他当孩子看待了。可现在却眼睁睁看着他一次次防不胜防地被人下套，我这心里真是觉得难受。”说着，说着，竟有些哽咽，意识到失态，连忙说，“你看我，说这个干什么。真是老了，不担事了，动不动就多愁善感。”

“这有什么，我们都老喽。”贺在洲故作轻松道，“这里的担子早晚都要落到年轻人身上。老徐，你有没有想过，这些年轻人到底能不能承担起这里的重任呢?论能力，自不必说，老徐你手把手带出来的兵绝对是好样的。可在能力之外呢?还有意志、品质、心智，这些都远远比能力重要。现在的年轻人，唯独缺的就是这些东西的磨砺。他们的工作轨迹太顺了，其实并不好。我们在这系统待久了，见过不少工作能力很强的年轻同志到了领导岗位上，就不断迷失自我，经不住诱惑，最终走入歧途。所以，我们得把育人励志放在首要位置。这样一来我倒觉得，浩宇经历这些反而是好事，受点儿磨砺，经些打击，以后的路才会更平稳。你说呢?”

“嗯，您说的太对了。”徐济元仔细回味了贺在洲的话，深以为是。“贺书记想得确实比我通透，我这老头子心服口服。”

“老徐啊老徐，你下次夸人还是走点儿心吧。”贺在洲大笑了几声，又逐渐收起笑容， “早点儿回去休息吧，明天才是最关键的一天。”

市纪委监委办公楼701室（翌日）

“贺书记，找到源头了。”陈晶难掩兴奋之情，一进办公室就高声道。

“很好。说说看。”贺在洲放下手中的笔，静静看着陈晶。

“按照贺书记的思路，我们和网信部门联合，一起追查了文章的传播过程。文章刚发出来时，只是个别用户转发浏览，传播速度并不快。直到有人把文章发到群里，再群发，才出现阅读量井喷。按贺书记的理论，传播源头锁定在三个群，是由三人发送的。”

“哦？”贺在洲有一丝惊讶，“哪三个群？发送的三人又是谁？”

“第一个群叫‘梅通四海’。通过记录分析，应是梅口县的老乡群。发送到群里的用户叫‘上山虎’。经查实，此人是梅口县公安局民警。”见贺在洲没反应，又道，“第二个群叫‘岚江商业精英交流群’。顾名思义，是岚江市的商界人士群。发送到群里的不是别人，正是乔雨颜，也不知道她什么时候成商业精英了。”

“还有一个呢？继续。”贺在洲波澜不惊，仿佛一切都在意料中。

“最后一个就有点儿奇怪了。”陈晶皱了皱眉头，“群名叫‘民主·联盟’。查了好多信息才基本分析出来，这是咱们市一些民主党派和无党派人士的群。发送信息的人没头像、没昵称，也没实名认证，扫描群二维码进群发完文章后马上退群了。”

“好！”贺在洲大声赞道，“你的消息非常有价值，快去跟徐书记详细汇报。”

“谢谢贺书记肯定。”陈晶还是有些莫名其妙，看了贺在洲半天，终究没忍住，“贺书记，我研究来研究去，也没发现其中的关联。您可是发现了什么？”

“当然。”贺在洲意味深长地笑了，“再明显不过了。”

添 足

市纪委监委办公楼 601 室

“徐书记，你找我?”展津推门进来。

“对。”徐济元笑着指了指沙发，“坐下说。”

展津应了一声，边坐边说道：“徐书记今天的气色不错啊，是不是有什么好消息?”

“算是有吧。”徐济元点点头，“昨天晚上那篇文章你也知道吧?今天早上宣传部来报，说查到传播源头了。”

“这么快?太好了!”展津兴奋地说道，“是谁?”

“一共有三个。第一个是梅口县公安局民警，发到了梅口县老乡群。”说完，抬头看向展津。

“卫应屹的人?”展津脱口而出道。

“应该差不多。”徐济元对展津的反应较为满意，“第二个是乔雨颜，发到了岚江商业精英交流群。”

“乔雨颜是谁?”展津不解道。

“王峋的妻子。来信访室反映浩宇问题的就是她。另外，前天晚上，她还以谭岿秘书萧琳的身份与谭岿一起，约了浩宇在一个茶馆见面。据浩宇说，他们还拿金钱和美色诱惑他。”

“这阴毒的女人。”展津恶狠狠地啐了一口。转念一想，就知道了其中关键，“这女人哪有这么大能耐?还商业精英呢，我呸!徐书记，会不会是谭岿在背后扶持着?”

“有这个可能。”徐济元点点头，“第三个是民主党派和无党派人士群。发群的人没有实名，查不到。”

“民主党派?”展津若有所思道，“政协那边的?”

“说不准。”徐济元摇摇头，“总算有了大概方向，不是完全的敌明我暗了。”

“嗯。”展津点点头，“徐书记准备怎么做？”

“先查清乔雨颜反映的问题吧。”徐济元想了一下，“要从乔雨颜提供的证据入手，但不能被她牵着鼻子走。”

“嗯。我仔细研究了乔雨颜写的文章。她提供了两个关键证据：一是和陆主任在酒店房间的自拍合照，很模糊，表情也不自然，很像人工合成的；另一个是她给陆主任的汇款单据。我觉得可以先从照片入手，先派人去拍照的酒店调一下监控，看看乔雨颜和谁同行。如果不是陆主任，不就可以证明照片是合成的吗？”展津认真说道。

“想法不错。昨天我安排人调过监控了，并不理想。监控里陪同乔雨颜的男子穿的衣服和浩宇当天穿的一模一样，身形也差不多，又戴了顶帽子，全程低头，看不清脸。”

“开房登记的信息呢？”

“房间是之前就开好的，只登记了乔雨颜。”

“这是有备而来啊。”展津一脸惊讶，“或者说，这是他们精心导演的一场戏，故意给我们看的。”

“现在说这个还早。”徐济元不置可否，“再说说汇款的事。乔雨颜提供的汇款单是真的。我找人查过了，乔雨颜当晚从酒店出来，直接去自动存款机用现金向浩宇银行卡存了五十万，当天到账。”

“陆主任一点儿都没有察觉吗？”展津不解道。

“这可能得由你去问他了。”徐济元看着展津，“就当是交给你的第一个任务。”

“我？”展津着实吃了一惊，“我去合适吗？昨天你不是还——”

“你放心，我有数。”徐济元摆摆手，“按程序，应该和浩宇谈话取证。今天上班后，我安排干部监督室和信访室去和浩宇录笔录了。浩宇未必全盘托出，毕竟涉及核心机密。我需要你去了解他的理解和想法，问一下照片和五十万的具体情况。”

“好，我懂了。”展津恍然大悟道，“这么说，就不用做笔录了对吗？”

“是的，只是为我们的调查多提供些线索和方向。”徐济元想了想，“不过，还得嘱咐你一点，千万要把握好分寸，不要向他透露任何调查意图和进度。”

“嗯嗯，我明白。”展津连连点头，又腆着脸道，“徐书记，你看我好歹也是第一次参加你们委里的调查，流程也不太懂，怕万一处理不好耽误了大事，能不能跟你借个人时刻提醒、鞭策我？”

“你想借的不会恰巧是张沐源吧？”徐济元又好气又好笑。

“正是，正是。徐书记果然料事如神啊，佩服佩服。”展津满脸堆笑道。

“不行。”徐济元摇摇头，“她得留下来继续你们手头的案子。”

“我们的案子？不还有江峰、袁清、周海、赵涵他们吗？我就借一个人。”展津急了。

“江峰要主持七室的正常运转，还要处理其他案子。袁清、周海、赵涵要跟进卫应屹案，估计很快就会进入留置程序了。你和浩宇又不在，你们之前的工作只能让沐源接着处理了。”

“可她一人什么也干不了啊。不如让她先全力配合我，集中精力把小宇子的事查清楚，让他早日回来。随着调查深入，我肯定要和乔雨颜接触的。她一个女的，我独自和她谈话太不合规矩了。委里别人我又不认识，我这工作可没法儿干啊。”

“小宇子？”

“就是陆浩宇。”

看着展津耍赖的样子，徐济元颇为头疼，细想又觉得他说的确实在理，只好无奈地摇摇头：“如果这样，那就好借好还吧。”

庆山园 D 区 116 室

“你来了？”陆浩宇抬头对刚进门的展津说道。

“怎么？”展津大大咧咧地在旁边坐下，“你就一点儿都不惊讶吗？”

“上午的笔录没有取到实质性证据，徐书记自然会派你来单独了解情况。”陆浩宇一副理所应当的样子。

“看来你还是挺了解他的嘛。”展津给自己倒了一杯水，一饮而尽，“不过，这次你可没全对，徐书记早知道上午取不到关键证据，提前安排好我随后来找你。也不是单独，还批准沐源一起来。但我想单独和你聊聊，才甩下她自己来了。”

“哦？”陆浩宇沉默片刻，“那是我错了。”

“认错态度还可以。”展津笑吟吟地看着他，“再考考你。徐书记还专门嘱咐我一事，你且猜猜，是什么？”

“不让我打听进度，不让你泄露案情。”陆浩宇不假思索道。

“哎哟，可以啊你。我在想，是不是你们都一个思维模式。”

“确实是跟徐书记学的。”陆浩宇若有所思道，“行了，展钦差，你想问什么就问吧。”

“好呢。”展津坏笑一声，“第一个问题，小宇子同志在这里伙食可习惯？睡得可好？有没有感觉孤独寂寞冷？”

陆浩宇盯着他看了一会儿，微微一笑，“我知道你是想让我放松放松，好意心领了，不过实在没心情。时间紧张，开始吧。”

“好。”展津重重叹了口气，收起脸上的玩世不恭，立马像换了个人，一脸严肃道，“乔雨颜给你存入的五十万，你怎么说？”

“完全不知情。”陆浩宇摇摇头，“当晚去茶馆，乔雨颜确实准备了现金要给我，但我没要，也没给她提供任何银行账户信息，更不知道她给我打钱的事。昨晚看到文章里的汇款凭据，我才发现是往我一张岚商银行卡里存的钱。打电话查了一下，确实到账了。”

“这么说，你卡号怎么泄露的还是个问题。”展津不由自主地皱起了眉头。

“是的。还有一个问题，我这张银行卡并不常用，只因某次业务需要开的，之后就闲置了，不提我都快忘了。另外，这也是我的银行卡里唯一没有绑定手机的，就算金额变动也没法儿看到。”陆浩宇平静地说。

“说明不仅是泄露，对方还对你的用卡情况了如指掌。”展津戏谑道，“看来人家对你可是下足了功夫，真够看得起你。”

“我也不想啊。”陆浩宇苦笑一声，“不过，这样查起来的难度可就更大了。”

“我知道，大不了回去后一家家查，看看到底是谁泄的密。”展津不以为意道，“再说说你和乔雨颜的照片吧。没想到咱家小宇子会以这样的方式被人记住。”

“里面的人不是我。”陆浩宇轻轻地摇摇头。

“知道不是你，你有几斤几两我还是很清楚的。况且，合成痕迹太明显了，一看就是换了个头。我想问的是，这几张照片里你的头像，知不知道是从哪里来的？外人有什么途径可以找到你的照片？”

“你应该知道，我很不喜欢拍照，更不喜欢在社交平台发布照片；再加上委里比较注重保护干部，基本不对外发布纪检干部，特别是审查一线干部的信息，能找到我照片的途径并不多。”陆浩宇顿了一下，“有一张我很确定是身份证头像；有一张是我参会的照片，差不多是委官网上唯一的照片，印象很深刻；还有一张我看着很眼熟，一时想不起来了。”

“官网照片都能看到，范围太大，不好找。”展津略一沉吟，“身份证照片恐怕是从公安系统泄露的。”

“嗯，我也是这么想的。”陆浩宇附和道，“你们能查到身份信息的人也很多吧，恐怕也不好查。”

“嘿嘿，这你就外行了吧。”展津得意地仰起头，“能查到的人固然多，但都会留痕，需层层审批。只要上边同意，我就能查到是谁绕过审批查看了你的信息。”

“好，那我一会儿给程局长打个电话，看他能不能帮忙查一下。要真是公安系统泄了密，他也要负责任。”

“你说程学义？你怎么还能信他？他可是专心忙着准备提拔副市长了，哪有工夫管你的事。”

“副市长？”陆浩宇微微有些吃惊，“听谁说的？”

“我们单位的小群都在偷偷传，说程局长这就快实现梦想——副市长兼公安局长了。”

“什么时候开始传的？”

“就这一两天吧。”展津仔细回忆了一下，“传得有鼻子有眼的，说魏巍前几天去市局找过程局长，谈了帮他提副市长，之后就慢慢传开了。哎，小宇子，你说不会程局长也投靠魏巍了吧？你得防着点儿啊。”

陆浩宇沉默半晌，才微微笑道：“不，我反而觉得，程局长恰恰不是魏巍的人。”

“哦？”展津来了精神，“这是什么道理？”

“你想想，魏巍真去和程局长谈提拔，去哪里不好，非得去市局？那里可是他的大本营，基本上人人都认识他，人多眼杂的，就不要避嫌吗？再者说，他和程局长的对话别人又是怎么知道的？这么隐秘的内容，程局长会傻到自己到处宣扬吗？更何况，要提拔副市长，魏巍的话语权可是有限得很。要我判断，他可能是空卖程局长一个人情，再故意放出风声。一来可以让程局长陷入舆论漩涡，给他的晋升之路蒙上一层阴影；二来也可以借机离间我们，让我们误以为他们的关系非比寻常，从而不再信任程局长；第三，于他自己却没有任何损失，保不齐还会落个念旧情的好名声，让人更死心塌地给他卖命。”陆浩宇缓缓说道。

“我去，这是一石三鸟啊。我这老局长还真是好手段。”展津听得有些呆了，“让我捋一捋，这么说，程局长可以信得过？”

“嗯。”陆浩宇点点头，“也是多亏了魏巍帮我们鉴别出来。”

“哈哈哈。”展津放声大笑道，“如此的话，魏巍岂不是有些画蛇添足了？”

“又不是第一次干了。”陆浩宇继续道，“你不觉得这次的文章也是多此一举吗？本来让乔雨颜去委里告我，就可以起到他们想要的作用，可他们还嫌不够，非得弄这篇文章出来，还编造这么多假证据。他们可能一厢情愿地以为做得天衣无缝，可以置我于死地，至少也会大大延缓调查进度。一旦我们找到证据，证明这些都是假的，可就坐实他们捏造证据、诬陷他人罪了，到时想要平安收场可就难了。”

“可能是顺风顺水惯了。”展津总结道，“毕竟他们在岚江的势力一向盘根错节，有恃无恐。”

“是吗？”陆浩宇转头看向窗外，“真当这里是度假地了？”

冰 释

庆山园 D 区 116 室

“好了，你的意思我大概明白了。还有要补充的吗？”展津问道。

“有。”陆浩宇定了定神，“第一，你回去转告徐书记，请他亲自出面找程局长，让看守所务必看好王嵘等人，要是有人看望王嵘，也一定要留意，防止他们和外界互换消息，翻供串供。”

“好，我记下了。”展津一脸严肃地点点头，“还有呢？”

“第二，前晚谭岿约我吃饭，我没去，喊他去的岚云阁喝茶。如果条件允许，你去调一下监控，看我走后谭岿和乔雨颜的行踪。”

“岚云阁？那不是曲锐开的吗？”

“是的，你和我提过多次，我就去尝了尝。放心，去之前我还试探了谭岿几次，他确实不知道那是曲锐开的。”陆浩宇想了一下，“况且，曲定天并非谭岿同谋，你和曲锐的误会自然也得解开。毕竟也是因为这个案子引起的，我心里很过意不去。”

“没事，我和他这么多年了，打打闹闹的很正常。”展津摆出一副无所谓的样子，“话说小宇子，你不是故意安排到那儿喝茶的吧？

就等再查时让我和曲锐有接触、和解的机会，对吧？”

“巧合，巧合而已。”陆浩宇不置可否地笑了笑，“还有一事，明天上午，韩笑会在网上发一篇声明之类的东西，大意是感慨婚姻之路艰辛，对婚姻提出质疑。到时你要有心理准备，别被吓到了。顺便告诉徐书记，让委里对这事冷处理即可。”

“行，需要我做什么？开导开导她？”

“不用，恰恰相反。”陆浩宇神秘地笑了笑，“你要假装维护我，在网上稍微责怪她几句。”

“维护你还要假装？”展津坏笑起来，“不过，我要说重了，你可别心疼。”

市纪委监委办公楼601室

“让韩笑在网上发文？”听完展津的汇报，徐济元也是有些不解。

“嗯。”展津点点头，“回来的路上我也想了好久，应该是陆浩宇怕家人卷进来受伤害。这样一来，让外人知道他们感情不好，想必也就不会再打什么歪主意了。”

“嗯。那明天你去应付一下，委里就不出面了，出面也不好把握尺度。”说完，徐济元又看向展津，“你对浩宇的称呼，这一天里可换三次了。”

“嗐，我这不是觉得喊小宇子不合适，叫陆主任也不顺嘴吗？不改了，不改了，就直呼名字了。”展津有些难为情道。

“都是小节，不碍事。”徐济元笑着摆摆手，“明天把韩笑的事应付完，你就去茶馆看看；再之后，你去交警调一下当晚浩宇的车辆信息，看看能不能找到有利证据。我去和程学义接一下头，请他尽量配合。银行我再找人查一下谁泄露的信息。三管齐下，争取有所突破。”

“好。”展津边思考，边点头附和，“对了，徐书记，昨晚那篇文章到现在有没有新进展？”

“委里在多个渠道都发了声明，文章基本停止了传播和扩散。另外，我们也筛选了几个带头煽动负面舆论的人，正在进一步调查他们的信息。”

“就该使劲查查。”展津生气道，“还敢骂我家小宇子，啊不对，陆浩宇，陆主任。”

徐济元笑笑，刚想说话，却突然传来一阵心绞痛，不禁下意识地捂住胸口。

“怎么了，徐书记？”展津关切地问道。

“没事。”徐济元强颜笑道，“年纪大了，一身毛病，休息一会儿就好了。你先下班吧，明天的事一定要办好。”

展津郑重其事地点点头，起身走出办公室，带上门。徐济元颤抖着拿起水杯喝了口水，汗珠顺着发白的两鬓悄然流下。

市纪委监委办公楼611室

“你一上班就坐着看手机，陆主任的事你不管了吗？”张沐源指着悠然摇着二郎腿的展津。

“管，当然管啊。”展津晃晃手机，“我这不是在搜小宇子的照片吗？他合成的一张照片到现在还不知道来源呢。”

“有收获吗？”张沐源努嘴问道。

“没。他自己都记不清了，我上哪儿给他找去？”展津放下手机，站起来伸了个懒腰，“再说了，我在这儿还有正事呢。”

“正事？什么正事？”

“嘿嘿，一会儿你就知道了。”展津神秘兮兮道。

话音刚落，就见赵涵慌慌张张地跑进来。“你们快看啊，陆主任家的嫂子在网上发文了，甚是消沉，言语间还有要和陆主任离婚的意味。”

“好嘞，快发给我看看。”展津应了一声，又回头看向张沐源，“人已就位，且看我如何上阵杀情敌。”说罢，打开韩笑发的文章，翻了翻内容，就在评论区发了一段话。

“快来看看写得怎么样。”展津一脸得意道。

张沐源好奇地凑上前：“人都说‘夫妻本是同林鸟，大难临头各自飞’，说的就是你吧？患难才见真情。小宇子出事，你应该坚定不移地陪着他，信任他，没想到你非但不这样，还在这里酸了吧唧地无病呻吟。我告诉你，你要是想离就趁早，不离我也劝小宇子赶紧离。你还别后悔，回头我就给小宇子介绍个更好的。不信你等着。”

“怎么样，精彩吧？”展津一脸炫耀地看向张沐源。

“这就是你说的正事？”张沐源咬牙切齿地看着他，怒气冲冲地抱起沙发上的抱枕砸了过去，“你等了一上午，就为劝嫂子和陆主任离婚？”

“别别别，听我解释啊。”展津一边躲，一边下意识地看向门口，压低声音道，“这不是我的意思，是小宇子的。”

“陆主任要离婚？”张沐源连忙用手捂住嘴，一脸惊讶地小声道，“为什么呀？”

“哎呀，不是真离。”展津一副恨铁不成钢的样子，“你个没结婚的小丫头片子，懂个什么？！”

张沐源似懂非懂地点点头，又想起来什么似的，“不对啊，你也没结婚，凭什么说我啊？”

庆山园 D 区 116 室

桌上手机响个不停，陆浩宇看了一眼，按下接听键。

“韩笑的事办妥了。”展津的声音传来。

“好，多谢。”陆浩宇平静地说道。

“听说她领着微微回娘家了。”

“嗯，我知道。”陆浩宇的声音依然没有波澜。

展津沉默片刻，叹了口气，“你要有心理准备，我说的话很重，很怕韩笑看着会伤心难过。虽然我天天喊着让你们离婚，可心里还是希望你们平平稳稳的，不想你们出一点儿差错。很怕到最后，韩笑假戏真做。我真是不明白，演这戏有必要吗？”

“有必要，我确定。”陆浩宇顿了顿，不紧不慢道，“你看，至少套出了你深藏多年的心里话不是？”

岚云阁

“先生，您好。请问有预定吗？”展津一进门，服务员就热情地上前打招呼。

“没有。”展津向四周张望了一下，“我不预定包间，找一个人。”

“先生想要找谁？”

“你们的老板，曲锐。”展津故意提高嗓门儿大声道。

“这——”服务员有些不知所措地看着大堂经理。

经理走上前来笑着说：“请问先生怎么称呼？有没有和曲总预约？”

“没有预约。怎么称呼也不重要。你就和他说，是一个光屁股长大的发小上门来负荆请罪的。”

“先生说笑了。我这就和曲总汇报，您先到包间休息，喝点儿茶，稍等片刻。”说罢，大堂经理就领着展津走进包间，转身离开了。

展津也不客气，大大咧咧地坐下，闻了闻桌子上的几罐茶，挑一种泡上，一边喝，一边不住地点头。过了没多久，包间门缓缓打开，曲锐的身影立在门口。

“果然是你。”曲锐冷冷道，“负的荆呢？”

“来了，来了。”展津放下水杯，忙不迭地站起来，有模有样地弯腰行了一个拱手礼，嘴里还念念有词道，“在下展津特来赔礼道歉，还请曲公子大人有大量，原谅在下一回吧。”

曲锐扑哧一下笑出声来，走进包间关上门，坐到展津对面，给自己倒了一杯水，“你自罚三杯，我看看你诚意。”

“好呢。”展津收身坐下，连倒了三杯热茶，一饮而尽，喝完后咂巴咂巴嘴，“好茶啊好茶，曲公子的品位可是越来越好了。现在相信我的诚意了吧。”

“还行吧。”曲锐装腔作势地点点头，喝了一口茶，“说吧，今天是什么风把你吹来了？要说专程来道歉的就免了。”

“还是兄弟你懂我。”展津收起笑容，“我来确实有两件事。第一件，真心实意地给你和曲叔叔道歉。不管怎么样，没查清楚事实真相之前就怀疑你们，还说出那么伤人的话，是我不对。”

“知道就好。”曲锐没好气道，“这么多年了，还不了解我们家都是什么样的人吗？虽然做生意，但挣的每分钱都是干净的，更不会拉帮结派，参与政治，真是怀疑得毫无道理。亏我爸这几天还老念叨你。我要是跟他说你怀疑到他头上了，非得活活把他气死不可。”

“是是是，是我糊涂。”展津长长地叹了口气，“等事情完全结束了，我再登门去找曲叔叔道歉。实在太过分了。”

“行了，别矫情了。”曲锐又好气又好笑，“知道你有难处，你不说我也不问。这事就这样吧。还有第二件呢？”

“我想看一下前晚的监控。”展津一字一字道。

“怎么又是看监控。”曲锐自言自语，“行，你跟我去前台吧。”说完，起身向外走去。

展津紧随其后，疑惑道：“怎么，还有人来调过监控吗？”

“嗯，昨天来了两个公安，说是涉及一个案子，要调监控看一下，也是看的前晚。”曲锐边走边道。

展津觉得不对劲，但一时说不出来。两人一前一后走到前台，曲锐嘱咐了几句，大堂经理恭敬地打开电脑操作起来。过了一会儿，他一脸慌张地看着曲锐道：“曲总，从前天下午5点到昨天下午3点的监控都被删除了，备份也没有了。”

“哦？”曲锐显然吃了一惊，“昨天公安上的人来看也这样吗？”

“不是的，昨天他们来还好好的，我还陪着看了好久。”经理连忙说。

“之后有谁碰过监控吗？”曲锐寒着脸问。

“没了。查看监控需要密码，只有我知道。”

“昨天那两个公安上的人几点走的？”展津问道。

“记不太清楚了，应该——应该是三四点的样子。”

“那两人开没开警车？出没出示工作证？留没留查询材料？”展津追问道。

“两人应该是步行来的，没开车。”经理回忆道，“穿着警服，工作证随便亮了一下，我也没看仔细。至于材料——什么也没留下。”

“看来，不管是不是真警察，都有人捷足先登，把监控录像删掉了。你被人结结实实地摆了一道。”曲锐耸耸肩，苦笑一声，“老哥，你要不要先跟我说说，你是什么时候把我这地方又当你的战场了？”

佳 讯

柳水小区 12 号楼 2 单元 101 室

徐济元回到家时，客厅还开着灯，徐子蓉坐在沙发上发呆。

“这么晚了，还没睡？”徐济元边换衣服边说。

“我在等你，想跟你聊聊天。这都好几天没见你了。”徐子蓉起身迎上前去，挽着徐济元的胳膊，“你也知道晚呀。这个点儿才回来，真当自己还是二三十的小伙吗？”

“这两天不是忙嘛，过了这一阵就好了。”徐济元一脸慈祥地看着徐子蓉，笑着说，“想聊什么？来，坐下说。”

徐子蓉乖巧地点点头，拉着徐济元坐下，轻轻倚靠在他的肩膀上，柔声道：“爸，你这几天都回来这么晚，是不是在忙陆叔叔的事？我在网上看到了。”

徐济元脸上笑容突然僵住了，犹豫了一会儿，才重重地点点头。

“那有结论了吗？我总感觉陆叔叔不会做那样的事。”

徐济元长舒一口气："是啊，以我对他的了解，他应该是被人诬陷的。可目前掌握的证据都对他不利，短时间没法儿证明他的清白。而且，我只能表现出客观中立的态度，不能有偏袒他的意思，要不然只会害了他。所以，我有点儿着急。"

"我明白。"徐子蓉直起身子，一脸心疼地看着他，"可清者自清，陆叔叔的事早晚会真相大白的。但你要再这么熬下去，身体会受不了的。还有，你别以为你偷偷抽烟我不知道，这几天我给你洗衣服发现，烟味越来越大了。自己身体什么样还不清楚吗，就算不为了你自己，还不为了我和小枫吗？"说着，眼圈不禁红了起来。

徐济元见状，轻轻地拍了拍她的肩膀，宠溺道："放心好了，我很清楚自己身体，没事的。说到你和小枫——我总觉得亏欠你们太多。其实，我早就有心退居二线，特别是小枫回来后更坚定了我的想法。看到他的样子，我很内疚，我没尽到父亲的责任，不仅没照顾好你们，连陪你们的时间都少之又少。可你陆叔叔正在办一个很大的案子，又出了这样的事，我实在放心不下。我答应你，等你陆叔叔的事水落石出，手里的案子也办得差不多了，我就跟组织申请退下来，好好陪陪你们。我连退休计划都想好了，先帮小枫走出阴影，找一个能安身立命的工作；再好好锻炼身体，为将来抱外孙做准备。你看怎么样？"

"爸！"徐子蓉破涕为笑，羞赧地喊了一声，随即擦了擦眼角，伸出右手的小指，俏皮地说，"拉钩。"

"好好好，拉钩。"徐济元展颜一笑，伸出小指和她拉了一下，又摸了摸她的头，"长这么大了，还跟小孩一样。"

徐子蓉做了个鬼脸，得意地哼了一声，一脸满足地重新靠在了徐济元的肩上。

此时，客厅旁边一间黑漆漆的卧室里，徐士枫静静躺在床上，泪水悄然而下。

岚江市交警一大队

“你小子可是有日子没来了。”岚江市交警一大队三中队中队长公玮砸了展津一拳，看了一眼张沐源，“混得可以啊你，出门都能带小姑娘了。”

“别瞎说。”展津嗔道，“这是纪委的张沐源。我们在一个调查组，来查个东西。”说完，又对张沐源道，“这是咱堂堂一大队的公大队，平时我都喊老公。”

“公大队你好，请多多指教。”张沐源大大方方地伸出手。

“别听他的，跟他学不着好。”公玮和张沐源象征性地握了握手，立马把手又缩了回来，“我是三中队中队长，不是大队长，叫我公哥就行。”

“快了，快了，有什么好谦虚的？”展津看了一眼公玮的手，调侃道，“哎哟哟，学会害羞了？刚才那股子劲呢？”

“你还有完没完？”公玮假装板起脸来，“还查不查了？不查赶紧走。”

“查查查。”展津给张沐源使了个眼色，一边推着公玮往前走，“脾气倒是没变，还是那么臭。”

“等等。”公玮停住脚步，把手一伸，“查询手续呢？”

“少不了你的，我们可是正规军。”展津装作不屑道，“沐源，给他。”

张沐源应了一声，把查询书递给公玮。公玮扫了一眼，嘿笑一声道：“正规军确实好啊，怪不得到市纪委后说话都硬气了呢。跟我来吧！”

三人走进信息中心，公玮在一台电脑前坐下，抬头问：“需要查什么？”

“车牌号东 QHY905，一辆白色波罗，查大前天晚上的运行轨迹。”展津一脸严肃道。

“没问题，稍等。”公玮操作了一会儿，把电脑屏幕转向展津，

“查到了。”

“你说吧。太复杂，我看着头疼。”展津皱了皱眉头。

“好。”公玮点点头，“从监控来看，这辆车当天晚上 7：10 驶入临安路，8：39 从临安路开到朝阳路，一直向西，9：25 拐到白石路。之后就没有记录了。”

“临安路是茶馆的位置，白石路是小宇子家小区的位置，沿路就应该走朝阳路。”展津边思索边说，“监控能不能拍到人脸，我想看看驾驶员。”

“没问题。”公玮点了几下鼠标，“都是一个人，看吧。”

展津连忙凑上去看，只看了一眼，就可以确定监控录像里的就是陆浩宇没错，不禁在心里暗暗叫了声好，又看向张沐源，“酒店里的监控显示两人出现在几点？”

“9：21 来到酒店，10：08 离开。”张沐源脱口而出。

“从白石路到酒店需要多久？”展津道。

“不堵车的话，大概需要二十分钟。”张沐源想了一下。

“太棒了！”展津掩饰不住内心的喜悦，大喊了一句，又看向一脸茫然的公玮，清了清嗓子，“谢了啊公队。刻个盘，我要带走。还有，今天的事不要跟任何人说。要是顺利了结，你可算头功。”

“少扯没用的。”公玮笑着打趣道，“头功、二功什么的我可没兴趣，还是踏踏实实做老公吧。”

市纪委监委办公楼楼厅

“回办公室后，你把今天发现的情况整理成书面报告，我去找徐书记口头汇报。”

“好，徐书记听了一定特别高兴。”张沐源甜甜地笑道。

正说着，两人手机同时响了起来。对视一眼，都停下脚步，拿出手机。一条醒目的标题出现在两人手机的推送中：“梅口县公安局党委书记、局长卫应屹接受纪律审查和监察调查。”

“太棒了！卫应屹被留置了。”只看了一眼，张沐源就反应过来。

“终于动手了，看他们还敢不敢再这么嚣张。”展津兴奋道，“走，快回！我要抓紧时间找徐书记。”

张沐源应了一声，转头向楼上走去。走了几步，突然发现展津并没跟上来，不禁好奇地转身向后看去。只见他还驻足在楼厅的公告栏前，一动不动地盯着上面的内容。“怎么了？”张沐源一边问，一边往回走。

“你看看这上边。”展津指着公告栏说。

“这不是全省优秀纪检监察干部公示栏吗？”张沐源顺着展津指的方向看去，“陆主任也在里面。有什么问题吗？”

“你不觉得这照片很眼熟吗？”展津若有所思道。

“当然眼熟啊，这就是陆主任啊。你想什么呢？”

“不是。”展津摇摇头，“我的意思是，你不觉得这照片很像乔雨颜文章里的照片吗？我这几天一直在研究，所以比较确定。”

“是吗？”张沐源连忙在手机里翻了半天，找出照片对比了，“没错，就是这张！可乔雨颜是怎么得到这张照片的？信访室和办公区又不通，她没理由到这边拍照。照片不应该由陆主任提供吗，他怎么会想不到？”

“这我就不清楚了。”展津平静地摇摇头，环视了一下四周，“这里有监控。你先别写报告了，去监控室查一下，文章公布前有没有人在这里拍照。要是有人问，你就把徐书记搬出来，说他安排的。我先去找一下徐书记，再去找你一起看。”

“好，我这就去。”张沐源连连点头，“等我的好消息。”

市纪委监委办公楼 601 室

展津敲门走进来时，发现办公室还有一人。

“来得正好。”徐济元朝展津招招手，“这位你认识吧，委宣传部部长陈晶。刚给我们带来一个消息。坐下来，一起听听！”

“市公安局展津。”展津走上前和陈晶握了握手，寒暄了几句，两人一起在沙发上坐下。

“那我再给展科长简单介绍一下。”陈晶清了清嗓子道：“委里发了通报后，群众基本表示理解和支持，但有几个在评论区故意带节奏，引导舆论。通过技术手段我们发现，信息是由我们市一家知名企业的办公所在地发出的。”

“哪家企业？”展津差不多猜到了答案。

“天宸集团。”

展津点点头，没再说话，默默看着徐济元。徐济元会意，不动声色道：“你先回去吧，有什么动态及时关注着。这事暂时不要对外提，我会向贺书记汇报的。”

陈晶点头出去了，徐济元微笑着看向展津：“你怎么看？”

“虽是意料之中，但的确是好事。”

“嗯。”徐济元点点头，“我想，你来找我，应该也有好事要告诉我吧？”

“徐书记神机妙算啊。确实有，而且是俩。”展津笑了笑，“第一，陆浩宇与谭岿见面那晚，茶馆监控被人删掉了，但车辆行驶轨迹还有。由交警队的监控录像可以清晰看到，陆浩宇从茶馆出来后就驾车回家了，再没出来过。更为关键的是，监控拍到，晚上9：25陆浩宇出现在他家附近的白石路，可酒店监控里乔雨颜和男子进酒店在9：21，时间明显冲突。可以确定，陆浩宇在那个时间绝对不可能出现在酒店，乔雨颜在撒谎。”

“这个消息不错。”徐济元赞许地点点头，“另一个呢？”

“另一个是关于乔雨颜发的几张合成照片的。我问过陆浩宇，他说是由三张照片的头像合成的，两张知道出处。就在刚才，我在楼厅发现，这第三张就是全省优秀纪检监察干部公示栏里的照片。确定了照片源头，我可以找人做鉴定，证明这些照片都是合成的，乔雨颜的话自然也就不攻自破了。另外，我也让沐源去查监控了，看文章发布前有没有人在公示栏前停留拍照。没有的话，还要考虑内部人员把照片泄露了。”

“很好！”徐济元重重地点点头，“公示栏我知道。全省优秀名额给了我们市四个，市级机关只有浩宇。这照片还有一段故事。省里要求提供的照片有固定尺寸，我们就把这四位同志集中起来统一拍照。其他三人都顺利拍好了，唯独浩宇在办案点上回不来，耽误了好几天。终于在一天晚上抽出空闲，回来拍了。浩宇玩笑说这照片真是祸害，耽误办案。没想一语成谶，差点儿让他毁在这上面。”

“怪不得浩宇对这照片印象不深。”展津嘀咕了一句，又一脸坏笑地看着他，“徐书记，你看我都查出来两个好消息了。你肯定查到的更多，要不要交换一下？”

“真是半点儿亏也不吃。”徐济元笑着摇摇头，“我倒是也查出来点儿东西，本就准备告诉你的。我去找过程学义了，他很配合，协助力度也很大。很快查明，查询浩宇个人信息的就是邱峰同，包括银行账户信息。他还透露，邱峰同想要看王嵘，但他提前做了安排，看守所寻个理由把邱打发了。”

“这个信息含金量高啊。”展津竖起大拇指，由衷感叹。

“这还远远不够。”徐济元轻轻摆摆手，“这些都只能说明对方动了手脚，却不能当作直接证据证明浩宇的清白。乔雨颜才是整个事件最为关键的一环。你得和乔雨颜接触一下了，谈个话，取个证。最好她能亲口承认自己捏造事实、诬陷浩宇。”

“难度太大，毕竟他们下了这么大的功夫。”展津皱了皱眉。

“是啊，但我们没有别的选择。”徐济元一脸凝重道，“不要急。你先拟出谈话方案，一定要考虑全面、细致，做好预案；有问题可以直接找我商量；确定好时间；就可以谈话了。记住，还有一点，一定要以信访室的名义找她，不要给她太多准备时间，以防她和谭岿通气。”

“好，我明白了。”展津低头思考了片刻，“还有一事，来的路上我看到一条信息——卫应屹被留置了。”

“对。”徐济元点点头，“这几天我和贺书记也是反复讨论，最终决定先把他留置了。一来是手上的证据除了直接指向魏巍的，都比较详实了，具备了动手条件。二来也是更重要的，浩宇接二连三受到直接冲击，我们想借着浩宇不在委里的时间出手，转移他们的注意力，尽可能多地卸载他的压力。除了卫应屹，我也安排人把王维崤、邱峄同、唐巎的问题转到了相关室，很快也会走立案程序。这一次争取齐头并进，多点开花。”

“徐书记的效率实在太高了。”展津由衷地赞叹，又一脸担忧道，“可这很可能打草惊蛇。”

“顾不上那么多了。”徐济元不可察觉地叹了口气，“更何况这蛇早就咬上门来了，不是吗？”

颜 语

市纪委监委办公楼 202 室，信息中心

“查到了吗？”

“查到了。”张沐源指着屏幕上一个人，“陆主任出事前两天，他站在公示栏前左右张望，确认无人后，迅速拿出手机拍了几张。”

“是谁？”

“不认识。信息中心的人也说不认识，不是委里的。”

“看一下他拍完照后去了哪里。”

“好的。”张沐源一边看，一边说，“拍完就去了院儿里，进了一辆车的驾驶座，车牌号是东 Q00007。”

“什么？”展津心里一紧，“还有没有人上这辆车？”

“稍等。”张沐源仔细盯着屏幕，“有，十分钟后，有人坐上了车的后座。”

“暂停！放大，我要看看这个人。”展津屏气凝神道。

“没问题。”张沐源按下暂停键，将照片放大。展津看着屏幕，一动不动，“怎么了？你认识？”

“嗯。”展津麻木地点点头，“太认识了。我的老局长，现在的政协主席魏巍。”

市综合行政办公楼1501室，市政协主席魏巍办公室

桌上手机响了良久，魏巍才漫不经心地看了一眼，之后就放到一边，不去理会。等手机铃声停止，他拿起座机，拨了一个号码过去。“怎么不用座机？”魏巍面无表情道。

“我在车上，没在办公室，一着急就给你打过去了。”谭岿的声音传来，“放心，我手机也做加密了。”

“好，你说吧。”

“老伙计，卫应屹出事了，知道吗？”谭岿声音带有一丝不安。

“我知道。”魏巍毫无波澜地点点头，“留置了。”

“是啊。我问过了，早上一上班，监委的人就直接到他办公室带走了，紧接着就搜查了办公室。刚才卫应红给我打电话，家里也被搜了。太突然了，一点儿征兆和准备都没有，真是被打了个猝不及防。”谭岿恨恨道。

“出其不意。贺在洲这一招很毒。”魏巍冷笑一声，“从卫应屹下手，既能直接打击我们，还能留有充分的退路。进退有据，倒能自如。”

“是啊，之前我还一直以为市纪委动手，会拿付成峻开刀。”谭岿顿了一下，“付成峻现在也很慌，给我打电话声音都变了。”

“量小器短。你选的这个人注定成不了大事。”魏巍缓缓靠在椅子上，“邱峄同那边呢？有什么动静？”

“也不乐观。他和李岩接触最频繁，很怕李岩供出他来，想去看守所，但被拒绝了。他说预感很不好。”

“李岩我信得过，但我怕他身边那几个人挺不住。”魏巍想了一下，“不管怎么样，现在得做最坏的打算了。抽空儿把你的人喊一起，商量一下应对策略；一些证据该销毁的尽快销毁；在一些关键问题上一定要统一口径。”

“好，我一会儿就安排。”谭岿顿了一下，“还有，我在想，陆浩宇不是还被关在办案点吗？怎么手里的案子还没停？有没有可能贺在洲故意布了个迷魂阵，明面调查陆浩宇，暗地里还让他参与调查我们？”

“以我对他的了解，他不敢。虽然他控制住了舆论，但要承受的压力可一点儿都没小，只有彻底把陆浩宇调查清楚，才敢让他接手案子。我们一定要把握好这点，千万不能出纰漏。现在最大的不确定因素是乔雨颜。和她说清楚，只要她那里不松口，市纪委就无计可施。”

“放心吧。市纪委信访室今天还给她打电话，让她下午过去一趟，再了解点儿情况。我都嘱咐好应对方案了。”谭岿想了想，“说到压力，我倒是想起一事。昨天上午，陆浩宇的老婆在网上发了个声明，潜台词是要和他离婚。委里没人出来处理，最后还是陆浩宇一个同学出面和他老婆吵了几句。”

“不错。”魏巍冷哼一声，“倒省得我们亲自动手了。”

“是啊，这么看起来，哪有什么牢不可破的感情。不管夫妻还是下属，出了事不还是各走一边。”谭岿嗤之以鼻道，“只有握在自己手里的，才是真正的坚不可摧。”

市纪委监委办公楼 103 室

“你好，针对你反映陆浩宇的有关问题，委里成立了调查组。我们是调查组的成员。今天找你来，主要是了解一些具体情况，记一个取证材料，希望你能配合。”张沐源对乔雨颜说。

“了解就了解，为什么还要收手机？”乔雨颜一脸不悦。

“很抱歉，因为这是谈话室。我们有内部管理规定，还请理解。”张沐源客气地说，“请问，你身体状况是否可以进行此次谈话？”

“可以，可以。”乔雨颜摆摆手，“快问吧。”

张沐源和展津交换了一下眼神。展津道：“请你先把反映的问题和过程详细说一下。”

“我得说多少遍。再说最后一次，你们记好了，别再问了。”乔雨颜有些不耐烦，“我老公叫王岣，是一个本本分分的生意人。可有一天，他和几个朋友商量事情，突然被公安上的人抓起来了。上公安去问才知道，是市纪委的陆浩宇指挥抓的，还编造了我老公一堆莫须有的罪名。我通过人介绍，认识了陆浩宇，求他高抬贵手，放我老公一马，什么条件我都答应。他提出要五十万，还要我——陪他睡觉。我被逼无奈，只好答应了。随后，我们就去酒店开房，又给他打了五十万。事后我找他问什么时候放人，他却翻脸不认人，不承认答应过这事。我问他，就不怕我去告吗，他很轻蔑地说，这里都是他的人，告也没用。我回去哭了一整天，最后决定来试试，就不信还没有王法、没有天理了！好在我还留了一手，没忘记随时保存证据，才没让这个败类得逞。”

等乔雨颜说完，展津冷漠地问道：“没了？还有要补充的没？”

“没了，就这些。”

“好。那我问你几个问题，希望你如实回答。”

“可以。”乔雨颜抬起头说。

“你刚才说的证据，指的是什么？”

“我们去酒店开房的照片，还有我给他汇款的凭条。”

“这些东西现在在哪里？”

“都在我家里。”

“你有没有把这些证据给人看过？”

“有。我去市纪委告他时，害怕他们大事化小、小事化了，把这事压下，就提前联系了几家媒体朋友，也把证据给他们看了。有人看不过去，还发了一篇文章揭露真相。”乔雨颜应答如流。

“你的意思是，那篇文章不是你写的？”

“不是。”

“那为什么发布文章的公众号绑定的都是你的信息？”

“什么？你们——”乔雨颜眼里闪过一丝慌乱，但马上定了定神，“好吧，我承认文章是一个记者朋友写的。因为没有平台敢发，我就注册了一个公众号，发出来了。怎么，我公开发布事实有错吗？”

“你要公开的如果是事实，自然没错；要是胡言乱语，就有问题了。”展津不卑不亢道，“好，下一个问题。你说给陆浩宇打了五十万，是通过什么方式？”

“用现金的方式，通过 ATM 机直接存到他的卡号上。”

“卡号怎么来的？”

“他留给我的。”

“现在还有吗？”

“没有了。我写在一张纸条上了，存完钱顺手就扔了。”

“请问，这五十万现金，你是从哪里找来的？”

“这——”乔雨颜一时语塞，想了一会儿，“我从家里拿的。我老公做生意从来不用银行卡，只用现金，家里备用的现金很多。”

“好。既然你们都知道用现金更安全，为什么陆浩宇不直接跟你要现金，反而要冒着风险给你留下银行卡号让你转账呢？”

“这——我怎么知道？”乔雨颜结巴道，“可能因为他拿着不方便，又或者——他根本就不在乎这点儿风险。”

“是吗？”展津不以为然道，“再说说照片的事吧。你说是在酒店里照的，对吗？”

“对。”

“哪家酒店？”

“梧桐酒店。”

“几点去的？几点离开的？”

“晚上9点多去的，10点多走的。”

“陆浩宇拍照是自愿的吗？”

“是。”

“为什么？难道他不怕你威胁他吗？”

“他为了显摆自己的魅力。而且，他觉得我不敢威胁他。”

“照片是用什么照的？”

“用我手机。”

“那现在照片还在你手机里吗？”

“不在了。我看着恶心，就删掉了。”

“一点儿痕迹都没留。”展津也不气馁，“你是怎么联系上的陆浩宇？他为什么肯和你见面？”

“不是我联系的，我委托了一个中间人。他在岚江很有影响力，是他出面联系的陆浩宇。陆浩宇也是给他的面子。”

“谁？”

“天宸集团你听说过吗？董事长，谭岿。”

“你是怎么认识谭岿的？他为什么肯帮你？”

“我老公在谭董事长手下干过，我们之间有些私交。原本他也不想帮我，说他和陆浩宇并不相识，但架不住我苦苦央求，看我实在可怜才帮的。也是他帮我打听到是陆浩宇抓的我老公，但通过谁打听的我就不清楚了。”

展津和张沐源对视一眼，明白乔雨颜这般流畅和天衣无缝的对答显然提前演练过无数遍了。尽管有充足的心理准备，展津还是不免觉得有些头痛。看来，还是要兵行险招了。

“故事讲得不错。”展津故作轻松道，“正好，我也有个故事，你要不要听一听？”

“好啊。”乔雨颜莞尔一笑，“我最喜欢听故事了。”

“故事的主人公没变，还是你们几个，但情节变了。”展津放慢语调，“话说王岣被抓，你着急，但有人比你更着急。因为王岣他们知道这个人太多的秘密。于是，这个人找到你，跟你说了一个计划并保证，只要你能按他的计划行事，就一定能把王峋救出来。你动心了，而且你发现，除了选择相信这个人，你也没有别的选择。而这个人，就是谭岿。”

展津一边说，一边观察乔雨颜，见她没有过激反应，暗暗松了口气，“紧接着，谭岿就带你和陆浩宇见面了。当然，怕陆浩宇起疑，他并没说出你的真实身份，让你假扮他的行政秘书萧琳。席间，你们向陆浩宇行贿，但被陆拒绝，最后还闹得不欢而散。但你们并没有失望，因为目的达到了。随后，你陪着提前找好的身形和衣服都与陆浩宇相近的男子进了酒店，并在房间拍了几张自拍照发给谭岿。从酒店出来后，又拿着谭岿给你的五十万现金找到一个 ATM 机，在陆浩宇的卡里存上了。当然，这个卡号也是谭岿给你的。第二天，等谭岿把你和男子的照片合成你和陆浩宇的照片后，你按计划大闹市纪委信访室，给委里带来巨大压力。这还不够，谭岿又找人写了攻击陆浩宇的文章，附上所谓的证据，一切看起来顺理成章。他还告诉你，只要你硬扛着，我们就找不到实质性的证据，王峋也会很快放出来。你觉得，这个故事比起你的来如何？”

“简直烂透了。”乔雨颜脸色有些发白，“还有，你们不要听信陆浩宇的一面之词，他才是栽赃陷害的那一个。”

“可是，我并没有说这是陆浩宇告诉我的，你为什么会觉得是他呢？”展津微微一笑，“难不成，只是因为我提了一句‘萧琳’？”

石 出

市纪委监委办公楼 103 室

“萧琳是谁？我不认识。”乔雨颜有些乱了心神，“这还用想吗？肯定是陆浩宇为自己找的借口、编的故事，你们居然还信以为真，真是可笑。”

“我们没有信以为真。”展津死死盯着乔雨颜，“因为，这本来就是事实。”

“你们——你们知不知道自己在说什么？”乔雨颜极力克制住内心巨大的震惊，强自镇定地看着展津，“你说的这些都没有证据，就凭这一两句话，就想给陆浩宇洗白？做梦！”

“做梦的恐怕是你吧。也不知道谁给你的盲目自信。”展津冷冷道，“不得不承认，你们准备的比我想象的要多很多，破绽也实在太多了，简直漏洞百出。你们以为伪造的证据越多越好，可实际上根本就经不起推敲。最终结果只会是造得越多，错得越多。你要知道，假的永远都是假的。”

“别说这些没用的，有本事你就拿出——”

“证据是吧？”展津高声打断她，“别着急，我一点点给你看。第一，你说陆浩宇跟你一起去的酒店，对吧？可酒店监控根本看不清楚和你同行之人的脸，没法儿证明就是陆浩宇。从交警队的监控可以清晰看到，陆浩宇那时正驾车赶在回家的路上。所以，和你出现在酒店的绝对不是陆浩宇。”

“可能——可能监控的时间有问题，又或者——或者陆浩宇找人顶替他开车，以假乱真——”乔雨颜坐立不安。

“以假乱真？恐怕最会以假乱真的人非你莫属吧。”展津厉声道，“再来说说你所谓的合照。这些合照无非你和人拍照后再换上陆浩宇的头像罢了。合成照片的技术低劣不说，光是找陆浩宇的照片就费了不少劲吧。你口口声声地说手机里的照片删了，其实删的不过你和别人照片的原片吧？你知不知道，手机就算彻底删除的照片也可以用技术手段复原。你可以问问自己，你有这个胆量把手机拿出来复原吗？让大家看看你手机里原始合照到底是谁？”

“我——”乔雨颜的手开始颤抖，“我凭什么让你们看？这是隐私。”

“不看也可以。你以为我没别的证据了？很遗憾地告诉你，你拿来合成的三张源照片都被我找到了，鉴定报告很快就能出来。看你到时还有什么话可说。”

“我——”她额头冒出一层汗，“就算照片不能证明，陆浩宇收我钱板上钉钉。五十万啊，判刑都够了。”

“你不提钱，我都差点儿忘了。”展津讥笑一声，“谭岂给你卡号时没跟你说是怎么来的吧？他可是花了好大力气、托了不少关系、跑了好多地方才查到的。通过谁查的，我们也查出来了。放心，赖不掉的。”

“我不信——”她连话都说不出来了。

“当然，你知道最重要的证据是什么吗？”展津蓦然一凛，“茶馆那晚，你们不欢而散，陆浩宇独自走出茶馆，驾车离开。这一切，都被茶馆监控记录得一清二楚。”

“不可能。”乔雨颜发疯了一般，“董事长明明说过，找人把那晚的监控删掉了。”话音刚落，她就像如梦初醒般，一脸惊恐地大喊，“你居然套我话！”

“没有啊。”展津摆出一副无辜的样子，“这里可是全程录音录像的，你可不要瞎说。我只说茶馆那晚的录像是关键证据，没说我拿到了呀。我去找的时候，被人删掉了。哦，原来是谭岂删的。这下我终于明白了。谢谢你帮我解惑啊。”

“你——”乔雨颜愤怒地指着展津，“你无耻。”

“不不不，我不行。”展津装模作样地摇摇头，“比起你们的手段，我还差得远呢。”

乔雨颜停在空中的手突然捂住了脸，低声抽泣起来。展津刚想开口，却被张沐源拦住。哭了一会儿，乔雨颜才渐渐止住哭声。张沐源给乔雨颜递了张纸巾。“你们到底想怎么样？”

和张沐源对视一眼，展津道：“我想先给你讲讲法。你的行为是典型的诬告、陷害，触犯了《刑法》。按规定，情节严重的要被判三到十年。谭岿一再怂恿你，但肯定没告诉你后果，他只是看准了你急于救老公而利用你罢了。这事我们调查清楚了。事后追究起来，你觉得他还会承认是他一手策划的吗？我想，你应该很清楚他是什么样的人。当他觉得你没有利用价值而且会牵连他时，他只会以最快时间和你划清界限。最有可能的结果是，你不但救不出老公，反而会让他罪加一等，更会连累自己遭受无妄之灾。”

“不，我不要，我不要坐牢。”乔雨颜一个劲地摇头，“求你告诉我，我现在还能怎么办？”

“其实也不难，你只要亲口告诉我们真相、还陆浩宇清白，没有造成严重后果，再加上主动坦白，还是可以从轻处理的。我可以向领导汇报，鉴于你受人蒙蔽，申请免于处罚。你老公也不会因为你这事受牵连，只会受到属于他自己的公正审判。”展津一字一字道，“当然，你要是不想说也可以。就目前我们掌握的证据，加上今天我们谈话的影像，也会一样起到还陆浩宇清白的效果。”

“可是，谭岿不会放过我的——”乔雨颜小声道。

“那你以为你不说他就会放过你吗？调查结果公布后，他只会认为是你告的密。”展津冷笑一声，“况且，他不想放过你，法律还不想放过他呢。”

乔雨颜低头静静思考了良久，终于下定决心，长舒一口气，抬头看着展津：“好，我说。”

“恭喜你迷途知返。”展津笑道，“现在，你可以说了。”

“其实也没什么好说的了，事实的真相都被你猜出来了。”乔雨颜苦笑一声，“刚才你讲故事的时候我就一直在想，你为什么就像在旁边看着一样，那么清楚事情的经过。”

市纪委监委办公楼 701 室

“不错，不错。”贺在洲放下手中的谈话笔录，连连点头称赞道，“这么短的时间，这么不利的条件下，能如此出色地完成任务，你们确实辛苦了。”

“其实，主要还是归功于展科长，一直忙前忙后地收集证据，我不过跟着打打杂。而且，刚才谈话时展科长实在太霸气了，让我一度感觉是陆主任附体。”张沐源看着展津道。

“哪有。”展津不好意思地挠挠头，“要我说，还是多亏了徐书记出谋划策，运筹千里。”

“行了，又不是什么大功劳，你们推让什么。”徐济元笑道，“再说，干得好就是干得好，不需要谦虚，戒骄戒躁就可以了。”

“徐书记说的对。”贺在洲开怀大笑，“年轻人嘛，就得有舍我其谁的豪气。”

“贺书记，那接下来我们该怎么做？”徐济元问道。

贺在洲想了想，“事实查清楚了，当务之急要将结果公布于众，回应群众的质疑。在这一点上，千万不要大意！要好好考量一下用词，做到字斟句酌。同时，还要把握好尺度，注意说清事实的同时兼顾保密要求，毕竟浩宇手头的案子还没结。”

“好，我立即找人去办。”徐济元顿了一下，“那浩宇他，是不是可以让他回来了？”

“就数你最关心。”贺在洲笑着摇摇头，“当然可以回来。不过，最好在调查结果公布后。时间上你把握吧。”

“好。那我今晚就把信息发出去；明天一早，我亲自接他回家。”说完，站起身朝外走。突然，脚下一个踉跄，一脸痛苦地紧紧捂住胸口。

“怎么回事，老徐？”贺在洲连忙站起来。

“没事。可能起猛了，缓缓就好。”徐济元强忍着疼痛。

“不是吧，徐书记。这两天光我就见到两次了，不会心脏出问题了吧？”展津一脸关切道。

“两次？这可不行，到了这年纪，一定要慎之又慎。你先别管通报的事了，马上去医院好好查查。”贺在洲语气坚定道。

“对啊，徐书记。您先去检查，我们尽快写好，等您回来把关就好。”张沐源眉头紧蹙道。

“没事。真不用。”徐济元摆摆手，勉力挤出一丝微笑，“久病成医，我能给自己做诊断，就是最近有点儿乏，睡一觉就好了。再说，我心里着急想把浩宇的事赶紧了结，让我去医院，心里不得慌得更厉害！放心，我答应你们，明天把浩宇接回来，第一件事就是去医院检查。这样总行了吧。”

“让陆浩宇陪你去，省得你耍赖。”展津想了想，“也让他看看，你为他到底操了多少心。”

天宸集团总部办公楼808室

“这么晚了，怎么还在办公室？”魏巍的声音从桌上的座机传来。

“出事了。”谭岿深深叹了口气，“市纪委对外发布消息，替陆浩宇澄清了。你看了吗？”

“嗯，刚看到。”魏巍平静地说道。

“我就说嘛，从乔雨颜进市纪委一直到现在，杳无音信，电话也关机，根本找不到人，我心里就很不踏实。这么看来，她是让人套出话来害怕见我，故意躲我呢。”谭岿恨恨道。

“现在来说，这个不重要了。你有没有注意到官方通报的用词？”

“看到了。说什么她‘受某被审查调查人唆使，伪造证据，构陷案件主办人。因案件仍在查办中，暂不公布相关涉案人员信息。’我呸，不就是说我吗？我还怕了不成？”谭岿咬牙切齿道。

“这次恐怕不只针对你了。这事一过，陆浩宇被放出来，第一桩肯定是报复。从卫应屹被留置和目前种种形势看，他手里掌握的证据要比我们想象的多。一旦放虎归山，可是后患无穷啊。”

“这个我也知道。你说咱们要不要找人做掉他？”

“‘咱们’用在这个地方，我不是很喜欢。”魏巍冷冷道，“做掉他没意义。我们和市纪委之间，只隔一层心照不宣的窗户纸了。经过这几件事，他们肯定会加强防范，不容易得手不说，再出事，他们手里的矛头就会第一时间指向我们，得不偿失。”

“那也不能坐以待毙吧。”谭岿有些急了，“老伙计，咱们这么多年的交情了，同生共死，什么大风大浪没见过。你快点儿出出主意吧。或者你去找一下上面那位，让他帮着周旋周旋。”

“必要时我会去的。”魏巍想了想，又嘱咐道，“一定不要轻举妄动。”

“我明白，你放心。”谭岿强忍着心中的怒火，“我都听你的。”

庆山园 D 区 116 室

“怎么样，有没有感觉今晚庆山园的月色格外美啊！”透过电话，展津玩世不恭的声音传来了。

“每天都很美啊。”陆浩宇走到窗边，看了外边一眼，“远离车水马龙的喧嚣，没有高楼大厦的遮挡，配着蛙叫，合着山风，更能彰显月色的幽静和冰洁。”

“别在这儿给我装文艺，鸡皮疙瘩都起来了。”展津鄙夷道，“怎么着，没待够，不想回来了是不是？”

“你这么一提醒，我还真不想走了。”陆浩宇伸了伸懒腰，“要吃有吃，要喝有喝，吃完就睡，睡醒再吃。每天过着神仙般的日子，为什么要回去？”

“嘿，你还来劲了是不是？我告诉你啊，你别站着说话不腰疼，得了便宜还卖乖。”展津扯着嗓门儿喊道，“赶紧滚回来，手头还有不少活儿呢。我丑话可说在前头，这次为了救你，我可耗尽了全身内力。等你回来，我也当回大爷，什么都不干，你自己来。”

“得嘞。那敢问大爷，什么时候来接我回去干苦力？”

“明天一大早。徐书记非要亲自去接你，我和沐源那丫头也去。放心，都是你的救命恩人。”展津没好气道，“还有，你给我装糊涂是不是？想赖账是不是？我辛辛苦苦把你救出来，你就连声谢都不说?”

“哎哎哎，你看看我，把这茬儿给忘了——谢谢展公子的大恩大德咯。”

“这就完了?”等了半天不见下文，展津不相信自己的耳朵。

“对啊，你不是让我道声谢吗?我严格按照你指示办理了。”陆浩宇一本正经道。

“你——”展津哭笑不得，“那我要是让你给我准备一份厚厚的谢礼呢?”

“什么?你说什么?这边太偏了，信号不好，我——听——不——见。”

“行了，你够了。小宇子，我真的很想知道，你是什么时候变得如此厚颜无耻了?”展津气急败坏道。

“彼此彼此吧。”陆浩宇开心道。

“真后悔这么快把你救出来，应该让你多在那儿待几天的。算了，不跟你说了!你好好看看那里的月色吧!过了今晚，再想看就不知什么时候了。”

“是吗?”陆浩宇渐渐收起脸上的笑容，“可我觉得，用不了几天，我就会再来的。”

元 寂

庆山园门外

陆浩宇背着包站在门口，一辆轿车和一辆越野车由远及近，缓缓在他面前停下。

“怎么就这么点儿行李?”徐济元从前边的轿车上走下来，满面红光地看着他。

“知道待不长。”陆浩宇迎上去，又看了眼从后边车上下来的展津和张沐源，笑着说道，“不是有你们吗？”

“当着徐书记的面，说话就是不一样，不是昨晚气我的时候了。”展津一脸不满道。

“没有，没有。我是真的很感谢，这份情谊我会牢牢记住的。”陆浩宇看了一眼展津的车，“更何况展科长还亲自驾车前来相迎，真让我受宠若惊。”。

“我和展津哥都想来接你，公车太挤，徐书记又不想坐展津哥的车，就开了两辆。”张沐源上前几步，接过陆浩宇的包，放到了展津的锐界车上。

“我接浩宇是公事，你们接他是私人感情。公私有别，应当如此。”徐济元笑了笑，重重地拍了拍陆浩宇的肩膀，“走，浩宇！我接你回家！”

车牌号东 QHH227，黑色帕萨特车内

“徐书记——”陆浩宇欲言又止地看着徐济元。

“嗯？”徐济元疑惑地看向陆浩宇，转而一笑，“听你这么叫，又开始要上头。”

“老徐——”陆浩宇也会心地笑笑，“说真的，我真要好好谢谢你。这些天你为我拼命做的一切，展津都告诉我了，我很感动，也很内疚，不仅没给你分忧，反而还一直让你操心。”

“你小子啊——”徐济元一边笑一边摇头，“浩宇，我来问你，我们一起共事这十多年了，你把我当你什么人了？”

“如师如父。”陆浩宇老老实实地答道。

“这个答案我很满意。”徐济元长舒一口气，“一日为师，终身为父。在我眼里，你与蓉蓉、小枫并无区别。我只是做了为人师、为人父应该做的事，你又何必说这些呢。”

“话是这么说，可我心里——”

“我明白。”徐济元打断他，“换句话说，这本来就是我的工作。

不把大后方保障好，你们这些将军在前线怎能安心上阵打仗？就像你去营救小枫一样，我何曾这么肉麻兮兮地跟你道过谢？所以啊，有什么话都放心里就好，不要再说出来了。这么大的人了，不想着怎么好好地独当一面，在这里磨磨唧唧干什么！你这样，怎么让我放心把以后的事都交给你？”

“好，我懂了。”陆浩宇仔细回味了他的话，“老徐，你最后一句什么意思？什么叫以后的事都交给我？”

“告诉你也无妨。”徐济元笑了笑，“小枫回来以后我仔细想过了，也和蓉蓉认真聊了聊，总觉得这些年亏欠家里太多。先是亏欠你嫂子，后来又是亏欠小枫。所以，我想把剩下的时间用在家庭上，多一些陪伴，多一些引导，看着小枫振作起来走上正道，找个像样的工作，再成家立业，我也就了无遗憾了。工作上，我就打算等你手里的案子了结了，和在洲书记告个假。以后啊，案子上的事你就要挑起大梁了。”

陆浩宇一愣，认识徐济元这么久了，还是第一次从他口中说出这样的话。在他的印象中，徐济元工作起来就像不知疲倦、停不下来的永动机。可现在，这台永动机也要熄火了。

“你确实也该好好休息了。”陆浩宇真诚地说，“可是，我一个人恐怕还不行。”

“你可以的。”徐济元斩钉截铁道，“你的观察力、分析力、判断力、掌控力都没有问题，唯一还让我放心不下的是你的决断力。你秉性还是过于善良，遇到问题经常会心软，这就容易被人利用，成为你的弱点。”

“徐书记，我不是很明白——”

“那我给你举个例子。你知道这次为什么还会发生乔雨颜的事件吗？你不觉得和上次泄密的事如出一辙吗？你不想想，为什么一样的打法他们会用两次？很简单，因为上次你心软、替江峰背了黑锅，受到处分，他们尝到了甜头，所以故技重施。当时你说是为了麻痹对手，可最根本的原因还是你不愿看到陷入绝路的江峰再遭处理。可是，事物的发展本来就是环环相扣、互相联系的，你的每个决断都会对身边不同的人产生不同的印象，从而影响到今后的发展方向。就像你当时，肯定也不会想到再有这么一天吧。”

“我明白了。”陆浩宇若有所思地点点头，突然又想起来什么，“老徐，原来你知道是江峰？”

“是啊，我一直知道。不仅我，在洲书记也知道。可这是你的选择，你成长过程中要走的路，我们也不好说什么，只等有一天你自己体会到。”

“嗯，没想到这一天这么快就来了。”陆浩宇苦笑一声，“是我太自以为是了。可老徐，当时的情况下，你觉得怎么处理才最为妥善。”

“很简单，把事实经过、你的顾虑和想法一五一十地和我们汇报清楚。对于江峰，可由组织出面谈话，调整出一线审查调查岗位。对于你，可以接受不涉及党纪政务处分的象征性处罚，对外诚恳道歉、公布基本调查结果。路还很长，不要轻易拿处分说事，你耽误不起。你要知道，一步之差，可能耽误的不仅是你这个人，更是你的理想和抱负。”

“我懂了，老徐。”陆浩宇神色坚毅地点点头。

“那就好。”徐济元如释重负般长舒了口气，“我知道，你不会让我失望的。”说完，闭上了眼睛。

陆浩宇笑了笑，把头扭到一侧看窗外的风景。过了半晌，“老徐，你看！这么热的天还有人在河边钓鱼，会不会是你退休之后的生活写照？”

没听到回话，陆浩宇疑惑地回过头，大惊失色。只见徐济元蜷起身体，头靠在前座的座椅上，一脸痛苦地捂着胸口，昏了过去。“老徐！老徐！”陆浩宇惊慌失措地高喊了几声。见他没有反应，一个可怕的念头涌入脑海。没有丝毫犹豫，对驾驶员喊道，“老李，马上去医院。”

“哪个医院？去市医院至少半小时。”

“那就去华塘区医院，用不了十分钟！”陆浩宇当机立断，“我打电话给急救中心，让医院派救护车。我们往医院开，这样最快！”

老李神色严峻地应了一声，调头往回走。展津见状也跟着调头。陆浩宇连忙掏出手机，电话还没打出去，就听到车身传来“嘭”的一声。后面一辆黑色商务车撞上了帕萨特的左侧，展津来不及刹车，朝右猛打一把方向，借着惯性也撞上了帕萨特的右侧。一瞬间，三辆车形成了三角形，陆浩宇所乘的车被牢牢挤在中间，动弹不得。

“可恶！”陆浩宇骂了一句，赶紧看了一眼徐济元。见他没受伤，连忙摇下车窗，冲着同样摇下车窗的展津喊道，“徐书记昏过去了，很像心梗！你把车倒出去，下来帮忙！沐源马上打电话给急救中心，我们去最近的华塘区医院。”

展津连连点头，一下车就指着商务车喊道：“那车要跑，要不要拦下来？”

“不要，记住车牌号就行。救人要紧！”陆浩宇高声道。

黑色商务车朝后倒了倒，人也没下来，一脚油门溜了。展津对着商务车连拍了几张照片，骂了几声，急忙一瘸一拐地来到帕萨特旁，打开车门。“怎么样了？”

“情况很不好，怎么叫也没反应。”陆浩宇焦急道，“沐源呢？沐源！”

“来了，来了。”张沐源赶忙跑过来，“打完电话了，急救中心说让病人平躺着，有除颤仪或学过急救的可以先按压抢救，救护车马上到。”

“好，搭把手，快把徐书记平放在地上。”

“我车里有毛毯。”展津急忙回车取来毛毯，放在地上，几人小心翼翼让徐书记躺平了。

“庆山园应该有除颤仪，可送过来也得十几分钟。”陆浩宇咬咬牙，“你们谁学过急救？”

“我学过。”张沐源急忙应道，“志愿者活动学的。”

“好，你快来。”

张沐源点点头，连忙开始给徐济元做心脏复苏。陆浩宇一屁股瘫坐在地上，死死盯着他说不出话来。展津一脸痛苦地捂着腿。每个人心里都体会到了度日如年的感觉。

时间一秒一秒过去，烈日灼心，渐渐燃灭了仅存的一丝希望。终于，急救车的声音呼啸而至。

市纪委监委办公楼 701 室

“浩宇，怎么样了，回来了吗?”贺在洲接起电话，笑吟吟道。

渐渐地，他脸上的笑容消失了，取而代之的是一脸的僵硬：“你说什么？再说一遍!”

天宸集团总部办公楼 808 室

“你再说一遍。”魏巍的声音也带着难以置信。

“徐济元在接陆浩宇回来的路上，突发心肌梗死，抢救无效，人没了。”谭岿颤颤巍巍道。

“你怎么知道的?”魏巍疑惑道。

“我——听说的。”谭岿吞吞吐吐。

“你老实跟我说，这里面究竟有没有你的事?”魏巍冷冷道。

“真没有——”谭岿沉默片刻，“要非说有吧，倒是也算有那么一点儿。今天我找人去盯徐济元和陆浩宇的动向，但只限于盯着，没让他们干任何出格的事。结果，本来在公路上好好开着，徐济元的车突然掉头，我手底下的人一下子慌了，以为被发现了，想躲没躲成，就和徐济元的车撞上了。我手底下的人也没下车，一看情况不好就跑了；徐济元的人也没来追，而是把他抬下车，放到地面上。他们觉得奇怪，就远远地躲在路边观察。不一会儿来了急救车，把他抬上去了。他们跟着去医院才知道，他突发心梗，急救车上的医生就宣布不行了。同行的人无论如何都要医院救，不仅如此，还从市里紧急调去了人和抢救设备。最后，所有抢救措施都没能换来奇迹。据人描述，这人应该就是陆浩宇。”

“糊涂!”魏巍怒喝一声，“跟你嘱咐了不要轻举妄动，你不听。现在可好，肇事逃逸、耽误抢救，这罪名你担得起吗？你手下的人一个个的办事不力，你也犯糊涂了？”

“是——我最近是有点儿慌神。”谭岿擦擦头上的汗，“可我真的只是让他们跟着，我也好第一时间掌握动向。”

“行，我知道了。”魏巍强忍怒火道，“派出去的是什么车？”

“一辆黑色商务。”

“登记的是哪里的名？”

“登记的——集团下设的子公司。”

“你——”魏巍一时失语，“你真是无药可救了。好自为之吧。”

“老伙计，你可不能见死不救啊。”谭岿有些坐立不安，“你帮我出出主意，我要不要出国避一避，等风声过了再回来？”

“出国干什么？让人知道你是畏罪潜逃吗？”魏巍没好气道，“你先把手底下的人稳住，让他们无论如何也要把逃逸的事担下来，一定咬住不是你派下去的，大不了多给点儿钱。其他的，等我联系上面那位再说吧。我仔细想了想，现在的局面可能有点控制不住了。”

“好好好，我都听你的。”谭岿忙不迭地点头，“为什么控制不住？徐济元一死，案子这块儿也该松一松了吧？”

“恰恰相反。”魏巍阴冷地说，“在我看来，这不是结束，而是他们全力反击的开始。”

华塘区人民医院抢救室

贺在洲沉着脸带人赶到时，抢救室外面围了好几圈。众人纷纷让出一条路。他一言不发，径直去到床边。

床上的徐济元一脸安详地躺着，像是睡着了，仿佛身外的一切都与他无关了。

他不禁泪目，忍不住转过头，却看见陆浩宇正呆呆地跪在床边，任由分辨不清的汗水和泪水浸透了衣衫。

反 攻

岚江市殡仪馆长青厅

偌大的告别厅挤满了胸带白花的人，两侧的花圈密密麻麻，一直排到了大厅外面。场中不时传来一阵阵悲咽声、叹息声，大厅正中间赫然摆着一张徐济元的遗像。

主持人介绍完长长的来人名单后，贺在洲步履沉重地走到话筒边，朝着徐济元的遗像深深鞠了一躬，再扭头看向人群，沉声道："按照程序，下面应该由我来介绍济元同志的生平事迹供大家缅怀。组织部给了我一个稿子，我看了一眼，丢掉了。我没有权利去用冰冷的文字评价济元同志的一生，只想和大家聊聊我们认识的济元同志，也当跟他说的最后的话。

"今天来了很多人，有亲友，有领导，有同事，也有被调查处理过的对象。大家自发地来到这里，都是为了送他最后一程。那我们就先聊一聊济元同志是一个什么样的人。

"他是一个什么样的人？每个人心中都有不同答案。在我心里，他是好伙伴、好搭档，可以用三天三夜的时间，手工给我整理市纪委全部人员性格、特点、最适合的工作岗位。在下属心里，他是长者、智者，不仅照顾有加，更可以将自己三十年的工作经验倾囊相授，毫无保留、字字珠玑。在同僚心里，他是食古不化、不谙官场游戏规则的人，柴米不食、油盐不进，不会溜须拍马、阿谀奉承，也不会用钱求权、权生钱。在家人心里，他不是好丈夫，不是好父亲，每当家人需要他，他都无法陪伴在身边，就像现在一样。

"但是，没人会否认，他是一名守住初心、践行使命的共产党员，是一名忠诚、干净、担当的纪检监察干部，是一个无愧于党、无愧于事业、无愧于人民的战士。

“就是这样一个人，离我们而去了。我很痛心，也很自责。医生和济元同志的女儿告诉我，济元同志生前患有很严重的心脏病，需要长期服药。去世前几天，他更是擅自加大了药量。我却对此一无所知，委里所有同事对此都一无所知，他成功骗过了我们所有人。

“为什么他会拿自己的生命开玩笑？每个人都会这么问。因为他还有放不下的人，还有放不下的事业。众所周知，在他离世前几天，我们一名干部遭到了调查对象的疯狂打击和报复，他们精心筹划了一场大剧来栽赃陷害。为了弄清真相，济元同志殚精竭虑，没日没夜地调查取证。最后真相大白，我们的干部回来了，济元同志却离开了。

“这样的代价太沉重了！这样的损失太惨痛了！我们经受不起这样的打击！在这里，我就想问一句，问那些栽赃陷害的人，到底是谁给了你们权利和勇气，来对我们的干部实施如此嚣张的打击和报复？

“我坚决不允许这样的事情再发生了！我不允许我的干部流血、流汗又流泪！从今天开始，如果我的干部有问题，还是欢迎你来反映。但是，如果你还敢肆意构陷，一旦查实，顶格处理！另外，也对现在正在接受调查的人说一句：你们以为济元同志走了，案子就会松了？痴心妄想！所有他生前的案子，我亲自接手。不查个水落石出，决不收兵！不给你们应有的惩罚，我决不罢休！这也是我对济元同志最后的承诺。

“山河同悲，忧济元元。济元同志，一路走好！”

市纪委监委办公楼 701 室

“济元书记下葬了？”贺在洲抬头看了一眼走进来的陆浩宇，开口问道。

“嗯。”陆浩宇面色沉重地说，“蓉蓉和小枫自始至终都没和我说一句话。”

“也是人之常情。”贺在洲叹了口气，“不管怎样，你得经常去他家看看。要是有困难，我们尽量解决。”

“好。”陆浩宇点点头，“徐书记之前最放心不下的就是小枫，到现在也还没有一份稳定的工作。我和咱们委里合作的杂志社联系了一下，他们那边倒是缺人。虽是合同工，但也缴纳社保，相对也稳定。我在想，能不能给小枫协调一个岗位先干着，再找更适合的工作。”

“可以。你去联系吧。需要谁协调就直接找；需要我出面，告诉我一声。”

“好。当天撞我们车的人被公安局抓到了，关起来了。车辆登记在天宸集团子公司名下，开车的是谭岿的手下。但他坚持说当天只是路过，超车时遇上我们调头，不小心撞上的。”

“当我们是傻子吗？”贺在洲寒着脸，“继续查。这么明显的事，谭岿肯定给封口费了。”

“嗯，查到了。出事当天，这人父亲的账户进了一百万。拿这钱去问他，他也哑口无言。最后承认是谭岿给的。不过，谭岿当时只是让他跟踪我们，撞车也是意外。”

“那也是肇事逃逸！要不是他耽误了这一下，济元说不定还有救。”贺在洲厉声道。

“好。”陆浩宇轻轻地点点头，“谭岿那边呢？”

“谭岿的事我仔细想过了，可以分为两个方面。一是涉黄、涉毒，应由市公安局侦办；二是行贿罪，可以由我们直接留置。我的想法是，等你手头的证据固定得差不多了，我就去找程学义，让市公安局出面，把谭岿拘起来。根据调查进展，我们再适时宣布对其留置，转到我们这边。”

“可以。”陆浩宇点点头，又皱起眉头，“就怕有魏巍的影子，市公安局有所忌惮，不会全力以赴。”

“没关系。邱峰同等人的案子，济元在临走前都转出去了。快的话，这周或下周就可以立案。邱峰同一倒，市公安局一大批人看到风向，估计不敢再轻举妄动了。再者说，我现在还怕他们不露头呢。自己要是出头，也省了我们不少工夫。”贺在洲愤愤道，“另外，还剩下付成峻的案子。你抓紧时间去整理，时机成熟后第一时间走留置程序。其他几个案子，你有时间也多关注关注。如果条件允许，这几个案子可以同步推进。你负责总调度，任何事都可以直接向我汇报。”

“我明白。”陆浩宇若有所思地点点头，他深知贺在洲这话的含义和重量。看样子，他是想把他们一网打尽了，“我一定尽快。我担心，他们可能会有所察觉，跑到国外去。”

“是吗？”贺在洲冷哼一声，“那就让他们插翅也难飞。”

市委巡察机构办公楼 607 室

“常主任，这是本轮巡察回头看各个组汇总的报告，请过目。”王洪斩把报告放到常东桌子上，径直坐到沙发上。

“嗯嗯，好。”常东吐出一口烟，随手翻了翻报告，“怎么样，有什么大问题吗？”

“基本上都是些常规问题。”王洪斩顿了一下，“除了——四组。”

“哦？”常东把报告翻到四组那一页，“说说看。”

“四组在对市滨海新区规划建设委员会回头看期间，发现居然有人赌博和嫖娼，被公安抓了现行。宋组长也没客气，一顶‘管党、治党宽松软’的大帽子就给付成峻扣上了。要我看，他的脸上快要挂不住咯。”王洪斩一边说，一边观察常东的反应。

“这个大老付啊，确实不安生。”常东把手里的烟掐灭，苦笑着摇摇头。

“我听说，被抓的这个人年初巡察时就有人举报。宋组长把线索转给委里，委里一直压着没办，不知为什么重提此事了。”王洪斩试探道。

“有这种事？有意思。”常东故作不知，笑着说，“时间一长我都忘了，记性不行咯。不过，也没什么大惊小怪的吧，说不定委里要办的大案太多，小案子根本不入他们的眼，还谈什么压？估计最近有空儿了，顺手就给办了。”

“那也有可能。”王洪岓表面上点头附和，心里早就暗骂了几声老狐狸，想了想仍不甘心，继续道，“常主任，那你还记不记得年初巡察时宋组长还有一个径送件，直接报给了贺书记。”

“你这么一说，我倒是有印象。”常东装模作样地点点头，“最后不也石沉大海了？”

“是啊，一直没动静，不像贺书记的风格。”王洪岓死盯着常东，“我在想，委里压着不办，会不会就是想等着这次拿付成峻一起开刀？”

“这我就真猜不到了。”说完，常东就靠在椅子上，笑了笑，“这种事上，我们只有服从的义务，没有讨论的权利。”

王洪岓再想开口说话，身上的手机突然响了起来。他拿出来，看了一眼号码，神情有些古怪，立马挂掉了。刚一挂掉，又开始响个不停。王洪岓尴尬地冲常东笑了笑，“家里有点儿急事，我先去处理一下。”

常东笑着点点头。看着他出去后，脸上的笑容才渐渐凝固，露出一个耐人寻味的表情。

市纪委监委办公楼 611 室

“你怎么来了，不好好在家养伤。”张沐源看着展津一瘸一拐地走进来，连忙起身去扶。

“我不放心小宇子，在家闲着也难受。”展津摆摆手，自己到沙发上坐下，“再说了，就这还叫伤？蹭破点儿皮而已，两三天就好了。”

“胡说，蹭破点儿皮需要打绷带？”张沐源指着展津的腿问。

“我就说不用打，医生非让打。”展津一脸不悦，“我一想还挺酷的，就忍了。还有，你不是老喊我大蛆哥吗？这一层层的绑起来，是不是很符合大蛆哥的特质？”

张沐源忍不住“噗”了一声，随即又一脸认真地说道：“展公子，以后我再也不喊你大蛆哥了，我会好好跟着你学习的。”

“哎呦，你这丫头怎么转性了？听不到你怼我，反而不适应了。”

“不是的。”张沐源倒了一杯水递给他，“虽然你不说，但我很清楚，徐书记出事那天，快要撞上前边车时，你下意识朝右打了方向，自己实实在在地撞了上去。正因为如此，你才会受伤，我才会安然无恙地坐在这里。我很感动，好久没有这样被人保护的感觉了。”

“你这丫头倒是心细。”展津被说破心思，反而有些不好意思了，“不过呢，你也千万别往心里去，男人保护女人，师傅保护徒弟，本就天经地义。换个人，我也一样。”

你呀，玩世不恭的嘴里什么时候才会有一句真心话。张沐源默默地盯着他想，不过，不管你怎么说，我都会好好和你一块儿的，一定。

市滨海新区规划建设委员会办公楼306室

“我在开会呢，什么事？”王洪屽没好气的声音传来。

“我有急事找你，打你办公室座机也不接。”付成峻急促地说，“玉露出境被拦下了，说是证件有问题。可这是上个月刚办的护照啊，不应该有问题。我在想，会不会被限制出境了。”

“这可说不准。”王洪屽沉声道，“你让她出境干吗？”

“嗐，我不是预感不太好吗？身边的人接二连三出事，我怕早晚会查到我头上，这不提前做打算吗？”

“那你找我有什么用？”

“我不是想让你帮我打听打听，你们委里是不是开始对我立案调查了？到哪一步了？严重不严重？”

“为什么不去找常东？”

“我找了啊，老狐狸只会和我打哈哈，一句有用的都没有。”付成峻恨恨道，“唉，我算看明白了，平时喝酒说得挺好，关键时刻一个忙都帮不上，真是虎落平阳被犬欺。你跟他可不一样啊，我知道你这个人重义气、讲感情。也正是因为这个，我才把你外甥从企业调到机关来。你再稍微使使劲帮老哥一把，老哥一定不会忘记你的好。”

“说这些有什么用。”王洪忻叹了口气，“年初宋浔钧整理你问题线索时我和你通气，算是冒着违纪风险还你一个大人情了。当时我就和你说明白了，以后不要再找我，防止我们交往太密切被发现。这次，我是真帮不了你了。你还是另找他人吧。”

“王主任，你不能见死不救啊。”付成峻的声音里都带着一丝哭腔了，“再说，退一万步讲，我要是进去了，万一一不留神把你年初给我通风报信的事说出去了，你也跟着遭殃啊。你再帮我一次，就一次。我保证今后再也不找你了，行吗？”

“不是我不帮你，”王洪忻强忍着被威胁的怒火，“我试探着问过常东了，他可是一反常态地守口如瓶。我估计，再问别人也一样。按以往的经验判断，动你应该是早晚的事。所以，你还是抓紧时间找人保你吧。别再找我了，真没用。”说完，王洪忻不由分说地挂断了电话，留下付成峻空抱着话筒发呆。

市纪委监委办公楼 611 室

陆浩宇听见肚子叫了一声，抬头一看，墙上的钟指向凌晨 1 点了。

陆浩宇苦笑一声，走到储物柜边，拿出一碗方便面。刚要泡上，就看见方便面上有张纸条，上面用很清秀的字写着：“陆主任，方便面旁边有卤蛋和午餐肉。加班的话，记得加点儿营养。PS：展公子在一边说让你早点儿睡，别熬出熊猫眼他不喜欢了。”

陆浩宇笑了笑，把纸条放在一边，再上储物柜找了找，果然翻出来几个卤蛋和一盒午餐肉。刚要拆开，手机响了。放下手里的东西，他疑惑地拿起来一看，韩笑发来信息：“睡了吗？”

陆浩宇想了一下，给韩笑拨过去一个电话。“你怎么也还没睡？”

陆浩宇柔声问。

“睡不着，想老徐，也担心你。”韩笑轻声说。

“我这几天很忙。等忙过去了，带你一起去看看他。”陆浩宇顿了顿，“微微还好吗？你们还在她姥爷家吗？”

“嗯。我们都好，你放心。微微也好，就是一个劲嚷嚷着想爸爸。”

“好，过几天我就去接你们回家。”

“你一直睡办公室吗？”韩笑关切地问。

“是。你们不在家，我回去也没意思。趁着这几天，我集中忙一忙。”

“你胃不好，晚上睡觉记得拿个毯子盖一下胃。”韩笑想了想，又嘱咐道，“我知道你的心情，但还想说一句，别太累了，也可以适当找人分担一点儿。”

“我明白。可这案子是他生前最后的心事了。”陆浩宇缓缓把头扭向窗外，“不抓紧时间亲手了结，怎么有脸去看他？”

疑 云

市纪委监委办公楼 611 室

“完成了。”陆浩宇长长地舒了口气，“我去找贺书记。”说完，抱着几个厚厚的文件夹夺门而去，留下展津和张沐源四目相对。

“这才几天？”张沐源打破办公室的沉默，“也不用我们帮忙。这效率未免太高了点儿吧？”

“他在跟自己较劲。”展津叹了一口气，“好歹忙完了。要不然，我担心他会撑不住了。”

“可这才刚完成部分书证啊，还要立案、审查，离结束还早呢。”张沐源忧心忡忡道。

“那也好过他整天一个人一声不吭，阴着脸写写写的强吧？”展津意味深长道，“立案以后，我们也可以帮上忙了。”

市纪委监委办公楼 701 室

“贺书记，我把付成峻等人的问题线索按人分别整理好了，并提出了相应的处置建议。请您看一下。”陆浩宇把怀里的材料依序摆在贺在洲桌子上，指着最后一个文件夹道，“这是魏巍的问题线索。按规定，我们应该移交省纪委处置。”

“这么快？”贺在洲略一惊讶，紧接着想通了其中的关键，不由叹了口气，“好，先放我这里吧。魏巍的线索先放一放，等其他几个人调查得差不多了，再充实一下证据。到那时，再把魏巍的线索转交省纪委。关于付成峻等人，找个合适的时间，我需要跟王渝书记汇报一下。正好前天他刚从国外回来。”

“嗯。”陆浩宇点点头，想了想，“一下子要处理这么多，王书记不会有顾虑吧？”

“顾虑肯定是有的，但他应该不会反对。”贺在洲看了一眼陆浩宇，“浩宇，你先别管这个了，好好放松一下，调整调整状态，立案后的事还有很多。”

“我知道。”陆浩宇神色坚毅地看着贺在洲，“我不累。”

市纪委监委办公楼 601 室

从贺在洲办公室出来，陆浩宇顺着楼梯走下来。一抬头，看见徐济元办公室的门开着，就像着了魔一样推开门，却看见徐子蓉正站在徐济元的办公桌前发愣。

“是你啊，陆叔叔。”徐子蓉擦拭了一下眼角，“我想来整理一下爸的东西。去你办公室找你说你不在，就要了把钥匙过来了。”

“嗯嗯，没关系。”陆浩宇的眼神里有一丝失落，但马上回过神来，轻声道，“家里还好吗？有什么需要帮忙的吗？”

“都很好，也没什么需要。你放心，陆叔叔。”徐子蓉勉力挤出一丝笑容，“我来也是想找你道个歉。前几天心情不好，也很没礼貌，请你不要介意。”

“没事的，我明白。”陆浩宇柔声说道，“小枫呢？贺书记给小枫找了一个工作，用不了多久就可以落实好。你告诉他一下，让他提前做一下准备。”

“不用了，陆叔叔，谢谢你和贺书记的好意。”徐子蓉连忙摆摆手，“小枫在家里学习呢。这几天，他就像彻底变了个人，整天除了吃饭、学习，什么也不做。他说要凭自己的本事找到一份好工作，不给爸丢脸。”

“好，好。徐书记要是知道了，也一定很欣慰。”陆浩宇的心里不禁五味杂陈，“不过，以后家里有任何困难都要记得来找我，千万不要觉得不好意思。不管是什么，我一定帮你们解决。”

“谢谢你，陆叔叔。”徐子蓉的眼圈又红了，连忙把头扭到一边，过了一会儿才道，“我们继续收拾吧。对了，刚才我看到有一本爸亲手写的杂记。大体翻了翻，都是些办案心得，留给你吧。我想，这也会是爸的意思。”

“好。”陆浩宇连忙走上前，双手接过来，如获至宝般轻轻抚摸着笔记本，呆呆地站了许久。

味来餐厅

“小宇子，好久没喝酒了。今天难得案子有这么大进展，怎么样，喝一杯吧？”三人刚坐下，展津就朝张沐源使眼色，一边对陆浩宇说。

“对呀，对呀，陆主任，最近这么辛苦，感到有些乏，不如你就请我们俩喝一点儿吧。”张沐源连连附和道。

“好。”陆浩宇犹豫片刻，点点头算是应允，“也别喝太多，我怕明天还有事。”

“好嘞。”展津拿过来菜单，选了一支红酒，又点了几个小菜。趁着等待的时间，神神秘秘道，“我跟你们说，这里的菜可是吃一顿少一顿咯，且吃且珍惜吧。”

“为什么?”张沐源八字眉一皱。

“这家餐厅占了河道，建设时就没有许可证，老板后台硬，愣是开了好几年。最近违建清得厉害，这里也被列入，注定难逃一劫了。”

“这也太可惜了，我还挺喜欢这边的环境和菜品。”张沐源轻声叹息道，“今晚就让我们大快朵颐。”

“确是物是人非。”陆浩宇也不胜唏嘘，“记得有一次也是室里加班，徐书记要请我们吃饭，我们就恶作剧一样硬拉着他到这里吃。都是年轻人吃的东西，他哪里吃得惯，就谎称不饿，只看着我们吃。我觉得挺过意不去的，就等其他同志回家后又单独拉着他去吃了一碗面。那个时候，只要有他在，我就觉得没有突破不了的案子，连加班都是有滋有味的。办这个案子前我们刚办完另一个，我还开玩笑说他欠我一桌庆功宴，他说等办完这个一起补。可现在——”

展津红着眼圈，重重地拍了拍他的肩膀，接过服务员递来的红酒给三人倒上，端起酒杯道：“这庆功宴我替徐书记给你补上。小宇子，你知道，我这辈子就没服过什么领导。但是，对徐书记，我打心眼里感到敬重和佩服。第一杯酒，敬徐书记。”说完，就把杯中红酒一饮而尽。

陆浩宇也端起酒杯，凝视着杯子里的酒，半天才缓缓挤出几个字：“敬老徐!”

市纪委监委办公楼701室

“贺书记，您找我?”陆浩宇走进办公室。

“对，坐下说。”贺在洲指了指沙发，“我找过王渝书记了，他对我们的工作很肯定、很支持，也完全同意我们的处置方案。接下来，你可以放开手脚，开始准备留置的程序了，希望庆山园还够用。”

“太好了。”陆浩宇难得露出一回笑容，“我这就回去准备。”

“你别高兴得太早，有件事我还要和你说。”贺在洲不动声色道。

“好。”陆浩宇应了一声，一股不祥的预感涌上心头。

“我去找王书记，只汇报了付成峻等人的事，并未提及魏巍。可王书记批准了我们的方案后，主动问我，关于魏巍是如何处理的。”

“王书记知道背后是魏巍？”陆浩宇着实吃了一惊，“那您是怎么回答的？”

“我拿不准他的意思，就没表态，反过来问他有什么建议。”贺在洲不紧不慢道，“王书记让我们暂时不要轻举妄动，省里给他打招呼，要他对魏巍网开一面。”

“什么？”陆浩宇急得站了起来，“这绝对不可以。”

“你先听我说完。”贺在洲摆摆手，示意他坐下，“我听王书记的口气，他应该也是受人之托，只不过请托之人的级别远在他之上，他也不好推脱。我不想让他为难，也不想我们的努力付之东流，就对他说，鉴于魏巍是省管干部，我们将形成的问题线索转交省纪委处理了。王书记明白是怎么回事，也没有说破，没有为难，这事就这么过去了。”

“我们当务之急是马上把魏巍的问题线索移交省纪委，避免王书记难堪，对吗？”陆浩宇皱着眉头问道。

“对。”贺在洲点点头，“看来，等不到其他人调查结束了。也好，先交出去，有了新证据再补充就是。”

“好，我明白了。”陆浩宇若有所思地点点头，“先移交省里没问题。我只是在想，到底是谁在保他呢？”

“王书记没说，我也没问。”贺在洲顿了一下，“经历此事，又让我想起了一个坊间传闻，老到现在的人们几乎都不提了。”

“是什么？”

“上世纪九十年代，西云省有个省委书记叫周连山，老家在岚江。相传他有个私生子，生在西云，成长却在岚江，后来进了公安系统工作。这个私生子很得周连山喜爱，周连山为了他，把西云省的不少项目都落地在岚江，以当作其子在岚江落脚的资本。退休后，周连山回咱们省里安家，倒也算叶落归根。这个周连山我倒是见过几次，眉宇间和魏巍极为相似。魏巍与西云省几个大老板接触密切，也是我早有耳闻的。”

“所以说，魏巍就是他的私生子？”

“这个我不能确定，毕竟也只是传闻。”贺在洲叹了口气，“只是我很难想到，在现在的形势下，谁还能这么堂而皇之地找市委书记说情。”

“您怀疑是周连山的老部下？”

“是的。要知道，那个时代省委书记的部下放到现在，怎么着也得是各省要员。也恐怕只有这么紧密的关系，才肯为老领导的孩子说上话吧。”

“那现在我们该怎么办？”陆浩宇深吸一口气道。

“我们全力以赴。”贺在洲一脸刚毅地说，“没有党纪国法覆盖不到的地方。不管是谁，只要触犯了党纪国法，等待他的都只有一个下场。”

蔚垣公墓

陆浩宇和韩笑把一大束鲜花放在徐济元和于宜梅的墓前，周围遍地摆满了鲜花。

“老徐，梅姨，我们来看你们了。”说完，韩笑又忍不住哭出声来。

“别哭了。”陆浩宇拍拍韩笑的背，“他们二老最喜欢见到的就是你无忧无虑的笑容，不要让他们失望。”

“嗯嗯嗯。”韩笑边说边哽咽道，“我只是觉得他们去得太早了，都是那么好的人。”

“正因为是好人，大家才会记住他们，怀念他们。你看，这满地的鲜花就是证明。”陆浩宇一边说，脸上的眼泪止不住地流下来，“他们没有走，会永远活在我们心中，只是换了一种方式陪着我们。况且，老徐和梅姨的感情那么好，谁也不舍得对方孤苦无依。我相信，他们一定会永远永远幸福地在一起的。”

“嗯。”韩笑点点头，身体靠在陆浩宇的肩膀上，泣不成声。

清源小区 8 号楼下

“爸爸，妈妈。”一看到陆浩宇和韩笑走下车，微微就飞奔过来，扑倒在陆浩宇怀里。

“微微乖。”陆浩宇紧紧搂着她，一脸宠溺地说道，“爸爸想你。”

“我也想你，爸爸。”微微在陆浩宇的脸上蹭了蹭，“爸爸放我下来，我带你去看给你做的礼物。”

“好啊。”陆浩宇笑着把她放下。

微微的小手一把牵住陆浩宇的大手，拉着就往前跑。

“这么神秘啊。”陆浩宇一边跑，一边说，“能不能先透露一下，爸爸着急想知道。”

“那好吧。”微微停住脚步，回过头，“上次我和爸爸说，我要靠自己捏完爸爸妈妈、爷爷奶奶、姥爷姥姥，还有我的小人儿，现在我全都捏好了。妈妈和姥爷姥姥的我已经给他们了；爷爷奶奶的等过几天奶奶过生日，我拿过去；剩下的就是爸爸的了。另外，我还捏了一个人。妈妈说，他是爸爸在这个世上除了我们最亲近的人。”

“谁？”

“妈妈说，他叫‘徐爷爷’。”

尾声：风起

市纪委监委办公楼 701 室

“贺书记，您找我？”陆浩宇敲门走进来。

“是的，坐。”贺在洲指了指沙发，“付成峻留置快一个月了吧？进展怎么样？”

“到后天正好一个月。”陆浩宇清了清嗓子，“一开始进展并不顺利，付成峻极不配合，不是嚷着身体不舒服就是答非所问、装疯卖傻。直到知道我们掌握了岑玉露的证据后，才像漏气的皮球，一点儿一点儿往外吐。即使这样，速度也不快，基本上在和我们博弈，觉察到我们掌握了什么他就承认什么，别的一概不多说。”

“魏巍的事他承认没有？”

“没有。他说和魏巍只有工作上的交集，其他的什么都没有，很多事都推到谭岿身上了。”

“看来付成峻还是不死心呐，妄想魏巍还能捞他一把，就尽量拖延时间。你们要有打持久战的心理准备。”贺在洲皱了皱眉头，“谭岿那边呢？有没有和市公安局对接好？”

“一直和程局长保持联系。”陆浩宇顿了顿，“谭岿刚开始也是极为嚣张，对涉黄、涉毒等一律不认，还动辄辱骂程局长。市公安局一众人也是极为头痛，僵持了一段时间。好在卫应屹和王维峤那边进展比较快，承认了谭岿向他们巨额行贿的事实。我在考虑，等时机成熟，就将谭岿转到我们这边来，以涉嫌行贿罪将其留置，和其他案子并案处理。”

“我同意。”贺在洲想了一下，“不过，你可能没法儿接着办了。今天叫你来，除了调度案子，还有一件更重要的事和你说。”

“什么事？”陆浩宇有些意外。

“今天一上班，省纪委的郭晏秋书记就亲自给我打电话，点了你的名，要你尽快安排好当前工作，到省纪委报道。”

市委巡察机构办公楼 401 室

宋浔钧正在办公室看书，手机铃声响了起来。只见屏幕上显示：“省委第一巡视组封文章。”

“封组长，别来无恙。”宋浔钧接通电话，笑着道。

“老伙计，年初一别，又半年多没见了。怎么样？欢不欢迎我去找你当面叨扰？”封文章厚重的声音传来。

“当然，随时欢迎。我这里还有今年刚炒好的新茶，和去年的味道又不一样了，就等你来品鉴品鉴。”

“你啊，就会拿茶叶来诱惑我。放心，你的茶见了我，保管有来无回。”封文章爽朗地笑了几声，“不过，这次我可是带着任务去的。昨天省委刚刚研究决定，马上启动新一轮巡视。岚江市作为本轮被巡视地区之一，由我带队前往。我想着，这一轮咱们来一个巡视巡察联动，让我们两个队伍相互切磋一下，如何？”

“好啊！求之不得。”宋浔钧笑了笑，又想起什么来，“来巡视岚江，看来，郭书记做好动手的准备了。”

“是啊。”封文章收起笑声，“这不多亏了在洲书记提供的线索，多亏了你的暗中协助。”

“我可谈不上协助，只是干好本职工作而已。”宋浔钧苦笑一声，“说起来，在洲书记到现在都没有察觉。”

“无妨。等所有事情了结后，郭书记会和在洲书记说明一切的。”

“也好。”宋浔钧顿了一下，“在整个过程中，我也能逐渐体会到郭书记的良苦用心。我还是不明白，明明去年就可以动手了，郭书记为什么硬生生推迟了一年？难道只为考验他？”

“就算只为考验他，又何尝不可？他可是郭书记钦定的人选，受足磨砺没坏处。只有这样，他才能最大限度地发现最多问题，经历最大的成长。”封文章神秘地笑了笑，“至于其他的，你就放心吧，老伙计，一直在朝着我们预想的方向发展。就算不相信我，难道还信不过布局之人吗？”

庆山园 B 区 108 室

“今年的 3 号台风‘普尼’将于今天夜间到明天白天登陆我市，最强风力预计能达 12 级。受台风影响——”

“有没有搞错？八辈子不看电视，就趁小宇子回委里的这么点儿工夫忙里偷闲，打开电视就给我看这个？”展津嘟嘟哝哝道。

“知足吧，这就不错了。”张沐源双手托着下巴，“总比天天看付成峻那张臭脸要强吧？”

“别提他，提他我就上头。”展津愤愤道，“我真是受够了。要是每个审查对象都这样，我非疯了不成。等这个案子结束，我一定要和小宇子提出来，以后再查案，让我外调可以，再蹲这里谈话我可坚决不干了，指不定哪天就抑郁了。”

“你还能抑郁？”张沐源笑眯眯道，“我宁愿相信付成峻今天能全吐干净，都不信你能抑郁。”

“啊，又是付成峻！”展津仰天长叹，“他耽误我多少大事！”

“大事？”张沐源八字眉一皱，“什么大事？”

“你都忘了？”展津贼眼一转，“是谁说，等案子办完，要和我一醉方休的？”

“哦对，是我，我没忘。放心好了，到时候，我一定舍命陪君子。”张沐源调皮地眨眨眼。

“嘿嘿，舍命就不必了，认账就行。”展津继续腆着脸说，“那么，又是谁在我第一天去市纪委报到时说，等案子结束，要当我女朋友的？”

“我没有！”张沐源红着脸直跺脚，“那就是随口一说，根本就是玩笑话。”

“哎呦，怎么这就不认账了？”展津“噌”地站起来，装模作样道，“徒弟，你可不能这样啊，为师可一直当真了。一直以来，我可都把你当作我的准女友看待，小心翼翼地保护你，呵护你，教你业务，陪你打闹。现在你翻脸不承认，往小了说这叫违约；往大了说这可叫耍流氓。做人不能这样的。唉，也是为师的错，没有先教你做人的道理。”

“哎呀，你别说了，不是这样的。”张沐源满脸通红，偏又急得说不出话来。

“那你说，是怎样的？今天你必须把话说清楚。”

“我——当时确实是开玩笑的，是我不对。”张沐源的声音越来越小，“而且，我也以为你是开玩笑的。毕竟——我也不知道你哪句话是真，哪句话是假。”

“沐源，那你看着我的眼睛！”展津拉起张沐源的双手，一脸严肃地说，“你说的对，我一直玩世不恭，说话疯疯癫癫。但是，我从来没有像现在这样清醒过、认真过，我想让你记住我要说的每一个字：张沐源，我喜欢你！我想用我的一生去保护你。你，愿意做我的女朋友吗？”

张沐源盯着展津的眼睛看了许久，终究还是一脸娇赧道：“等案子结束再说，好不好？”

“不好！”展津斩钉截铁道，“我现在就要你的答案。”

话音刚落，就听“呼”的一声，窗外的树枝被吹得扬了起来。

“起风了。”展津看了一眼窗外，“天气预报难得准一次。”

“我愿意。”张沐源声若蚊蝇地扔下一句，摆脱展津的双手，头也不回地跑了出去。

“沐源，你说什么？”展津跟着跑了出去，“刚才风太大，我没听清楚。你要相信我，真的是风啊——”

市纪委监委办公楼 701 室

“郭书记?”陆浩宇吃了一惊，“为什么亲自点名要我去？去多久？去干什么?”

“时间不确定。但听郭书记的意思，可能得去跟一个完整的案子。哪个案子倒没跟我说，但考虑到我们移交魏巍线索的时间，我猜很可能是他。这些天他可没闲着，请了长期病假，以休养的名义一直在省里活动，估计是惊动了省里高层。”贺在洲边说边皱眉头，“选你去，应该是知道你对案子熟悉。但郭书记亲自打电话要你，我也一直很费解。我印象里，你们的交集并不多。”

“是的，只有一次。而且那次我有失误，工作完成得也不算出彩，郭书记对我印象并不好。”

“那我就更想不通了。”说完，贺在洲长舒一口气，“无论怎样，我们都要服从安排。”

“那我这边的案子——”

“我和郭书记提过，说你现在好几个重大案子在身。他只是轻描淡写地说，让我们克服一下困难，以省里的案子为重。你尽快整理一下当下的案子，考虑谁来接手最合适。至于剩下的，就交给我吧。”

“好，我明白了。”陆浩宇逐渐从震惊中缓过神来，想了一会儿，苦笑一声，“当真是一件怪事。”

“怪事可不只这一件。”贺在洲也跟着苦笑起来，“郭书记在电话里还说了一句让我摸不着头脑的话。”

“什么?”

“他说，‘我等这一天，已经等了好久了’。”

后 记

动笔于戊戌之春，成书于庚子之夏，不知不觉已近三载。时过境迁，物是人非。初时只写书中人，再看已成书中人。

创作此书的初衷，是想展现新时期纪检监察人的风采，向公众呈现一支有血有肉、真实完整的纪检监察队伍。之所以在 2018 年动笔，是因为这一年发生了两件大事。一是监察体制改革全面铺开，检察院的反贪、反渎两局及职能均划转到了纪委，成立了各级监委，纪委监委的职能自此得到了跨越式发展和补充；二是在全国范围内开展了为期三年的扫黑除恶专项斗争，纪委监委作为扫黑除恶重要成员单位，承担了“打伞破网”的艰巨任务。责任重大，使命光荣。新时代纪检监察人不断用行动践行初心、诠释忠诚干净担当。诚以此作，向身边每位纪检监察干部致敬！

创作过程很辛苦，谋局、布局、控局、破局，有时因为一个细节会冥思苦想良久。最长一次，我记得是第四十九章，连续停笔六个月，反复推导每句对话和每个人的心理，最终呈现出这样的效果。虽然还有不尽如人意的地方，但真的竭尽全力了。

关于小说，虽以纪委监委为主视角铺开，但基于保密要求和受小说特有艺术性所限，还是会有值得商榷的，同样请大家理解。小说结局还是比较开放的，一万个读者有一万个哈姆雷特，大家可以脑补情节发展动向。当然，如获青睐，我会继续奉献新作。目前的思路是，下一部作品将围绕省纪委监委办案及巡视巡察联动，来展开全新情节。

最后，我要献上我最诚挚的感谢。感谢中国人民公安大学出版社编审萧晓红女士。她不仅一手促成了本书的问世，更是向我提出了许多建设性的意见，拓宽了我的写作视野和格局，对我今后的写作构思有极大帮助。也感谢一直以来在我身边给我鼓励、理解、包容的家人、爱人、朋友和亲爱的读者们。没有你们，我坚持不到现在。感谢公众号——“我们都是担当人”一直以来给予的信任和支持。

柒彦君

2020 年 7 月 7 日